W0199766

Le principe de toute société est de se rendre justice à soi-même et aux autres. Si l'on doit aimer son prochain comme soi-même, il est au moins aussi juste de s'aimer comme son prochain.

— SÉBASTIEN-ROCH NICOLAS DE CHAMFORT

1

Juin 2022

Le vol se déroula normalement durant la première heure. Julia avait obtenu une place près des issues de secours. Les jambes à demi étendues, elle profitait du trajet vers Vienne pour écouter un livre audio dans son casque à réduction de bruit. Les voyages en avion étaient une routine. Presque chaque semaine, elle parcourait l'Europe, et parfois le monde, pour disputer des tournois de tennis. À vingt-trois ans, elle comptait presque autant d'heures de vol qu'un pilote professionnel.

Julia ressentit les premiers symptômes tandis que l'Airbus survolait le nord de l'Italie. Ils ne tarderaient pas à pénétrer en Autriche et le commandant de bord allait bientôt annoncer le début de la descente.

Elle fut prise d'une nausée violente et des picotements apparurent derrière ses globes oculaires. Presque aussitôt, elle eut l'impression de se sentir partir, comme si son corps luttait contre le malaise en lui ordonnant de s'endormir. Une telle défaillance ne lui était jamais arrivée en avion, d'autant que l'air était calme. Aucune turbulence, pas de mouvements brusques de l'appareil, rien qui puisse justifier en tout cas un soudain mal des transports. Elle inclina un peu son siège et tenta d'attraper la bouteille d'eau qui se trouvait dans son sac à dos aux couleurs de son équipementier. En vain. Elle se souvint avoir abandonné le récipient lors du passage de la sécurité, à l'aéroport. Sa gourde isotherme, quant à elle, était vide de tout liquide, comme à chaque trajet en avion.

Elle essaya de ralentir sa respiration puis jeta de petits coups d'œil autour d'elle. Tout était calme. L'hôtesse terminait de ramasser les collations distribuées après le décollage, tandis que son voisin, un Autrichien concentré sur un jeu de tir qui animait son portable, ne semblait pas avoir remarqué son malaise. Elle ferma les yeux en espérant qu'il passe d'ici l'atterrissage.

Julia faisait très attention à sa nourriture. Pour des raisons d'hygiène liées à son statut de sportive de haut niveau, mais aussi parce qu'elle devait être attentive à n'ingérer que des aliments dont elle connaissait la provenance. Niels, son entraîneur, l'avait mise en garde contre les possibles tentatives d'une concurrente de glisser des substances dopantes dans la nourriture. Ces pratiques étaient légion dans le tennis professionnel. Elle n'avait donc rien avalé depuis qu'elle avait quitté le domicile de ses parents et le malaise ne pouvait pas être digestif, pensa-t-elle.

Elle entendit dans un brouillard l'annonce de la cheffe de cabine qui demandait aux passagers de retourner à leur siège en prévision de l'atterrissage. Son rythme cardiaque ralentit dangereusement, et elle perçut une sensation de calme qui l'envahit petit à petit.

Mais Julia n'avait pas peur. Un problème hormonal comme il en arrive à toutes les jeunes femmes à certaines périodes du mois, se dit-elle en serrant son sac à dos contre elle.

La sortie de l'avion se déroula dans une brume plus épaisse encore. Julia planait dans un état de semi-conscience inquiétant. Elle savait ce qu'elle avait à faire : regrouper ses affaires, remonter la passerelle vitrée pour se rendre au tapis roulant à bagages, puis franchir le sas des arrivées après avoir récupéré le sac Babolat contenant ses raquettes et les tenues qu'elle utiliserait lors du tournoi. Le véhicule avec chauffeur mis à la disposition des joueuses l'attendrait devant le terminal et il la conduirait directement à l'hôtel réservé pour la semaine.

Personne ne remarqua sa démarche plus saccadée qu'à l'accoutumée. On ne vit pas non plus qu'elle affichait sur le visage un sourire béat qui contrastait avec l'état de concentration censé l'habiter à l'approche d'une compétition. Julia ressentait bizarrement une sorte d'exaltation qui lui fit pousser des ailes.

Son état n'échappa pas à la cheffe de cabine qui attendait également sa valise à côté d'elle.

— Tout va bien, mademoiselle ? demanda la solide employée de la compagnie *low cost*.

— Ça va, oui. Je vais leur mettre une branlée, à mes adversaires ! Je suis venue pour gagner ce tournoi et ce n'est pas un vol dans votre tagazou qui va m'en empêcher !

Ces propos étaient incohérents. Cela sauta aux yeux de l'hôtesse.

— Vous avez bu de l'alcool ?

— Vous rigolez ou quoi ! Je suis une championne moi, je ne bois jamais et encore moins avant de jouer un match décisif !

Elle partit dans un rire équin, presque un hennissement, qui attira l'attention des passagers alentour. Craignant le scandale dans un pays réputé pour le sens de l'humour relatif de ses habitants, l'hôtesse saisit Julia par le coude et l'entraîna à bonne distance des tourniquets à bagages.

— Vous n'avez pas l'air dans votre assiette. Notre compagnie nous demande de signaler tous les passagers qui ne se sentent pas bien. Venez avec moi, je vous emmène à l'infirmerie de l'aéroport. Cela ne nous prendra que quelques minutes.

Contre toute attente et malgré son euphorie grandissante, Julia empoigna son sac et suivit docilement l'Autrichienne. Elles longèrent la paroi vitrée qui les séparait du hall des arrivées, puis empruntèrent un escalier roulant flambant neuf. L'infirmerie se trouvait sur la mezzanine qui surplombait la zone de délivrance des bagages.

Le manège n'échappa pas à un homme en costume sombre qui portait une pancarte au nom de Julia Franzini. Il franchit à l'envers la porte transparente du hall des arrivées et se hâta à la suite des deux femmes. Au moment où celles-ci se présentaient devant l'entrée de l'infirmerie, il interpella la jeune Française.

— Mademoiselle Franzini, je suis chargé de vous acheminer à votre hôtel.

— Qui êtes-vous ? demanda l'hôtesse autrichienne, légèrement suspicieuse.

L'homme ne se démonta pas.

— Je suis le médecin du tournoi, dit-il en allemand. Je viens chercher les joueuses tirées au sort pour un contrôle antidopage. Merci d'avoir assisté mademoiselle Franzini, je vais la prendre en charge à présent.

Julia vivait la scène comme dans du coton. Ses pupilles étaient étrangement dilatées et elle tenait à peine sur ses jambes. Elle n'avait jamais eu à subir de contrôle antidopage dès sa descente d'avion, mais son cerveau n'imprimait pas réellement la situation. Elle ressentit une grande fatigue et n'eut qu'une envie : s'affaler sur le lit de sa chambre d'hôtel et dormir jusqu'au lendemain. Alors elle se sentirait mieux et elle pourrait aller taper quelques balles en prévision de son premier match.

L'hôtesse de l'air renonça à frapper à la porte de l'infirmerie. Après tout, si un membre du personnel médical du tournoi était détaché pour s'occuper de la santé des joueuses, elle n'avait aucune objection. Elle avait fait son travail consciencieusement et elle pouvait rejoindre son mari et son petit garçon qui l'attendaient dans leur pavillon fleuri de la banlieue de Vienne. Elle regarda une dernière fois cette jeune joueuse qui n'avait définitivement pas l'air d'avoir les idées claires, puis elle hocha la tête.

L'homme empoigna le bagage de Julia et s'empressa de regagner un van noir aux vitres fumées qui patientait le long du trottoir de l'aérogare. Julia le suivit sans protester. À peine installée à l'arrière du véhicule, elle sombra dans un profond sommeil.

Si elle avait pu lutter contre l'endormissement, elle aurait constaté que le *van* n'empruntait pas le chemin de son hôtel ni celui du stade où devait se dérouler le tournoi. Au lieu de ça, il prit la direction de l'est et roula près de quatre heures vers la frontière allemande.

2

Marseille, vallon des Auffes

Morgan Baxter percevait lointainement les bruits de son environnement. Malgré l'agitation des fêtards sur les terrasses de restaurants voisins, la pièce dans laquelle il se trouvait était presque complètement insonorisée. Il avait besoin de calme et de silence pour réaliser l'opération qu'il avait entreprise plus tôt dans la soirée.

Sur un plan de travail aux bords inclinés pour ne perdre aucune des minuscules pièces qu'il manipulait, il reposa soigneusement la roue crantée qu'il venait de polir. Il se saisit de l'une de ses brucelles et entreprit de replacer la pièce au sein du mécanisme. Cette montre à complications était une véritable merveille. Outre la fonction basique de donner l'heure avec une extrême précision, elle possédait un chronographe au centième de seconde et une réserve de marche sous la forme d'une minuscule aiguille dorée qui indiquait le temps restant avant de devoir remonter manuellement le mécanisme. Cette pièce lui avait été amenée par un collectionneur exigeant qui connaissait le talent de Morgan pour « régler » et entretenir ces bijoux.

Morgan Baxter était horloger, mais son échoppe n'avait

rien d'officiel. Son titre, lui non plus, n'était pas à proprement parler académique. Non, Morgan était devenu *expert es montres* à titre de reconversion professionnelle après avoir servi durant de longues années l'état français. La gendarmerie française pour être précis. Une carrière entièrement dédiée au maintien de l'ordre, à la traque des criminels et plus généralement à l'encadrement des hommes et des femmes qui composaient cette noble institution.

Mais Morgan s'était lassé. Il avait fini par trouver que les couleuvres à avaler pour s'acquitter de sa mission étaient trop indigestes. Les interactions sociales et, n'ayons pas peur des mots, politiques, avaient également fini par devenir insupportables. Trop d'intérêts divergents entre les personnes qui commandaient les unités, trop de décisions prises pour des considérations personnelles, au mépris de l'intérêt général. Alors il avait tout simplement démissionné à quarante ans et il avait choisi de s'installer dans ce coin anachronique de Marseille : le vallon des Auffes.

Dans sa petite maison de pêcheur, face au port, il pouvait se consacrer à l'horlogerie, une activité pour laquelle ses exceptionnelles facultés lui permettaient d'exceller.

Il perçut la diode rouge s'allumer avant d'entendre le son de l'avertisseur qui y était couplé. Le dispositif qu'il avait conçu lui-même n'avait encore jamais servi, mais il semblait que ce soir, un individu stupide avait décidé d'interrompre sa séance de précision horlogère. La montre de luxe attendrait, il allait s'occuper séance tenante de ce « petit problème ».

Il commença par commuter le coupe-circuit, puis il ouvrit un tiroir et en extirpa un autre objet de sa conception : dans un tuyau d'arrosage en caoutchouc, il avait inséré trois fines tiges d'acier et avait rendu le tout homogène en y coulant une sorte de mastic durcissant. Ainsi équipé, il disposait d'une matraque d'une trentaine de centimètres dont l'utilisation requérait tout de même un minimum d'entraînement. Cela tombait bien : la pratique des techniques d'autodéfense faisait précisément partie des « facultés exceptionnelles » de Morgan Baxter.

Il sortit calmement de son atelier, traversa un petit salon sobrement décoré et ouvrit la porte de la maison. Il faisait encore chaud dehors. Les derniers noceurs quittaient les tables de restaurant, tandis que dans le bassin du petit port, les embarcations oscillaient paisiblement sur l'eau calme de la mer Méditerranée.

En une fraction de seconde, il photographia mentalement la scène — une autre de ses « facultés exceptionnelles » — pour constater que l'emplacement de son *T-Max* était vide. C'était bien le sens de l'alarme qui avait retenti dans son atelier et il ne s'en offusqua pas outre mesure. Le bouton qu'il avait manipulé juste après l'alerte avait eu comme effet de couper l'alimentation de son scooter, et à l'heure qu'il était, l'utilisateur sans titre dudit scooter devait se gratter la tête pour comprendre la raison de cet arrêt brutal de l'engin.

Morgan emprunta à pied la seule voie d'accès au vallon, une petite ruelle qui grimpait vers les quartiers plus urbanisés de Marseille. Il ne tarda pas à apercevoir le *T-Max* stoppé dans son élan à quelques encablures.

Il s'approcha lentement et détailla l'auteur de l'emprunt : un jeune homme d'une vingtaine d'années, pas spécialement musclé, mais certainement armé, qui tentait rageusement de redémarrer le scooter. Il devait se demander comment l'aubaine d'avoir trouvé un *T-Max* équipé de sa clé de contact pouvait se transformer aussi brutalement en *bad trip*, ledit *T-Max* tombant en panne quelques mètres à peine après le démarrage.

Morgan progressa calmement. Le type était bizarrement accoutré : un jean déchiré, mais parfaitement repassé, un polo boutonné jusqu'au col, et en guise de protection céphalique, un bob fièrement recouvert d'un crocodile géant. Le garçon n'avait aucun goût, mais Morgan avait compris depuis longtemps que la tenue vestimentaire n'avait qu'un lointain rapport avec le goût. Il s'agissait avant tout d'endosser les codes de sa tribu. Lui-même n'accordait aucune importance à la manière dont il était habillé. Lorsqu'il était gendarme, il portait un uniforme. Maintenant qu'il vivait seul, il se contentait généralement d'un pantalon de toile et d'un t-shirt, noirs tous les deux. Son ex-femme aurait crié à l'abomination, mais il s'en fichait.

Il était à présent à dix mètres du *T-Max*. La partie de son cerveau qui commandait la vision se mit en marche avec une précision diabolique. Il « filma » la scène : aucun riverain aux fenêtres des cinq maisons à droite de la rue, ni à celles des quatre qui bordaient le côté gauche ; trois fenêtres allumées en tout et pour tout dans un périmètre de cinquante mètres ; le scooter posé sur sa béquille devait pencher vers la droite selon un angle d'environ trente degrés ; le garçon s'escrimait sur le démarreur en jurant à voix basse. Morgan capta un détail anachronique : malgré le fait qu'il soit certain que le gars venait d'un quartier « difficile » de Marseille, il portait une montre de luxe *Hublot* au poignet droit. Soit il l'avait volée, soit il s'agissait d'une contrefaçon. À cette distance, Morgan ne pouvait pas encore le savoir.

— Je peux vous aider, jeune homme ? prononça-t-il d'une voix calme et monocorde, lorsqu'il fut à cinq mètres.

— Occupe-toi de tes affaires, connard !

— C'est que, précisément, il s'agit de mes affaires, voyez-vous... Bien que vous ayez pu penser un instant que ce scooter était en libre-service, il se trouve qu'il m'appartient.

Le type fit volte-face. Surpris par la manière de parler de Morgan, il hésita à faire monter d'un cran le degré d'agressivité. Il détailla son interlocuteur : entre quarante et cinquante ans, des cheveux encore épais et dénués de toute nuance poivre et sel, l'allure athlétique sans être impressionnante… Qui que soit ce gêneur, il ne pourrait lui poser aucune difficulté.

— Écoute-moi papi, j'ai trouvé ce *T-Max* avec les clés sur le contact. Il ne fallait pas le laisser sans surveillance. Maintenant, tu dégages ou je te plante.

Il sortit de la poche arrière de son jean, un couteau pliable dont il fit tourner la lame pour donner plus de force à sa menace.

Morgan ne ressentit aucune émotion. Ni colère ni peur devant ce garçon armé. Il avait simplement un problème à résoudre et fort heureusement, il savait exactement comment il allait s'y prendre.

— Écoutez, monsieur, ce scooter m'appartient. Si je laisse les clés sur le contact, c'est parce qu'il ne peut malheureusement pas aller bien loin sans moi. Je vous propose de rentrer chez vous et d'éviter à l'avenir de venir troubler la tranquillité des habitants du vallon des Auffes.

Première sommation.

Le gars ouvrit deux billes noires. Son interlocuteur se comportait de façon plus qu'étrange et cela le déstabilisa. Il tenta de se donner une contenance.

— Je m'en bats les couilles, ce scooter est à moi, maintenant. Soit tu te tires, soit je te passe l'envie de m'emmerder.

Il tenait son couteau le bras tendu devant son visage, à moins d'un mètre de Morgan. Au loin, l'agitation de la ville bruissait de mille sons, mais la ruelle était parfaitement calme. Une joute entre les deux hommes ne manquerait pas d'attirer les badauds. Morgan leva les deux bras et présenta ses paumes au délinquant.

— La violence ne résout rien, jeune homme. Vous avez essayé de voler mon scooter, mais vous avez échoué. Autant l'admettre et rentrer chez vous, vous ne croyez pas ?

Seconde sommation.

Le type afficha un curieux rictus. Il retroussa les lèvres et Morgan put constater une dentition plutôt alignée et parfaitement blanche. Le cerveau reptilien de cet individu lui commandait de montrer les dents. Tel un fauve prêt à se jeter sur sa proie, il brandissait ses armes — en l'occurrence son couteau et ses dents — supposées paralyser son adversaire. Il allait passer à l'attaque, jugea Morgan. Dans moins de cinq secondes, le temps nécessaire pour que son cerveau de mammifère réalise que ses tentatives d'intimidation n'étaient pas suffisantes. Il allait escalader la violence pour gagner le combat.

Morgan ne lui en laissa pas le temps. D'un mouvement souple, il bondit sur le côté et saisit le bras qui tenait le couteau. L'une de ses mains bloqua le coude tandis que l'autre appliqua une forte pression sur le poignet, dans le sens contraire de l'articulation. L'effet fut immédiat. Le garçon lâcha son arme et poussa un cri de douleur.

— T'es complètement con, tu m'as pété le poignet !

Morgan ne dit rien. Il saisit la matraque jusqu'alors dissimulée dans l'arrière de son pantalon et frappa violemment l'homme des deux côtés de la cage thoracique. Sur les côtes flottantes. Là où ça faisait le plus mal. Le craquement sinistre lui indiqua que son adversaire allait passer plusieurs semaines à hurler de douleur chaque fois qu'il tousserait, mais là encore, il ne ressentit aucune émotion. Il agissait de façon automatique. Pour s'assurer que cet imbécile ne recommencerait pas.

— Mais t'es cinglé ! Je te préviens, t'es un homme mort ! On va revenir te crever. On sait où t'habites !

Morgan se contenta de sourire. Pas parce qu'il était satisfait d'avoir blessé ce type, ou parce qu'il aurait ressenti une quelconque joie à l'idée d'avoir pris le dessus. Non, simplement pour rassurer la femme qui avait passé la tête par l'une des fenêtres allumées.

— Pouvez-vous appeler la police, madame ? demanda-t-il d'une voix douce. Cet individu a tenté de voler mon scooter, mais il a fait une mauvaise chute. Je crois qu'il s'est cassé les côtes.

Moins de deux minutes plus tard, à l'arrivée de la

police, le délinquant tenta de protester vigoureusement. « Ce fils de pute m'a agressé ! Il faut l'arrêter », hurla-t-il tandis que l'un des flics appelait les pompiers pour le prendre en charge. L'autre fonctionnaire de police se tourna vers Morgan et l'interrogea du regard.

— Petit un, ce monsieur a tenté de voler mon scooter. Petit deux, c'est lui qui s'est montré violent lorsque je lui ai demandé de me le rendre et de rentrer chez lui. » Morgan désigna le couteau qui gisait dans le caniveau. « Troisièmement, je note qu'il porte une montre de luxe qui est manifestement une contrefaçon... Enfin, je suis catégorique : cet homme ne connaît pas ma mère. Il se rend donc coupable de mensonge lorsqu'il affirme que je serais le descendant d'une prostituée. Je crois que vous pouvez le coffrer pour tout ça, non ? »

Morgan dormit plutôt bien cette nuit-là. Il ne rêva pas de délinquants violents venus venger leur malheureux compagnon. Ni d'un vallon des Auffes à feu et à sang du fait d'une bande de sauvageons descendus des banlieues difficiles. L'adrénaline n'eut pas non plus besoin de quitter son corps, car elle n'était tout simplement jamais montée. C'était une des caractéristiques de sa « maladie », comme disait son ex-femme. Ce n'était pas qu'il soit défaillant dans la gestion de ses émotions, c'est simplement qu'il n'en avait presque aucune.

Il sortit de sa maisonnette vers sept heures du matin, le lendemain. La journée promettait d'être magnifique et il voulait profiter de la fraîcheur matinale pour s'adonner à une autre de ses activités favorites : nager dans la mer.

En bas des escaliers, il croisa sa voisine. Elle fumait une cigarette, tenant dans l'autre main un gobelet de café.

— Comment ça va, ce matin, monsieur Baxter ? demanda-t-elle de son accent chantant de Marseillaise pure souche.

— Je vais bien, merci, Alicia. Vous n'avez pas été dérangée par le grabuge, hier soir ?

La jeune femme eut un mouvement de recul. Elle tira une longue bouffée et recracha lentement la fumée. Elle réfléchit à sa réponse, constata Morgan. Et si elle réfléchit, c'est qu'elle a vu quelque chose. Autant savoir quoi. Il se planta devant elle en attendant qu'elle parle.

— Je vous ai entendu sortir vers minuit quinze, se décida-t-elle à dire. Et après, il y a eu cette descente de flics, et les pompiers. Quelqu'un a essayé de voler votre scooter, non ?

— En effet. Je l'en ai empêché. Vous savez combien je tiens à cet engin. Il me permet de me déplacer librement, c'est important.

Alicia haussa un sourcil. Elle croisa les bras comme pour dissimuler sa poitrine largement apparente sous son minuscule caraco de nuit. Morgan Baxter était un drôle de bonhomme. Toujours agréable avec les habitants du vallon, il s'exprimait toutefois avec une sorte de raideur qui le rendait distant. Alicia mettait ça sur le compte de son ancienne carrière de gendarme, mais au fond, elle pensait que cet homme était un solitaire qui ne devait pas savoir comment se comporter avec la population joyeuse et bavarde de la cité phocéenne. Il habitait là depuis sept ans, et, à part sa fille qui lui rendait parfois visite, personne ne semblait véritablement le connaître.

— Comment va Roxane ? demanda-t-elle pour changer de sujet.

— Elle va bien, aussi. Du moins, je crois. Je ne l'ai pas vue depuis longtemps. Vous savez, elle travaille beaucoup dans sa nouvelle affectation, elle a peu de temps pour son papa.

Quatre phrases à la suite, dont l'une de plus de dix mots, c'était presque un long discours pour Morgan Baxter, jugea Alicia. Elle lui sourit et écrasa son mégot dans le gobelet en carton.

— Je vous laisse aller nager. La mer est d'huile, ce matin !

— Bonne journée Alicia. Embrassez Tom et Lou pour moi.

— Ce sera fait. Bonne journée, monsieur Baxter.

3

Aix-en-Provence

« Boulevard des Poilus, voilà une adresse singulière pour un lycée militaire », prononça Roxane Baxter à haute voix. Elle rangea sa petite Clio blanche le long de la rue sous un platane dense et touffu, et régla d'avance deux heures à l'horodateur. Il était sept heures trente du matin et le proviseur lui avait annoncé que l'établissement ne comportait pas de place de stationnement pour les visiteurs, ce dont il était désolé, et qu'elle trouverait donc plus facilement à se garer en arrivant tôt. Elle avait quitté son petit appartement d'un ensemble moderne du nord d'Aix vers sept heures, s'arrêtant simplement à la boulangerie pour avaler un pain au chocolat et un double expresso serré.

Sur un plan administratif, Roxane était affectée à la section de Recherches de Marseille, mais dans cette unité spécialisée dans les enquêtes judiciaires longues et complexes, les agents étaient autorisés à résider dans d'autres villes des Bouches-du-Rhône. En réalité, Roxane avait dû sa nomination ici à ses quelques années étudiantes passées à Aix-en-Provence. C'est donc tout naturellement que son chef lui confiait les affaires qui concernaient la cité aux mille fontaines.

Son intervention du jour ne la transportait pas d'allégresse, mais elle faisait partie d'une mission importante de la gendarmerie en matière de prévention. Elle s'en acquitterait donc avec rigueur et sérieux.

Ce matin-là, Roxane devait témoigner devant une classe de Terminale du Lycée militaire.

Elle ajusta son chemisier et resserra l'élastique de sa queue de cheval. Une autre particularité de son affectation à la section de Recherches était qu'elle pouvait travailler en civil, même pour une intervention dans une institution militaire, et même si l'établissement avait constitué son lycée pendant ses années de prépa. C'est donc vêtue d'un pantalon blanc moulant et d'un haut décolleté qu'elle se présenta à l'accueil.

— Madame la proviseure va vous recevoir dans un instant, lui annonça une secrétaire avenante, en la faisant assoir sur un fauteuil bizarrement moderne dans ce bâtiment ancien.

Roxane patienta en contemplant les portraits des glorieux élèves passés par l'institution. Des généraux de l'armée de terre, mais aussi quelques pilotes de chasse et des officiers supérieurs de la gendarmerie avaient étudié ici avant d'intégrer Saint-Cyr ou l'école de l'Air. Dans son cas, Roxane avait effectué deux ans de prépa au concours de l'école de Coëtquidan, pour finalement échouer et se rabattre sur un master de droit criminel. Ce n'est que plus tard qu'elle avait été admise à l'école des officiers de la gendarmerie nationale.

— Bonjour, lieutenant, annonça la proviseure. J'espère que nous ne vous avons pas fait lever trop tôt ?

La question était de pure forme. Madame la proviseure savait que les horaires de travail étaient à géométrie variable lorsqu'on était affecté à la section de Recherches. Les longues nuits d'enquêtes ou de déplacements étaient fréquentes, tandis que le sommeil faisait souvent défaut pour la lieutenante Roxane Baxter.

— Suivez-moi. Nous pourrons discuter de votre intervention dans mon bureau, puis je vous présenterai aux élèves.

Roxane lui emboita le pas et prit place dans un autre fauteuil moderne. Elle avisa la cour d'honneur à travers la fenêtre : une grande esplanade de graviers plantée en son centre d'un mât de bonne taille sur lequel flottait le drapeau français.

Tandis que la proviseure fermait la porte, Roxane sentit son portable vibrer. Par conscience professionnelle et parce qu'elle allait passer plusieurs heures coupée de ses affaires judiciaires, elle jeta un rapide coup d'œil à l'écran. Un message de Béatrice, sa mère, qui lui demandait de la rappeler dès que possible. Ça attendrait la fin de la matinée, jugea-t-elle.

— Racontez-moi ce que devient notre ancienne élève, entama la proviseure avec chaleur. Vous avez finalement obtenu l'affectation que vous désiriez ?

— Je suis enquêtrice à la section de Recherches de Marseille, en effet. Et cerise sur le gâteau, je travaille depuis Aix. Je ne peux rien demander de plus.

— Vous suivez la carrière de votre brillant papa. C'est bien.

La proviseure n'avait pas connu Morgan Baxter, le père de Roxane. Elle s'était en revanche prise d'affection pour la jeune femme lorsque celle-ci était arrivée à Aix, quelques mois après la démission fracassante du colonel Baxter. À cette époque, en 2015, Roxane avait suivi sa mère après le divorce de ses parents. Elle avait dix-neuf ans et hésitait entre une carrière sur les traces de son père ou un avenir tout à fait différent de joueuse de tennis professionnelle. Grâce à des prédispositions pour la petite balle jaune, elle avait tenté de mener en parallèle ses études et un programme intensif d'entraînement, mais la réalité s'était rappelée à elle : en matière de carrière professionnelle dans le sport de haut niveau, il y avait beaucoup d'appelés et très peu d'élus. Elle avait donc choisi de devenir gendarme.

— Est-ce qu'il n'est pas trop difficile pour une jeune femme d'être confrontée à la noirceur et à l'horreur des affaires criminelles ? demanda la proviseure.

Toujours ce cliché sexiste de la femme fragile et incapable de garder son sang-froid devant une scène de crime, pensa Roxane. Que cela vienne d'une personne qui était elle-même une femme ne la surprenait pas. Elle était habituée à ces poncifs encore monnaie courante dans la société.

— Je ne m'en sors pas trop mal. Le tout est de faire preuve de méthode et de savoir prendre du recul. À propos, sur quels aspects de mon métier voulez-vous que j'insiste auprès de nos jeunes élèves ?

La proviseure soupira. Elle avait la chance de diriger un établissement où les élèves étaient principalement issus de familles stables à l'éducation structurée. Pour autant, elle était comme tous les éducateurs confrontés à des problèmes de harcèlement, de menaces à la *sextape*, ou encore de soirées alcoolisées qui dégénéraient et se terminaient par des relations sexuelles pas tout à fait consenties. Le drame de l'époque.

— Sans aller jusqu'aux cas horribles de féminicides, nos élèves sont parfois confrontés à des comportements, comment dire… déplacés, de la part d'hommes de leur entourage. Il me semble que vous pourriez par exemple insister sur la nécessité de signaler ces cas à la police ou à la gendarmerie. Vous avez déjà eu à traiter ce genre d'affaires ?

Roxane se composa un masque neutre. Elle n'avait pas encore eu à enquêter sur un meurtre de femme par son compagnon. En revanche, elle savait que ce qui importait dans ces affaires était plus la protection des victimes que la recherche du coupable, généralement parfaitement connu. Il existait un laps de temps très court après le dépôt d'une plainte pendant lequel il fallait à tout prix neutraliser l'homme violent. Ou potentiellement violent. Un dépôt de plainte pour violence conjugale était souvent perçu par ces hommes au psychisme fragile comme une trahison qui leur faisait perdre les pédales. Le risque de passage à l'acte était alors maximal.

— Vous avez raison, c'est primordial de déposer plainte. Mais cela ne suffit pas toujours. Il faut aussi apprendre aux jeunes femmes à se défaire de leur sentiment de culpabilité. Lorsqu'un homme franchit les bornes, il est fréquent que la victime soit complètement isolée psychiquement et socialement. Il faut leur apprendre à résister aux manœuvres classiques des manipulateurs qui les ont choisies pour cible.

— Intéressant… et comment faire ça ?

Madame la proviseure vivait manifestement dans un milieu ouaté où, même si ce genre de drames survenait, il était encore courant de les glisser sous le tapis. Difficile de parler de ces choses-là, Roxane le savait mieux que personne.

— En leur apprenant par exemple à détecter les manœuvres habituelles des manipulateurs violents. Le mode opératoire est toujours le même.

L'heure filait rapidement. La proviseure consulta sa montre et décida qu'il était temps de rejoindre la classe. « Notre lycée est mixte depuis longtemps, vous aurez également des garçons pour votre conférence, ajouta-t-elle. Si vous détectez du sarcasme et de l'ironie chez certains, je vous demande de m'en avertir. Nous sommes d'accord ? »

— Nous sommes d'accord, répondit Roxane, sachant pertinemment qu'elle n'en ferait rien.

La directrice présenta Roxane aux élèves de Terminale sagement alignés dans leur classe austère, puis elle regagna son bureau.

Un écran vidéo moderne avait remplacé le traditionnel

tableau noir. Pour le reste, rien n'avait bougé depuis l'époque où elle avait étudié ici. Elle se présenta brièvement, puis entama un exposé sur les carrières « passionnantes, mais exigeantes » qui s'offraient à ces jeunes gens travailleurs et formés à la discipline d'un lycée militaire.

Les missions de représentation n'étaient pas sa tasse de thé, pourtant, sa prestance lui permit d'obtenir un silence respectueux. Même sans uniforme, sa grande taille — plus d'un mètre soixante-quinze aux dernières nouvelles — et son port de tête altier en imposaient naturellement. Roxane n'était pas un top model, mais sans conteste une femme qui possédait beaucoup d'allure. Suffisamment en tout cas pour être souvent l'objet de tentatives de séduction de la part de la gent masculine.

Tout en exposant quelques affaires qu'elle avait déjà traitées au cours de sa jeune carrière, elle balaya du regard l'assistance. Au fond, un élève affichait un air ostensiblement sarcastique, plus pour dissimuler sa gêne que par esprit de provocation. Au premier rang, deux filles échangèrent des regards embarrassés lorsque Roxane aborda la question des relations sexuelles non consenties qui se produisaient à l'issue de soirées trop alcoolisées. Ces jeunes gens avaient l'air bien dans leurs baskets, pensa-t-elle. On était loin des classes sociales défavorisées des quartiers nord de Marseille. Pourtant, elle savait mieux que personne combien l'éducation bourgeoise et les bonnes manières dissimulaient parfois des déviances abominables. La perversité ne se diluait pas dans la bonne société.

À l'issue de son exposé, un garçon au physique d'athlète prit la parole. Le délégué de classe ou au moins le porte-parole de ses petits camarades pour les questions provocatrices, jugea Roxane.

— Vous dites qu'une fille peut être sous l'emprise d'un garçon sans s'en apercevoir. Mais en vrai, si elle ne s'en rend pas compte, c'est qu'elle est faible, non ? Qu'elle n'a pas assez de caractère pour se faire respecter !

Roxane sentit un léger pincement lui serrer l'estomac. « Non, mon garçon, être sous emprise ne signifie pas forcément être faible. C'est plus compliqué que ça », eut-elle envie de rétorquer. Au lieu de ça, elle redressa les épaules et demeura dans son rôle.

— Dans une démocratie comme la nôtre, la mission des forces de l'ordre est précisément de protéger les plus faibles. C'est pour cette raison que je vous conseille d'effectuer un signalement à la police ou à la gendarmerie dès que vous constatez que quelqu'un agit de telle façon qu'une des vôtres perd son libre arbitre.

Le garçon pouffa et chuchota quelque chose à la fille assise à côté de lui. Celle-ci rougit et gloussa en se cachant le visage.

— Et au sein de la gendarmerie, il y a des affaires de harcèlement sexuel ? Vous, par exemple, ça vous est déjà arrivé ? fanfaronna à nouveau le leader.

La classe bruissa de rires étouffés devant l'audace de leur camarade. Roxane ne se démonta pas.

— Malheureusement, les histoires de harcèlement ou de manipulation se produisent dans tous les milieux. Tenez, je suis sûre qu'il y en a potentiellement dans cette noble institution. » Elle embrassa l'espace d'un geste du bras. « Je fais le pari que l'un d'entre vous finira en garde à vue avant cinq ans pour des faits de ce genre », conclut-elle avec un sourire pincé.

Sa remarque doucha l'enthousiasme bruyant des futurs militaires et Roxane put sereinement terminer de répondre aux questions.

En quittant le lycée militaire, deux heures plus tard, elle se souvint du message laissé par sa mère.

— Ah Roxy ! s'exclama Béatrice, manifestement en proie à une excitation coutumière chez elle. Tu ne m'as pas rappelée !

— C'est ce que je fais à l'instant, maman.

— Je t'ai laissé un message il y a au moins un siècle ! Qu'est-ce que tu fabriques ? Tu es encore sur une scène de crime ?

— Ce n'était pas il y a un siècle, c'était il y a deux heures et dix minutes, remarqua Roxane en consultant sa montre. Si tu me disais plutôt ce qu'il y a de si urgent.

— Oui, bon, c'était il y a longtemps en tout cas. Toujours est-il que j'ai une information extrêmement importante pour toi.

Béatrice s'interrompit, manifestement distraite par quelqu'un de son environnement. Roxane n'avait pas envie que cette conversation se prolonge, mais elle ne devait pas raccrocher avant que sa mère ait pu vider son sac. À défaut, celle-ci renouvellerait ses appels jusqu'à ce soir.

— Maman ? Tu es là ? tenta-t-elle.

— Oui, un instant ma chérie. C'est Édouard qui me parle...

Édouard était le beau-père de Roxane. Un chirurgien esthétique marseillais dont sa mère s'était entichée après avoir quitté son père. À vrai dire, Roxane soupçonnait même qu'elle s'en soit entichée *avant* de quitter son père. Toujours est-il que Béatrice possédait cette vilaine manie de hacher ses conversations téléphoniques au gré des sollicitations des personnes qui se trouvaient dans la même pièce qu'elle. C'était le cas en l'espèce avec Édouard, donc.

— Je vais raccrocher maman. Je dois travailler.

— Atteennnds ! cria Béatrice d'une voix de crécelle. Je te dis que c'est important !

Roxane entendit sa mère terminer sa discussion avec son nouveau mari. Elle déverrouilla la porte de la Clio et son téléphone passa sur le haut-parleur. Elle put écouter l'exposé de sa mère en commençant son trajet vers Marseille.

— J'ai reçu un appel de M. et Mme Franzini. Tu sais,

nos amis restaurateurs à Aix ? Tu ne devineras jamais ce qui leur arrive ? Une affaire épouvantable...

Roxane n'était pas payée pour répondre aux devinettes de sa mère. Son métier consistait à établir des faits, puis à enquêter pour déterminer ce qui était arrivé. Sa mère en était manifestement restée à l'ère d'Hercule Poirot ou de miss Marple.

— Je n'ai pas beaucoup de temps. Si tu en venais directement aux faits, suggéra-t-elle pour tenter d'abréger les considérations sociales sur la famille Franzini que sa mère n'allait pas manquer de détailler.

— Tu connais Julia, leur fille ?

— Oui, je la connais. On a joué au tennis ensemble. Tu te souviens, maman ?

— Bien sûr ! Où ai-je la tête ? Vous avez joué au tennis ensemble. Bon, bref, toujours est-il que Julia a disparu ! Ça t'en bouche un coin, n'est-ce pas ?

Roxane soupira, affligée. Sa mère possédait la vilaine manie d'aborder chaque événement comme une anecdote mondaine. Qu'il s'agisse du mariage à venir d'un couple d'amis ou d'une « affaire épouvantable », comme elle l'avait suggéré s'agissant de Julia, Béatrice prenait le même ton enjoué de conspiratrice d'opérette. Comme si elle tirait gloire d'être au courant avant tout le monde.

— Disparue comment ? Depuis quand ?

— Je ne sais pas très bien. Elle a pris un vol pour Vienne où elle devait jouer un tournoi. Tu sais, Vienne en Autriche où nous sommes allés avec Édouard pour le Nouvel An...

— Maman !!

— Pardon. Tu as raison... les faits ! Bref, les Franzini n'ont plus de nouvelles de Julia depuis vendredi dernier.

— Nous sommes lundi. Elle n'a peut-être pas encore pensé à les appeler.

— Non, ça ne lui ressemble pas. Elle n'est même pas arrivée à son hôtel d'après madame Franzini.

— OK. Elle est partie là-bas avec son entraîneur ?

— Ça, je ne sais pas, déplora Béatrice, en constatant qu'il lui manquait une information cruciale et potentiellement croustillante.

— Ses parents ont prévenu quelqu'un ? reprit Roxane. Je veux dire : à part toi, bien sûr.

— Tu connais monsieur Franzini ? Toujours inquiet pour sa fille ! Il a signalé son absence à la police, mais ils lui ont répondu que Julia était majeure et que pour le moment, ce n'était pas particulièrement inquiétant.

— Je vois. Je vais me renseigner. Mais si la police d'Aix est saisie, ça m'étonnerait que l'affaire nous revienne.

Les rapports entre la police nationale et la gendarmerie étaient globalement bons. Il arrivait même que la section de Recherches de Roxane collabore avec le SRPJ de Marseille, ou même que certains moyens de la gendarmerie, tels que les plongeurs ou les hélicoptères, soient mis à la disposition de la police pour des affaires délicates. Mais si un procureur ouvrait une enquête sur Julia, il y avait fort à parier qu'elle serait confiée à la police, puisqu'elle habitait Aix-en-Provence.

— J'ai dit à madame Franzini que ma fille allait voir ce qu'elle pouvait faire ! Maintenant que ton père n'est plus gendarme, je ne peux plus compter que sur toi, déplora Béatrice.

— Très bien, maman, je te rappelle.

Roxane ne laissa pas le temps à sa mère de fournir de nouveaux commentaires. Elle raccrocha et réfléchit au cadre dans lequel elle pouvait se renseigner sur ce qui était arrivé à Julia Franzini.

La Clio se faufila à l'entrée de Marseille. À droite, les bassins du port étaient occupés par des navires de passagers : de gros paquebots de croisière et des ferries plus modestes, qui assuraient la liaison avec la Corse ou l'Afrique du Nord. Roxane admira ce paysage fascinant. Mi-urbain, mi-maritime, il lui rappela que c'était face à cette mer Méditerranée, porteuse de tant d'espoir, mais aussi théâtre de drames épouvantables, que son père avait choisi de s'installer.

Si elle avait le temps et malgré leur lien légèrement distendu, elle lui rendrait visite en fin de journée.

4

Marseille

Roxane se rendait assez rarement à la caserne qui abritait la section de Recherches de Marseille. Rattachée au groupement de gendarmerie des Bouches-du-Rhône, son unité intervenait principalement en appui ou en collaboration avec les différentes brigades de Recherche de l'échelon sous-préfectoral. Cette organisation sibylline, qui venait en outre se superposer aux services de la police nationale, avait permis à Roxane, sitôt sortie de l'école des officiers de Melun, d'obtenir un premier poste conforme à ses souhaits.

L'essentiel de son boulot se déroulait sur le terrain. Affectée à la division chargée des atteintes aux personnes, elle enquêtait sur les crimes de sang ou les disparitions liées ou non à des gangs criminels. Ce jour-là, elle était censée rendre compte au colonel dirigeant la SR d'une affaire d'assassinat suivi de la destruction du cadavre au « barbecue ». Par « barbecue », il fallait comprendre l'enfermement du corps de la victime dans le coffre d'une voiture aspergée d'essence, puis l'embrasement du tout pour rendre difficile, voire impossible, le travail d'identification.

Une méthode de barbare. Une méthode de trafiquants de drogue commune dans le sud de la France.

Elle se changea dans le vestiaire réservé au personnel féminin. Si sa tenue au quotidien était civile, elle n'envisageait pas de se présenter devant son chef sans un minimum de maintien militaire. Elle boutonna son polo bleu ciel sur lequel elle fixa ses galons de lieutenant, puis elle déposa son arme de service dans le coffre sécurisé du local.

Le colonel Olivier Roque était un militaire pur et dur. Près d'un mètre quatre-vingt-dix, les cheveux poivres et sels coupés ras, il possédait le visage anguleux des cinquantenaires qui pratiquent le sport vingt heures par semaine. Aucune trace de sympathie sur ses traits, il dirigeait le personnel de la section de Recherches avec poigne et sévérité. Roxane redoutait à plus d'un titre chacune de ses entrevues avec lui.

— Baxter, vous êtes en retard, constata-t-il, debout sur le côté de son bureau, les doigts tendus posés sur le meuble.

Roxane salua réglementairement et préféra entrer directement dans le vif du sujet, plutôt que de se perdre en excuses qui de toute façon seraient ignorées.

— La victime du « barbecue » a été identifiée, colonel, entama-t-elle. Il s'agit d'un guetteur d'une cité de Salon-de-Provence.

— Oui, j'ai lu le rapport de l'IJ. Dites-moi plutôt ce que vous avez appris sur les auteurs de ce crime.

Roxane exposa les faits avec précision. Concise et brève, elle était consciente que ces informations étaient déjà connues du patron de la SR. Un grand classique : une guerre de territoire entre deux bandes de trafiquants de drogue qui se disputaient un business aussi illégal que fructueux. Le trafic de drogue obéissait depuis longtemps aux lois du marché. Il s'agissait pour les *entreprises* concurrentes de s'octroyer la plus grosse part de marché possible, sauf que quand un concurrent vous faisait de l'ombre, on ne le débauchait pas en lui proposant un meilleur salaire, on le faisait rôtir dans le coffre d'une voiture, généralement volée. Fâcheux.

— C'est une bande de Marseille qui a fait le coup. Des Comoriens. Les Salonnais ont visiblement voulu étendre leur zone de chalandise jusqu'aux quartiers nord, mais ce n'est pas du goût des gars de la Castellane.

— Corrigez votre langage, Baxter. Il n'y a pas de place pour la métaphore dans les comptes-rendus d'enquêtes.

Roxane ravala sa salive. Elle ne dit rien. Avec n'importe quel autre enquêteur, le colonel Roque n'aurait pas relevé. Mais elle n'était pas n'importe quelle enquêtrice. Elle était la fille de Morgan Baxter, un ancien officier supérieur qu'avait bien connu son chef actuel. Qu'il avait bien connu et qu'il n'appréciait pas.

— J'estime que l'enquête est terminée, poursuivit-elle. On peut transmettre au PSIG et demander les interpellations.

— Ça, ce n'est pas vous qui le décidez. Je vais avertir le juge d'instruction. Je vous ferai part de sa décision. Autre chose ?

Roxane se sentit une nouvelle fois piteuse. Les échanges étaient souvent rudes avec les officiers supérieurs, mais le colonel dépassait les bornes. Tant qu'il était son chef, elle n'avait pas d'autre choix que de l'accepter. Ou de demander son affectation dans un autre service.

Mue par le besoin de rehausser sa cote, elle changea de sujet.

— Colonel, j'ai une info sur une affaire qui pourrait défrayer la chronique. On peut peut-être s'en saisir ?

Roque arqua un sourcil. Il n'avait pas l'habitude que les nouvelles enquêtes lui viennent de son personnel, mais après tout, si elle en valait la peine, l'information de Roxane pourrait toujours améliorer le prestige de son service. Il n'aurait pas de mal à s'en attribuer l'origine.

— Je vous écoute.

— Une joueuse de tennis professionnelle du Country Club d'Aix a disparu il y a trois jours. Selon sa famille, c'est inquiétant. Mais la police n'a pas jugé utile d'ouvrir une enquête à ce stade.

— De quoi s'agit-il ?

— Julia Franzini. Elle est dans le top 200 mondial. Elle joue chaque semaine des tournois en Europe, et il semblerait qu'elle ne soit jamais arrivée à celui de Vienne qui commence aujourd'hui.

Roque marqua son scepticisme. Il fit une moue dubitative.

— Ce n'est pas parce que ses parents n'ont pas de nouvelles qu'elle a disparu, Baxter. Il arrive à tout le monde de vouloir prendre un peu d'air vis-à-vis de sa famille, n'est-ce pas ?

Roxane ne sut pas s'il faisait allusion à ses relations à elle avec son père. Roque les savait distendues et il ne manquait jamais l'occasion de l'interroger sur ce que devenait Morgan Baxter, un homme qui semblait être une obsession pour le colonel. Elle n'approfondit pas le sujet.

— Julia Franzini s'entend bien avec ses parents. S'ils disent qu'elle a disparu, je pense que ça mérite qu'on creuse un peu. Vous pourriez me charger d'une enquête préliminaire.

— Vous avez l'air de bien connaître cette fille. Vous avez un intérêt personnel à la retrouver ?

Roxane ne laissa rien paraître. Julia était une amie, en effet. Elles avaient joué au tennis ensemble plusieurs années auparavant. Mais tandis que Julia avait fait carrière, Roxane avait abandonné le sport de haut niveau pour intégrer la gendarmerie.

— Je connais vaguement sa famille, concéda-t-elle. Mais je sais surtout qu'il n'est pas normal qu'une joueuse de tennis professionnelle ne se présente pas à son hôtel, le premier jour d'un tournoi.

Le colonel Roque saisit la balle au bond, si l'on peut

dire.

— Où m'avez-vous dit que se déroulait le tournoi ?

— À Vienne, en Autriche.

L'opportunité paraissait évidente : la police aurait toutes les peines du monde à enquêter à l'étranger, jugea Roque. Tandis qu'avec ses appuis et son expérience en matière d'investigation à l'étranger, pour le trafic de drogue notamment, la section de Recherches de la gendarmerie semblait plus qualifiée pour ouvrir une enquête.

— Très bien. Je vous autorise à procéder aux recherches préliminaires, lança le colonel. Mais pour le moment, vous n'en parlez à personne... et vous me rendez compte personnellement. C'est bien compris, Baxter ?

— Merci, colonel.

Elle se raidit sur ses jambes, prête à saluer et à prendre congé.

— Une dernière chose, ajouta Roque. Quand je dis « vous n'en parlez à personne », cela inclut évidemment votre père. Il a toujours une fâcheuse tendance à saboter les enquêtes, celui-là.

Roxane acquiesça. Elle ne voyait pas assez souvent son père pour lui parler de toutes ses enquêtes. En outre, Morgan vivait quasiment reclus dans un quartier pittoresque de Marseille, obsédé par ses montres et quelques sorties en mer. Et puis, de toute façon, il ne possédait ni téléphone portable ni Internet. Si Roxane voulait lui parler, elle devait se rendre en personne au vallon des Auffes. Ou appeler le petit bar voisin dans lequel Morgan prenait chaque matin son expresso, et chaque soir un verre de pastis, en contemplant le coucher du soleil. Une vie loin des turpitudes des enquêtes de police. Une vie dans laquelle il n'y avait pas beaucoup de place pour aider Roxane à comprendre les raisons de la disparition de Julia Franzini...

Elle quitta le bureau de son chef sans rien ajouter. Elle allait commencer par interroger M. et Mme Franzini.

5

Marseille, vallon des Auffes

En fin d'après-midi, le vallon des Auffes ressemblait à un petit port de Corse du nord. Les pêcheurs qui amarraient leur embarcation ici étaient rentrés depuis longtemps. Les filets attendaient, sagement pliés, d'être transbordés à nouveau le lendemain pour une campagne de pêche aussi modeste que pittoresque. On habitait le vallon pour son paysage de carte postale, pas pour la rentabilité des activités que l'on y conduisait.

Morgan Baxter occupait une maisonnette sur la gauche du bassin. Une petite bâtisse blanche aux volets bleus, à laquelle on accédait par une volée de marches irrégulières. Un modeste salon dallé de pierres brutes donnant sur une cuisinette ouverte, un escalier abrupt conduisant à une chambre sous les toits, et surtout, à l'arrière, une pièce entièrement insonorisée dans laquelle il avait installé son atelier d'horloger. Il avait besoin de calme et de silence absolu pour travailler sur les mécanismes de précision que lui confiaient des clients passionnés de belles montres.

Il fixa le boitier sur le tour et entreprit de dévisser les minuscules attaches en or. Une fois le calibre mis à nu, il observa les mouvements du mécanisme. Le ressort de balancier, une multitude de roues crantées tournant dans des sens et à des vitesses différents, et enfin, l'ancre qui battait la mesure au rythme théorique d'un va-et-vient par seconde. Lorsqu'il observait cet enchaînement de mouvements au battement immuable, plus rien d'autre n'existait pour Morgan. Les « pièces » de son cerveau appréhendaient, mais surtout, comprenaient en une fraction de seconde leur logique mécanique. Quelle roue crantée entraînait sa voisine et dans quel sens, quelle dent, légèrement usée, décalait d'un millième de seconde la rotation des aiguilles et faussait imperceptiblement l'indication de l'heure. Morgan « souffrait » de perceptions sensorielles exacerbées qui auraient pu être un immense atout, surtout la vue et l'ouïe, mais qui le handicapaient, en réalité. Lorsque les indications de l'un de ses sens parvenaient à son cerveau, tout autre signal devait être coupé, car il constituait une perturbation insupportable dont il devait se débarrasser. La traduction de ses perceptions en actions ou en émotions lui demandait une énergie considérable, mais surtout un raisonnement qui, bien qu'ultra rapide, lui donnait l'air « bizarre ». Ou inadapté.

Le balancier oscillait régulièrement. Morgan constata qu'une dent de la roue d'échappement était abimée. Une minuscule usure qui conférait à l'ancre un mouvement un rien trop ample. Trop ample, donc trop long. Le mécanisme ne battait pas au rythme d'un mouvement toutes les secondes, mais d'un mouvement toutes les secondes et quelques poussières de seconde… La montre retardait et il suffirait de changer la roue d'échappement.

Au moment où il reposait la loupe oculaire, il perçut un choc sourd de l'autre côté du mur. La mousse d'insonorisation l'isolait presque parfaitement des bruits de la rue. En revanche, le coup porté au mur de la maison mitoyenne provoqua une vibration qui troubla sa quiétude. Cela l'agaça, mais il n'y prêta pas attention.

Lorsqu'une minute plus tard, il perçut un second coup, il interrompit définitivement son travail pour sortir voir de quoi il retournait. À gauche de chez lui, légèrement en contrebas, vivaient Alicia, Tom et Lou. D'ordinaire, l'agitation d'une maisonnée composée d'une maman et de ses deux bambins ne le dérangeait pas. La jeune femme faisait de son mieux pour élever ses gosses avec rigueur. Elle avait d'ailleurs choisi le vallon des Auffes et ses maisons mitoyennes pour leur donner un cadre villageois, loin du chaos des cités surpeuplées où elle avait elle-même grandi.

Morgan quitta son atelier et ouvrit la porte d'entrée. Sur le seuil, il perçut des voix qui s'échappaient du vasistas de toit. Celle d'Alicia, haut perchée et visiblement inquiète, et celle plus grave d'un homme calme mais menaçant.

« T'as intérêt à nous dire où vous les avez planquées, sale conne. Sinon, je te promets que tu vas passer un mauvais quart d'heure. »

Morgan regarda sa montre : quinze heures quarante-cinq. Les petits devaient encore être à l'école. Il photographia mentalement la rue. Son *T-Max* était toujours à sa place, mais un véhicule noir aux vitres teintées stationnait à cheval sur la voie, empiétant largement sur l'emplacement réservé aux bateaux tirés hors de l'eau durant l'hivernage. Une grosse Audi à la peinture mate et aux étriers de freins rouges. Une voiture de caïd de banlieue ou au moins de flambeurs. Sans aucun doute, celle du type qui menaçait Alicia.

« Je vous jure que je ne sais rien ! Viktor ne m'a rien dit ! », hurla cette dernière.

Un bruit de gifle, puis un choc contre le mur.

Morgan balaya du regard l'environnement. Un groupe de jeunes transportait une glacière pleine afin de prendre l'apéritif sur les rochers du bord de mer. Quelques touristes déambulaient, appareil photo en bandoulière et guide du Routard à la main. À gauche, le bistrotier de *Chez Jeannot* installait sa terrasse et s'agaçait de la présence de l'Audi rutilante. Il adressa un salut amical à Morgan qui le lui rendit. Tout le monde connaissait tout le monde au vallon des Auffes, et il était important de garder de bonnes relations avec ses voisins.

Morgan s'interrogea sur la conduite à tenir. Il n'avait aucune envie de jouer aux justiciers, encore moins d'affronter le ou les hommes qui s'en prenaient à Alicia. Ils étaient certainement armés et il n'avait pas l'intention de les braver à main nue. « Les hommes qui savent se battre évitent autant que possible de le faire. » Cet adage d'un de ses instructeurs au GIGN était comme un mantra pour lui. Pour un peu, il le porterait en tatouage sur la clavicule. Pour autant, il ne pouvait pas laisser Alicia se faire molester par un voyou. Bien qu'il n'ait pas particulièrement d'empathie pour la jeune femme — il n'avait d'ailleurs pas de sentiments pour grand monde, en règle générale —, son agression risquait de troubler durablement la quiétude du vallon. Et ça, il n'en avait nulle envie : Morgan avait besoin que son environnement domestique soit calme et apaisé.

Il passa en revue à toute vitesse les actions à entreprendre et le temps nécessaire. Trente-cinq secondes, estima-t-il.

Il jeta un regard à l'Audi, apprécia la boursouflure des pneus, et jugea que la température extérieure de trente-quatre degrés avait augmenté la pression d'environ un bar et demi. Cette surpression ajoutée à celle habituelle pour ce genre de véhicules serait largement suffisante pour produire l'effet désiré. Il entra à nouveau dans sa maison, se saisit d'un couteau de boucher dans la cuisine, puis descendit calmement dans la ruelle. Vingt-deux secondes.

Il contourna l'Audi, s'accroupit derrière le capot en vérifiant que personne ne faisait attention à son manège, puis il empoigna fermement l'arme. Il lui restait six secondes.

Profitant d'un instant de calme durant lequel l'environnement sonore du vallon diminua, il arma son geste et d'un mouvement inversé du bras, il frappa la roue.

« Bang ! »

Le pneu ne se contenta pas de se dégonfler, il explosa littéralement sous la pression de l'air brutalement libéré. Morgan renouvela l'opération avec la roue arrière, puis il se redressa, dissimulant le couteau dans la poche de son bermuda cargo.

— Vous avez vu ? annonça-t-il à la cantonade. La chaleur a fait exploser ces pneumatiques !

Quelques promeneurs s'attroupèrent, avant que deux hommes ne surgissent de la maison d'Alicia.

— Putain, c'est quoi ce bordel ! hurla le premier, un type tout juste sorti de l'adolescence, portant un t-shirt Von Dutch et une banane Louis Vuitton, à l'évidence contrefaite.

— Un putain d'attentat ! jura l'autre, visiblement hors de lui.

— J'ai bien peur que la chaleur soit à l'origine de l'incident, intervint Morgan. Il vaut mieux garer sa voiture à l'ombre, en plein été.

Sa remarque de bon sens n'eut pas l'air de calmer les deux olibrius. Le premier jaugea Morgan, tandis que le second se saisit d'un téléphone portable, sans doute pour demander l'aide d'un comparse qui ne saurait pas plus que lui comment se comporter face à un problème pareil.

— De quoi tu te mêles, toi ? siffla le post-adolescent.

— De rien. C'est juste que les voitures ne sont pas autorisées dans le vallon en fin d'après-midi. Vous auriez dû stationner en haut de la rue.

Les deux caïds de pacotille avaient un problème insoluble : ils étaient venus donner une leçon à Alicia, et voilà que leur moyen de fuite était neutralisé par une crevaison. En outre, de nombreux badauds se regroupaient pour voir comment ils allaient pouvoir quitter le vallon sans leur pur-sang mécanique. Ils ne pouvaient décemment pas terminer le travail qu'ils étaient venus accomplir. En désespoir de cause, ils décidèrent de quitter les lieux à pieds, non sans avertir le reste de la population : « On revient, on va chercher une dépanneuse, dit le plus grand. Vous n'avez pas intérêt à toucher à cette caisse, bande de connards ! »

L'insulte comme moyen de garder la face...

Pathétique, pensa Morgan. Ces gars-là avaient encore pas mal de choses à apprendre.

Alicia était apparue sur le pas de sa porte. Morgan s'approcha d'elle et composa son meilleur sourire.

— Vous avez des ennuis, on dirait. Expliquez-moi de quoi il retourne.

Alicia ne se fit pas prier. Elle lui indiqua de la suivre. Manifestement choquée, elle portait une marque de gifle sur la joue gauche. Ses cheveux, habituellement tenus en crinière par un bandeau coloré, étaient en désordre. En outre, l'intérieur de sa maisonnette était sens dessus dessous, constata Morgan.

— Que voulaient ces hommes ?

— Ce sont des associés de mon ex-compagnon, soupira-t-elle en s'affalant sur un pouf carré. Ils ne me lâcheront jamais...

— Des associés ? Votre compagnon est dans les affaires ? Quel genre d'affaires ?

— Ex-compagnon. On n'est plus ensemble. Il est incarcéré aux Baumettes. Viktor s'est fait prendre il y a deux ans. À peu près au moment où je me suis installée ici avec les enfants.

— Je peux vous demander ce qu'on lui reproche ?

— C'est une longue histoire, soupira la jeune femme. Ce qui m'inquiète, c'est que ses associés vont surement revenir. Pour récupérer leur bagnole, et parce qu'ils n'ont pas obtenu ce qu'ils voulaient.

Le cerveau d'ex-enquêteur de Morgan se demanda ce que pouvaient bien vouloir ces types à une jeune mère de famille dont le compagnon était en prison. Encore une fois, il s'en fichait, mais les deux délinquants demeuraient une menace pour la quiétude du vallon des Auffes. Il fallait s'en débarrasser définitivement. Alors, si au passage cela pouvait mettre Alicia à l'abri, il ferait d'une pierre deux coups.

— N'est-ce pas l'heure d'aller chercher vos enfants à l'école ?

Alicia réalisa qu'elle était en retard. « Oh ! Mon Dieu, vous avez raison ! Je dois filer. » Puis, n'ayant pas perdu de vue que les deux brutes allaient revenir : « vous êtes un ancien gendarme. Vous ne pourriez pas me dire ce que je dois faire pour qu'ils me laissent tranquille ? »

— Je vais m'occuper de les dissuader de revenir dans l'immédiat. Pour le reste, je vous suggère de déposer plainte pour agression. La police est sensible à ce genre d'affaires, par les temps qui courent.

Alicia tremblait encore de tous ses membres. La descente d'adrénaline, sans doute. Morgan l'aida à verrouiller sa porte, puis la regarda remonter en courant la rue du vallon des Auffes. Elle serait de retour avec les enfants dans trente minutes. D'ici là, il faudrait que la voiture des deux idiots ait disparu.

Morgan emprunta le chemin piétonnier qui longeait les maisons. Au bout du petit bassin portuaire, après l'arche du viaduc qui surplombait le vallon, il déboucha sur un autre bassin, soigneusement entretenu, qui servait de piscine naturelle aux habitants et aux touristes renseignés sur ce petit coin de paradis. À l'extrémité, directement construit dans la roche, se trouvait l'établissement de Karim, un café-glacier qui proposait des rafraichissements jusque tard dans la soirée. Karim avait en outre la gentillesse de mettre à la disposition de Morgan son téléphone fixe. Un ancien flic qui ne possédait ni portable ni Internet, on pouvait bien l'aider de temps en temps, pensait-il avec bonne humeur.

— Juste un appel local, cette fois, annonça Morgan.

— Pas de problème ! De toute façon, j'ai les appels illimités, maintenant. Au fait, vous avez entendu les explosions tout à l'heure ?

Morgan n'avait pas l'intention de tailler une bavette tout de suite. Il devait passer cet appel, puis seulement il accepterait le pastis que Karim lui proposerait.

Il décrocha le combiné et composa un numéro qu'il connaissait par cœur.

— Police municipale, j'écoute, annonça une voix chantante à l'autre bout du fil.

— Morgan Baxter à l'appareil. Nous avons encore une voiture mal garée au vallon des Auffes. Vous pouvez envoyer une équipe ?

La police municipale marseillaise était particulièrement chatouilleuse en matière de stationnement au vallon. Partout ailleurs dans la ville, l'occupation de la voirie était soumise à des règles anarchiques et à vrai dire incompréhensibles pour le commun des mortels, mais pas ici, pas au vallon des Auffes, cet écrin d'authenticité et de méditerranée qui faisait le bonheur des touristes.

En rentrant chez lui après le « petit jaune » bu avec Karim, Morgan constata que l'Audi avait disparu. Il aperçut également deux agents municipaux qui montaient la garde devant « Chez Jeannot ». Pour aujourd'hui au moins, Alicia était protégée. On verrait bien la conduite à tenir pour la suite, lorsqu'elle lui aurait confié la nature exacte de son différend avec ces types.

Dans l'immédiat, Morgan pouvait retourner à ses roues crantées et à ses balanciers.

6

Plusieurs trajets permettaient de circuler entre Marseille et Aix-en-Provence. Le principal, celui qui empruntait l'A51 filant droit vers le nord, était systématiquement congestionné en fin d'après-midi. Le flot de véhicules des employés qui travaillaient à Marseille mais habitaient à la campagne encombrait l'autoroute sur trois voies. Roxane emprunta l'A55. Elle poussa jusqu'aux abords de l'aéroport de Marignane, avant de bifurquer à droite au niveau de la zone commerciale des Milles. Elle chantonnait un titre de Clara Luciani en laissant ses pensées divaguer.

Profiter des trajets en voiture pour penser à autre chose qu'à son métier constituait sa bouffée d'oxygène. Combien de flics s'étaient laissés dévorés par les affaires qu'ils traitaient jusqu'à en oublier de vivre normalement ? Jusqu'à en perdre la raison. Cela ne risquait pas d'arriver à Roxane, pensait-elle, elle qui était toujours parvenue à cloisonner sa vie privée et son boulot d'enquêtrice.

Cette affaire, pourtant, pouvait faire trembler ce délicat équilibre. Julia était une ancienne amie, et elle connaissait très bien l'endroit où elle se rendait : la villa de M. et Mme Franzini.

Elle enfonça la touche d'appel programmée sur son portable. On décrocha immédiatement.

— Roxy ! Tu m'apportes de bonnes nouvelles ? Je n'ai pas beaucoup de temps, je suis à une exposition sur Cézanne avec Édouard. Formidable, d'ailleurs. Tu devrais y faire un saut.

Cette manie de parler de façon ininterrompue, de poser une question sans vous laisser le temps de répondre, c'était le travers de sa mère qui exaspérait le plus Roxane. On avait coutume de penser que les personnes atteintes de logorrhée verbale étaient idiotes, que le fait de discourir sans écouter était la marque des imbéciles. Roxane savait qu'il n'en était rien. Béatrice était une femme intelligente. Extrêmement cultivée et capable de disserter sur l'histoire de France ou l'art contemporain, elle n'en souffrait pas moins d'une phobie évidente du silence qui l'obligeait à parler, parler et encore parler jusqu'à ce qu'on l'interrompe.

— J'ai obtenu de mon chef d'ouvrir une enquête préliminaire. Je suis en route pour interroger les parents de Julia, dit-elle en haussant la voix pour couvrir le soliloque de sa mère.

— Formidable ! Je vais prévenir Françoise ! Elle va être ravie !

Ravie, ça m'étonnerait, pensa Roxane. Soulagée éventuellement que la gendarmerie prenne son angoisse au sérieux. Mais « ravie » était un sentiment que l'on éprouvait lorsque quelque chose nous mettait en joie. Surement pas quand on était sans nouvelles de sa fille depuis plusieurs jours. Elle ne corrigea pas sa mère.

— Je te tiens au courant, maman. Au fait, tu as des nouvelles de papa ?

— Aucune. Tu connais ton père. Il doit être retranché dans sa cabane à l'heure qu'il est. Plus préoccupé par le fonctionnement de ses foutues montres que par la marche du monde. Tu devrais passer le voir un de ces jours.

Roxane se reprocha d'avoir abordé le sujet. Son père

était un objet de monologue sans fin pour Béatrice. Bien qu'elle l'ait quitté depuis sept ans, elle n'avait, semble-t-il, jamais vraiment renoncé à comprendre cet homme si particulier, et pour tout dire, un peu asocial. Elle raccrocha sans laisser le temps à sa mère de poursuivre.

Comment deux êtres aussi différents étaient-ils parvenus à vivre ensemble pendant près de vingt ans ? Et comment pouvait-on se construire sereinement lorsqu'on était le fruit de cette union anachronique ? se demanda-t-elle. Ses parents s'étaient aimés, cela ne faisait pas de doute. Pourtant, son père n'avait jamais semblé comprendre la personnalité de sa mère, et l'inverse était également vrai. Morgan Baxter était un militaire taiseux, entièrement dévoué à la résolution de ses affaires judiciaires, tandis que sa mère ne vivait que pour les interactions sociales. Un curieux mélange qui avait donné naissance à Roxane, une enfant tiraillée entre le devoir et la nécessaire construction d'une confiance en elle qui supposait d'interagir avec les autres. Roxane possédait une assez bonne estime de soi, mais relativement fragile.

Elle emprunta le boulevard circulaire d'Aix, puis tourna à droite sur la route de Vauvenargues. Le domicile des Franzini se trouvait un peu plus loin, à mi-pente d'une colline avec vue sur la montagne Sainte-Victoire. L'étroite route en lacets ne permettait pas aux voitures de se croiser, aussi Roxane dut-elle se ranger sur le bas-côté pour laisser passer une camionnette de couvreur. Cent mètres plus loin, Françoise Franzini l'attendait plantée devant le portail de leur magnifique demeure.

Deux splendides cyprès-totem encadraient l'entrée constituée d'ouvrants en métal forgé qui devaient peser plusieurs centaines de kilos. Au bout d'une allée de gravillons blancs comme du sel, une bâtisse en pierres apparentes aux joints soigneusement blanchis, eux aussi. Mme Franzini s'avança à côté de la portière.

— Merci beaucoup d'être venue, Roxane ! Ta mère m'a dit que vous preniez l'affaire au sérieux.

— Bonjour Françoise. J'aurais préféré vous rencontrer dans d'autres circonstances. Comment allez-vous ?

Elle l'embrassa sur les deux joues.

— Je ne comprends pas ce qui a pu arriver. Je suis terriblement inquiète.

— Vous allez me raconter ce que vous savez. Votre mari est là ?

— Non, il est au Country Club. Il faut bien assurer le service.

Françoise Franzini et son mari exploitaient le restaurant semi-gastronomique du Country Club Aixois, le club de tennis dans lequel Roxane avait usé ses Stan Smith à plus d'une reprise. Ils en avaient obtenu la concession dans les années 80, au moment où le complexe sportif avait connu son heure de gloire. Depuis, ils vivaient des déjeuners des riches membres du club privé, mais aussi de nombreux séminaires qui s'y déroulaient.

— Viens, suis-moi.

Françoise Franzini précéda Roxane à travers les pièces de réception de la maison pour déboucher sur une terrasse en travertin que le soleil puissant rendait éblouissante. Au fond du parc, la piscine en petits carreaux bleus accentuait encore la réverbération. Roxane chaussa ses lunettes de soleil.

— Je dois vous préciser qu'il s'agit d'un entretien informel dans le cadre d'une enquête préliminaire. Je ne prendrai aucune note. Vous pouvez parler sans crainte.

Mme Franzini eut un mouvement de recul. Pourquoi Roxane prenait-elle ces précautions ? Elle n'était pas suspectée d'être à l'origine de la disparition de sa fille, tout de même ?

— Je suis contente que tu sois chargée de l'enquête, dit-elle. Vous êtes amies avec Julia, n'est-ce pas ? Et puis, tu connais bien le Country Club. Ce sera plus facile d'obtenir des confidences.

— Dites-moi ce que vous savez, Françoise.

Tutoiement dans un sens, vouvoiement dans l'autre, chacune des deux femmes appelant l'autre par son prénom : les codes de la bonne société aixoise étaient respectés. Mme Franzini pouvait se laisser aller à la confidence.

— Julia est partie vendredi pour le tournoi de Vienne. C'est un W25. Avec son classement Julia devait être tête de série.

Un W25, un tournoi réservé aux femmes dont la dotation était de 25 000 dollars. Roxane connaissait l'acronyme et elle savait qu'en naviguant entre la centième et la deux-centième place mondiale, Julia pouvait prétendre aller jusqu'en finale de ce type de compétition. Dans des événements plus richement dotés, elle pouvait rencontrer les meilleures joueuses mondiales dès le premier tour, voire être obligée de passer par les qualifications. Mme Franzini poursuivit :

— Elle a pris un vol direct entre Marseille et Vienne. Elle devait passer le week-end à s'entraîner, son premier tour est programmé mardi.

— Pourquoi pensez-vous qu'elle a disparu ? demanda Roxane pour tenter d'aller droit à l'essentiel.

— Elle ne nous a pas envoyé son traditionnel SMS à l'arrivée. Elle n'a pas non plus téléphoné de tout le week-end. Je ne me suis pas inquiétée au début. Nous sommes habitués aux déplacements de Julia. Ce n'est que dimanche, lorsque son père a voulu l'appeler pour un dernier briefing d'avant match, que j'ai compris que quelque chose n'allait pas.

— Elle est partie seule ?

— Oui. Mon mari essaie de l'accompagner, parfois. Mais avec tout le travail au restaurant, c'est impossible durant la saison d'été. Il y a aussi Niels qui effectue la majorité des voyages avec elle, mais je ne sais pas pourquoi il n'était pas avec elle, cette fois.

— Niels Goringer ? C'est son entraîneur ?

Roxane connaissait Niels. Un entraîneur de niveau international, lui-même ancien joueur professionnel. Il officiait déjà au Country Club, lorsqu'elle s'y entraînait.

— On a obtenu de la fédération qu'il continue à la suivre puisqu'il est de la région, mais selon mon mari, Julia devrait penser à choisir un entraîneur plus capé. Il dit qu'elle plafonne un peu avec Niels.

— Donc Julia a voyagé seule pour Vienne, et elle ne s'est pas manifestée depuis qu'elle est arrivée là-bas ?

— Enfin, si elle est bien arrivée ! nota Mme Franzini avec effroi.

Elle réalisait qu'elle n'avait aucune idée de l'étape du trajet depuis laquelle Julia ne donnait plus signe de vie.

Roxane s'épongea le front du dos de la main. Il faisait une chaleur de bête sur cette terrasse, mais ça n'avait pas l'air d'incommoder Françoise Franzini. Elle lista mentalement les pistes à creuser. Julia était-elle bien montée dans l'avion pour Vienne ? Était-elle bien arrivée ? Avait-elle rejoint son hôtel ? Le lieu du tournoi ? Y avait-il quelqu'un d'autre à qui elle aurait donné des nouvelles ? Toutes ces questions étaient logiques, mais Roxane savait aussi que les causes d'une disparition se trouvaient souvent dans la vie quotidienne d'une personne.

Elle interrogea Mme Franzini sur la vie privée de sa fille.

— Julia est très sérieuse. Elle s'entraîne dix fois par semaine lorsqu'elle n'est pas en tournoi. Pour le reste, elle mène une vie rangée : quelques sorties avec des amis, ici à Aix, mais l'essentiel du temps, elle se repose ou joue au tennis. Je ne crois pas qu'elle ait de petit-ami, à l'heure actuelle.

Roxane devait aborder un dernier sujet. Le plus délicat pour une mère.

— Pardonnez-moi cette question, mais se peut-il que Julia ait voulu prendre un peu d'indépendance par rapport à vous ? Je veux dire, respirer loin de ses parents... Elle a vingt-cinq ans après tout.

L'hypothèse horrifia Mme Franzini. Son cou effectua un mouvement de contraction, comme une volaille choquée qu'on lui retire sa gamelle. Elle jeta à Roxane un regard de reproche.

— Surement pas ! Nous lui laissons une entière liberté. Son père s'occupe de sa carrière, bien sûr, mais elle dispose de toute la latitude qu'elle veut pour mener sa vie comme elle l'entend. Si elle avait voulu faire un break, elle nous en aurait parlé. Nous communiquons beaucoup, vous savez ?

Roxane ne commenta pas. Elle était bien placée pour savoir que même avec des échanges d'excellente qualité, il existait des choses que l'on ne disait pas à ses parents... Pour ne pas les décevoir ou parce qu'on avait peur de leur réaction. Elle chassa cette pensée.

— Bien sûr, je ne dis pas que Julia a fugué, mais peut-être que sur un coup de tête, elle a voulu s'offrir du temps sans être obligée de vous appeler, son père et vous.

— Elle aurait au moins répondu à mes messages inquiets. Elle peut vouloir qu'on lui fiche la paix, mais un simple SMS pour dire que tout va bien, ce n'est pas compliqué !

— Je ferais bien d'aller faire un tour du côté du Country Club, nota Roxane. Il faut savoir comment ce déplacement a été préparé, et si de leur côté, ils ont eu des contacts avec les organisateurs du tournoi.

— Je vous accompagne !

— Non, Françoise, je suis désolée. Même si nous nous connaissons, je suis officier de gendarmerie en mission officielle. Je dois mener mon enquête seule.

Madame Franzini réprima un hoquet outré. Roxane

n'en prit pas ombrage. Elle s'était affirmée devant une personne qui avait eu de l'autorité sur elle (la mère d'une amie d'enfance), et elle savait que ce genre de petites victoires était capital pour elle.

Tu progresses, ma fille, se félicita-t-elle en souriant intérieurement.

7

Country Club d'Aix-en-Provence

Le club de tennis de la cité aixoise était une institution. Créé dans les années 60 autour de courts en terre battue, il avait été le cadre de tournois prestigieux et même, en 1982, d'une demi-finale de coupe Davis entre la France et la Nouvelle-Zélande. Des joueurs aussi connus que Yannick Noah, Mats Wilander ou Ivan Lendl s'y étaient affrontés. Mais depuis les années 90 et la diminution de l'engouement pour ce noble sport, il survivait cahin-caha grâce à la bourgeoisie de la ville qui en avait fait son quartier général pour la sortie du dimanche après-midi, ou les cours des petits-enfants du mercredi matin.

Le court central, ancienne fierté du club, aurait eu besoin d'un bon rafraichissement, constata Roxane. Elle s'y était entraînée durement lorsqu'elle était arrivée en Provence, mais il fallait bien avouer que les installations avaient perdu de leur lustre.

Familière des lieux, elle se dirigea vers l'accueil de l'association sportive. Dans une ancienne bergerie traditionnelle aux volets rouges, le club avait installé les locaux réservés aux éminents membres. C'est là également que se trouvait le bureau du président du club, Jean-Vincent Mistral.

— Roxane Baxter ! s'écria la secrétaire affectée à l'accueil des joueurs. Pour une surprise, c'est une surprise ! Je croyais que tu avais définitivement abandonné le tennis ?

— C'est bien le cas, Christine, je suis seulement passée dire bonjour.

Roxane se sentait à l'aise dans cet environnement familier. Pourtant, une légère boule au ventre lui rappela que des choses plus difficiles s'étaient passées dans ce club. Des choses qu'elle avait essayé d'oublier alors qu'elle aurait dû les affronter.

— Le président est là ? poursuivit-elle en affichant un sourire crispé.

— Dans son bureau. Il va être ravi de te voir !

Ça m'étonnerait, pensa Roxane. Lorsqu'il connaîtra les raisons de ma venue, pas sûr qu'il conserve son sourire bonhomme.

Pourtant, Jean-Vincent Mistral l'accueillit avec toute la chaleur d'un homme du Sud. Venant à sa rencontre, serrant fermement ses épaules, il scruta avec bonheur le visage de son ancienne protégée.

— Quel plaisir ! rugit-il sincèrement. Tu n'as pas changé. La gendarmerie ne t'a pas rendue moins séduisante !

Un compliment dénué de toute arrière-pensée, Roxane le savait. Jean-Vincent Mistral était un homme joyeux et sincère. Son embonpoint lui donnait des airs de père Noël provençal qui aurait remplacé sa tunique rouge par un polo Lacoste et un pantalon de toile. « Je t'offre quelque chose à boire ? » continua-t-il.

— Non merci. Je ne suis pas ici pour des choses agréables. Je suis là pour le boulot.

Cette dernière phrase ôta tout sourire du visage poupin du président.

— Quoi ? Pas une histoire de femme battue ou d'enfant maltraité, j'espère.

— Il ne s'agit pas de ça. J'enquête sur la disparition de Julia... Julia Franzini.

Mistral souffla bruyamment, les bras lui en tombèrent.

— Julia a disparu ? Je ne suis même pas au courant ! Elle est théoriquement à Vienne, cette semaine.

— Le problème est précisément qu'elle n'y est pas... ou plutôt qu'elle n'a pas donné signe de vie depuis son arrivée là-bas. Quelqu'un du club a essayé de la joindre, depuis vendredi ?

— Ça, c'est fort de café ! (Quelle jolie expression désuète, songea Roxane.) Ma joueuse numéro un disparaît et personne ne me dit rien !

Puis, réalisant que Roxane était habillée normalement : « Tu n'es pas en uniforme, Roxane. Tu es là à titre personnel ? »

Elle lui répondit que non. Qu'elle était là au titre d'une enquête préliminaire confiée par le patron de la section de Recherches de Marseille. Que la disparition de Julia avait été signalée par ses parents, et que l'affaire avait échoué chez elle à la suite d'une indiscrétion de sa mère, Béatrice.

— Ah, ta mère, quelle belle femme ! commenta Mistral, toujours sans le moindre sous-entendu. Mais ce n'est pas l'essentiel. Tu dis que Julia est muette depuis plusieurs jours ? Je vais tout de suite appeler les organisateurs du tournoi. Quelqu'un a bien dû la voir.

— Pas tout de suite, je dois d'abord te poser quelques questions.

Oubliant sa proposition de lui offrir à boire, le président se laissa tomber dans un fauteuil qui suffisait à peine à accueillir sa grosse carcasse.

— J'espère qu'il ne lui est rien arrivé, souffla-t-il comme pour lui-même.

— J'espère aussi. Peux-tu me dire comment sont organisés les déplacements de l'équipe pro ?

— Comme depuis toujours. Christine se charge de la planification des inscriptions aux tournois. Il est arrivé que certains joueurs appointent leur propre agent qui s'occupe de ces formalités, mais ce n'est pas le cas de Julia. Elle n'a pas encore gagné assez d'argent pour se payer un agent.

Roxane savait que ce n'était pas tout à fait vrai. Lorsqu'on était comme Julia classée dans les deux-cents meilleures joueuses mondiales, on gagnait suffisamment d'argent pour se payer un entraîneur et un agent. Sans doute aussi un préparateur physique, voire un préparateur mental. Ce qui était vrai en revanche, c'était que l'on ne gagnait pas assez d'argent pour en mettre de côté et prévoir sa retraite. Peut-être après tout que Julia s'appuyait sur son club pour faire des économies.

Jean-Vincent poursuivit.

— C'est également Christine qui réserve les hôtels et les billets d'avion pour les joueurs et leur entourage, le cas échéant. Tu veux que je lui demande de monter ?

Roxane acquiesça. Trente secondes plus tard, Christine apparut à l'entrée du bureau. Elle perdit également son air enjoué lorsque la lieutenante lui expliqua les raisons de sa présence.

— Oh ! Mon Dieu, Julia... Elle est comme ma fille. J'espère qu'il ne lui est rien arrivé !

Décidément, encore un vœu pieu... une sacrée coutume, dans ce club.

— Il est trop tôt pour le dire, se contenta de rétorquer Roxane. J'ai besoin de savoir qui est la dernière personne à l'avoir vue avant son départ. Vous avez une idée ?

— C'est soit son père, soit Niels qui l'a conduite à l'aéroport, affirma le président. Il suffit de le leur demander.

— Son entraîneur n'a pas fait le déplacement avec elle ?

— Pas cette fois. Obligations familiales ce week-end, a-t-il dit. Si le tournoi se passe bien, il a prévu de la rejoindre à partir des quarts de finale.

— Donc il doit être au courant, conclut Roxane. Je peux le voir ?

— Il entraîne les juniors à cette heure-ci. Il doit être sur les courts couverts.

Roxane donna ses instructions. À Christine, elle demanda de vérifier auprès de la compagnie aérienne et de l'hôtel si Julia s'était présentée. Puis elle ordonna à Mistral de prévenir M. Franzini qu'elle souhaitait le voir au sujet de la disparition de sa fille.

Elle sortit du bureau et se dirigea vers le hangar ajouré qui abritait les courts intérieurs. Cinq terrains en résine ocre pour imiter la terre battue, dont l'extérieur était peint en bleu électrique.

Niels Goringer était bien là. En pantalon de survêtement remonté sur le mollet, une raquette à la main, il distribuait mollement des balles à une adolescente maigrichonne qui produisait ses meilleurs efforts pour frapper des passing-shots décisifs. Roxane s'approcha du court.

Niels n'avait pas beaucoup changé depuis la dernière fois qu'elle l'avait vu. Presque deux mètres, les membres fins et musclés, il portait toujours une couronne de barbe clairsemée qui lui mangeait le visage. Détail amusant, ses favoris blonds lui donnaient un petit air d'Elvis Presley décoloré à l'eau de javel. Il avait pris du poids.

— Niels Goringer, je peux t'interrompre quelques instants ? prononça-t-elle d'une voix ferme.

Niels interrompit son geste et se tourna vers elle. Il la reconnut au coup d'œil. Loin de marquer la surprise, son visage se ferma. Il parvint à articuler :

— Bonjour Roxane. Je me demandais quand tu viendrais nous rendre visite…

— Ma venue ne te surprend pas ?

L'entraîneur donna quelques instructions à la jeune fille pour qu'elle poursuive son entraînement seule, puis il indiqua à Roxane la petite tribune à trois rangs qui bordait le court du fond. « On sera mieux là pour discuter. »

Les premiers moments avec un témoin — et il faut bien le dire : un suspect aux yeux de Roxane — étaient décisifs. Elle devait se faire une idée rapide sur le degré de véracité de ce que Niels allait affirmer. Sans lui laisser le temps de réfléchir à une version mensongère. De toute façon, elle le confronterait à d'autres témoins, juste après leur conversation.

— Tu sais donc que Julia a disparu, entama Roxane.

Ce n'était pas une question, mais elle lui laissa le temps de répondre.

— Je ne comprends pas ce qui se passe, affirma-t-il. Je n'ai pas réussi à la joindre depuis vendredi, et hier soir, son père m'a dit qu'il était sans nouvelles, également. Je suis inquiet, Roxane, mais que veux-tu que je fasse ?

— Tu peux déjà commencer par me dire comment s'est passé son départ. Tu n'es pas parti avec elle ?

Niels allongea tristement la mâchoire. Il semblait plus accablé que réellement inquiet.

— Pas cette fois. J'avais des choses à régler ce week-end... des choses personnelles... Je devais prendre un vol mercredi.

— Quel genre de choses personnelles ?

— Rien à voir avec Julia. Mes parents ont des soucis de santé, si tu veux tout savoir.

Roxane devrait vérifier cette histoire, mais la priorité n'était pas là. Si elle découvrait que Niels dissimulait quelque chose, sa vie privée serait passée au crible.

Elle devait d'abord comprendre dans quel état d'esprit se trouvait Julia au moment de son départ.

— Tu l'as accompagnée à l'aéroport, vendredi ?

— Oui. Après son entraînement, on a pris la voiture d'Ivan pour la conduire à Marignane. Elle avait l'air parfaitement normale, ajouta-t-il, devançant la question suivante.

— Son père n'était pas avec vous ?

— Non. Il bossait au restaurant. Elle est allée lui dire au revoir avant de partir et elle avait l'air contente de leur discussion. Comme à chaque départ en compétition, c'est lui qui la motive. Tu sais combien le rôle des parents est important pour une joueuse pro.

Roxane savait, oui. Elle savait que les parents étaient souvent investis au-delà du raisonnable dans la carrière de leur apprenti champion. Particulièrement dans le tennis, sport dans lequel ils déversaient toute leur frustration de ne pas avoir eux-mêmes réalisé des exploits. Elle savait aussi que c'était précisément l'absence de support de ses parents qui l'avaient fait décrocher à vingt ans... Elle chassa cette pensée et revint à Niels.

— Tu m'as parlé de la voiture d'Ivan. C'est qui, celui-là ?

— Ivan Rossi, le médecin. Tu sais, c'est lui qui fait office de préparateur physique et mental.

Roxane n'avait pas eu affaire à Ivan Rossi lorsqu'elle jouait au Country Club, mais elle se souvenait de lui. Un drôle de bonhomme. Médecin généraliste de son état, il se piquait de devenir préparateur physique de champion. Il était gentil avec tout le monde, mais ses copines avaient raconté à Roxane ses méthodes pour leur faire acquérir la confiance en elles qui faisait les championnes. À base d'autosuggestion, il mettait dans la tête des joueuses que n'importe qui pouvait devenir numéro un mondial, à condition de se le répéter jour et nuit, pendant plusieurs années. « Si Marion Bartoli a gagné Wimbledon, prétendait-il, n'importe quelle joueuse qui croit en ses rêves peut devenir la meilleure. Le talent n'a rien à voir là-dedans. Il faut travailler, travailler et travailler... et y croire. »

Un peu simpliste, d'après Roxane, mais si c'était son truc...

— Je pourrais le voir ? demanda-t-elle.

— Bien sûr. Il est au club tous les jours.

À cet instant, Jean-Vincent Mistral, Christine et un homme que Roxane reconnut comme étant M. Franzini, pénétrèrent dans la halle couverte.

— On a des nouvelles ! lança Christine, presque enjouée.

Roxane hésita à les lui faire annoncer devant tout le monde, puis elle jugea que l'essentiel était d'aller vite. « Dites-nous », s'enquit-elle.

— Julia a bien pris son avion pour Vienne, et elle est bien arrivée à destination. L'agence de voyages a vérifié. En revanche, il semble qu'elle ne se soit jamais présentée à son hôtel, d'après le réceptionniste. Sa chambre a été remise à la vente.

— Et les organisateurs du tournoi ? demanda Roxane.

Christine les avait aussi interrogés.

— Ils ne l'ont pas encore vue, mais comme elle est tête de série, son premier match n'est que demain, finalement. Elle a encore le temps de se présenter !

Voilà ce qui réjouissait la secrétaire : comme le tournoi n'avait pas commencé pour Julia, elle pouvait encore réapparaître comme si de rien n'était.

L'espoir fait vivre, pensa Roxane. Et il fait particulièrement vivre les personnes naïves.

Regardant tour à tour M. Franzini et Niels, elle s'adressa à ce dernier.

— C'est donc toi qui l'as déposée à l'aéroport ? Comment ça s'est passé ?

— Normalement. On est arrivé une heure en avance et on a papoté un peu sur le parking avant qu'elle embarque. Je te le répète : elle avait l'air parfaitement normale.

— Tu prétends que vous ne l'avez pas accompagnée jusqu'aux comptoirs d'enregistrements ?

L'utilisation du verbe « prétendre » eut l'air de vexer Niels. Il se renfrogna. Rentrant la tête dans les épaules, il lâcha :

— Si tu ne me crois pas, Roxane, demande à ton père ! Je l'ai aperçu prendre lui aussi la direction de l'aéroport.

La lieutenante arqua les sourcils. Son père, Morgan Baxter ? À l'aéroport de Marseille-Provence ? C'était à tout le moins inattendu, voire improbable. Lui qui vivait presque reclus au vallon des Auffes et qui n'avait pas dû quitter Marseille plus de cinq fois au cours des sept dernières années.

Elle devait s'occuper séance tenante de cette coïncidence.

Car si Morgan était l'un des derniers à avoir vu Julia, nul doute qu'il se souviendrait du moindre détail. Son cerveau était un véritable disque dur à mémoire permanente.

8

Roxane attendrait le lendemain pour rendre visite à son père. Elle s'était déjà coltiné un aller-retour à Marseille aujourd'hui, sans compter que pour une fois qu'elle n'était pas obligée de travailler de nuit, elle comptait s'accorder une heure ou deux loin des tracas des affaires judiciaires. C'est une chose qu'elle avait apprise à faire assez tôt : compartimenter son esprit pour tenir à distance de sa vie privée, les affaires criminelles sur lesquelles elle enquêtait. En l'occurrence, la disparition de Julia la touchait personnellement, mais il ne s'agissait que d'une enquête préliminaire. Si son amie réapparaissait pour disputer le tournoi de Vienne après une escapade avec un amoureux, Roxane pourrait justifier auprès de son chef de ne pas s'être trop vite impliquée.

Elle descendit le cours Mirabeau à la recherche d'une place en terrasse où donner rendez-vous à Anna. À la *Belle Epoque*, en face de la joaillerie tenue par les parents de sa meilleure amie, elle avisa une table libre portant un écriteau « réservé ». Elle héla le serveur qu'elle connaissait vaguement et celui-ci se fit un plaisir de déplacer le panonceau. Les places étaient chères en début de soirée, mais on ne refusait pas grand-chose à Roxane : outre une allure distinguée et séduisante qui attirerait le chaland, elle était flic, et le bistrotier nullement ennemi de ses intérêts préférait l'avoir dans la poche.

En attendant qu'Anna ait tiré le rideau de la bijouterie familiale, elle pensa à son affaire. Que son père puisse avoir remarqué quelque chose au moment de la disparition de Julia était à la fois une bonne et une mauvaise nouvelle. Son hypersensibilité associée à son expérience de flic d'élite lui permettrait d'indiquer à Roxane si un minuscule détail aurait pu paraître suspect lors du départ de la joueuse. En revanche, de l'avis même de Roxane, ses relations avec son père étaient étranges. Pas houleuses ni même conflictuelles, mais bizarres, principalement à cause du caractère renfermé et imprévisible de Morgan.

Quelques mois auparavant, tandis que Roxane connaissait des difficultés dans son couple, son père s'était montré extrêmement dur avec elle. Alors qu'elle aurait aimé compter sur son soutien dans cette passe difficile, il avait semblé détaché de ses problèmes, comme s'il avait considéré comme acquis que sa relation avec Carl ne pouvait déboucher que sur une rupture. Elle ne l'avait pas revu depuis.

Anna arriva quelques instants plus tard. Malgré sa journée de travail, harassante comme toujours, elle affichait un sourire enjoué.

— Salut, miss Provence ! Les criminels t'ont laissée tranquille aujourd'hui ?

— Hum... Quelques heures seulement. C'est fou cette habitude de ne jamais respecter les horaires de travail de la police.

Anna sourit. Les deux jeunes femmes étaient convenues d'éviter le plus possible d'évoquer les enquêtes de Roxane. Cette dernière avait besoin de se vider l'esprit lorsqu'elle sortait avec son amie. Elles évoquèrent donc avec légèreté les récents développements en matière d'affaires amoureuses de leur bande d'amis.

— Tu n'as toujours aucune nouvelle de Carl, demanda Anna en sirotant un mojito à la paille.

— Pas la moindre. On dirait qu'après m'avoir cassé les pieds pendant toutes ces années, monsieur a fini par employer la technique du *ghosting*...

Anna rigola à l'évocation de cette mode en vigueur chez les jeunes adultes : mettre fin à une relation amoureuse en interrompant sans explication toute communication et en ignorant les tentatives de reprise de contact. Peu courageux, mais peut-être un moyen pour Carl de digérer la rupture dont Roxane était à l'origine.

— Il avait pourtant l'air accro ! Toujours à te considérer comme la huitième merveille du monde !

Ça, c'était pour la galerie, pensa Roxane. En présence des autres, Carl se comportait toujours comme un parfait gentleman. Ingénieur dans les travaux publics, se déplaçant souvent au Moyen-Orient pour superviser des chantiers de construction, possédant un physique d'apollon hérité de sa pratique à haut niveau de la natation en eaux vives, il apparaissait aux yeux de tous comme le gendre idéal (ou le mari idéal pour Roxane, d'après sa mère...). Mais sa personnalité était en réalité plus tourmentée que ça. Roxane avait souffert du désir de Carl de contrôler tous ses faits et gestes, dépassant plus d'une fois la frontière entre attachement et possessivité maladive. Après plusieurs années au cours desquelles Roxane avait fini par admettre qu'elle souffrait d'une sorte de dépendance affective à l'endroit de Carl, elle avait trouvé le courage de mettre fin à leur histoire. Depuis ce jour, le « gendre idéal » s'était tout simplement évaporé dans la nature.

— Il finira peut-être par réapparaître lorsqu'il aura digéré, observa Roxane.

— Il n'a même pas récupéré ses affaires ?

— Non. Bizarrement, il n'avait presque rien chez moi. Tout tient dans un carton qui l'attend dans la penderie.

Un ou deux cocktails plus tard et sur la promesse de se

rappeler très vite, les deux jeunes femmes se quittèrent vers vingt-deux heures.

Roxane avait besoin d'une bonne nuit de sommeil avant d'affronter son père.

Elle arriva au vallon des Auffes en début de matinée, à une heure où il était encore possible de se garer le long de l'étroite ruelle en pente douce qui conduisait au petit port. Son père se déplaçait exclusivement en scooter et il n'avait pas jugé utile de louer une place de parking pour ses visiteurs sur l'emplacement escarpé réservé aux habitants du vallon. En outre, à cette heure-ci, Roxane savait qu'elle le trouverait en train de siroter un café avec Karim.

Le panorama était magnifique autour du bassin d'un autre siècle qui abritait les embarcations sagement alignées sur trois côtés. Un pont arqué en grosses pierres jaunes sur lequel vibrait la circulation de la ville surplombait l'embouchure. En matinée, le soleil éclairait le port par-derrière, donnant à la mer des reflets bleu ardoise et aux îles du Frioul, au loin, un halo doré presque orangé. Même si elle avait du mal à l'accepter, Roxane comprenait que son père ait choisi cet endroit : quitte à vivre seul, autant que ce soit dans un lieu chargé de beauté et de calme.

Elle trouva Morgan assis sur les rochers de la minuscule rade, trempant doucement ses lèvres dans un gobelet en inox contenant le café brûlant de Karim. Il la regarda approcher.

Aucune contraction des muscles de son visage ne trahit la moindre émotion. Roxane s'était toujours demandé si son père se contrôlait si intensément afin que l'on ne distingue jamais ses sentiments, ou bien s'il n'en avait tout simplement pas. Au fond d'elle, elle savait qu'il l'aimait, mais il ne le lui montrait que très rarement.

— Bonjour ma grande, prononça-t-il d'un ton monocorde sans expression de surprise.

— Bonjour Papa. Je me doutais que je te trouverais ici.

Morgan se leva et enserra sa fille de ses bras bronzés et fins. Il l'embrassa, mais ses baisers sonnèrent dans le vide, comme si ses lèvres sur sa joue l'eussent gêné au-delà de l'acceptable. « Ça fait longtemps », murmura-t-elle avec pudeur.

Il reprit ses distances et l'observa en silence. Toujours ce regard robotique qui scrutait chaque détail de sa silhouette. Surtout les traits de son visage.

Karim s'approcha aussitôt, tenant une tasse de café chaud accompagné d'un demi-sucre débarrassé de son emballage.

— Comment vas-tu, mademoiselle Roxane ? Que tu sois la bienvenue dans mon modeste établissement !

Roxane sourit. Elle connaissait le cafetier maghrébin depuis des années. Elle savait aussi combien il était important pour son père. Un des rares repères sociaux que celui-ci possédait dans sa nouvelle vie. Karim s'éclipsa discrètement. Morgan n'avait pas bougé. Il attendait que sa fille prononce les premiers mots.

— Tu n'as toujours pas de téléphone... ce serait bien pratique pourtant...

— À quoi bon ? Personne ne m'appellerait à part toi. Et tu sais où j'habite. Tu viens quand tu veux.

— Je suis sur une nouvelle affaire. J'ai besoin de tes conseils.

Il était inutile de commencer leur conversation par des considérations sociales ou météos comme elle l'aurait fait avec n'importe qui d'autre. Morgan ne parlait que lorsqu'il s'agissait de sujets utiles. Toute considération futile lui semblait superflue. Pourtant, cette fois, il parut avoir légèrement changé.

— Comment te sens-tu depuis le départ de Carl ? demanda-t-il d'une voix monocorde.

Roxane plissa les yeux derrière ses lunettes de soleil. Son père ne lui demandait jamais comment elle allait. Il s'intéressait encore moins à sa vie sentimentale, même si au fond d'elle, elle savait qu'il n'avait jamais apprécié Carl.

— Je vais bien. Il ne m'a donné aucune nouvelle, mais c'est mieux comme ça. Je suis soulagée qu'il ne soit plus constamment sur mon dos.

— Je dois te dire une chose, ma grande…

Roxane accentua sa surprise. Il allait prendre l'initiative d'une confidence ? Ça ne lui ressemblait pas. Elle s'attendit à le voir sortir un morceau de papier sur lequel il aurait soigneusement noté son discours. Il n'en fit rien, pourtant, préférant fixer un point au-dessus de l'épaule de sa fille pour débiter son laïus.

— Ta relation avec ce garçon était toxique, poursuivit-il. Il souffre d'une faille narcissique qui te fait du mal. Il ne t'aimait pas vraiment. Il était attiré par toi uniquement pour ce que tu représentais de valorisant à ses yeux. Tu as bien fait de te débarrasser de lui.

Roxane passa de l'étonnement à la stupéfaction. Carl aimait en effet contrôler son entourage, Roxane y comprise. Il n'avait de cesse de la soumettre à ce qu'il estimait être un comportement digne, à ses yeux. Plus âgé qu'elle d'une dizaine d'années, il l'avait rencontrée sur les bancs du Country Club alors qu'elle jouait encore au tennis à haut niveau. Sportif accompli, lui-même, il pratiquait la natation en eaux vives. Il avait jeté son dévolu sur elle alors qu'elle hésitait entre une carrière de joueuse professionnelle et des études plus conventionnelles qui l'avaient finalement conduite à entrer dans la gendarmerie. Roxane adorait se sentir aimée dans ses bras, valorisée sur un court de tennis par cet homme d'une beauté ravageuse, qui avait en outre toujours le mot juste pour la faire se sentir forte. Mais les choses s'étaient gâtées quelques semaines après le début de leur relation. Lorsqu'ils étaient dans la sphère intime, Carl avait commencé à se montrer exigeant avec elle. Il soufflait le chaud et le froid, alternant les grandes déclarations enflammées avec les reproches incessants sur ses tenues ou la manière dont elle se conduisait en public. Roxane s'en était « débarrassée », comme disait son père, au moment où elle avait senti que le côté sombre de son petit-ami était sur le point de prendre le dessus. Or, son père, qui n'avait vu Carl qu'une demi-douzaine de fois en six ans, semblait l'avoir percé à jour. Cela ébahissait Roxane.

Elle posa sa tasse sur une petite zone plate du rocher.

— Je ne me suis pas débarrassé de Carl, papa. Je l'ai quitté et il ne m'a plus contactée depuis. Les hommes réagissent parfois comme ça.

— Pas lui, je pense. Il est beaucoup trop orgueilleux pour accepter une rupture sans réagir.

— Pourquoi me dis-tu ça ? On dirait que tu aimerais qu'il revienne.

Morgan cligna des yeux plusieurs fois. Il ne portait pas de lunettes de soleil. Au bout de plusieurs secondes, il reprit :

— Je dis seulement qu'un homme comme ça qui disparaît, c'est soit qu'il est parti à l'étranger, soit qu'il est en prison.

Il recommença son battement de paupière saccadé, signe chez lui d'une volonté de retrouver la maîtrise de la discussion. Roxane jugea qu'il était temps de clôturer le sujet.

— Si ça peut te faire plaisir, je me renseignerai auprès de son employeur. Je te rappelle qu'il part souvent à l'étranger pour travailler sur des chantiers. Mais je ne suis pas venu pour te parler de Carl. Tu te souviens de mon amie Julia Franzini avec qui je jouais au tennis dans le temps ?

Aucun muscle du visage de Morgan ne bougea.

— Une grande brune dont les parents tiennent le restaurant du club. Oui, je me souviens.

— Elle a disparu lors d'un déplacement en Autriche. On pense qu'elle a été enlevée.

Morgan ne réagit pas tout de suite à cette information.

Il fixa sa fille de son regard cristallin et laissa passer de longues secondes. « Tu ne l'as pas vue, dernièrement ? » finit par questionner Roxane.

Il persista à garder le silence. Son cerveau se mit à fonctionner à plein régime.

Bien sûr qu'il se souvenait de l'avoir croisée il y a quelques jours. C'était à l'aéroport. Il avait aperçu la jeune fille quittant deux hommes dans la zone de dépose-minute. Deux hommes qu'il avait reconnus puisqu'ils appartenaient eux aussi au Country Club. Il n'avait pas jugé utile de les saluer et avait simplement emboité le pas de Julia lorsqu'elle avait pénétré dans l'aérogare. Il aurait pu confier tout cela à Roxane, mais un problème persistait : il ne voulait pas expliquer ce qu'il fichait ce jour-là à l'aéroport. Quel avion il avait pris et pour quelle destination. Sa nouvelle vie ne regardait que lui. Il répondit à la question par une autre question.

— Tu es chargée de l'enquête sur sa disparition ?

— Officieusement, pour le moment. Le colonel Roque m'a autorisée à ouvrir une enquête préliminaire. Je n'exclus pas que Julia ait eu envie de s'offrir quelques jours de break, avec un garçon peut-être, mais je voudrais en avoir le cœur net. Niels son entraîneur prétend qu'il t'a croisé à l'aéroport...

— Et ?

— Et je voudrais savoir si tu as remarqué quelque chose. Quelqu'un qui aurait rejoint Julia à l'intérieur de l'aérogare. Ou n'importe quel détail qui pourrait me mettre sur une piste.

Morgan mobilisa sa mémoire. Personne n'avait abordé la jeune joueuse dans ses souvenirs. Il l'avait vue enregistrer son sac de raquettes au comptoir du vol pour Vienne, en effet, et il avait conclu automatiquement qu'elle se rendait au tournoi. La scène n'avait rien de suspect et il le dit à Roxane. Celle-ci se contenta de noter l'information et elle ne posa pas de questions sur sa présence à l'aéroport. Il en fut soulagé.

Pour éviter qu'elle ne revienne sur le sujet, Morgan embraya une nouvelle fois sur son ex-petit ami.

— Si j'étais toi, j'oublierais définitivement Carl. Il a disparu dans la nature et c'est une bonne chose. Passe à autre chose, ma grande. Et viens dîner avec moi un de ces soirs, proposa-t-il avec fermeté.

Roxane se sentit congédiée. Son père était heureux de la voir, elle en était certaine. Mais pas aujourd'hui. Pas ce matin où il avait visiblement mieux à faire. Elle ressentit une pointe de frustration. Un peu d'indignation aussi à l'idée que son père qui avait été un flic hors pair ne comprenne pas qu'elle venait lui demander de l'aide.

Elle prit congé avec un sentiment mêlé de déception et de colère face à ce père qui l'aimait profondément, mais qui choisissait toujours le moment où il acceptait de parler avec elle.

Elle repensa à Carl et aux nombreuses occasions où il s'était montré lui aussi très autoritaire.

9

Roxane pensa à son père durant tout le trajet vers Aix-en-Provence. Elle n'aurait pas su qualifier le lien si particulier qui l'unissait à lui. Il avait toujours été présent lorsqu'elle était enfant, prodiguant conseils et encouragements sans jamais manifester d'agacement ou d'emportement. D'une certaine manière, il avait été un père modèle, mais trop souvent distant. Oh, pas physiquement absent — ses déplacements professionnels loin de sa famille étaient chaque fois l'affaire de vingt-quatre ou quarante-huit heures —, mais jamais vraiment là sur un plan psychique. Toujours emporté par de lointaines pensées que ses proches ne parvenaient pas à percer. C'est d'ailleurs ce qu'avait conclu sa mère, Béatrice, lorsqu'elle l'avait quitté. « Ton père est à moitié autiste, avait-elle suggéré. Il est parfaitement inadapté aux relations sociales, mais il refuse de l'admettre ! ». Roxane avait acquiescé mollement pour ne pas entrer dans une polémique stérile. Son père lui donnait l'impression de ne pas être à l'aise dans ses rapports avec les autres, en effet, mais il appartenait à une génération pour laquelle on ne s'était jamais vraiment penché sur le développement psychique. Aujourd'hui, on consultait un psychologue pour n'importe quel enfant qui présentait des difficultés scolaires, et l'on diagnostiquait à tout va une précocité intellectuelle ou une dyslexie qui expliquait les problèmes sociaux. Mais pas pour Morgan. À quarante-six ans, il n'avait jamais consulté de psy. Pas même au cours de sa carrière de gendarme d'élite.

Puis Roxane songea à son chef, le colonel Olivier Roque. Elle savait que l'ancien collègue de son père était arrivé à la tête de la section de Recherches après un parcours admirable, mais empreint d'une frustration majeure. Roque avait toujours voulu intégrer le GIGN, or il n'y était jamais parvenu. C'est Morgan Baxter qui avait eu le poste et Roxane savait que le colonel nourrissait depuis, une jalousie farouche à l'égard de son père. Elle serait peut-être obligée d'aborder le sujet un de ces jours.

Pour le moment, elle mettait un point d'honneur à produire un travail impeccable, car elle pensait, peut-être à tort, que l'excellence professionnelle la garderait éloignée des manœuvres vexatoires du colonel Roque.

La conversation avec Morgan au sujet de Carl l'avait troublée. Elle devait admettre que son père avait vu juste dans le jeu de Carl. C'est ce qui était le plus déstabilisant : quand elle avait décrit le comportement mesquin de son fiancé à ses amis, personne n'avait cru qu'un garçon aussi brillant, et par certains côtés gentleman, puisse se conduire en privé comme un véritable tyran. Petit à petit, Carl avait éloigné Roxane de son entourage, trouvant toujours un moyen de la faire culpabiliser lorsqu'elle annonçait vouloir sortir avec ses amis d'enfance. Des ploucs incultes, selon lui. Il était aussi d'une jalousie maladive. Il ne supportait pas qu'elle s'habille de façon sexy comme on le fait souvent, sans arrière-pensée provocante, lorsqu'on habite dans le sud de la France. « Tu ne ressembles à rien accoutrée comme ça. Va te changer », lui avait-il reproché une fois, alors qu'ils s'apprêtaient à sortir avec ses amis. Roxane avait obtempéré pour ne pas risquer une nouvelle scène, mais au fond, elle savait que ce n'était pas tout à fait normal.

Elle avait mis plusieurs années à comprendre que sa relation avec Carl devait se terminer. Il n'avait jamais porté la main sur elle, ni même exercé une quelconque forme de contrainte physique. Malgré son gabarit athlétique et bien que Roxane soit elle aussi formée aux techniques d'autodéfense, il avait dû réaliser qu'il existait une limite à ne pas franchir. Il ne l'avait jamais franchie, donc, et pourtant Roxane avait décidé de le quitter.

Voilà maintenant que son père s'inquiétait que Carl n'ait pas réagi après cette rupture.

Les choses s'étaient déroulées plus facilement que Roxane ne l'aurait craint. Elle avait mûrement réfléchi au meilleur moyen de lui annoncer sa décision et elle avait choisi un moment singulier. Elle accompagnait souvent Carl lors de longues séances de natation en mer. Ancien champion de nage en eaux vives, il crawlait presque chaque jour sur deux ou trois kilomètres, au large des plages du Prado. Roxane l'accompagnait à bord d'un zodiac, ce qui lui permettait d'escorter son homme tout en profitant du soleil et de la brise légère. Au cours de ce qui fut leur dernière sortie ensemble, tandis qu'il reprenait pied sur la plage, elle avait simplement annoncé à Carl qu'elle désirait faire un break. Qu'elle ne remettait pas en cause son attachement à lui, mais qu'elle avait besoin de se retrouver seule, pour la première fois de sa vie.

La réaction de Carl avait été étonnante : plutôt que de lui faire une scène et de lui crier son amour ou la souffrance qu'il ressentait à la perspective de ne plus la serrer dans ses bras, il avait esquissé un rictus méprisant et avait sifflé entre ses dents : « tu vas regretter cette décision, ma pauvre. Tu n'es pas grand-chose sans moi. Si tu penses que tu peux retrouver facilement un homme qui accepte tes faiblesses… Tu te fous le doigt dans l'œil, crois-moi. Je parie qu'il ne va pas s'écouler quinze jours avant que tu me supplies de nous remettre ensemble. »

Roxane n'avait rien répondu. Elle l'avait laissé remonter en voiture et quitter la plage. Elle avait résisté à la tentation de le rappeler, et de son côté, il n'avait pas non plus repris contact. À la réflexion, Roxane pensait Carl capable d'avoir lu le « *manuel du parfait petit-ami congédié* » qui devait donner des conseils aussi stupides que : « il faut provoquer le manque. Plutôt que de montrer votre colère et de risquer de conforter sa décision de vous quitter, vous devez vous comporter en fantôme mystérieux. Vous verrez qu'elle reviendra penaude lorsque votre amour véritable lui fera défaut. »

Quel tissu de conneries !

Carl n'était pas un homme pour Roxane et elle espérait qu'il était passé à autre chose plutôt que d'attendre son hypothétique retour. Elle ne reviendrait pas. C'était certain.

Elle parvint à chasser Carl de ses pensées au moment où elle entra dans la ville. Comme elle avait du temps avant de devoir se présenter à la gendarmerie d'Aix-en-Provence (où elle disposait d'un bureau réservé au personnel détaché de la SR de Marseille), elle décida de passer embrasser sa mère.

— Maman, s'il te plait, épargne-moi les détails de votre dernier vernissage avec Édouard, prévint-elle en préambule, pour tenter d'éviter les habituelles digressions mondaines

— Comme tu veux, ma chérie, répliqua Béatrice qui devait en être à sa quatrième tasse de thé *rooibos* à la terrasse où elle attendait une énième comparse de bio-consommation éco-responsable.

Pour une fois, sa mère sembla disposée à l'écouter. Sans doute parce que sa curiosité irrépressible la poussait à vouloir savoir ce que Roxane avait découvert au sujet de la disparition de Julia.

— Je suis passé voir papa, ce matin. Il a croisé Julia à l'aéroport le jour de sa disparition.

Béatrice eut une moue amusée.

— Ah, ton père et son sens de l'observation... Il t'a appris quelque chose ?

— Il prétend qu'il n'a rien remarqué, mais il n'a pas nié s'être trouvé là. Tu as une idée de ce qu'il fabriquait ?

— Il passe son temps à réparer ses vieilles toquantes. Peut-être qu'il est parti en récupérer une, ou bien la restituer à un collectionneur. Je me demande comment il arrive à vivre de ses réparations à deux francs six sous. Il aurait mieux fait de rester dans la gendarmerie.

Roxane connaissait l'aversion de sa mère pour la nouvelle activité de son père. Elle avait jugé complètement loufoque sa passion soudaine pour les mécanismes horlogers. Elle ne s'était pas privée de le lui dire, et c'est d'ailleurs à cette époque qu'elle avait demandé le divorce.

— Il a l'air bien, en tout cas, bronzé et en forme. Il n'a pas l'air de s'ennuyer.

Le sujet n'intéressait pas Béatrice. Morgan n'existait plus depuis longtemps à ses yeux. D'ailleurs, ne fut-ce l'existence bien réelle de Roxane qu'ils avaient eue ensemble, on pouvait se demander s'il avait réellement compté pour son ex-épouse.

— Raconte-moi ce que tu as trouvé sur la disparition de Julia, interrogea Béatrice avec avidité.

— Pas grand-chose pour le moment. Elle est bien arrivée à Vienne, mais depuis, personne n'a de nouvelles. Ni l'hôtelier chez lequel elle devait descendre ni les organisateurs du tournoi. C'est très étrange.

— Tu as pris contact avec tes homologues autrichiens ?

— Pas encore. Pour le moment, c'est une enquête préliminaire. Si on veut collaborer avec la police autrichienne, il nous faudra l'accord d'un juge d'instruction dans la cadre d'une commission rogatoire internationale. On n'en est pas là.

— En tout cas, une jeune femme qui disparaît, c'est obligatoirement le fait d'un homme. Si j'étais toi, je chercherais du côté de ses relations sentimentales.

Roxane approuva la remarque. Restait qu'en enquêtrice professionnelle, elle devait se contenter des faits. À ce stade, elle ne pouvait pas se perdre en conjecture sur « qui aurait bien pu avoir un intérêt à faire disparaître Julia ? » Le temps des hypothèses viendrait, mais pour le moment, Roxane devait reconstituer le déroulement des événements. Que s'était-il passé dans les minutes qui avaient suivi l'atterrissage de Julia à Vienne ? Quelqu'un avait-il été témoin de sa disparition ? Et si oui, qui ?

— Tu as discuté avec Mme Franzini ? demanda Roxane

Béatrice recula sur sa chaise. Elle prit l'air le plus inspiré dont elle était capable et déclara doctement :

— Madame Franzini est certainement au courant des affaires de cœur de sa fille. Une mère sent ces choses. S'il y a un petit-ami là-dessous, elle sait forcément quelque chose.

— Merci du conseil, Menie Grégoire, rétorqua Roxane, en référence à l'ancienne animatrice de *responsabilité sexuelle,* sur RTL dans les années soixante-dix.

La référence laissa Béatrice de marbre.

— Tiens, moi par exemple, j'ai tout de suite senti que quelque chose n'allait pas avec Carl, poursuivit-elle dans sa lancée. Je l'ai dit à Édouard : ce garçon est trop parfait pour être honnête. Une mère sent ces choses, je te dis.

— Oui, enfin, tu as quand même attendu que je le quitte pour me dire qu'il ne te semblait pas si parfait que ça. Et puis, avec papa, vous avez mis vingt ans à réaliser que vous n'étiez pas fait l'un pour l'autre…

— C'est différent pour ton père. Ce n'est pas que nous n'étions pas faits l'un pour l'autre, c'est qu'il a beaucoup changé au fil des années !

Admettre qu'elle puisse distordre la vérité était hors de portée pour Béatrice. Elle était d'une indécrottable mauvaise foi et Roxane ne pourrait rien y changer. Elle éluda le sujet.

— En tout cas, je sais qu'il sera toujours là pour moi, affirma-t-elle avec conviction.

Même si elle aurait préféré que Morgan se montrât plus utile lors de leur entrevue du matin, elle savait au fond que son père était profondément désireux de l'aider. Tôt ou tard, il prendrait ses problèmes en main et il lui proposerait son concours.

Il fallait juste que ce soit lui qui détermine le moment.

10

Vallon des Auffes

Morgan n'avait pris aucune initiative pour voir sa fille depuis plusieurs mois. Il préférait qu'elle soit à l'origine de leurs rencontres. Pour cette raison, la visite matinale de Roxane lui avait fait extrêmement plaisir.

Elle habitait et travaillait dans la région, c'est d'ailleurs pour ça qu'il s'était installé à Marseille après le divorce. Pour rester à proximité de Roxane. S'il avait su mettre des mots sur ce qu'il ressentait, il aurait dit que le parcours de la jeune femme le remplissait de fierté. Mais il ne savait pas. Non pas qu'il ne ressente rien face à une situation humaine joyeuse ou au contraire dramatique, mais les émotions restaient bloquées dans son cerveau, comme emprisonnées dans une gangue de raisonnements et de routines rassurantes.

Roxane lui avait parlé de la disparition de son amie, ce qui constituait à ses yeux une demande d'aide. Son parcours de flic représentait beaucoup pour sa fille, il en était conscient. Le fait qu'elle ait choisi la même voie que lui n'était pas neutre. Elle avait voulu montrer à son père qu'elle aussi pouvait réaliser une brillante carrière au service de la justice. Morgan l'y avait encouragée, si tant est qu'on puisse parler d'encouragements lorsqu'il avait déclaré qu'elle ferait « une enquêtrice qui n'avait rien à envier aux flics que l'on trouvait dans la majorité des sections de Recherches ».

Morgan Baxter et ses litotes pudiques...

Il était satisfait de lui avoir parlé de Carl, également. Pour Morgan, ce garçon était le diable. Il avait tout de suite compris que pour lui, Roxane représentait un trophée. Un trophée qu'il entendait modeler à sa guise. Sa fille n'était pas femme à se laisser faire et Morgan n'avait jamais décelé le moindre signe de violence physique, mais il avait réalisé que le moment de la rupture constituerait un danger manifeste. Ce type d'individus manipulateurs ne pouvait pas accepter que leur « objet » leur échappe. Ils passaient souvent à l'acte, à ce moment-là.

Roxane l'avait prévenu de son intention de rompre avec Carl. Elle lui avait même confié le jour et l'heure de leur tête-à-tête de séparation. Alors Morgan avait observé la scène à distance, dissimulé sur la plage du Prado derrière un journal déplié. Il avait vu Carl laisser sa fille et quitter l'endroit au volant de sa voiture de flambeur. Les jours qui avaient suivi avaient été décisifs, mais grâce au ciel (ou à Dieu, ou à n'importe qui veillant sur Roxane), ce salopard ne l'avait plus importunée.

Une bonne chose, avait pensé Morgan. Chacun avait repris le cours de sa vie et les pendules étaient à nouveau à l'heure.

Il réfléchit à l'affaire qui préoccupait sa fille. Le moment où il avait croisé Julia à l'aéroport était crucial d'après lui. Il sentait confusément qu'il s'était joué quelque chose de déterminant, mais il ne parvenait pas à comprendre quoi. Il devait revivre la scène pour se souvenir du détail qui l'avait mis en alerte. Il songea un instant à retourner à l'aéroport de Marseille-Provence et à refaire exactement le même trajet que le jour de la disparition. Sa mémoire photographique, sa perception des mouvements et de leur enchaînement lui permettraient sans doute de mettre le doigt sur un indice. Si Roxane n'avançait pas dans son enquête, c'est ce qu'il ferait. Mais pour l'heure, il devait s'atteler à la réparation d'une montre. Un mécanisme suisse dont l'une des roues crantées s'était légèrement oxydée.

On frappa à la porte.

Morgan avait averti ses voisins : lorsqu'il était dans son atelier insonorisé, personne ne pouvait le déranger. Il se coupait du monde pour que le bruit ambiant, par ailleurs signe de la vie paisible qui s'écoulait au vallon des Auffes, ne le perturbe pas dans son travail.

Comme il était encore assis sur une chaise de bois, en train de terminer son petit-déjeuner, il alla ouvrir.

Alicia.

— Bonjour, monsieur Baxter, je suis désolée de vous déranger.

La jeune femme était toujours aussi courtement vêtue. Sa tignasse décolorée partait dans tous les sens, lui donnant l'air d'une chanteuse qui se serait séché les cheveux au fer à souder. Elle portait un panier de fraises écarlates.

— Je voulais vous remercier pour l'autre soir, annonça-t-elle de son accent qui ajoutait des syllabes à chaque mot. « Bon-jour-re, monsieur Bax-ter-re... » Amusant.

Elle lui tendit la corbeille. Il fit appel au protocole acquis par son cerveau. Quels étaient les codes sociaux à utiliser en pareille circonstance ?

— C'est gentil Alicia. Merci. Je peux vous offrir un café ?

La jeune femme ne se fit pas prier. Elle entra dans le modeste logis et détailla l'environnement de son regard curieux. Morgan alluma la machine à expresso et pendant qu'il saisissait un gobelet blanc, elle se mit à commenter. Elle était manifestement effrayée par la perspective d'un silence qui se prolongerait... Comme souvent chez les humanoïdes, nota Morgan.

— Je n'étais jamais rentrée chez vous. C'est joliment décoré ! Vous vivez seul ?

Une réponse à fournir. Et une relance sur un sujet connexe s'il ne voulait pas que la jeune femme entreprenne un interrogatoire détaillé sur sa vie privée.

— Ma fille me rend parfois visite, mais pour le reste, j'ai besoin de calme pour réparer les montres. Qui étaient ces gens qui vous ont menacée l'autre soir ?

Alicia ne demandait qu'une petite ouverture pour se lancer dans un flot d'explications détaillées. Elle saisit le gobelet de café et se laissa tomber sur un fauteuil.

— Oh là là, ils sont dangereux, ceux-là. Ce sont des amis de Viktor, mon ex-compagnon. Vous ne connaissez pas Viktor. Il était déjà en prison lorsque j'ai emménagé au vallon. Ces gars-là sont en affaires avec lui. Ils cherchent à retrouver leur butin. Je ne sais pas si je peux vous raconter tout ça...

— Pourquoi ?

— Vous êtes un ancien flic, non ?

Morgan ne confirma pas. Il n'était pas particulièrement intéressé par les confidences d'Alicia. Il savait juste que si elle était venue pour se confier, rien ne pourrait la dissuader. Qu'il réponde ou non à ses questions. Elle poursuivit d'ailleurs d'elle-même.

— Vous m'avez bien aidée, en tout cas. Je vous remercie. Vous savez, Viktor ne trafiquait pas encore les montres de luxe lorsque je l'ai rencontré. On vient tous les deux d'une ville au nord de Marseille. Plan-de-Cuques, vous connaissez ? Mais c'est difficile de trouver du travail en ville. Et puis je préfère qu'il fasse ça, plutôt que de vendre de la drogue.

La référence à l'horlogerie alerta Morgan. « Votre ami vole des montres de luxe ? » demanda-t-il d'un ton neutre.

— Non, non, c'est plus subtil. Enfin, plus malin... à voir... il a quand même été arrêté et condamné à cinq ans de mitard. Pendant ce temps-là, moi je suis seule à m'occuper des enfants.

— Si vous me racontiez ce qu'on lui reproche ?

— Eh bien, d'après ce que j'ai compris, ils achètent d'abord une montre de luxe authentique avec son coffret, le certificat et tout le bazar. Ensuite, il fait venir une copie de l'étranger. De Chine, je crois. Ensuite, il met en vente les deux montres sur Internet. La vraie, sans le coffret, au prix d'achat, et la fausse avec les papiers authentiques et la boite, mais au prix de la vraie. En gros, ils vendent deux montres pour le prix d'une.

— Je vois. Et le propriétaire de la fausse ne s'en aperçoit pas puisqu'il a le certificat d'authenticité... Jusqu'au jour où il la porte chez un horloger pour la faire réparer. Si vous saviez le nombre de personnes qui déchantent quand ils s'aperçoivent que le cadeau de leurs cinquante ans est en réalité une contrefaçon...

— Vous avez tout compris ! Viktor s'est fait arrêter en livrant une fausse montre à un gars qui était en fait un flic. Il a été piégé.

Ce n'est que justice, se dit Morgan *in petto*. La version policée de « bien fait pour sa gueule » qu'aurait utilisée toute personne qui ne surveillait pas son langage comme lui.

— Les associés de Viktor ne sont pas tombés avec lui et maintenant, ils veulent récupérer les montres en circulation, n'est-ce pas ?

— Vous avez tout pigé ! s'exclama Alicia, manifestement ravie qu'il comprenne une arnaque pourtant habituelle dans le business des contrefaçons. Ils pensent que je sais où Viktor a caché les fausses montres qui n'ont pas encore été vendues. Mais je n'en ai aucune idée, moi ! Et je ne peux pas lui demander parce que je ne vais plus le voir au parloir.

Morgan raisonna comme le bon enquêteur qu'il avait été. Si Viktor avait été arrêté, c'est que le délit avait été constaté en flagrant délit lors de la transaction piégée. Et s'il avait été condamné à cinq ans, c'est qu'un trafic de plus grande ampleur avait été prouvé. On ne prenait pas cinq ans pour une seule montre. Non, à tous les coups, la police avait mis la main sur le stock de contrefaçons. Alicia ne pourrait jamais donner satisfaction aux ex-associés de son compagnon... C'était un problème.

— Ces gens-là risquent de revenir si vous ne leur donnez pas ce qu'ils cherchent, Alicia. Vous savez comment faire ?

Elle fourragea dans son épaisse crinière.

— Aucune idée. Ce qui est sûr, c'est qu'ils ne me laisseront pas tranquille tant que je ne les aurais pas dédommagés. Vous ne savez pas de quoi ils sont capables !

Morgan réalisa que sa combine qui avait consisté à faire enlever leur berline de luxe ne suffirait pas à dissuader ces types de revenir. La prochaine fois, ils risquaient de se montrer plus coercitifs envers la pauvre Alicia. Sans compter que la descente régulière de ces délinquants au vallon des Auffes pouvait troubler sa tranquillité, ainsi que perturber ses affaires. Il fallait trouver une solution.

— Vous avez envisagé de porter plainte ?

— Ça ne servirait à rien, soupira Alicia. Au début, les flics m'ont soupçonnée d'être la complice de Viktor. Je suis sûre qu'ils me surveillent encore... Alors, pour eux, c'est une affaire entre délinquants. Ils ne lèveront pas le petit doigt pour moi.

Elle avait raison. Les règlements de compte entre bandes rivales n'étaient jamais bons pour l'image de la ville et de la police. Mais dans le même temps, ils permettaient une sorte d'épuration naturelle qui faisait les affaires des forces de l'ordre. Tant que ces crevards s'entretuaient entre eux, c'est toujours ça de gagné, avait-il entendu dire dans les commissariats... Il était toujours temps, après les faits, de s'offusquer et de promettre la main sur le cœur que « ces crimes barbares ne resteraient pas impunis ». La population se sentait rassurée, la police veillait au grain. Pour les pauvres mères desdits délinquants qui avaient été mitraillés à la kalachnikov, c'était une autre histoire.

Morgan conçut un plan alternatif pour se débarrasser des trafiquants de montre.

— Je peux vous aider, Alicia, déclara-t-il. La prochaine fois qu'ils viendront vous voir, appelez-moi. Je leur expliquerai deux ou trois choses.

La jeune femme parut rassurée. Puis elle marqua sa perplexité.

— Comment je fais pour vous appeler ? Vous n'avez pas le téléphone d'après ce que je sais.

— Ne vous inquiétez pas pour ça. À la minute où ils franchiront la porte de votre maison, je le saurai.

11

Country Club d'Aix-en-Provence

Roxane gara sa Clio à côté d'une Tesla rutilante dont le cordon de recharge était branché sur une borne flambant neuve. Que ne fallait-il pas faire pour attirer les bobos aisés dans un club de tennis, par ailleurs légèrement décati ? Les jeux de raquette n'étaient plus à la mode et le Country Club Aixois devait faire preuve d'imagination pour tenter de conserver un semblant de sa noblesse d'antan.

Le parking était occupé par une kyrielle de petits SUV urbains à la peinture brillante et au toit vitré. SUV urbain… n'était-ce pas là l'exemple parfait d'un oxymore grotesque ? Un Véhicule Utilitaire de Sport pour se déplacer dans les rues étroites et sinueuses de la cité aixoise constituait une hérésie aux yeux de Roxane. C'est pourtant ce que choisissaient majoritairement les mères de famille distinguées pour conduire leurs rejetons aux cours de tennis du mercredi matin.

Une marmaille piaillante gesticulait dans tous les sens autour de professeurs ridés et ventripotents qui ne savaient plus où donner de la tête. Roxane observa, amusée, le balai pastel et blanc des jeunes garnements en tenue de tennis à la mode (un autre oxymore, naturellement). L'environnement avait de l'allure, pourtant : une allée gravillonnée bordée de pins d'Alep, des haies de buis impeccablement taillées et sur la droite, une piscine entourée de pelouse dans laquelle s'ébattaient les membres du club à jour de leur cotisation. Un entre-soi rassurant. Un cocon de sécurité dans un monde violent et devenu fou.

C'est pourtant ici que s'est jouée la disparition de Julia, pensa-t-elle.

Elle aurait dû rendre compte à son chef depuis la veille, mais à vrai dire, elle n'avait pas appris grand-chose. La jeune joueuse n'avait toujours pas donné signe de vie depuis cinq jours, et à part le fait qu'elle était bien arrivée à Vienne, personne ne savait quoi que ce soit des raisons de son silence. De plus en plus inquiétant.

Les espoirs de la voir réapparaître comme une fleur au moment de disputer son premier match avaient fait long feu.

Sur le trajet qui la conduisait au Country Club, Roxane avait eu le temps d'appeler Mme Franzini. Celle-ci s'occupait des aspects financiers de la carrière de Julia. Elle avait reçu le matin même un virement de cinq cents dollars sur son compte bancaire pro. Il émanait de l'organisateur du tournoi de Vienne et portait la mention : « indemnité de forfait au premier tour ».

Julia ne s'était donc même pas présentée au juge-arbitre et, son classement lui ayant permis de s'inscrire automatiquement dans le tableau final, elle avait été indemnisée de sa défection.

Roxane salua de loin M. Franzini qui installait les tables du restaurant en prévision du service de midi. Elle ne distingua pas ses traits, mais elle se demanda comment cet homme trouvait le courage de continuer à travailler pendant que sa fille courait peut-être un danger imminent.

À part le père de la joueuse, elle ne croisa aucun visage

familier. Pas de Niels, pas d'Ivan Rossi ni aucun des autres cadres du club qui passaient pourtant leurs journées autour de ces courts en terre battue. Elle pensa que la nouvelle de la disparition de Julia avait dû se répandre, et que le poison du soupçon commençait à s'instiller dans l'esprit des habitués. Qui savait quoi ? Qui connaissait suffisamment Julia pour imaginer les raisons de son absence ? Ces questions devaient tourner en boucle dans l'esprit de chaque membre du club. Sans compter qu'il devait être difficile d'affronter le regard de M. Franzini, toujours courbé sur son panier de vaisselle en cours de dressage.

Roxane fila vers le bâtiment de l'accueil. Christine n'était pas à son poste. Elle gravit l'escalier vers le bureau présidentiel et toqua à la porte.

— Entrez ! prononça la voix de Jean-Vincent Mistral.

Il était en conversation avec un homme que Roxane connaissait de vue. Elle eut toutefois besoin d'être présentée pour remettre un nom sur ce visage rougeaud et chauve comme un œuf.

— Ah Roxane ! Tu tombes bien. Je te présente Jean Baron. Je ne sais pas si tu te souviens de lui ? Jean possède des concessions automobiles dans la région. Il soutient le club depuis de longues années.

— Ravie de vous rencontrer, dit-elle d'un ton sec qui démentait ses propos.

— Jean, Roxane est à présent lieutenante à la section de Recherches de Marseille. Elle nous aide à essayer d'y voir clair en ce qui concerne Julia.

Le visage du sieur Baron était crispé. Il tenta de se composer un sourire bienveillant et tendit une poigne molle à Roxane.

— Je me souviens de toi, en tout cas. Roxane Baxter, un jeu de jambes de feu et un service en acier. Quel dommage que tu n'aies pas poursuivi dans le haut niveau.

— Merci. Je suis plus utile au club dans mes fonctions actuelles, dit-elle toujours aussi sèchement.

— Ça ne te dérange pas que Jean assiste à notre entretien ? interrogea le président Mistral.

— Je ne voudrais pas paraître discourtoise, mais ce n'est pas possible. Il s'agit d'une enquête officielle et je dois entendre chacun de vous individuellement. Le tour de monsieur Baron viendra.

Puis, en se tournant vers le sponsor : « Si vous voulez bien nous laisser. »

Le sponsor maîtrisa un mouvement de cou offusqué, mais n'émit aucune protestation. Il n'était pas en position de le faire devant une enquêtrice. Roxane nota même qu'il parut soulagé.

Jean-Vincent Mistral referma la porte derrière lui et revint s'assoir à son bureau.

— Ah, Roxane, cette histoire est une catastrophe pour le club ! Que vont penser les gens si nos joueuses disparaissent les unes après les autres ? se lamenta-t-il.

Elle nota intérieurement que l'emploi du pluriel était peut-être un peu prématuré. À moins qu'on ne lui ait pas encore tout dit ? Elle garda sa remarque et entama l'entretien.

— Président, il est maintenant avéré que Julia ne participera pas au tournoi de Vienne. Il y a urgence à la retrouver. Plus le temps passe, plus ce qui lui est arrivé peut être grave. Je compte sur vous pour me dire tout ce que vous savez sur ses derniers jours au club.

— Bien sûr, Roxane... enfin, je veux dire, lieutenant. Je ne sais plus comment je dois t'appeler.

— Roxane, ça ira très bien.

Mistral était dans ses petits souliers.

— J'ai beau tourner la question dans tous les sens, reprit-il, je ne vois personne qui puisse en vouloir à Julia au point de la faire disparaître. Tout le monde l'apprécie et il n'y a aucune forme de jalousie avec qui que ce soit. Je ne comprends pas ce qui s'est passé.

Roxane avait elle aussi retourné la question dans sa tête. Lors d'une disparition, le ou les coupables se trouvaient généralement dans l'entourage immédiat de la personne disparue. Or son entraîneur, son préparateur physique et même ses parents n'avaient pas quitté la France, tandis que Julia s'était évaporée dans la nature en Autriche. Si quelqu'un l'avait fait disparaître à Vienne, il était à rechercher du côté de personnes dont Roxane n'avait pas encore entendu parler. C'est au sujet de ce ou de ces inconnus qu'elle était venue réinterroger Jean-Vincent Mistral.

— Il faut que vous m'expliquiez dans le détail comment se déroule le voyage d'une joueuse à l'étranger. Qui est au courant avant le déplacement ? Qui connaît les heures de vol ? Qui est susceptible de l'avoir attendue à Vienne en effectuant le voyage avant elle ? Ou en même temps qu'elle... se reprit-elle.

— Je te l'ai déjà dit, Christine s'occupe de toutes les réservations en début d'année, en fonction des prévisions d'inscription transmises par l'entourage.

— Qu'est-ce que vous entendez par « entourage » ? Quelqu'un d'autre que ses parents et ses entraîneurs ?

— Dans le cas de Julia, son père s'occupe de la partie sportive de sa carrière, et sa mère de l'aspect financier. Ils sont très investis dans la progression de leur fille. Niels se contente des entraînements, mais à ma connaissance, il ne décide pas des inscriptions en tournoi.

— Justement, que pouvez-vous me dire de la progression de la carrière de Julia ces dernières années ?

JV marqua un temps d'arrêt. Il sembla frappé de nostalgie.

— Julia est notre meilleure joueuse, reprit-il après quelques secondes de silence. Jusqu'à dix-huit ans, elle faisait partie des grands espoirs du tennis français. Tu te souviens qu'elle a gagné Roland-Garros en junior ? Puis elle a continué à monter dans le classement quand elle est passée pro. En 2017, elle flirtait avec la cinquantième place mondiale.

Roxane hocha la tête. Elle se souvenait de cette époque. C'est à peu près à ce moment qu'elle avait elle-même abandonné le tennis en compétition pour se consacrer à ses études d'officier de gendarmerie. Julia était alors la fierté du Country Club. Une enfant du pays qui tutoyait les sommets de ce sport si exigeant. Elle encouragea JV à poursuivre : « Que s'est-il passé, alors ? »

— Je ne sais pas très bien. Ses résultats ont connu un passage à vide. En 2018, elle a chuté à la deux-centième place. Elle gagnait toujours des matchs, mais sur le circuit secondaire. On aurait dit qu'elle avait atteint une sorte de plafond de verre.

— C'est aussi l'avis de Niels ?

Jean-Vincent réprima une gêne qui n'échappa pas à Roxane.

— Il y avait quelque chose entre eux ? Je veux dire, au-delà de la relation normale entre une joueuse et son entraîneur ? enchaîna-t-elle.

— Non, pas du tout ! Il n'y a jamais eu de liaison amoureuse entre eux, si c'est ça que tu insinues. Mais pendant presque deux ans, Niels s'est consacré à d'autres joueurs. Ils n'étaient pas brouillés, mais il avait d'autres projets en tête, voilà tout.

Roxane nota le détail. Les changements d'entraîneur sont fréquents dans le tennis professionnel, mais les rabibochages étaient plus rares. Restait à comprendre les raisons de cette séparation, puis de ce retour en grâce de Julia aux yeux de Niels. Elle l'interrogerait à ce sujet.

— Est-ce que monsieur Franzini a joué un rôle particulier pendant cette période ?

— Il s'est substitué tant bien que mal à Niels, mais les résultats n'étaient pas aussi bons. Il n'est pas entraîneur. C'est un vrai métier, comme tu le sais.

Roxane en était consciente. À un moment, son petit-ami, Carl, s'était improvisé coach de sa propre carrière. Or, il était sportif de haut niveau, certes, mais pas joueur de tennis. Les résultats avaient été catastrophiques. Carl laissait déjà apparaître ses travers : il l'encensait lorsqu'elle jouait bien, et la trainait plus bas que terre à la moindre contre-performance. Tout le contraire de ce qu'on attendait de l'entraîneur d'une joueuse de tennis à l'estime de soi friable.

Roxane sentit que Jean-Vincent Mistral était au bout de ce qu'il pouvait lui apprendre. Elle posa tout de même une dernière question :

— Vous savez si Julia avait un fiancé ? Elle était amoureuse ?

Nouvelle gêne visible. JV soupira longuement.

— Non, pas que je sache, lâcha-t-il finalement.

Il mentait, Roxane en était certaine. Elle fut prise d'un soupçon irrépressible : et s'il existait une histoire entre Julia et le président Mistral ? Un homme de trente ans son aîné. Elle jugea que si c'était le cas, ce n'était certainement pas JV qui allait le lui apprendre. Elle préféra mettre un terme à l'entretien pour cette fois.

M. Franzini était occupé à préparer des corbeilles de pain. L'heure du déjeuner approchait et quelques mères attendant leur progéniture sirotaient une eau gazeuse sur la terrasse.

— Comment avance votre enquête ? demanda M. Franzini lorsque Roxane se planta devant lui.

— Vous n'avez pas l'air très inquiet, monsieur Franzini, entama-t-elle.

Elle voulait le déstabiliser.

— Je suis mort d'inquiétude, au contraire. Je me noie dans le travail, c'est ma manière de penser à autre chose.

Roxane n'avait pas de raison de douter de l'explication. Elle connaissait les hommes et leur propension à dissimuler leurs émotions par peur de passer pour des faibles. Morgan, son père, n'avait jamais exprimé la moindre émotion lorsqu'elle avait été malmenée par Carl. Pourtant, elle savait qu'au fond de lui, il était rongé de peine pour elle.

— Je cherche à comprendre qui dans l'entourage de votre fille aurait un intérêt à la faire disparaître. Le paradoxe, c'est qu'elle est partie seule en Autriche et que toutes les personnes dont on m'a parlé sont restées en France. N'y aurait-il pas un petit-ami caché avec qui Julia serait en conflit ? Quelqu'un qu'elle aurait retrouvé à Vienne ?

M. Franzini haussa les sourcils. Il eut l'air surpris. Sincèrement surpris.

— Oh non, Julia se consacre à sa carrière, vous savez. Sa vie amoureuse est plate comme cette assiette, affirma-t-il avec conviction. Sa mère et moi nous sommes même demandés si elle n'était pas... comment dire... Si elle ne préférait pas les femmes, quoi.

— Ça vous aurait dérangé ?

Il secoua la tête avec énergie.

— Non pas du tout. Enfin, je veux dire, comme tous les parents, on rêve d'une relation normale pour sa fille. Une histoire qui déboucherait sur un mariage et des petits-enfants, une fois sa carrière terminée.

L'homosexualité ne le dérangeait pas, mais ce n'était tout de même pas ce qu'il appelait une « histoire normale »... L'ostracisme des personnes gays avait encore de beaux jours devant lui, pensa Roxane.

— Julia n'a pas rencontré un compagnon, ou une compagne, donc, ces derniers temps ?

— Je suis presque certain que non. Je ne vois pas quand elle aurait trouvé le temps de le voir. Elle passe son temps entre le club et la maison.

— Et quand elle est en voyage ?

— Ça, je ne sais pas, concéda-t-il. Quand elle est en

voyage, elle est seule avec Niels, son entraîneur. Il faudrait lui poser la question.

— Mais pas cette fois...

M. Franzini ne comprit pas. Roxane précisa.

— Cette fois, elle est partie seule. Niels ne l'a pas accompagnée.

Il acquiesça en silence. Lui aussi aurait préféré que sa fille voyage avec son entraîneur. Cela aurait peut-être permis de comprendre ce qui s'était passé à sa descente d'avion. Où avait-elle bien pu filer au lieu de disputer ce satané tournoi ? La question perturbait aussi M. Franzini et Roxane eut de la peine pour lui.

Il fit un effort surhumain pour contrôler ses larmes.

12

Morgan n'avait pas beaucoup de temps pour mettre au point sa « bidouille ». Les truands-trafiquants de montres risquaient de revenir d'un jour à l'autre pour impressionner Alicia, et à ce moment-là, il faudrait qu'il soit prêt.

Ce manque de temps le stressait. Non pas qu'il eût besoin de longues semaines pour son bricolage, une matinée de travail sans être dérangé suffirait, mais l'impossibilité de contrôler les événements le perturbait considérablement. Il avait besoin de routine, de réfléchir au séquencement prévisible des choses pour en anticiper toutes les conséquences. Il aurait également voulu avoir le temps de décortiquer les arcanes de ce trafic de fausses montres. Au lieu de ça, il devait se dépêcher de fabriquer des leurres et de faire en sorte que ces petites frappes oublient Alicia. Et ne remettent plus les pieds au vallon des Auffes.

Il se mit au travail dès cinq heures du matin.

La veille, il était allé se fournir au *marché du Soleil*. Dans cette galerie commerçante située à quelques encablures de la gare Saint-Charles, et qui ressemblait plus à un souk oriental qu'à un centre commercial aseptisé, il s'était dirigé tout droit vers le stand idoine. Les contrefaçons de maillots de foot et de maroquinerie de luxe avoisinaient des étals d'épices et de plats à tajine en terre cuite. Bizarrement, les commerçants de ce haut lieu de la copie bas de gamme étaient rarement inquiétés par la police. Une bonne chose pour Morgan. Il y avait acheté un stock de fausses montres Rolex au boitier admirablement imité, mais au mécanisme fabriqué en Chine par des usines expertes en horlogerie comme lui en danse de salon. Du travail de sagouin.

Il disposa les boitiers sur son établi et entreprit de les démonter. Sans surprise, les mécanismes étaient minables. De vulgaires mouvements à pile qui faisaient un bruit apocalyptique. À quoi bon investir dans une fausse Rolex pour se retrouver avec un ventilateur au bras ? N'importe quel inculte entendait bien qu'il s'agissait d'une contrefaçon !

Morgan estima la place dont il disposait pour insérer un nouveau mouvement. Les boitiers étant parfaitement imités, la cavité pouvait largement accueillir le mécanisme d'origine. Mais il était naturellement hors de question d'équiper ces montres d'un système aussi sophistiqué et coûteux. Il allait simplifier les choses.

Il fouilla dans une armoire équipée de centaines de petits casiers en plastique. Elle contenait presque toutes les pièces d'horlogerie artisanales qu'il avait fabriquées au fil des années. Ancres, ressorts à spirale, roue d'échappement et pignons en tout genre étaient soigneusement entreposés dans ces boites, classés par taille et par degré de perfection... selon les critères de l'horloger.

Un mécanisme de base ne comporte pas plus de sept ou huit composantes, pourtant Morgan compliqua un peu son œuvre pour que les fausses Rolex donnent également la date et permettent de chronométrer avec une précision au dixième de seconde.

Une fois les pièces sélectionnées et leur polissage patiemment finalisé, il ne mit que quelques minutes à insérer le mécanisme dans les boitiers. À la fin de la journée, il disposait de cinq exemplaires parfaitement imités du modèle phare de Rolex. Un œil expert verrait tout de suite la supercherie, mais il se demanderait aussitôt qui était le faussaire qui avait réalisé un travail aussi exceptionnel. Les montres de Morgan, bien que fausses, étaient tout simplement parfaites.

Commença alors la partie de la mission qui aurait demandé un peu plus de préparation. Il allait falloir convaincre les branquignols amis de Viktor d'accepter ces montres en dédommagement du préjudice subi du fait de l'incarcération de leur complice. En dédommagement, et comme solde de tout compte, car il n'était pas question que Morgan se lance dans ce genre de trafic à grande échelle.

Il prit un moment pour se concentrer sur la suite.

Étape une : savoir où se planquaient ces ahuris, car il avait finalement décidé de ne pas attendre qu'ils repointent leurs têtes et leurs voitures de truands au vallon des Auffes.

Morgan s'habilla d'un pantalon et d'un t-shirt noir floqué de l'inscription : « je ne parle pas aux cons, ça les instruit ». Une provocation parfaitement inutile, mais c'était plus fort que lui. Comme la facétie n'était pas destinée à Alicia, il enfila un blouson pour dissimuler le t-shirt. Il sonna chez sa voisine.

— J'ai repensé à votre problème. Je vais rencontrer vos agresseurs et les dissuader de revenir vous importuner. Vous savez où ils habitent ?

La jeune femme ouvrit de grands yeux tout ronds. Elle était partagée entre le plaisir de voir Morgan préoccupé par ses difficultés, et l'incompréhension totale face à ce qu'il lui disait.

— Vous êtes sûr que c'est une bonne idée ? Ces garçons-là sont violents !

— Pas d'inquiétude. J'ai l'habitude de négocier avec des malfrats bien plus coriaces. Vous pouvez me faire confiance.

— Ils habitent à la cité de la Cayolle. C'est un véritable coupe-gorge, vous savez ?

— Ne vous inquiétez pas, je vous dis. Vous connaissez leurs noms ?

— Le chef s'appelle Enzo, mais je crois que c'est un surnom. Il y a quelques années, on le connaissait sous le nom de Farid.

Faux nom, fausses montres, décidément ces minables avaient besoin de se confronter à la réalité, pensa Morgan.

— Merci Alicia. Je monte les voir et je vous tiens au courant.

Monter les voir signifiait traverser Marseille en scooter et gravir le chemin du Roy d'Espagne qui conduisait à la cité située sur les hauteurs de la ville. Si l'on poursuivait vers le sud, on arrivait à un autre quartier pittoresque et autrefois peuplé de pêcheurs : la calanque de Sormiou.

Morgan fit la route sans ressentir la moindre trace de peur.

Aux abords de la Cayolle, il abandonna provisoirement le *T-Max* derrière une haie sauvage. Les derniers hectomètres à pieds lui permirent de se familiariser avec l'environnement, mais surtout, de ne pas se faire repérer des guetteurs assignés à prévenir les intrusions dans un tout autre trafic : la vente de produits stupéfiants.

Morgan avisa l'un d'eux. Un garçon d'environ dix-sept ans portant une casquette Nike et une écharpe sur le visage. Avec les chaleurs du mois de juin, nul doute qu'il aurait préféré une autre affectation. Mais il en allait du trafic de drogue comme de la vie en entreprise : il fallait accepter de commencer en bas de l'échelle si l'on nourrissait l'espoir de gravir les échelons. Le garçon constituerait un bon ambassadeur pour sa demande d'entrevue, jugea-t-il. Il s'approcha silencieusement.

— Bonjour. Je cherche Enzo, annonça Morgan de sa voix la plus posée.

Le guetteur fit volte-face. Il regarda, ébahi, cet étranger âgé qui semblait ignorer qu'il était dangereux de s'aventurer sans escorte et sans arme à la Cayolle.

— T'es qui, toi ?

— Tu préfères ne pas le savoir. Je répète ma question : où puis-je trouver Enzo ?

Il n'y avait personne alentour et le garçon jugea qu'il pouvait se montrer menaçant. Il posa la main sur un couteau accroché à la ceinture.

— Je ne suis pas flic et je me fiche de ton trafic. Je veux juste voir Enzo, réitéra Morgan en levant les deux mains bien à plat.

Cela ne suffit pas à faire baisser la méfiance de l'adolescent. Il leva son arme en direction du visage de Morgan qui comprit que son adversaire avait peur : si l'on veut frapper quelqu'un avec une arme blanche, on ne commence jamais par le visage.

— Je vais te désarmer, puis je reculerai pour te montrer que je ne te veux aucun mal.

Pas réellement une sommation. Une prédiction, plutôt.

Morgan enchaîna par une prise millimétrée qui bloqua le bras du garçon et lui fit lâcher la lame. Comme annoncé, il se recula et renouvela sa demande : « Enzo. Où puis-je le trouver ? »

Jugeant qu'il y avait lieu de coopérer, mais n'abandonnant pas encore son expression de fierté, le guetteur lança un regard noir à Morgan, toujours impavide.

— Je vais lui dire que quelqu'un veut le voir. Je lui dis que t'es qui ?

Parfait. Morgan n'aurait pas à se déplacer dans la cité. L'adolescent allait téléphoner à Enzo à l'aide de son portable. « Appelle-le et passe-le-moi », ordonna-t-il.

Le jeune garçon s'exécuta et lui tendit l'appareil. Morgan le saisit à deux doigts, prenant soin de ne pas trop approcher le téléphone gras de son visage. À l'autre bout de la ligne, une voix s'agaçait. « C'est qui ? Qui veut me voir, putain ? »

— On s'est croisé l'autre soir au vallon des Auffes, articula Morgan. Tu cherchais quelque chose que je sais où trouver. Tu devrais descendre me rencontrer. J'ai un cadeau pour toi.

Enzo raccrocha.

La Cayolle ne ressemblait pas à l'idée que l'on avait habituellement d'une cité. Au contraire des barres d'immeubles inhospitalières construites dans les quartiers nord pour accueillir la main-d'œuvre immigrée des années 60, la Cayolle était constituée de bâtiments de deux ou trois étages, aux couleurs pâles et aux balcons propres. Les familles qui habitaient ici étaient fières de passer pour les gardiennes du sud de Marseille. Il n'y avait rien d'autre après, que les calanques et la mer.

Si la délinquance et les trafics étaient présents ici, c'était surtout parce que les jeunes, qui constituaient plus de cinquante pour cent de la population, étaient désœuvrés. Tous faisaient des bêtises à un moment ou à un autre, et beaucoup expérimentaient un séjour en prison. Mais en réalité, ces gosses n'étaient pas plus « cramés » qu'ailleurs. Ils rêvaient de gloire footballistique et de célébrité musicale. Les groupes de rap locaux taguaient fièrement leur nom sur les murs et se disputaient à coup de « millions de vues » sur YouTube.

Rationnellement, il n'y avait aucune raison d'avoir peur de ces jeunes. Et encore moins de raisons de les haïr.

Enzo apparut en haut de la rue. Si l'on juge un chef au nombre de ses troupes, celui-là était d'importance. Une douzaine de garçons comme lui marchaient en procession, maillot de foot sur les épaules, portable à la main et lunettes de soleil sur le nez malgré la nuit tombée. Morgan jaugea la situation : si ces types étaient décidés à le tabasser, il ne ferait pas le poids. Mais il n'était pas venu pour ça. Il savait comment éviter le conflit. Pour commencer, il n'ouvrit pas son blouson... une intuition lui dicta qu'il ne serait pas utile de provoquer ces garçons.

— Ça va ou bien ? lança Enzo à l'adresse du guetteur.

— J'te jure, frérot, je ne sais pas ce qu'il veut, l'ancien.

Morgan resta parfaitement immobile. Immobile, et souriant.

— Eh, mais je te reconnais ! C'est toi qui étais près de ma caisse, l'autre soir. C'est toi qui as appelé les condés ?

— Bonjour Enzo. Je suis content de te rencontrer, éluda Morgan. Levons le malentendu tout de suite. Je suis là pour t'aider dans ton business, mais pas à n'importe quelle condition. Tu es prêt à m'écouter ?

Disposée en arc de cercle — une hérésie en termes de stratégie militaire, jugea Morgan —, la bande lui faisait face. Certains avaient l'air hostiles, mais dans l'ensemble, ils se tenaient calmes. C'est la peur ou l'agressivité qui déclenchait l'hostilité, or Morgan n'exprimait ni l'une ni l'autre.

— Pourquoi t'es venu jusqu'ici ? reprit Enzo. T'aimes vivre dangereusement ?

— Je te l'ai dit : pour t'aider dans ton commerce de montres. Mais je veux le faire à ma manière et pour ton bien. Tu es d'accord avec ça ?

— C'est surement un condé en civil, railla un des acolytes. Si tu nous faisais voir tes papiers !

La troupe s'esclaffa. Enzo les fit taire d'un geste.

— Je ne suis pas flic et je suis venu en ami, articula Morgan.

— Alors, présente toi, l'ancien ! Comment tu t'appelles ?

— Vous pouvez m'appeler l'horloger.

Il sortit calmement de sa poche le foulard contenant les fausses Rolex. Toujours au ralenti, il posa le paquet au sol et en écarta les coins. « C'est pour vous, précisa-t-il. En dédommagement de ce que vous a fait perdre Viktor. »

Enzo parut abasourdi. Il détailla les montres et se demanda où était le piège. Puis, jugeant que Morgan avait l'air inoffensif, il décida de poursuivre la négociation en comité plus restreint. « Suis-moi, on va tchatcher tranquille. » Il indiqua une porte de garage conduisant au sous-sol. Morgan savait que ces types ne s'en prendraient pas à lui avant d'avoir compris ce qu'il voulait et qui il était. Il suivit Enzo.

Dans un box encombré de matelas défoncés, mais aussi d'un matériel vidéo hors de prix, le jeune caïd lui fit signe de s'assoir. « C'est là qu'on *clipe*, crut-il bon de préciser en désignant une caméra. Les vidéos de rap qu'on met sur YouTube... tu captes ? » Puis s'adressant à l'un de ses acolytes :

— La *boulle*, tu nous prépares une chicha ?

Le post-adolescent grassouillet et vêtu d'un survêtement orange s'exécuta. Morgan le regarda faire et en profita pour établir un plan de fuite. En cas de besoin, il ne serait pas difficile de bousculer le matériel vidéo, puis de profiter des quelques secondes que la manœuvre octroierait pour rejoindre la rue. Il pourrait alors regagner le *T-Max* et prendre la fuite en moins de dix-huit secondes, estima-t-il.

— Alors comme ça, t'es dans l'horlogerie ? questionna Enzo.

— Un vrai expert... c'est moi qui ai fabriqué les montres que tu as entre les mains. Je suis content de te les offrir.

— Pourquoi tu fais ça ? T'es pote avec Viktor ?

Enzo sembla soudain envisager une autre hypothèse :

— Ah nan, je sais ! Tu te tapes sa meuf ! Toi et Alicia...

Il fit un mouvement peu élégant de l'index coulissant entre deux doigts de l'autre main. Ce garçon était encore loin de la vérité, pensa Morgan. Il ignora l'allusion.

— Comme je te l'ai dit, je veux t'aider. La vie n'est pas facile, ici. La cité, le chômage, la prison parfois... Pourtant, je pense que tu as du potentiel. Alors, j'ai pensé que je pourrais te transmettre mon savoir-faire et te mettre le pied à l'étrier. Tu deviendrais comme moi, un expert en horlogerie. Ça te dit ?

Enzo ne réagit pas, sans doute troublé par l'expression « pied à l'étrier » qu'il ne connaissait pas.

Morgan poursuivit : « J'ai fabriqué cinq montres pour te prouver que je peux t'apprendre des choses. Pour te prouver ma bonne volonté, aussi. Mais ce sont les dernières contrefaçons que je te fournirai. Pour la suite, tu devras apprendre à expertiser et à réparer de vraies montres. Tu es d'accord ? »

— Tu veux quoi en échange ? répliqua Enzo, méfiant.

— Je veux que ni toi ni tes copains ne remettiez un pied au vallon des Auffes. Jamais. On se verra ici ou dans tout autre endroit que je choisirai. Tu *captes* ?

Enzo captait, mais il n'avait pas l'habitude des négociations paisibles. Les rapports de force constituaient son quotidien. Qu'un étranger à la cité vienne sur son territoire lui proposer un marché qui avait toutes les apparences de l'aubaine lui semblait impensable. Il fit toutefois un pas en direction de Morgan.

— OK, je regarde combien je peux tirer de tes breloques et je te dis quoi.

— Tu me dis quoi ?

— Je te dis si on rentre en affaires ou pas. T'es con ou quoi ?

— Quoi.

Morgan ne pouvait pas s'en empêcher. Plaisanter sur le phrasé douteux du jeune caïd l'amusait, mais ça pouvait aussi braquer Enzo. Celui-ci ne releva pas. Il se leva, tendit le poing fermé et proposa un check à la gestuelle improbable.

— En attendant, je suis OK pour te laisser tranquille avec ta meuf, ajouta Enzo. Tu pourras la niquer comme tu veux dans votre quartier de bourges. On dira rien à Viktor.

Il ricana grassement. Morgan se leva et prit congé

d'Enzo et de ses comparses. Il avait marqué le premier but, mais le match était loin d'être terminé.

— Hé, l'horloger, cria Enzo tandis qu'il s'éloignait, bonne bourre !

Morgan se retourna et le fixa bizarrement. « Alicia n'est pas ma meuf, comme tu dis. Et je ne veux plus te voir au vallon des Auffes… *Tu captes* ? »

13

Roxane Baxter était inquiète. Voilà presque quatre jours qu'elle essayait d'enquêter sur la disparition de Julia et elle ne possédait pas l'ombre d'une piste sérieuse. La joueuse n'avait toujours donné aucun signe de vie et son entourage se comportait comme si son absence était douloureuse, mais que personne n'y pouvait rien. De surcroit, comme elle croulait sous les dossiers, elle n'avait pas encore eu le temps d'interroger tout le monde.

Roque l'avait autorisée à mener des investigations préliminaires, mais il ne croyait pas lui-même à une disparition inquiétante. Il ne lui avait attribué aucun moyen sérieux pour retrouver la trace de Julia. Celle-ci s'étant volatilisée à l'étranger, Roxane aurait par exemple eu besoin de contacter la police autrichienne ou les opérateurs de téléphonie mobile. Comme c'était impossible dans l'immédiat, elle devait se contenter de son flair et de son intuition.

Dans ce domaine, elle avait tendance à se faire confiance, d'habitude, mais rien ne venait pour l'instant. Elle avait la vague sensation que cette affaire était liée aux relations amoureuses de Julia, mais pas le début d'un indice matériel pour corroborer ça. Elle devait persévérer.

Le colonel Roque voulait être informé de ses avancées,

aussi ne pourrait-elle pas laisser passer encore une journée sans lui rendre compte, réalisa-t-elle en nouant sa queue de cheval.

Elle prit une nouvelle fois la direction du Country Club Aixois, bien décidée à interroger tous ceux qu'elle trouverait.

Niels Goringer se trouvait à son poste. Assis sur une chaise en plastique, l'air de plus en plus accablé, il supervisait distraitement les gammes de coups droits d'un adolescent frêle comme une liane.

— Salut, Niels, entama-t-elle.

L'entraîneur abandonna son siège et suivit Roxane sans protester. À vrai dire, il semblait soulagé du retour de la lieutenante. Comme s'il avait des confidences en réserve.

— Les recherches, ça donne quoi ? demanda-t-il lorsqu'ils furent debout l'un en face de l'autre, contre la bâche de fond de court.

— Rien pour le moment. Je voudrais que tu me parles de tes relations avec Julia. Je veux dire de tes relations personnelles.

— Il n'y a rien entre nous, si c'est ça que tu veux savoir, affirma-t-il sans manifester de gêne.

— Tu as l'air pourtant accablé par l'absence de nouvelles. Tu soupçonnes quelque chose, Niels ? Il faut me dire ce que tu sais.

Il soupira, en proie à une hésitation manifeste. Roxane garda les traits inexpressifs, mais elle le fixa dans les yeux. Il était mûr pour parler.

— Cette histoire ressemble trop à l'autre, finit-il par lâcher. Ça ne peut pas être une coïncidence.

— Quelle autre affaire, Niels ?

— Mistral ne t'a rien dit ?

— Rien du tout... ce qui rend ce que tu as à me dire d'autant plus intéressant. Je t'écoute.

— Julia n'est pas la première joueuse du club qui disparaît.

Des rides de surprises apparurent sur le front de Roxane.

— Il y a un an, à peu près à la même période, une autre joueuse, Anastasia Melnik, a elle aussi disparu alors qu'elle partait disputer le tournoi de Vienne.

— Pourquoi on ne m'a rien dit, bon Dieu ! s'exclama Roxane. C'est évident qu'il y a un lien !

Sa réaction était prématurée. Si cette information ne lui avait pas encore été transmise, c'est que quelqu'un avait intérêt à la lui cacher… Or en s'emportant, elle risquait de dissuader ceux qui savaient, de se confier à elle. Elle le réalisa et se reprit :

— Niels, c'est sérieux. Deux disparitions similaires, c'est forcément lié ! Deux joueuses pros licenciées au Country Club et qui s'évaporent en se rendant au tournoi de Vienne, il faut creuser. Dis-moi tout ce que tu sais. Maintenant !

— Anastasia est originaire d'Ukraine. Elle est arrivée à Aix sans sa famille pour intégrer notre équipe « une »… et parce que j'étais son entraîneur, avoua-t-il en baissant les yeux. On l'avait repérée sur un tournoi, à Kiev. On y était allé avec le président et Ivan pour essayer de recruter de nouvelles joueuses pour le club. Anastasia est apparue comme l'espoir idéal. Un mental d'acier et une jeunesse passée à s'entraîner sur des cours défoncés. Elle avait remporté tous ses matchs, dans ce tournoi où nous l'avons découverte.

Il y avait autre chose, Roxane sentait que Niels ne lui disait pas tout. Elle insista.

— Cette Anastasia, elle s'est installée chez qui ?

Une jeune joueuse étrangère qui arrivait à Aix et qui ne parlait pas un mot de français avait dû être accueillie dans la famille d'un des cadres du club. C'était courant et, si le tennis était bien la motivation de tous, cela ne posait pas de problème.

— Elle est venue habiter chez moi, avoua Niels. On s'est

mis en couple…

La voilà, l'affaire ! se dit Roxane. Une joueuse étrangère qui couche avec son entraîneur, c'était classique. Mais qu'elle disparaisse et que ledit entraîneur ne dise rien, c'était au contraire singulièrement suspect.

— Tu n'as pas signalé sa disparition ?

Niels était de plus en plus gêné. Il triturait ses doigts couverts de pansements comme s'il voulait en détendre les jointures. Il finit par se confier d'une voix tremblante.

— Anastasia n'a plus donné de nouvelles après être arrivée à Vienne… comme Julia… Au début j'ai cru que le problème venait de moi. Qu'elle voulait me quitter. Mais il n'y avait aucun nuage entre nous. On était amoureux comme deux ados, et elle était très heureuse en France. Je n'ai pas compris.

— Tu en as parlé à quelqu'un ?

— Évidemment ! Ivan était son préparateur, il était au courant. JV aussi, bien sûr. Ils m'ont convaincu que ça arrivait. Qu'Anastasia avait sans doute eu le mal du pays, et qu'elle avait préféré rentrer chez elle. J'ai accusé le coup, mais j'ai fini par me ranger à leur avis. Qu'est-ce que je pouvais faire d'autre ?

— Tu n'as pas essayé d'entrer en contact avec sa famille en Ukraine ?

— Je n'avais aucune information fiable. Pas de profil sur les réseaux sociaux. Son portable français était coupé, et tout ce qu'elle m'avait dit de ses parents, c'est qu'ils étaient séparés depuis que son père s'était mis à boire, et qu'elle n'avait pas vu sa mère depuis des années. J'ai laissé tomber. Je me suis dit qu'elle m'avait « *ghosté* ». Pour ne pas avoir à m'expliquer pourquoi elle me quittait, elle avait choisi de disparaître. J'en ai bavé, tu sais.

Roxane imagina sans peine ce qu'avait ressenti Niels. Elle-même souffrait parfois que Carl ait choisi de ne plus communiquer avec elle après leur séparation. Cette méthode moderne de rupture amoureuse était surtout un bel exemple de lâcheté, pensa-t-elle. Toutefois, dans le cas d'Anastasia, la disparition un an plus tard de Julia dans les mêmes conditions rendait cette hypothèse peu vraisemblable.

— Niels, rétrospectivement, je ne crois pas que le départ d'Anastasia soit volontaire. Il y a trop de choses similaires avec Julia. Sans compter le fait que JV ne m'a jamais parlé d'elle…

Il haussa les épaules en silence. Il voulait aussi savoir ce qui était arrivé à Anastasia et dans une moindre mesure, à Julia, mais les actions à mener pour y parvenir n'étaient pas de son ressort. Il était bien obligé de s'en remettre à Roxane.

— Je vais commencer par faire rechercher Anastasia. Tu dis qu'elle s'appelle Melnik ? demanda-t-elle en notant l'information sur son téléphone.

L'appel téléphonique du colonel Roque empêcha Roxane de se pencher sur la question dans l'immédiat. Il était en déplacement à Aix pour une affaire de cambriolage avec homicide, et il désirait la voir toutes affaires cessantes.

Roxane se rendit au centre-ville et retrouva son chef au pied de la fontaine de la Rotonde, en bas du cours Mirabeau. Ses trois statues représentant la justice, l'agriculture et les beaux-arts délimitaient une étoile routière stratégiquement placée au cœur de la cité provençale.

— Baxter, j'ai besoin de résultats, annonça le colonel Roque. Dites-moi que vous avez du neuf ou je vous retire l'enquête.

Le ton était comminatoire. Ses traits secs et ridés inspiraient la crainte, ou au moins une autorité qui ne souffrait aucune opposition. Roxane travaillait d'ordinaire avec son supérieur direct, le capitaine qui dirigeait la division chargée des atteintes aux personnes. Le fait d'être placée sous l'autorité directe du colonel était assez pénible.

— J'ai peut-être quelque chose, avança-t-elle en tentant de maîtriser un léger tremblement de ses mains.

— Peut-être ? tonna Roque. Vous voulez dire qu'il est « possible » que Roxane Baxter soit capable de résoudre une affaire ?

Il mima des guillemets avec ses doigts.

Un colonel de gendarmerie en uniforme qui s'adressait à une femme habillée en civil, en plein centre d'Aix, intriguait les badauds. Personne n'osa s'approcher, toutefois. L'eau de la fontaine qui tombait en cataracte couvrait leur conversation.

— En fait, la disparition de Julia Franzini est liée à une autre disparition qui a eu lieu il y a un an, se lança Roxane. Une autre joueuse du Country Club dont on n'a aucune nouvelle.

Roque tendit un sourcil sceptique. « Ça ne me dit rien. »

— C'est normal, colonel, c'est une jeune Ukrainienne qui n'a pas de famille en France. Personne n'a signalé sa disparition.

— Mais vous, géniale comme vous êtes, vous l'avez découvert, ironisa-t-il. Je peux savoir comment, Baxter ?

C'en était trop pour Roxane. Que le patron de la section de Recherches se montre directif et même autoritaire faisait partie du code en usage au sein de la gendarmerie. Mais qu'il devienne carrément méprisant vis-à-vis des compétences de Roxane, elle ne pouvait pas le supporter. En outre, elle savait très bien que ce traitement particulier lui était infligé parce qu'elle était la fille de son père, et que les deux hommes nourrissaient l'un envers l'autre une rancœur ancienne et tenace. Elle choisit l'esquive.

— Colonel, j'ai besoin de deux jours pour prouver que la disparition d'Anastasia Melnik est inquiétante. Donnez-moi ces deux jours et je vous reviens avec du concret. Vous pourrez toujours me retirer l'affaire si vous jugez mes progrès insuffisants.

— Deux jours pour comprendre les raisons de sa disparition, mais aussi pour la localiser... compléta Roque.

Même s'il n'aimait pas Roxane du fait de sa filiation avec Morgan Baxter, son ancien collègue qu'il considérait comme un imposteur, le colonel savait gré à la jeune lieutenante de se mettre en danger en se fixant elle-même un ultimatum. C'était courageux, reconnut-il *in petto*.

— Et si vous pouviez par la même occasion démerder l'affaire Julia Franzini, ajouta-t-il, vous marqueriez quelques points, Baxter.

Sur ce, il tourna les talons et, de sa démarche raide, il regagna le véhicule surmonté d'un gyrophare qu'il avait stationné en double file.

Roxane rejoignit Anna à la *Belle Époque*, un peu plus haut sur le cours Mirabeau. Son amie disposait d'une trentaine de minutes de pause avant de devoir rouvrir la joaillerie familiale pour l'après-midi. Aussi enjouée que Roxane était sérieuse et appliquée, Anna procurait à Roxane, à chaque rencontre, une bulle d'oxygène et de vent frais qui la sortait de son quotidien encombré de la bassesse des hommes. Elle l'avait soutenue après sa rupture avec Carl, et d'une manière générale, elle partageait tous les moments heureux ou désagréables de la vie de Roxane.

— Oh là là, on dirait que miss Provence a des ennuis, aujourd'hui, déclara Anna en scrutant son amie par-dessous ses lunettes de soleil.

— Rien de grave. Mon chef est pénible, comme d'habitude. Rien de neuf sous le soleil, donc.

— Il ne faudrait pas que le lieutenant-colonel Roque nous sape le moral de miss Provence !

— Colonel Roque, pas lieutenant-colonel. Il a pris du galon, corrigea Roxane.

— Ah, tant mieux pour lui. Je me souviens que du

temps de ton père, il était moins gradé. En tout cas, peu importe, il ne doit pas te manquer de respect, celui-là.

Roxane sourit malgré elle à l'évocation de la lutte qui avait opposé les deux hommes. Elle ne connaissait pas tous les détails. Elle savait juste que jadis, Roque avait convoité un poste que son père avait finalement eu, puis que, quelques années plus tard, ce dernier avait démissionné de la gendarmerie à la suite d'une affaire dans laquelle Roque était également impliqué. Mais Anna avait raison, elle devait chasser de son esprit l'attitude mesquine de son chef. Ce n'était pas évident, mais elle devait y arriver. Elle commanda un citron pressé.

— Tu travailles sur quoi, en ce moment ? interrogea Anna.

Roxane n'avait pas l'habitude de se confier à son amie au sujet de ses affaires criminelles. Elle ne donna pas de noms, mais elle éprouva le besoin de lui parler. Elle espérait pouvoir compter sur la discrétion d'Anna.

— Une double disparition à un an d'intervalle. Deux jeunes femmes qui s'évaporent dans les mêmes circonstances sans laisser de traces.

— Le bornage des téléphones a donné quelque chose ? L'ADN a parlé ? demanda Anna avec insouciance.

Elle suivait comme tout le monde les affaires criminelles à la télévision et elle savait que ces deux éléments avaient profondément bouleversé les enquêtes policières depuis une quinzaine d'années.

— Le problème c'est que les disparitions ont eu lieu à l'étranger. On n'a pas encore les commissions rogatoires nécessaires pour creuser ces pistes.

— Alors, tu fais comment ?

— J'essaie de me fier à mon intuition, concéda Roxane. Bien que ces filles se soient volatilisées loin d'ici, je suis persuadée que la clé réside dans leur entourage provençal. Je ne sais pas te dire pourquoi, mais je le sens. Je vais interroger ces gens un par un.

— L'intuition… encore un truc qui te vient de ton père. La pomme ne tombe pas loin du pommier.

— Détrompe-toi, mon père n'a aucune intuition. C'est l'esprit le plus logique et déductif que je connaisse. Il est capable d'observer une scène et de te dire ensuite comment les faits se sont déroulés, seconde par seconde. Je ne sais pas comment il fait. On dirait que son cerveau fonctionne comme un ordinateur de la Nasa. Un monstre de calcul.

— Son cerveau, mais pas son cœur, commenta Anna qui connaissait l'inadaptation notoire de Morgan Baxter dès qu'il s'agissait d'exprimer ses émotions.

— Je ne sais pas, soupira Roxane. C'est un mystère pour moi également.

Les jeunes femmes embrayèrent sur un sujet plus léger en établissant le programme des réjouissances à venir au sein de leur bande d'amis. Lorsqu'on avait la chance d'habiter en Provence, l'été était une période où l'on ne partait pas en vacances, mais où l'on recevait au contraire les « nordistes » venus profiter de la chaleur, de la mer et des cigales.

— On ne sortirait pas en bateau, samedi ? suggéra Anna.

Un voile passa sur le visage de Roxane. Elle sentit une petite pointe au niveau du cœur. « Je pense que j'aurai du boulot. »

Son enquête constituait le parfait alibi pour éviter une balade en mer en direction des calanques. La véritable raison était que depuis sa dernière entrevue avec Carl au cours de laquelle elle avait mis fin à leur relation, elle se sentait envahie d'une grande tristesse dès qu'il était question de sortir en mer. Carl lui avait fait beaucoup de mal, elle le savait, mais elle n'avait pas tout à fait réalisé le deuil de ses bras tendres et de leurs étreintes passionnées. Le travail lui paraissait encore long avant qu'elle ne se sente plus du tout dépendante de cet homme.

Qu'il ait choisi de disparaître comme un fantôme n'y changeait rien.

14

Au large de Marseille

Un orage de chaleur avait éclaté dans la nuit vers La Ciotat. Ces phénomènes météo étaient fréquents en début d'été, mais celui-ci avait été d'une particulière violence. De gros cumulonimbus s'étaient formés en fin d'après-midi à une trentaine de kilomètres du rivage. Ils avaient ensuite libéré des tonnes d'eau accompagnées d'éclairs impressionnants qui zébraient l'horizon comme autant de flèches électriques. Même Kevin Carrodano, pourtant habitué à la météo capricieuse en Méditerranée, s'était inquiété. Il se demandait si les vents qui atteignaient parfois trois cents kilomètres-heure au cœur du système n'avaient pas endommagé l'installation. À plusieurs centaines de mètres de profondeur, les eaux étaient beaucoup plus calmes qu'en surface, mais l'orage avait pu décrocher des bouées et déplacer leur lest d'amarrage le long du fond. Si tel était le cas, des morceaux de pierre étaient susceptibles d'avoir endommagé la canalisation.

Kevin était plongeur professionnel. Spécialiste des plongées techniques en grande profondeur, il travaillait à son compte et intervenait régulièrement pour l'usine d'alumine installée à Gardanne. Son client, l'exploitant du site, lui demandait de vérifier l'intégrité du tuyau de plusieurs dizaines de kilomètres qui évacuait les boues au large de Cassis, aux abords de la fosse de Cassidaigne. Le sujet était sensible, car l'industriel avait jadis été accusé de déverser des rejets toxiques dans cette dépression sous-marine. Il avait pris les mesures nécessaires à la dépollution, mais il était attentif à toute fuite qui pouvait intervenir le long du tuyau, entre l'usine et le large.

Kevin s'équipa sur le Zodiac. En plus des deux bouteilles d'*Hydreliox* qu'il portait sur le dos, il fixa un autre bloc de deux bombonnes sur l'abdomen. La plongée durerait plus d'une heure, mais l'essentiel du temps serait nécessaire pour effectuer les paliers de décompression indispensables lorsqu'on plongeait à de telles profondeurs. Il attrapa son masque ainsi que le projecteur à LED surpuissant qui lui permettrait de distinguer quelque chose à moins cent cinquante mètres.

Il se mit à l'eau et entama sa descente à coups de palmes réguliers. Arrivé sur le fond, il s'agenouilla et prit ses repères dans l'environnement. Si le GPS était fiable, il devait se trouver à quelques mètres à peine de la canalisation. La section à inspecter mesurait deux cents mètres. Deux cents mètres sur près de cinquante kilomètres, c'était très peu, mais Kevin savait que la zone sensible se trouvait ici. À proximité du chenal qu'empruntaient les navires de passagers en route vers la Corse.

Il trouva le tuyau en une minute et augmenta la puissance de son projecteur. À première vue, aucun lest ni aucune ancre abandonnée n'avait percuté la canalisation. Il longea lentement le cylindre en direction de la côte.

Soudain, un détail attira son attention. À quelques mètres sur sa droite, une pierre de gros gabarit se prit dans le faisceau de sa lampe. Elle n'avait rien à faire là, mais plus étrange : sa surface grise était parfaitement lisse. Il balaya lentement l'endroit et l'objet réapparut dans son champ de vision. Tout bien observé, ce n'était pas un morceau de roche, mais plutôt un objet massif et métallique. Comme une enclume de forgeron. Kevin en avait déjà vue dans l'atelier de son grand-père, dans l'arrière-pays provençal.

La masse était posée sur le fond sous-marin et lorsqu'il s'approcha encore, il distingua une sorte de cordage coincé entre le sol et l'enclume. Un brin épais dont l'extrémité se perdait dans le bleu-noir de la Méditerranée. Il n'était pas rare que des pécheurs accrochassent leurs filets à cet endroit pour capturer quelques dorades ou rascasses. Mais pas à cette profondeur... Et pas fixés à des lests qui les maintenaient au fond. Bizarre, se dit-il en prenant appui sur le fond marin. Il hésita quelques secondes — son autonomie était comptée et il devait encore inspecter un segment de canalisation —, puis il décida de suivre la corde sur quelques encablures.

À dix mètres, le brin se terminait par un filet de petite taille qui se déployait à la verticale, telle une toile d'araignée aquatique. Dans les mailles larges de la nasse, un « corps étranger » était coincé.

Kevin identifia tout de suite une jambe humaine prolongée par le reste du corps du malheureux. Sa respiration s'accéléra.

Que fichait un cadavre à cette profondeur ? D'ordinaire, les noyés finissaient toujours par remonter, et s'ils se prenaient par hasard dans un filet de pêche, c'était quelques mètres sous le niveau de la surface. Ce noyé n'avait rien à faire là.

Il détailla le corps.

Plus grand que lui d'une dizaine de centimètres, le buste plat enserré dans un haut de combinaison en néoprène noir, le cadavre était assurément celui d'un homme. Kevin ressentit un nouveau choc en scrutant le visage. La mer avait fait son œuvre et des lambeaux de chair blancs se détachaient distinctement. En outre, les cavités orbitales étaient vides... Pour le reste, protégé par le vêtement de plongée qui avait ralenti la décomposition, le corps n'était pas encore complètement putréfié. Ce gars-là n'était pas mort depuis très longtemps, jugea-t-il.

Il se força à reprendre une respiration plus lente et décida de rebrousser chemin. Il avait un travail à accomplir, et en outre, il ne pouvait plus rien pour ce malheureux. Il se contenterait de signaler le corps à la police… qui compte tenu de la profondeur, ferait peut-être appel à ses services pour le repêcher.

Avant de rejoindre la canalisation, il avisa un objet au poignet du cadavre. Une montre qui, s'il en jugeait par ses connaissances en toquantes de luxe, devait être de grande valeur. Une *Panerai Luminor* de fort belle facture. Dans un élan de convoitise, il détacha le bracelet et glissa le chronographe dans le sac étanche qu'il portait à la ceinture.

15

Kevin gara son véhicule sur le parking de la gare de La Ciotat. Son bateau était amarré à l'année dans le petit port ; lui-même habitait à Ceyreste, un village situé à cinq kilomètres du littoral. La plongée sous-marine était sa passion, le gamin des cités marseillaises était très fier d'en avoir fait son métier. Il gagnait sa vie en plongeant profondément sous la mer, mais l'essentiel du temps, il donnait des cours aux estivants débutants qui découvraient la Méditerranée. Une fois, il était intervenu en appui des gendarmes-plongeurs après le naufrage d'un yacht luxueux au large des îles du Frioul. Le navire reposait par deux cents mètres de fond et Kevin avait accompagné un gendarme pour qui une telle profondeur était une première. Le militaire avait pu effectuer les premières constatations — explosion de gaz, sans doute d'origine criminelle, qui avait coulé le bateau aussi surement qu'une mine —, et remonté le corps des deux victimes. Kevin avait observé leur travail. Il avait été confronté pour la première fois de sa vie à un cadavre reposant au fond de l'eau. Les blessures liées à l'explosion étaient nettes, formant des excroissances de chair blanchâtres. Les cadavres s'étaient vidés de leur sang depuis longtemps et celui-ci s'était dilué dans la mer sans laisser de traces. Le gendarme avait effectué un prélèvement de tissus à l'aide de son couteau et l'avait enfermé dans un sachet en plastique pour l'identification ultérieure.

C'est ce geste que Kevin avait reproduit au large de Cassis, quelques heures auparavant.

Il descendit du TER à Marseille-Saint-Charles. De là, il emprunta la ligne 2 du métro, puis encore le tramway qui le déposa au siège de la police judiciaire, le célèbre « Évêché ». Le fonctionnaire à l'accueil le reçut et comprit immédiatement le sérieux de son témoignage. Il fut aussitôt conduit dans le bureau d'une enquêtrice du SRPJ.

Olivia Pozzi était une jeune capitaine de trente-cinq ans. Sportive et séduisante, elle avait pas mal roulé sa bosse sur la Côte d'Azur avant d'atterrir au SRPJ de Marseille.

— On se connaît, non ? dit-elle en scrutant Kevin lorsqu'il s'assit en face d'elle.

— T'étais à Thiers, je pense. J'y ai fait ma terminale en 2005. Bac scientifique.

— C'est ça. Je me souviens de toi. *Mayol*, on te surnommait.

Kevin sourit à l'évocation de ce vieux sobriquet. Ses copains l'appelaient ainsi en référence au plongeur-apnéiste qui avait servi d'inspiration à Luc Besson dans *le Grand Bleu*. La mer était déjà son élément à cette époque, puis il avait évolué vers la plongée technique.

— Et bien tu vois, je suis devenu plongeur professionnel, précisa-t-il, un rien mal à l'aise.

Il hésita à s'enquérir poliment de ce qu'était devenue Olivia, mais la réponse était claire. L'inspectrice mit fin à son embarras.

— L'accueil m'a dit que tu as fait une découverte morbide ?

— Ouais, au large de Cassis. J'intervenais pour un client sur une conduite sous-marine. Je suis tombé sur le corps d'un homme pris dans un filet.

— Ça, c'est original. En général, on retrouve les macchabées sur les plages. Ou à la rigueur dans des filets de pêche, près de la surface. Il était à quelle profondeur ?

— Moins cent cinquante mètres. J'ai aussi noté l'emplacement exact, si jamais vous voulez aller le repêcher.

Olivia se gratta le front. Bien sûr, un cadavre inconnu dont on signalait la présence devait être récupéré et autopsié. Mais le coût d'une telle opération serait énorme, et aussi paradoxal que cela puisse paraître, le coût pour le contribuable d'une action de police judiciaire faisait partie de ses préoccupations. Quoi qu'il en soit, il fallait déterminer si le cadavre correspondait à une personne dont on avait signalé la disparition.

— Tu peux me le décrire ? questionna-t-elle.

— Un homme, c'est sûr. Je dirais qu'il mesurait plus d'un mètre quatre-vingt. Il portait un maillot de bain et un haut de combinaison. Pas de trace de blessure apparente, mais je ne suis pas expert.

— Tu penses à un nageur qui aurait pu être heurté par un bateau ? Ou blessé par l'hélice ?

— Si tu veux mon avis, le type a été coulé volontairement.

— Qu'est-ce qui te fait dire ça ?

— D'abord, l'endroit où je l'ai retrouvé. On est à plusieurs kilomètres de la côte. Un nageur ne s'aventurerait pas aussi loin ! Ensuite, un noyé ne coule pas à pic jusqu'à ces profondeurs. Il a forcément été lesté. Le filet était accroché à une enclume et la jambe solidement entortillée dans la corde.

Olivia sourit. Kevin n'était pas flic, mais il possédait de belles capacités de déduction. Elle jugea comme lui qu'il s'agissait d'un homicide.

— Bon, ben ça règle la question de la récupération du cadavre. Si tu dis que c'est suspect, il faut qu'on aille chercher le corps. Ça te semble faisable pour un gendarme ?

— C'est profond, mais j'ai déjà accompagné tes

collègues pour une mission similaire. J'imagine qu'il faut que ce soit un flic qui plonge ?

— Un gendarme, oui. On ne possède pas ces compétences dans la police. Je vais devoir faire appel à leurs moyens. Ça risque de prendre du temps.

— En tout cas, si je peux aider...

— Merci pour la proposition. Je vais voir si je peux faire appel à un civil pour descendre sur une scène de crime. Mais si tu dis que tu l'as déjà fait...

Devant la confiance d'Olivia, Kevin s'enhardit un peu plus.

— Je ne sais pas si j'aurais dû, mais je me suis permis de faire un autre truc.

— Quoi ?

— J'ai prélevé un morceau de tissu humain.

Il sortit le sachet en plastique de sa besace et le posa sur le bureau. Il contenait un morceau de chair putréfiée flottant dans une petite quantité d'eau de mer. Olivia écarquilla les yeux.

— On peut dire que tu cherches à nous faciliter la tâche, dit-elle finalement. Je vais envoyer ça au labo. J'aurai certainement quelques questions supplémentaires à te poser sur les conditions du... prélèvement. Tu as un 06 où je peux te joindre ?

Kevin donna son numéro de téléphone et ajouta :

— Je suis plutôt du genre à aider la police quand je peux. Si ça peut vous permettre de régler des affaires importantes...

Il ne put s'empêcher de penser à la montre de luxe dissimulée chez lui. Il aurait sans doute dû en parler à Olivia. Mais après tout, elle constituait un dédommagement pour sa collaboration bénévole. Et puis, une *Panerai Luminor*, c'était son rêve depuis qu'il était gamin, alors les scrupules...

. . .

Olivia Pozzi prit quelques minutes pour réfléchir. Une scène de crime à cent cinquante mètres de profondeur et un cadavre pas encore étudié par un OPJ, ce n'était pas banal. Son premier réflexe fut de consulter le fichier des personnes recherchées, mais à vrai dire, elle n'avait pas beaucoup d'espoir. Un homme d'un mètre quatre-vingt disparu dans le sud de la France, c'était à la fois un début de description, et extrêmement vague. Et puis si, comme elle le pensait, il s'agissait d'un règlement de compte, il y avait de fortes chances que la disparition de ce type n'ait même pas été signalée. Non, il fallait plutôt exploiter l'élément matériel qu'elle possédait : le reste de tissu humain. Elle se déplaça elle-même au « labo ».

En fait de labo, l'unité médico-judiciaire de Marseille était située au sein de l'hôpital de la Timone. Olivia emprunta un véhicule de service et mit une quinzaine de minutes à rejoindre l'établissement. Elle aurait pu demander une analyse ADN sans se déplacer elle-même, mais elle anticipait le moment où le corps serait repêché et où il faudrait pratiquer une autopsie. Autant se faire connaître dès maintenant du médecin légiste. Un bon moyen de s'assurer que l'analyse serait faite rapidement.

La docteur Constance Duteil était une jeune femme d'une trentaine d'années. Stricte et austère dans sa blouse immaculée, elle donna l'impression à Olivia d'avoir choisi cette spécialité médicale pour ne jamais parler aux patients. Ceux qu'elle avait à prendre en charge avaient cessé de parler depuis longtemps, s'amusa Olivia intérieurement.

— J'ai besoin d'une analyse de tissus biologiques qui sera suivie d'une autopsie, annonça-t-elle en tendant le sachet en plastique.

— C'est un peu maigre. Vous n'auriez pas pu venir avec le client en entier ?

— Le corps n'est pas encore remonté. On a juste ce

prélèvement, pour le moment. Vous pouvez rechercher l'ADN dans un premier temps ?

Constance Duteil soupira. Elle jeta un regard blasé vers le morceau de chair, puis finit par s'emparer du sachet.

— On préfère tout faire en même temps, d'habitude. On ne manque pas de boulot, ici, vous savez.

— Je sais, docteur, mais j'ai besoin que vous recherchiez l'ADN aujourd'hui. On doit identifier la victime le plus rapidement possible. Le juge vous en sera reconnaissant.

C'était un bluff. Aucun procureur n'avait été saisi ni aucun juge d'instruction nommé. Elle agissait pour le moment de sa propre initiative. Or les médecins légistes étaient plus enclins à accéder aux demandes d'un juge qu'à celles d'un fonctionnaire de police. Une question de nombre d'années d'étude, sans doute.

Constance Duteil tourna les talons sans plus de formes. « Je vous appelle dans la soirée », dit-elle simplement.

Olivia n'avait plus qu'à patienter en espérant que le médecin tiendrait ses promesses. En attendant, elle allait passer deux ou trois coups de fil. Peut-être qu'un de ses indics aurait entendu parler d'un règlement de compte par noyade, dans les jours précédents.

Cette initiative fit chou blanc. Pourtant, la journée ne s'acheva pas sans qu'Olivia n'obtienne des nouvelles de son macchabée inconnu. Son portable vibra tandis qu'elle prenait un verre sur le Vieux-Port avec un homme passablement ennuyeux déniché sur un site de rencontre. La vie affective d'une capitaine de police n'était pas une sinécure... « Je dois prendre cet appel, c'est le boulot », s'excusa-t-elle auprès du nigaud qui la dévorait du regard depuis vingt minutes.

— Docteur Duteil à l'appareil, annonça son interlocutrice, le labo a terminé l'analyse ADN. Je l'ai transmise directement à l'Évêché.

— Merci docteur. Ils vont la passer au FNAEG. Je vous tiens au courant.

— Dites-moi surtout quand il faut que je prévoie l'autopsie.

— Je vous rappelle.

Le médecin légiste se fichait de l'identité du macchabée. Tout ce qui l'intéressait, c'était de découper en rondelles le corps de l'homme que lui fournirait la police. Entre soigner les vivants ou débiter les morts, Constance Duteil avait manifestement choisi.

Olivia prit poliment congé de sa rencontre d'un soir. Elle n'irait pas plus loin avec lui et ce n'était pas plus mal. Le sexe pour l'hygiène avait ses limites.

Elle fila à l'Évêché et depuis son bureau, elle appela le service des recherches informatiques.

— On vous a transmis un ADN il y a quelques minutes. Vous avez eu le temps de le passer au fichier.

— Affirmatif, capitaine. Ça matche !

Le préposé au FNAEG avait l'air excité.

— Vous avez une identité ?

— Oui. Un dénommé Carl Vanger. 36 ans. Domicilié à Paris.

Pas vraiment un délinquant local, pensa Olivia.

— De quand date l'inscription au fichier ? Et pour quels motifs ?

— Attendez, je regarde…

Le clavier du flic cliqueta frénétiquement. « Violence sur conjoint. Il a pris six mois avec sursis et une injonction d'éloignement. Ça date d'il y a un an. »

Olivia posa une dernière question : « Sa disparition a été signalée ? »

— Non, répondit immédiatement l'agent. Ça, j'avais déjà vérifié avant que vous appeliez.

Voilà une affaire qui commençait de façon singulière. Un Parisien envoyé par le fond à Marseille, pas encore récupéré, et qui était lui-même frappé d'une mesure d'éloignement après la plainte de sa compagne. Il était trop tard pour joindre celle-ci, mais Olivia l'appellerait le lendemain à la première heure.

Elle rentra chez elle pour la nuit, sans même une pensée pour le fiasco de sa nouvelle tentative désespérée de trouver un homme pour un soir.

16

L'appel téléphonique cueillit Roxane à la sortie de sa réunion de service. Comme chaque semaine, elle se déplaçait à Marseille, en uniforme à cette occasion, pour évoquer avec ses collègues les affaires en cours. La réunion s'était bien passée et même le colonel Roque semblait s'être adouci. Il avait laissé à Roxane quelques jours supplémentaires pour établir un lien entre la disparition de Julia et celle, un an auparavant, d'Anastasia Melnik. Elle ne savait pas encore comment elle allait s'y prendre, mais elle faisait confiance à son flair d'enquêtrice pour trouver une piste.

La sonnerie de son portable se fit insistante. Elle décrocha sans se douter que son interlocutrice allait rapidement anéantir sa bonne humeur.

— Capitaine Olivia Pozzi du SRPJ de Marseille. Vous êtes le lieutenant Baxter ? Roxane Baxter ?

— C'est moi. Que puis-je pour vous, capitaine ?

— Vous connaissez un dénommé Carl Vanger ?

Le sang de Roxane se figea. La collaboration entre la police et la gendarmerie était monnaie courante dans des affaires complexes d'homicide. Elle s'était attendue à ce qu'il s'agisse d'un dossier de la sorte. Peut-être même d'une information dénichée par le SRPJ au sujet de la disparition de Julia. Mais l'évocation de Carl provoqua une panique instantanée.

— Oui, je le connais. Il lui est arrivé quelque chose ? parvint-elle à articuler.

— On peut dire ça, oui. On a retrouvé un corps au large de Cassis et il se pourrait bien que ce soit le sien. Depuis quand ne l'avez-vous pas vu ?

Roxane ressentit un coup de poignard dans la poitrine. Carl avait disparu et il venait d'être retrouvé en mer… l'endroit où elle l'avait vu pour la dernière fois, deux mois auparavant. Elle se demandait pourquoi il ne l'avait pas contactée depuis leur rupture, elle avait la réponse : Carl était mort.

Habitué par la pratique du sport de haut niveau à contrôler ses émotions, son cerveau prit provisoirement le dessus.

— Je ne l'ai pas vu depuis deux mois. Nous nous sommes séparés en avril. Le 15…

— Vous êtes sûre ?

— Certaine. Mais vous dites qu'il se *pourrait bien* que ce soit le corps de Carl que vous avez repêché ?

Olivia donna des détails à propos de la découverte. La plongée de Kevin, la localisation du corps à cent cinquante mètres de profondeur, et enfin, l'analyse ADN d'un échantillon de chair qui avait révélé l'identité de Carl. Un ingénieur domicilié à Paris.

— Ce devait être son ancienne adresse, nota Roxane. Jusqu'à notre séparation, il habitait chez moi, à Aix. Depuis notre rupture, je n'ai aucune nouvelle de lui.

— Il ne vous a pas communiqué sa nouvelle adresse ?

— Non. Et il n'a pas non plus récupéré ses affaires. Je comprends pourquoi, à présent.

— Je vais être directe avec vous, mademoiselle Baxter. Je crois que vous ne me dites pas toute la vérité.

Roxane émit un hoquet indigné. D'abord elle déclarait spontanément l'exacte vérité. Ensuite, la capitaine Pozzi l'avait appelé *mademoiselle Baxter*, ce qui était surprenant entre collègues des forces de l'ordre. Un truc clochait.

— C'est tout ce que je sais, capitaine. Vous pouvez vérifier, je n'ai aucune nouvelle de Carl depuis deux mois.

Sa voix se perdit dans les aigus. Elle se maîtrisa et poursuivit : « Vous avez formellement identifié son corps, oui ou non ? »

— Écoutez, mademoiselle Baxter. Le plongeur qui a découvert le cadavre a remonté un échantillon que nous avons analysé. Il s'agit bien du corps de Carl Vanger. En revanche, nous avons contacté sa famille... Sa femme, pour être précise. Celle-ci est formelle : son mari n'a pas donné signe de vie depuis deux mois exactement. La dernière fois que vous l'avez vu, donc.

Roxane encaissa le choc. Carl était marié. Elle connaissait plus ou moins son histoire. Lorsqu'ils s'étaient rencontrés, six ans auparavant, il lui avait parlé de son passé amoureux. Mais il lui avait caché qu'il avait été marié, et même qu'il avait encore des contacts avec son ex-femme... ou sa femme actuelle, si elle en croyait ce qu'Olivia Pozzi venait de dire.

Une partie de sa vie avec Carl défila dans sa tête. Ses absences régulières lorsqu'il prétendait travailler sur un chantier au Moyen-Orient, et ses réponses évasives quand elle s'étonnait qu'il n'ait pas plus d'affaires personnelles chez elle. (Il prétendait d'ailleurs avoir entreposé ses quelques souvenirs dans un garde-meuble en attendant le jour où Roxane se montrerait digne qu'ils habitent ensemble...) Tout cela prenait un sens nouveau, aujourd'hui : son ex-petit ami menait une double vie. Un détail la chiffonna.

— Capitaine, vous non plus vous ne me dites pas tout, laissa-t-elle planer. Vous ne m'appelez pas par hasard aujourd'hui, n'est-ce pas ? Quelqu'un vous a dit que Carl était mon compagnon... Qui ?

Le jeu du chat et de la souris monta d'un cran. En

enquêtrices chevronnées, les deux femmes cachaient leurs atouts et ne dévoileraient leur jeu qu'en échange d'une information de la part de l'autre. Joli échange du fond de court, pensa Roxane qui retrouvait lucidité et pugnacité. Elle tenta une montée à la volée.

— Si vous m'appelez, c'est qu'on vous a dit que nous étions en couple. Ce ne peut être que l'ex-femme de Carl. Elle était au courant de notre histoire, car il l'avait quittée, n'est-ce pas ? Figurez-vous que je l'avais quitté, moi aussi. Alors si j'étais vous, je chercherais dans une autre direction. Ses activités professionnelles par exemple. Carl prétendait travailler dans les travaux publics, mais je comprends que sur ce point aussi, il m'a menti.

Olivia marqua un temps d'arrêt. Elle réfléchit. Roxane avait l'air sincère. Elle prétendait ne pas avoir vu Carl Vanger depuis deux mois, ce qui correspondait sans doute à la date de sa mort. Pour autant, elle n'avait pas l'air de posséder de réel mobile. De plus, lorsqu'elle aurait reçu les résultats du labo, Olivia pourrait dater le jour de la mort, puis procéder à la vérification de l'alibi de Roxane ce jour-là.

— Très bien, lieutenant, je vais poursuivre mes investigations et je vous recontacterai. Vous n'avez pas prévu de partir à l'étranger dans les prochains jours ?

Sa question ressemblait à un ordre. Roxane raccrocha sans répondre.

Voilà un nouveau problème dont je n'avais pas besoin, soupira-t-elle en ouvrant la portière de la voiture. Sur le plan des émotions, elle avait fait son deuil de Carl depuis peu. Pourtant, sa mort violente lui laissa comme un goût de peur dans la bouche. Cet homme n'était définitivement pas celui qu'il lui fallait pour construire une vie à deux. Il s'était montré dur et même méprisant avec elle tout le temps de leur relation. Sans compter qu'il lui avait dissimulé pas mal de choses. Mais méritait-il pour autant de mourir ? Elle était certaine que non.

Deux disparues, dont l'une depuis plus d'un an, un ex-compagnon qui reposait au fond de la Méditerranée en attendant que les flics le repêchent, voilà une belle collection d'intrigues à résoudre. Roxane avait besoin de calme pour réfléchir.

Au lieu de reprendre le chemin d'Aix-en-Provence, elle engagea sa Clio sur la route côtière. En direction du vallon des Auffes.

Comme souvent, son père était assis sur le bord du bassin naturel qui faisait office de piscine marine pour les habitants du vallon. Les pieds affleurant la surface de l'eau, il lisait, indifférent à l'agitation alentour. Karim était occupé à servir des touristes anglais qui s'extasiaient devant la beauté inimaginable des lieux.

— Bonjour Papa, dit Roxane lorsqu'elle fut à quelques mètres de lui.

— Oh ! Deuxième visite de ma grande fille en quelques jours. Il se passe vraiment quelque chose.

Il referma son livre et bondit sur ses pieds avec la souplesse d'un félin. Décidément à quarante-six ans, il possédait encore la condition physique d'un adolescent, se dit Roxane.

— Les ennuis s'amoncèlent, concéda-t-elle. J'aurais besoin de tes conseils...

— Tu *aurais* besoin ? C'est du conditionnel ça. Dis-moi franchement ce qui t'amène. Tu *as* besoin de conseils, n'est-ce pas ?

Roxane ne releva pas. Son père était un obsédé de la précision. Des mots utilisés, du temps employé... Chaque phrase devait avoir une signification exacte. Elle se souvenait d'une fois — elle devait avoir dix ans — où il avait expliqué pendant trente minutes qu'on ne disait pas *réduire au maximum*, mais *réduire au minimum*. « Tu comprends, le verbe “réduire” implique l'idée de diminuer la taille, l'importance ou le poids d'une chose. Or, maximum exprime l'idée contraire. On élargit, on fait augmenter la taille pour la porter à son maximum, précisément. Réduire au maximum est une faute de français. » Béatrice avait bien essayé d'objecter que si c'était l'action de réduire qui était poussée à son maximum, on pouvait utiliser l'expression, mais il n'avait pas voulu en démordre. Pour lui, un mot était un mot, et mal l'utiliser constituait une faute.

Roxane lui prit le bras et l'entraîna plus près de la mer. Sur les rochers escarpés encore vides à cette heure, ils s'assirent côte à côte et contemplèrent le large pendant de longues minutes. Ce fut Morgan qui rompit le silence.

— Comment se passe ton enquête, ma grande ? Tu as retrouvé ton amie Julia ?

— Pas encore. Mais j'ai un nouveau problème... deux en réalité.

Morgan tourna son visage vers sa fille. Il l'étudia sous toutes les coutures, tentant de déceler si ses problèmes étaient de nature à l'affecter profondément. Il n'exprimait aucune empathie, mais Roxane savait qu'il était sincèrement concerné par son bien-être. À sa manière à lui, il le lui avait maintes fois témoigné. Elle poursuivit :

— Au cours de mon enquête, j'ai découvert qu'une autre joueuse du Country Club avait également disparu il y a un an. Une Ukrainienne qui sortait avec Niels. J'ai l'intuition qu'il y a un lien, mais je n'ai pas encore découvert lequel.

— Tu as interrogé Niels ?

— Oui. Je ne le crois pas mêlé à ça. Il a l'air d'accuser le coup et je pense qu'il est sincère. Encore une intuition... Je dois me méfier de mes intuitions, n'est-ce pas ? Les faits, toujours les faits, rien que les faits... c'est la base pour une enquêtrice...

Elle soupira, découragée.

— Détrompe-toi. L'intuition n'est pas nécessairement antinomique avec les faits. C'est seulement ton cerveau qui interprète des éléments de réalité et qui te délivre un message qu'il te demande de vérifier. Mais comme les faits ne sont que des signaux faibles, de petits rouages de la mécanique humaine, ta conscience ne les a pas encore qualifiés. Tu dois creuser et réfléchir.

— Comment je fais pour établir un lien entre la disparition de Julia et celle d'Anastasia ?

— Commence par te demander ce qui lie objectivement les deux affaires...

— Il y a Niels, je te l'ai dit. C'était leur entraîneur à toutes les deux. Il sortait avec Anastasia, mais pas avec Julia, je crois.

— Donc d'après toi, il y a un lien avec leur carrière de joueuse de tennis, mais pas avec leurs relations amoureuses. Quoi d'autre ?

— Elles se sont toutes les deux évanouies dans la nature à la même date, à un an d'intervalle, au moment du tournoi de Vienne.

— D'accord. Donc un deuxième lien avec le tennis, et un autre avec l'Autriche. Tu vois autre chose ?

— Anastasia n'avait pas de famille en France. Personne n'a signalé sa disparition, il y a un an. Dans le cas de Julia, ses parents ont tout de suite vu que quelque chose clochait. Mais ce n'est pas un point commun, se reprit-elle. C'est une différence.

— Certes, mais elle a son importance.

— Laquelle ?

— Eh bien, si quelqu'un est responsable des deux disparitions, et maintenant qu'elle a été signalée, le ou les ravisseurs vont être obligés de se manifester.

— Et si un salaud les a enlevées et les détient captives quelque part en Autriche ? Il ne sait peut-être même pas que la section de Recherches s'occupe de l'affaire.

— Le lien avec le tennis, Roxane. Il y a un lien avec le tennis et celui-ci est parti du Country Club. Fais-toi confiance, c'est là qu'il faut chercher. Ça te conduira bien assez tôt en Autriche pour découvrir ce qui s'est passé là-bas, crois-moi.

Roxane médita ces paroles en fixant l'horizon. Les flots calmes de la mer Méditerranée apaisaient son bouillonnement intérieur. Au large, deux voiliers progressaient lentement. Aucun stimulus visuel agressif ne perturbait la réflexion de son père. C'est sans doute pour ça qu'il avait besoin de cet endroit. Qu'il était heureux dans ce lieu. Cette réflexion sur le bonheur qu'avait semblé trouver Morgan rappela à Roxane sa propre vie.

— Papa, j'ai un autre problème… Carl a été retrouvé mort noyé…

Morgan battit rapidement des cils plusieurs fois, signe pour lui de surprise ou d'émotion violente. À part ça, le reste de son corps demeura parfaitement immobile.

— Dans quelles circonstances ? demanda-t-il, presque laconique.

Roxane lui narra sa conversation avec Olivia Pozzi, la capitaine du SRPJ. Elle lui indiqua avoir eu l'impression d'être considérée comme suspecte parce que Carl avait disparu peu après leur rupture. Elle lui confia aussi que Carl était encore marié et qu'elle soupçonnait qu'il retrouvait sa première famille lorsqu'il prétendait voyager pour son travail. Carl était un dissimulateur en plus d'être un manipulateur. Enfin, elle lui expliqua que le corps se trouvait toujours par cent cinquante mètres de fond, au large de La Ciotat.

Elle avait dit tout ça d'un ton calme, presque détaché. Comme si la mort de Carl ne provoquait aucun sentiment chez elle. En réalité, un feu intérieur couvait. Elle savait que le contrecoup arriverait tôt ou tard, mais vider son sac auprès de son père constituait un remède. Un moyen de se prémunir de la rumination morbide qui la menaçait. Elle n'avait plus qu'à attendre la réaction de Morgan. Celle-ci fut comme toujours iconoclaste.

— Je vais m'occuper de comprendre ce qui est arrivé à

Carl pour que tu puisses te concentrer sur ton enquête. C'est la meilleure chose à faire, dit-il sans aucune modulation de la voix.

— Mais le SRPJ est déjà sur l'affaire. Que peux-tu faire de plus ? Tu n'es même plus flic.

Cet état de fait n'ébranla pas Morgan. Il se contenta d'afficher un léger sourire, puis de prendre sa fille par les épaules avant d'ajouter : « tu as besoin d'être débarrassée de ce souci, ma grande. Cette Olivia Pozzi ne doit pas pouvoir penser que tu es de près ou de loin mêlée à la mort de Carl. Ton vieux père possède plus d'un tour dans son sac. Il va t'aider. »

17

Faute de meilleure idée pour terminer une journée déjà riche en émotions, Roxane décida d'aller fureter une nouvelle fois du côté du Country Club.

Profitant du jour qui déclinait pour éviter l'insolation, quelques notables du coin disputaient encore des parties endiablées. Le tennis était un sport curieux. Des quinquagénaires ventripotents entraient sur un court surchauffé avec l'obsession de mettre une rouste à leur adversaire, par ailleurs leur meilleur ami à la ville. Ils ne s'échauffaient même pas avant d'entamer le match, si bien que les claquages musculaires, voire des pathologies cardiaques plus graves, les frappaient avec la régularité d'un métronome.

Elle avisa Niels. Le jeune entraîneur affichait un air abattu, mais son visage s'éclaira en apercevant Roxane.

— Tu as du neuf ? demanda-t-il en déposant sa raquette par terre.

— Pas encore. J'essaie de trouver un lien entre les deux disparitions. Je crois que tout est parti d'ici.

Le visage de Niels s'assombrit à nouveau. Il hocha la tête et son regard se porta sur deux femmes qui essayaient de s'humilier à grand renfort de « fauuuutes » hurlées avec rage. L'une d'elles, manifestement en retard pour jouer son coup et à bout de souffle, contestait avec mauvaise foi une balle pourtant pleine ligne.

Le portable de l'entraîneur sonna.

— Vas-y, prends, indiqua Roxane.

Niels décrocha et écouta son interlocuteur.

Roxane l'observait.

Elle vit ses traits se liquéfier aussi surement que du beurre en plein soleil. Il essaya deux fois d'interrompre son correspondant par une question, mais le monologue dura. Roxane eut le sentiment qu'une nouvelle importante lui était transmise. Une nouvelle importante et manifestement dramatique.

— Ça va, Niels ? demanda-t-elle en posant une main sur son avant-bras.

Il avait les yeux écarquillés, puis il les plissa violemment. Des larmes coulèrent le long de ses joues. « Qui est-ce ? » insista Roxane. Comme Niels ne répondait toujours pas et qu'il semblait sur le point de s'effondrer, elle arracha l'appareil.

— Lieutenant Baxter, de la section de Recherches de Marseille. Qui est à l'appareil ?

— Ah, vous n'êtes pas Niels Goringer ? demanda la voix calme et professionnelle à l'autre bout.

— Monsieur Goringer a l'air en état de choc à cause de ce que vous lui avez annoncé. À qui ai-je l'honneur ?

— Schwartz du SRPJ de Strasbourg, à l'appareil. Vous êtes une amie de monsieur Goringer ?

— Si on veut. J'enquête sur une affaire de disparition dans laquelle il est un témoin essentiel. Je suis lieutenant à la section de Recherches de Marseille.

Pressentant que l'appel de Schwartz avait un lien avec l'une ou l'autre des disparitions, elle enchaîna : « Pouvons-nous poursuivre cette conversation sur ma ligne professionnelle ? Voici le numéro... »

Trente secondes plus tard, le policier strasbourgeois rappelait Roxane.

— Qui commence ? demanda-t-il

— Je vous dirai tout ce qu'on a, mais allez-y. Qu'avez-vous dit à Niels pour le mettre dans cet état ?

— On a retrouvé une personne *Delta Charlie Delta* à la gare de Strasbourg. Elle avait le numéro de monsieur Goringer sur elle.

Roxane se décomposa. *Delta Charlie Delta*, DCD en alphabet aéronautique pour désigner un mort… Julia ! Se pouvait-il qu'il s'agisse de son ancienne partenaire de tennis ? Encore une fois, elle cadenassa ses émotions.

— Vous connaissez son identité ?

— Oui, une femme de trente ans. Elle avait des papiers sur elle… Anastasia Melnik, nationalité ukrainienne.

— Bordel de merde ! se surprit à lâcher Roxane, oubliant toute retenue professionnelle. C'est une joueuse de tennis du même club que Niels, ici à Aix-en-Provence.

— Une joueuse de tennis ? Si vous voulez mon avis, ça fait un moment qu'elle n'a pas touché une raquette…

— Que voulez-vous dire ?

— On a retrouvé sur elle une bonne dose d'héroïne ainsi qu'une seringue. Votre championne m'a tout l'air d'être camée jusqu'à l'os.

Roxane réagit par automatisme. Malgré la tentation d'échafauder déjà une hypothèse, elle devait prendre connaissance de tous les faits.

— Une idée de la cause du décès ?

— Les collègues pensent à une overdose. L'autopsie le confirmera. Le corps a été transporté à l'institut médico-légal. Mais, dites-moi, lieutenant, c'est sur la disparition de cette femme que vous enquêtez ?

Morgane phosphora rapidement. Strictement, elle n'était pas saisie de l'enquête sur la disparition d'Anastasia. Elle devait se contenter de chercher à retrouver Julia. Mais elle était persuadée que les deux affaires étaient liées. Un problème se posait, toutefois : avec la découverte du corps d'Anastasia, le parquet de Strasbourg allait ouvrir une procédure et s'appuyer sur le SRPJ local. Il ne fallait pas qu'ils en profitent pour la dessaisir de l'enquête sur Julia. Le meilleur moyen était encore de collaborer avec Schwartz pour garder une chance de conserver l'affaire. Idéalement, il faudrait aussi qu'une enquête officielle soit ouverte ici et qu'un juge d'instruction soit nommé. Elle devait en parler au colonel Roque dès que possible.

— Anastasia Melnik a disparu des radars il y a un an, indiqua-t-elle. Niels Goringer, dont vous dites qu'elle possédait le numéro de téléphone, était son petit ami, mais il n'a pas signalé sa disparition à l'époque. Il pensait qu'elle l'avait simplement quitté. Pas d'enquête de notre côté. En revanche, une seconde joueuse a disparu la semaine dernière. Julia Franzini, une autre élève de Niels Goringer. C'est de cette disparition que je m'occupe.

Schwartz enregistra l'information. Ce qu'il pensait être une simple affaire de SDF décédé par overdose risquait d'être un peu plus compliqué. Lui voulait résoudre cette affaire sordide, et s'il y avait un rapport avec une autre disparition liée à la mort d'Anastasia Melnik, il avait bien envie d'être tenu au courant. Pour ça, il jugea lui aussi qu'une collaboration avec la section de Recherches de Marseille était la meilleure solution.

— Briefez-moi sur les circonstances de votre affaire et sur le lien avec notre cadavre ? demanda-t-il.

— Julia et Anastasia ont toutes les deux disparu en juin, à un an d'intervalle, au moment de se rendre à un tournoi professionnel en Autriche. Elles venaient toutes les deux du Country Club Aixois. Niels Goringer était leur entraîneur, à l'une comme à l'autre, mais je ne le crois pas impliqué.

— On verra ça plus tard. OK, je vous propose de faire un point lorsque j'aurai reçu les résultats de l'autopsie. En attendant, je vais prévenir le juge d'instruction, ici. Il va se rapprocher du vôtre, j'imagine.

Roxane ne commenta pas. Ce point était ennuyeux : il n'y avait encore aucun magistrat saisi et le risque que le juge strasbourgeois se voie attribuer les deux affaires était grand. Elle devait parler sans attendre au colonel Roque.

— J'en réfère à ma hiérarchie et on se rappelle après l'autopsie, dit Roxane avant de raccrocher.

Assis sur un banc, à l'écart, Niels pleurait. Sa poitrine était agitée de violents soubresauts. Roxane n'imaginait pas qu'il soit assez bon comédien pour simuler. Ce garçon avait perdu la femme qu'il aimait encore et son deuil était loin d'être achevé. Elle se demanda fugacement s'il en allait de même pour elle. La mort de Carl était-elle digérée ? Malgré le mal qu'il lui avait fait, n'était-elle pas encore attachée à lui ?

Elle chassa cette pensée et prit la direction du bureau de Jean-Vincent Mistral. Il était absent, aussi laissa-t-elle ses instructions à Christine : « l'affaire se corse, dit-elle d'une voix de mitraillette. Je veux voir tout l'encadrement du club, demain à la première heure. Faites en sorte que tout le monde soit là. Si quelqu'un manque à l'appel, il sera considéré comme suspect dans la disparition de Julia. » La secrétaire acquiesça en bafouillant. Elle était déjà sous le choc, et encore, elle n'avait pas appris la mort d'Anastasia. Parfait, se dit Roxane, elle va redoubler de persuasion pour convoquer tout ce petit monde.

La lieutenante de gendarmerie quitta le Country Club d'un pas alerte. Il ne lui restait qu'à prévenir le colonel Roque, puis elle disposerait de quelques heures pour penser à elle… et aux sentiments confus qu'elle ressentait face à la mort de Carl.

. . .

Au ton de sa voix, elle comprit qu'elle dérangeait son chef.

— Vous avez intérêt à ce que ce soit important, Baxter, aboya-t-il en décrochant. Derrière lui, Roxane perçut des bruits de vaisselle, une musique de fond entraînante et des conversations enjouées. Quelque part dans la campagne aixoise, Roque fêtait l'arrivée de l'été autour d'un barbecue.

— On a retrouvé la première joueuse, annonça-t-elle directement. Anastasia Melnik. Elle est morte à Strasbourg. Le lien avec notre disparition va être établi.

Roque se racla la gorge.

— Comment ?

— Un juge d'instruction a été nommé par le procureur. Il va faire le rapprochement avec Julia Franzini. Il nous faut aussi un juge chargé du dossier, colonel. Sinon, on risque d'être dessaisis au profit du SRPJ de Strasbourg...

— Je connais mon métier, Baxter, coupa le colonel Roque. Vous n'allez pas m'apprendre ce que je dois faire pour résoudre cette affaire.

— Mes respects, colonel... Je ne voulais pas dire ça, se reprit prudemment Roxane. Mais il y a urgence... l'autopsie d'Anastasia est en cours.

Les bruits de la fête diminuèrent. Roque s'éloignait de ses convives pour réfléchir calmement. Au bout d'un moment, il reprit :

— OK, maintenant on n'a pas d'autre choix que d'aller au bout de cette affaire. Je vais appeler le procureur demain à la première heure. Je vous tiens au courant. Dites-moi, Baxter, ça ne vous ennuie pas que je vous place sous l'autorité d'un enquêteur plus chevronné ? ajouta-t-il d'une voix railleuse.

Roxane tenta de ne pas réagir à chaud. C'était son affaire et c'était son amie. La première affaire dont elle était à l'origine et qui lui tenait particulièrement à cœur. Il fallait éviter qu'on lui mette dans les pattes un supérieur en fin de carrière qui se ficherait comme de son premier PV d'audition de la disparition de Julia. Mais elle ne pouvait pas prendre frontalement le colonel Roque.

— Si je peux me permettre, colonel, attendez que le juge d'instruction soit nommé. En fonction de sa personnalité, vous pourrez décider de la meilleure équipe d'enquêteurs à lui proposer. En attendant, je continue à travailler. Ça vous convient ?

Roque émit un grognement sceptique. Il n'était pas convaincu des compétences de Roxane pour résoudre cette affaire, mais il était tiraillé entre son goût pour l'autorité et sa volonté de rejoindre ses amis qui s'égaillaient autour de la piscine. Il approuva provisoirement la suggestion de Roxane.

Juste avant de mettre fin à cette conversation, il se souvint d'un détail intervenu plus tôt dans la journée.

— Ah, Baxter, dit-il comme s'il badinait. Ma secrétaire m'a informé que le SRPJ de Marseille avait appelé. Une capitaine qui a posé des questions à votre sujet. Vous êtes sur une affaire avec eux dont vous auriez oublié de me parler ?

Roxane se figea. Olivia Pozzi avait interrogé son chef dans le cadre de l'enquête sur la mort de Carl. C'était la preuve qu'elle ne l'avait pas encore écartée de la liste des suspects. Une mauvaise nouvelle, mais dont elle s'occuperait plus tard. Dans l'immédiat, elle devait se montrer franche, sans trop en dire.

— Un de mes amis à des ennuis avec la justice. Le SRPJ veut m'interroger à son sujet, répondit-elle, évasive. Je vous en parlerai lorsque nous nous verrons au bureau. Bonne fin de soirée, colonel.

Elle raccrocha.

18

Morgan ne quittait que très rarement le vallon des Auffes. Il avait déniché cet endroit méconnu de Marseille en cherchant à implanter son atelier, lorsqu'il avait quitté la gendarmerie.

N'importe qui aurait été sérieusement ébranlé par cette période de sa vie — Morgan s'était même demandé s'il n'aurait pas mieux fait de tout recommencer loin de la France —, mais il avait comme toujours abordé les choses avec rationalité. Lorsqu'il avait pris la décision de démissionner, Béatrice, sa femme, lui en avait voulu à mort. Son statut d'épouse d'officier supérieur disparaissait et elle avait éprouvé une profonde angoisse face à ce qu'elle avait considéré comme un déclassement social. Elle avait demandé le divorce.

Morgan s'était interrogé sur le meilleur endroit pour installer sa nouvelle activité : un atelier d'horlogerie haut de gamme. Il faut d'ordinaire plusieurs années de formation pour maîtriser cet art ; Morgan n'avait eu besoin que de six mois. Il les avait passés à Genève, le Vatican de l'horlogerie mondiale, auprès d'un maître horloger. Ce dernier avait accepté de transmettre son savoir à cet homme si singulier qui « comprenait » les mouvements en les observant à peine quelques secondes. Le vieil Helvète lui avait ouvert les portes de son atelier, heureux d'apprendre le métier à un jeune… tout de même âgé d'une quarantaine d'années. Une fois son apprentissage effectué, Morgan avait investi toutes ses économies dans le matériel de haute précision nécessaire à l'entretien et à la fabrication des pièces d'une montre. Il avait dépensé un demi-million d'euros.

Il avait songé à s'installer lui aussi en Suisse, ou à la rigueur à la frontière, côté français, entre Annecy et Genève, mais il y avait Roxane.

Sa fille, qu'il considérait comme la prunelle de ses yeux, avait intégré le club de tennis d'Aix-en-Provence pour percer en tant que professionnelle. Béatrice s'étant elle aussi établie dans le coin avec son nouveau jules, Morgan avait décidé que toute leur famille, même éclatée, vivrait dans la région. Il avait sillonné la campagne provençale, puis jugé que la ville était une option, à condition qu'il puisse perdre son regard dans l'immensité de la mer. Il avait retapé de ses propres mains cet ancien cabanon de pêcheur du vallon des Auffes.

Une petite épicerie pour se réapprovisionner, le café de Karim lorsqu'il désirait se sociabiliser, et un emplacement pour sa modeste barque de pêcheur, tout ce dont il avait besoin se trouvait à portée de marche à pied. Il n'y avait guère que ses quelques déplacements en avion vers Genève qui nécessitaient qu'il prenne son scooter pour se rendre à l'aéroport. Il y allait trois ou quatre fois par an pour se fournir en pièces détachées ou pour voir un client.

Roxane avait fini par accepter qu'il vive sans téléphone ni aucun autre des moyens de communication modernes. Elle savait où le trouver, et de son côté, il n'éprouvait jamais le besoin d'appeler qui que ce soit.

Roxane s'était déplacée deux fois en quelques jours. Au-delà du plaisir de la voir, Morgan avait réalisé qu'elle avait besoin d'aide. Sa fille avait des problèmes et cela constituait une priorité absolue dans sa vie à l'emploi du temps millimétré.

Il devait commencer par faire en sorte qu'elle ne soit pas inquiétée au sujet de la mort de Carl.

Morgan n'avait jamais apprécié ce garçon. Trop lisse, trop flagorneur. Leurs face-à-face s'étaient soldés chaque fois par de longues minutes d'observation durant lesquelles Morgan traquait le moindre signal faible de dissimulation sur les traits de Carl. Cette façon de sourire sans les yeux, juste en contractant les muscles de la bouche et des joues, par exemple, c'était caractéristique des gens qui dissimulaient. Qui souriaient pour endormir la vigilance de l'autre. Morgan n'était pas dupe. Il avait démasqué le jeune homme. Que celui-ci ait menti à sa fille sur son statut marital ou sur toute autre manigance ne le surprenait pas. Ce qui le chagrinait, c'était que Roxane ne s'en soit pas aperçue plus tôt. Elle semblait complètement sous l'emprise de son fiancé. Amoureuse éperdue de ce grand nageur aux traits parfaits et aux muscles finement dessinés, elle avait mis plusieurs années à s'apercevoir qu'il la manipulait.

Morgan n'avait ressenti aucune émotion, ni positive ni négative, à l'annonce de la découverte du cadavre de Carl. Il avait enregistré l'information comme un fait objectif, puis il s'était demandé s'il existait une chance pour que Roxane soit tenue responsable de cette mort. Pour le savoir, il n'y avait qu'une seule solution : se rendre compte par lui-même des indices qui restaient sur la scène de crime.

Il décida de profiter du fait que le corps ait été retrouvé, mais pas encore repêché, pour inspecter lui-même le cadavre.

Ce n'était pas une mince affaire. Même si Morgan était devenu un plongeur aguerri lors des différents stages qu'il avait effectués du temps de son engagement chez les gendarmes, descendre à plus de cent mètres nécessitait des compétences et un matériel qu'il n'avait pas. Il n'y avait qu'une solution pour réaliser cette prouesse : se former auprès d'un professionnel qui maîtrisait la discipline. Roxane lui ayant donné le nom de Kevin Carrodano, le plongeur qui avait découvert le corps, il l'avait contacté pour suivre un cours de plongée technique. Kevin avait accepté sans réticence, trop heureux à l'idée de former un ancien membre du GIGN.

Compte tenu de son expérience, Morgan avait estimé que deux plongées d'instruction seraient suffisantes avant d'être autonome. Il avait rendez-vous ce matin-là pour la première.

Le petit port du vallon des Auffes était tranquille. Les touristes n'avaient pas encore fait leur apparition et seuls quelques habitants préparaient leur sortie en mer autour du bassin. Morgan jeta son barda dans son embarcation et entreprit de treuiller celle-ci jusqu'à l'eau.

— Monsieur Baxter ! Morgan ! héla une voix derrière lui.

Alicia.

« Vous sortez en mer ? »

Il se retourna et constata que sa voisine était apprêtée comme pour une sortie en boite de nuit. Il n'était pourtant que huit heures.

— Vous êtes bien matinale. Les enfants ne vont pas à l'école, aujourd'hui ?

— On est samedi. Je les ai déposés chez ma sœur hier soir, dit Alicia en battant doucement des paupières.

Morgan sentit le coup fourré. Cette manière de le regarder en coin, ce décolleté suggestif qu'elle rehaussait fièrement en croisant les bras sous la poitrine, cette peau cuivrée qu'elle avait ointe d'un baume hydratant pour la faire briller, tout ça ne lui disait rien qui vaille. Elle se planta à un mètre de lui. « Vous m'emmenez faire un tour ? » prononça-t-elle d'une voix sucrée.

— Ce n'est pas possible aujourd'hui. Je dois faire une course urgente. Une autre fois, peut-être.

— Oh ! quel dommage… j'ai toute la journée devant moi. On pourrait prendre un peu de bon temps, laissa-t-elle planer en lui jetant un regard de braise.

Morgan avait toujours été mal à l'aise avec la séduction agressive de femmes telles qu'Alicia. Il était beaucoup trop cérébral pour se laisser aller à l'appel des sens. Alicia était indéniablement une belle femme, il ne doutait pas qu'une partie de jambes en l'air avec elle ne lui procure un plaisir certain. Pourtant, les conséquences d'une telle perspective étaient inconnues. Que cherchait-elle véritablement ? se demanda-t-il.

— Nous pourrions déjeuner ensemble à midi. Je vous invite *chez Jeannot*, si vous voulez.

La jeune femme eut l'air déçue, mais elle se reprit.

— Ça ne nous laissera que l'après-midi, ensuite, mais pourquoi pas. C'est très gentil. Vous avez déjà tellement fait pour moi…

Morgan réalisa deux choses. D'abord, sa petite escapade à la Cayolle semblait avoir porté ses fruits : Enzo et sa bande n'étaient pas réapparus et fichaient la paix à Alicia. Ils devaient être en train d'écouler les fausses Rolex. Ensuite, la jeune femme avait manifestement l'intention de le « remercier » par la mise à disposition débridée de son corps volcanique. Original.

Il préféra évoquer sa première conclusion.

— Les jeunes de la Cayolle ne sont pas de mauvais bougres, vous savez ? Je n'ai pas eu de mal à les convaincre de vous laisser tranquille, dit-il d'un ton paternel.

— Je sais. Enzo m'a raconté. Il m'a dit que vous l'aviez dédommagé des montres perdues par Viktor. Il pense que vous allez l'aider dans son business. C'est vraiment chic de faire ça pour lui.

— Il mérite de s'en sortir lui aussi. Je peux lui donner quelques atouts pour apprendre le métier. Mais il devra ensuite agir légalement. Fini l'escroquerie aux fausses montres.

Alicia éclata de rire.

— Vous savez, quand on vient des cités, tout business est bon à prendre, même s'il va un peu à l'encontre de la loi. On a nos propres codes et je ne crois pas que vous arriverez à lui imposer les vôtres.

Que sais-tu de mes codes ? pensa Morgan. Mais il s'abstint de poser la question à haute voix.

— En tout cas, je suis content que vous soyez tranquille, maintenant. Vous pouvez vous occuper de vos enfants.

— Enzo m'a aussi dit qu'il était sûr qu'on couchait ensemble, vous et moi. Vous savez ce que je lui ai répondu ?

Elle souriait maintenant de toutes ses dents. Décidément, l'approche directe ne l'effrayait pas.

— J'imagine que vous lui avez dit la vérité. Qu'il n'y avait rien entre nous ?

— Naaann ! Je lui ai dit « pas encore ! » On est libre tous les deux, après tout, n'est-ce pas ?

Elle se rapprocha encore, si bien que Morgan put sentir le parfum fruité de sa crème corporelle. Au fond de lui, cette femme lui faisait envie… mais il avait beaucoup plus important à faire dans l'immédiat.

— On parlera de tout ça au déjeuner, Alicia. Midi et demi ? Vous réservez une table *chez Jeannot* et c'est moi qui vous invite.

Sans lui donner le temps de le tenter plus encore, il sauta dans son embarcation et démarra le moteur.

Il se demanda dans quel état physique sa plongée en eaux profondes le laisserait pour l'après-midi. Nul doute qu'il aurait besoin de faire une sieste. Restait à savoir de quelle nature.

19

Sortie tôt pour courir avant les grosses chaleurs de la journée, Roxane franchit la porte de son appartement dégoulinante de sueur, mais satisfaite d'avoir purgé son corps des toxines de la semaine.

Un email l'attendait sur sa boite pro.

Le compte-rendu d'autopsie d'Anastasia Melnik était signé d'un certain docteur Élise Zimmerman. Roxane se demanda si tous les médecins légistes étaient des femmes, à l'instar de Constance Duteil de l'institut médico-légal de Marseille dont lui avait parlé la capitaine Pozzi. Celle qui avait pratiqué l'analyse du morceau de chair de Carl... Si oui, qu'est-ce qui pouvait bien pousser une femme à vouloir découper des corps morts, à l'âge où elle était censée envisager de donner la vie ? Elle chassa cette considération sinistre. Peu importait, en réalité. Ce qui comptait, c'était de connaître les causes de la mort d'Anastasia et peut-être d'en apprendre plus sur son parcours des douze derniers mois.

Sur le premier point, le compte-rendu ne présentait pas de surprises : Anastasia était décédée d'un arrêt cardiaque consécutif à une surdose d'héroïne. La quantité retrouvée dans son organisme indiquait qu'elle se droguait depuis plusieurs mois, et que c'était l'accumulation de ces *shoot* trop rapprochés qui avait causé la mort. En outre, son corps présentait les caractéristiques des *junkies* confirmés : perte de la masse musculaire liée à la dénutrition, carence d'à peu près tous les sels minéraux nécessaires à un métabolisme normal, et enfin, fragilité des os provoquée par une ostéoporose sévère. Il aurait fallu à Anastasia une désintoxication rigoureuse pour qu'elle ait une chance de survivre.

Les analyses toxicologiques indiquaient des traces anciennes de somnifères et d'anxiolytiques, mais la jeune femme avait apparemment cessé d'en prendre depuis un moment.

Aucune marque de blessures physiques, cicatrices ou fractures, au-delà des piqures provoquées par les injections dans les bras et entre les orteils.

En revanche, le dernier paragraphe laissa Roxane sans voix :

« Présence d'un fœtus de 28 cm et 700 grammes, de sexe masculin, dans l'utérus. La patiente était enceinte d'environ 6 mois. »

Anastasia attendait un bébé...

Roxane calcula mentalement les délais. Enceinte de six mois signifiait que la grossesse remontait à janvier dernier. Bien après sa disparition. Elle se demanda si la toxicomanie d'Anastasia était antérieure ou postérieure à cet événement. Elle ne put s'empêcher de ressentir une profonde tristesse. Voilà une femme dans la force de l'âge, qui avait passé une demi-année loin de son environnement familier avant de tomber enceinte et de sombrer dans la drogue, annihilant toute chance pour son bébé et pour elle-même de mener une vie normale. Qu'est-ce qui avait pu provoquer un désastre pareil ?

Elle pensa à Niels. L'entraîneur semblait amoureux de sa fiancée. Il ne s'était pas remis de sa disparition, et voilà qu'il devait maintenant vivre avec la nouvelle de sa mort, tandis qu'elle portait l'enfant d'un autre... Car Roxane en était certaine : Niels n'était pas le père du bébé.

Elle relut plusieurs fois le compte-rendu, puis laissa l'eau tiède de la douche décontracter les tensions musculaires de ses épaules.

Anastasia était morte après ce qui ressemblait à une errance d'un an, durant laquelle elle était passée du rang de joueuse de tennis professionnelle, au statut de *junkie* condamnée. Quelqu'un, au passage, l'avait mise enceinte, et cette personne ne lui avait été d'aucun secours pour la tirer de cette spirale mortelle. Un énorme gâchis.

Roxane se demanda si Julia pouvait suivre la même trajectoire. Les causes de sa disparition étaient-elles les mêmes que pour Anastasia ? Le tennis de haut niveau avait-il quelque chose à voir avec ça ? Paradoxalement, la mort d'Anastasia lui redonna espoir de retrouver Julia : si la jeune Ukrainienne avait survécu presque un an, c'était que l'objectif de celui ou de ceux qui l'avaient enlevée n'était pas de la tuer immédiatement.

Elle réfléchit à la situation en se séchant les cheveux, lorsqu'elle fut frappée par une idée limpide. Elle s'approcha de son ordinateur pour parcourir une énième fois le compte-rendu d'autopsie et s'arrêta sur le nom du médecin signataire. Quelques recherches plus tard, elle laissa un message à l'inspecteur Schwartz du SRPJ de Strasbourg.

« Roxane Baxter, à l'appareil. J'ai reçu le compte-rendu d'autopsie. La solution se trouve dans l'identité du père de l'enfant. Pouvez-vous demander au docteur Zimmerman de réaliser une analyse ADN du fœtus ? Avec un peu de chance, ça matchera avec quelqu'un qu'on a en base de données. On se rappelle en début de semaine prochaine. »

Elle raccrocha et termina de s'habiller. Elle rappellerait Schwartz lundi, et même si celui-ci n'avait pas encore agi, elle le convaincrait d'obtenir la commission rogatoire de son juge d'instruction pour procéder à l'analyse. Peut-être que ça ne donnerait rien, mais elle voulait en avoir le cœur net. Elle voulait aller au bout des choses pour le cas où la mort d'Anastasia avait quelque chose à voir avec le père du bébé. Si ce dernier était coupable, il avait laissé, à son corps défendant, une trace indélébile de son crime.

Jugeant qu'elle ne pouvait rien faire de plus dans l'immédiat, elle prit les clés de sa voiture et sortit se changer les idées.

Même si les ennuis s'accumulaient, les indices progressaient eux aussi à un bon rythme. Elle faisait confiance à sa *vista* pour trouver bientôt la solution à tous ses mystères.

Roxane ne savait pas qu'elle était encore loin du compte.

20

Malgré son jeune âge — trente-cinq ans —, Olivia Pozzi était une flic à l'ancienne. Elle était entrée dans la police au moment de l'avènement des analyses de téléphonie et d'ADN, mais elle savait que dans n'importe quel crime, on devait réfléchir au triptyque mobile, opportunité de passer à l'acte et alibi. Les méthodes de la police scientifique n'étaient là que pour conforter le travail rigoureux de l'enquêteur.

Ainsi, pour le cadavre qu'elle avait sur les bras (enfin, qu'elle *aurait* sur les bras une fois qu'on l'aurait repêché), elle devait d'abord comprendre qui dans son entourage avait eu intérêt à l'assassiner. Carl Vanger était en instance de divorce, et sa future ex-épouse — qui au passage, n'avait pas manifesté beaucoup de peine à l'annonce de sa mort — l'avait immédiatement aiguillée sur Roxane Baxter, sa maîtresse depuis plusieurs années, avait-elle avancé. Or, Roxane Baxter était inspectrice à la section de Recherches de la gendarmerie et elle prétendait avoir rompu avec Vanger deux mois auparavant. Quel mobile aurait possédé une lieutenante de gendarmerie pour assassiner un homme qu'elle venait de quitter ?

Olivia décida de fouiller du côté de l'activité professionnelle de Carl Vanger. D'après Roxane, il était ingénieur dans les travaux publics. Elle lui avait même donné le nom de son employeur : *Vinci constructions*.

Olivia appela le service des ressources humaines du géant français. Une employée serviable et impressionnée d'avoir affaire au SRPJ de Marseille accepta de consulter ses registres. Elle fit patienter Olivia, puis lui fournit l'information attendue : « Carl Vanger est connu de notre société, affirma-t-elle avec un brin d'excitation. Il a travaillé chez nous de 2006 à 2017. Son licenciement date de juin 2017, précisément. »

— Son licenciement ?

— Oui, je vois dans son dossier qu'il a été renvoyé pour faute grave. Mais je suis désolée, je n'ai pas le droit de vous donner le motif exact.

Peu importait, pensa Olivia. Elle savait l'essentiel : Carl Vanger ne voyageait pas pour ses affaires durant toute la période où il avait entretenu une liaison avec Roxane. Cela confirma ce qu'elle avait affirmé… et ce que lui avait dit Mme Vanger : Carl était un affabulateur dont la vie ne ressemblait pas à ce qu'il prétendait.

Elle chercha ensuite du côté de sa carrière sportive.

Le Cercle des Nageurs de Marseille était situé entre la pointe du Pharo et la plage des Catalans. Dans des infrastructures légèrement datées, mais équipées de trois bassins, deux intérieurs et le dernier en plein air, le club marseillais avait vu passer de nombreux médaillés olympiques. Carl Vanger avait fréquenté le Cercle entre 2015 et 2017 si elle en croyait le site Internet. Au sein de l'équipe des nageurs longue distance. Olivia se présenta à l'accueil en sortant sa plaque de police.

— Capitane Pozzi, je cherche des informations sur l'un de vos pensionnaires, annonça-t-elle d'un ton ferme.

La secrétaire fit appel à Diégo Lopez, un homme à tout

faire au sein du club, qui possédait d'après elle la mémoire encyclopédique de tous les nageurs passés par le CNM. L'homme appréciait visiblement de faire étalage de ses souvenirs.

— Carl Vanger ? Bien sûr que je me souviens de lui. Il a obtenu quelques résultats honorables aux championnats d'Europe. Vers 2015, si je me souviens bien. Mais honnêtement, il a vite décroché. Il ne s'entraînait pas assez.

— Vous voulez dire qu'il a gâché son potentiel ? Trop dilettante ?

Diégo Lopez se gratta la tête.

— Je ne sais pas ce que vous entendez par dilettante, mais oui, il ne s'entraînait pas assez. Il faut dire qu'il habitait à Paris à cette époque, et qu'il effectuait sans cesse des allers-retours ici.

— Il a quitté le club en 2017, donc ?

— C'est ça. On l'a un peu revu sur le bord des bassins après, mais plus beaucoup dans l'eau. Je crois qu'il voulait devenir agent sportif.

Intéressant, jugea Olivia. Voilà un homme, ancien nageur d'un niveau acceptable, qui n'exerçait plus le métier d'ingénieur pour lequel il avait été formé, et qui débarquait à Marseille pour suivre d'autres sportifs. Était-ce ça sa reconversion ? Et si oui, était-il parvenu à en vivre ces dernières années ?

— Il est possible de bien gagner sa vie en tant qu'agent de nageurs, demanda-t-elle à Diégo.

— Certainement pas ! Les nageurs qui peuvent se payer un agent sont très rares. Il faut au minimum qu'ils aient gagné une médaille olympique. Et même dans ce cas, les agents s'occupent d'autres sports plus lucratifs. Comme le foot ou le tennis, par exemple. La natation, ça ne paye pas, vous savez.

Olivia jeta quelques notes sur son calepin et s'apprêta à prendre congé. Une dernière question lui vint à l'esprit.

— Est-il possible que Carl Vanger ait continué à s'entraîner en nageant en pleine mer, par exemple ?

— C'est sûr, répondit Diégo sans hésitation. Nager pendant des heures est un besoin vital quand vous avez pratiqué cette discipline pendant des années. Carl est un beau garçon. Je suis sûr qu'il continue à entretenir sa condition physique aujourd'hui. Mais pourquoi me demandez-vous ça ? Il a fait quelque chose de mal ?

Olivia pensa que dans la situation actuelle de Carl, sa « condition physique » était à tout le moins compromise. Elle s'abstint toutefois de donner trop de détails.

— Disons qu'il se pourrait qu'il ait été victime d'un accident. Nous enquêtons là-dessus. Merci de votre collaboration, conclut-elle en tendant la main pour couper court à toute nouvelle question.

Carl Vanger menait une existence pour le moins occulte, réalisa-t-elle en quittant le CNM. Se pouvait-il que sa petite amie officielle, gendarme à la section de Recherches, ait pu ignorer ses dissimulations ? Ou alors, en savait-elle plus qu'elle ne voulait bien le dire ? Il fallait qu'elle parle à nouveau à Roxane Baxter.

Elle lui donna rendez-vous en début d'après-midi sur le toit-terrasse du *rowing club*. Les installations de cette autre institution sportive de la cité phocéenne se trouvaient à quelques centaines de mètres du CNM. Elles possédaient un bar *lounge* disposant d'une vue spectaculaire sur le vieux port.

En attendant Roxane, Olivia commanda un mojito sans alcool. Elle était déjà venue à plusieurs reprises au club d'aviron, chaque fois pour rencontrer un homme trouvé sur Internet. Plusieurs d'entre eux avaient eu l'intention de l'impressionner en l'invitant dans ce lieu branché où la bonne société marseillaise descendait des cocktails en fin de journée, aussi surement que les supporters de l'OM vidaient leurs verres de pastis avant chaque rencontre. Mais Olivia n'était pas du genre à se laisser éblouir. Ces rendez-vous avaient vite tourné au fiasco. Les prétendants s'étaient obstinés à exagérer leur pedigree de séducteur sudiste sans s'intéresser une seule fois à elle. Elle les avait renvoyés à leur clavier.

— Merci d'avoir répondu à mon invitation, dit-elle en serrant la main de Roxane.

— Il ne s'agit pas d'une convocation ?

— Rien d'officiel, non. Je n'ai pas de raison de vous soupçonner, à ce stade, n'est-ce pas ?

Roxane hocha la tête.

— Votre ancien petit-ami m'a tout l'air d'avoir mené une double vie, reprit Olivia pour achever de briser la glace.

— Je m'aperçois qu'il ne m'a pas tout dit, approuva Roxane, pensivement. Vous avez trouvé quelque chose ?

Olivia confia ses découvertes récentes. Le licenciement de Carl de chez *Vinci construction* en 2017 et sa volonté présumée de devenir agent sportif.

— Est-ce dans ce contexte que vous l'avez connu ? demanda-t-elle.

— J'ai arrêté ma carrière quelques mois après notre rencontre, confia Roxane. Je ne crois pas que Carl aurait pu tirer grand-chose d'une joueuse comme moi.

Roxane pensa à sa propre affaire. Se pouvait-il que Carl lui ait aussi caché ses intentions de s'occuper des intérêts de joueuses du Country Club ? De ceux d'Anastasia ou de Julia ? Elle se nota mentalement de creuser le sujet des agents. Ses investigations l'avaient pour l'instant poussée à interroger l'entourage sportif de Julia… qu'en était-il du côté de sa carrière ?

— Parlez-moi de votre séparation avec Carl Vanger, Roxane. Pourquoi avez-vous rompu ?

Roxane but une gorgée de coca en réfléchissant à sa réponse.

— Disons que Carl était devenu oppressant. Ce n'était pas le genre d'hommes qui vous mettait en valeur, si vous voyez ce que je veux dire. Toujours à souffler le chaud et le froid. À vous dire que vous êtes une femme formidable, et la seconde d'après, que vous le rendez malheureux avec votre comportement d'allumeuse…

Oliva fronça les sourcils. Roxane avait l'air de tout sauf d'une allumeuse. Elle connaissait aussi ce type d'homme toujours prompt à rejeter la faute de leur propre mal-être sur leur compagne. Il fallait fuir ce genre d'individus avant que leur emprise ne vous laisse à terre avec autant d'estime de soi qu'une serpillère usagée.

— Quelle a été sa réaction, lorsque vous l'avez quitté ? demanda la policière.

— J'ai choisi un moment où sa capacité de réagir était réduite.

— C'est-à-dire ?

— J'avais l'habitude de l'accompagner lors de ses sorties de natation en mer. Il nageait trois ou quatre fois par semaine au large de la plage des Catalans. Je le suivais à bord d'un zodiac. Ce jour-là, j'ai attendu la fin de son entraînement et je lui ai dit que c'était la dernière fois que nous nous voyions. Nous étions arrivés à proximité du rivage et il y avait pas mal de monde… il n'a pas pu se mettre en colère.

Un détail frappa Olivia.

— La dernière fois que vous l'avez vu, c'était sur la plage des Catalans ? Dans un endroit bondé ?

— Exact. C'était le 15 avril, je vous l'ai déjà dit.

— Vous n'étiez pas en pleine mer, du côté de La Ciotat, par exemple ?

Roxane fronça les yeux, puis rit franchement.

— Je vois où vous voulez en venir. Vous pensez que j'aurais pu le congédier en le noyant à l'endroit où on a retrouvé son corps… Vous pouvez oublier tout de suite cette théorie. D'abord Carl ne nageait jamais aussi loin du bord.

C'est beaucoup trop dangereux avec tous les bateaux qui passent. Ensuite, nager en mer au mois d'avril nécessite de privilégier les eaux chaudes. Savez-vous que la température est de plusieurs degrés supérieure près des côtes que plus loin au large ? Enfin, je vous signale que pour noyer un homme du gabarit de Carl, il aurait fallu que nous soyons une bonne dizaine de filles comme moi. Non, inspectrice, ce n'est pas moi qui ai tué mon ex-petit ami. Je venais de le quitter...

Olivia fut presque convaincue par l'argumentation de Roxane. Pas tellement par ses explications techniques. (Il devait bien exister un moyen, même pour une femme, d'assommer un homme en train de nager, puis de le laisser se noyer.) Non, ce qui la convainquait, c'était que Roxane n'avait manifestement aucun mobile pour tuer Carl Vanger. Or, une occasion de passer à l'acte sans mobile, c'était ce que l'on appelait une fausse piste en matière d'enquête criminelle. Quoi qu'il en soit, elle pourrait revenir sur cette journée du 15 avril lorsqu'elle saurait avec précision à quand remontait la mort de Vanger.

Il fallait accélérer les opérations de récupération du corps.

Elle allait secouer les puces du juge d'instruction pour obtenir sa commission rogatoire et mobiliser une équipe de gendarmes-plongeurs, décida-t-elle.

21

Roxane avait l'impression qu'elle pouvait faire confiance à Olivia Pozzi pour faire la lumière sur la mort de Carl. Elle ne pensait pas que les soupçons qui pesaient sur elle tiendraient très longtemps. Elle jugeait au contraire avoir plutôt bien répondu aux questions de l'inspectrice. Dans ce contexte, elle n'avait rien d'autre à faire que laisser Olivia travailler, et se concentrer, de son côté, sur la mort d'Anastasia et la disparition de Julia.

Les deux joueuses avaient quitté Aix-en-Provence avant de s'évaporer dans la nature en Autriche. C'est du côté des personnes qui les avaient connues au club qu'il fallait chercher. Cette certitude tournait dans la tête de Roxane comme une comptine d'enfant.

L'ambiance était plombée au Country Club. En ce début d'été, les matinées étaient réservées aux stages pour enfants. Les courts extérieurs étaient occupés par des adolescents bruyants singeant à coup d'exclamations hargneuses leurs idoles vues à la télé. Il y avait même un échalas bronzé qui jurait en espagnol, pensant sans doute que s'exprimer dans la langue de Nadal lui ferait acquérir le jeu du roi de la terre battue. « Vamos ! » hurla-t-il en serrant rageusement le poing face à une faute de son adversaire. La scène n'arracha même pas un sourire à Roxane.

Du côté des entraîneurs, l'ambiance était morose. Sincèrement inquiets devant la série de malheurs qui s'abattait sur leur club propret, ils donnaient sans conviction à leurs élèves, des instructions mille fois répétées. « Ton placement Brian... pense à ton placement de jambes. »

Roxane avisa Ivan Rossi qui quittait un court occupé par deux jeunes joueuses en train de s'échauffer.

— Ivan, je peux vous parler ? l'interpella-t-elle.

Le préparateur mental autoproclamé interrompit sa progression vers le restaurant. Il leva les yeux de ses chaussures et reconnut Roxane. Il avait les traits tirés et le teint pâle, comme s'il n'avait pas fermé l'œil au cours des dix dernières nuits.

— Roxane Baxter, vous nous apportez encore une mauvaise nouvelle ?

— J'ai besoin de m'entretenir avec tous les membres du club dans le cadre de mon enquête, annonça-t-elle. Vous auriez quelques minutes à me consacrer ?

Rossi hocha lentement la tête. Il n'avait pas très envie de parler, mais comme tous les autres, il devait se soumettre aux questions de l'enquêtrice. Il la suivit sans rien dire jusqu'à un banc peint en vert, à l'ombre d'un pin d'Alep. Dans les branchages, les cigales avaient déjà commencé à chanter.

Roxane décida de ne rien cacher de la mort d'Anastasia. La nouvelle avait déjà dû être communiquée par Niels.

— J'interroge les personnes qui connaissent Julia et Anastasia pour tenter d'établir un lien entre les deux disparitions. Vous étiez leur préparateur physique, n'est-ce pas ?

Rossi chaussa les lunettes de soleil qu'il portait jusque-là sur le crâne.

— Je m'occupe de tous les joueurs à potentiel, concéda-t-il. Mais pas plus de Julia et d'Anastasia que de la dizaine d'autres qui évoluent en compétition.

— Vous pouvez me dire en quoi consiste votre rôle au Country Club ?

Ivan Rossi répondit du tac au tac. Son ton était grave et monocorde, et son visage agité de spasmes de tristesse et de stress.

— Je suis médecin généraliste, mais j'ai passé un diplôme de préparateur mental. Je coache les joueurs de haut niveau pour les mettre dans les meilleures dispositions possibles. Vous savez, le psychisme de ces jeunes champions est fragile. Il suffit de pas grand-chose pour qu'ils perdent toute confiance en eux.

— C'était le cas de Julia ou d'Anastasia, l'interrompit Roxane. Je veux dire, elles sont fragiles sur un plan mental ?

Elle aurait juré que les tics d'Ivan s'accéléraient.

— Non pas spécialement, dit-il après un long silence. C'est même le contraire qui les caractérisait.

— Caractérisait ? Vous parlez d'elles au passé ?

Il se reprit en balbutiant.

— Non, enfin je veux dire… on a appris pour la mort d'Anastasia. C'est terrible… cette fille qui avait la vie devant elle et qui finit droguée sur le quai d'une gare. Je ne m'explique pas comment elle a pu tomber aussi bas.

— Vous êtes pourtant un expert de la psyché humaine. Vous n'avez pas une idée ?

Rossi lissait le tissu de son pantalon de survêtement avec la paume.

— Je ne comprends pas. Anastasia avait des capacités physiques hors normes. Bien exploitées, elles lui auraient permis de devenir l'une des meilleures joueuses mondiales. Sur le plan mental aussi, elle était très forte. Elle était capable de dissimuler ses émotions même dans les moments décisifs d'une rencontre.

— Elle avait déjà vingt-cinq ans, pourtant, nota Roxane, qui savait qu'à l'échelle d'une carrière professionnelle, le potentiel s'exprimait généralement avant dix-huit ans.

— Quelques blessures à répétition avaient ralenti sa progression. Mais avec sa détermination, elle pouvait encore rejoindre le top 100 mondial. Je ne comprends pas comment elle a pu sombrer dans la drogue...

— Et Julia ? Vous pensez qu'elle aussi a pu tomber dans ce piège ?

Cette idée eut l'air de choquer Ivan Rossi.

— Impossible ! Elle était à un point crucial de sa carrière. Elle avait encore de belles années devant elle, dit-il avec conviction.

Toujours l'emploi du passé, concernant Julia cette fois, nota Roxane. Rossi lui donnait l'impression d'être un préparateur qui fantasmait le potentiel de ses joueuses. À l'instar de tout passionné de tennis frustré de ne pas avoir réalisé lui-même une carrière de champion, il projetait sans discernement ses rêves de victoire sur les jeunes. Comme Ivan n'avait pas d'enfant et qu'il se targuait de posséder quelques compétences en matière de préparation mentale, il était dans le déni du potentiel réel de ses poulains. Elle orienta la conversation sur un autre sujet.

— Y a-t-il quelque chose à chercher du côté des affaires sentimentales ? Quelque chose qui aurait pu faire basculer Anastasia ou Julia ?

Il jaugea Roxane, puis, décidant qu'elle savait déjà beaucoup de choses, il répondit :

— Anastasia était la petite-amie de Niels. Ils projetaient d'officialiser leur couple, d'après ce que je sais. Quant à Julia, personne ne lui connaissait d'affaires de cœur. Du moins pas récemment.

— Mais par le passé ?

Rossi se referma encore un peu.

— Ce n'est pas à moi de vous dire ça, dit-il entre ses dents. Interrogez plutôt ses parents. Ce sont eux les mieux placés.

Roxane enregistra l'information, puis jugea qu'elle ne tirerait rien de plus d'Ivan Rossi. Elle posa à tout hasard une dernière question.

— Pourquoi l'Autriche ? Pourquoi, selon vous, ont-elles toutes les deux disparu en Autriche ?

Cette fois, Rossi ne put dissimuler ses tremblements. Les tics de son visage se propagèrent à tout le corps.

— Je n'en ai aucune idée, parvint-il tout de même à chuchoter.

Roxane rejoua l'entretien dans sa tête. Comme elle le pressentait, il y avait quelque chose qu'elle ne savait pas encore au sujet de Julia. Quelque chose qui avait un lien avec sa vie amoureuse...

Elle trouva Niels attablé devant un pastis. À dix heures du matin, la boisson était plutôt incongrue pour un sportif.

— Bonjour, Niels, ça va ? Tu tiens le coup ?

Il sembla apprécier cette sollicitude.

— C'est pas facile. Je n'arrive pas à accepter la mort d'Anastasia. Je fais et je refais le scénario, mais je ne parviens pas à trouver d'explication rationnelle. La seule qui me vient, c'est qu'elle m'a quitté, mais qu'elle n'a pas eu le courage de me le dire.

Une partie de l'explication pouvait résider là, en effet, pensa Roxane. Anastasia aurait pu tomber amoureuse d'un autre homme et décider de refaire sa vie. Cela pouvait expliquer sa grossesse et le fait qu'elle n'ait donné aucune nouvelle à Niels. Mais cela ne justifiait pas la chute dans la drogue et sa fin tragique, telle une clocharde, à la gare de Strasbourg. Même si cela devait briser le cœur de Niels, Roxane voulait le confronter à la réalité.

— Je suis désolée de t'apprendre ça, Niels, mais Anastasia était enceinte... C'est l'autopsie qui l'a révélé.

Il ne marqua aucune expression, mais ses nerfs lâchèrent. Il fut lui aussi pris de tremblements incontrôlables et le sang quitta son visage. Il porta les mains à ses tempes, puis se tourna pour vomir dans les plates-bandes. « C'est horrible », dit-il d'une voix encombrée de sanglots. Puis, une fois qu'il eut recouvré péniblement ses esprits :

— Il faut retrouver Julia, Roxane. On ne peut pas accepter que ça se produise deux fois.

— Qu'est-ce qui ne doit pas se reproduire deux fois, Niels ? Julia aussi a voulu quitter quelqu'un ?

Les yeux vitreux du garçon semblèrent se perdre dans le lointain. Il était en proie à une hésitation évidente. Roxane lui versa le reste d'eau de la carafe.

— Tu dois me dire ce que tu sais. Si on veut avoir une chance de la retrouver, il faut que je connaisse tous les détails de sa vie. C'est toi qui étais le plus proche d'elle, Niels.

— Je ne suis pas sûr, mais je crois qu'elle a eu une relation avec un homme, ici. C'est ce qui se dit en tout cas, dit-il à voix basse.

— Un homme qu'elle aurait pu vouloir fuir ? De qui s'agit-il, Niels ?

— Baron, le concessionnaire automobile. Il n'en est pas à son coup d'essai si on en croit les rumeurs.

Jean Baron. Le type que lui avait présenté le président Jean-Vincent Mistral comme étant le sponsor du club, réalisa Roxane. Un homme mûr qui se servirait de son rôle de mécène auprès de jeunes joueuses pour coucher avec elles. Ce ne serait pas inédit, et en outre, Jean Baron ne lui avait pas donné l'impression d'une franchise exemplaire lors de leur rapide entrevue dans le bureau du président. Elle allait devoir s'intéresser de près à ce chef d'entreprise qui dissimulait peut-être une certaine perversité.

— Quelqu'un peut me confirmer ?

— Je pense que Mistral sait tout. Baron est un de ses amis.

— Merci Niels. Appelle-moi si tu veux discuter. Je sais

que la perte de quelqu'un qu'on a aimé est difficile à vivre. Tu ne dois pas rester seul.

Au fond, Roxane pensait Niels innocent. Mais cette habitude de distiller les confidences une par une l'agaçait profondément. Il fallait que les choses aillent beaucoup plus vite.

Elle laissa Niels digérer le choc et se dirigea vers le bureau de Jean-Vincent Mistral.

— Ah Roxane ! Tu ne lâches pas l'affaire ! dit ce dernier sans qu'il soit possible de déterminer s'il était soulagé qu'elle continue à fouiller du côté du Country Club ou s'il jouait la comédie.

— Les langues se délient petit à petit, laissa-t-elle planer. Ce serait bien que tout le monde me dise ce qu'il sait. Ce n'est bon pour personne de faire obstruction à la justice.

JV Mistral conserva sa bonne humeur.

— Tu sais, tout le monde souhaite que cette affaire soit résolue. La mort d'Anastasia a causé un sérieux préjudice au club. Si on pouvait retrouver Julia, on pourrait dire qu'aucune malédiction ne s'est abattue sur le Country Club ! C'est important. Tu peux compter sur moi, en tout cas !

— Si vous commenciez par me parler de Jean Baron et de son goût immodéré pour les très jeunes filles.

Le président ne se démonta pas. Il ne jugea pas utile de cacher à Roxane les frasques du sponsor numéro un de son club. Il commenta sans détours.

— Jean est un coureur, c'est de notoriété publique. Je crois que ce n'est pas le grand bonheur avec sa femme, et oui, c'est vrai, il drague parfois les joueuses. Mais attention, Roxane, jamais les mineures ! Et puis, il s'efface sans poser de problème si l'une d'elles refuse de céder à ses charmes. C'est un dragueur, mais pas un harceleur, tu peux me croire.

À voir, pensa Roxane. En tout cas, les petits travers de

Baron étaient connus, et aux yeux du président, ils n'étaient pas liés à la disparition des championnes.

— Il a eu une histoire avec Julia ? demanda-t-elle sèchement.

— Ça se pourrait. C'est possible, il y a deux ou trois ans. Si c'est le cas, ça n'a pas été très loin et Julia lui a certainement dit qu'elle donnait la priorité à sa carrière. Il lui a offert une très jolie petite voiture, mais ça s'est arrêté là. Jean sait être élégant quand il le faut.

Roxane vérifierait ce point. Dans l'immédiat, il fallait qu'elle parle à Jean Baron et qu'elle détermine son alibi pour le week-end dernier. S'il y avait une chance que ce soit lui qui soit allé retrouver Julia à Vienne, elle devait le savoir. Et très vite.

Elle confronta Mistral à un autre élément qu'elle jugeait suspect.

— J'ai interrogé Ivan Rossi au sujet des deux disparitions. Il a semblé perturbé lorsque j'ai suggéré qu'il pouvait y avoir un lien avec le tournoi de Vienne en Autriche. Vous avez une idée de ce qui pourrait le troubler ?

Cette fois, Jean-Vincent Mistral manifesta son embarras. Il déplaça mécaniquement quelques papiers sur son bureau et laissa passer trente secondes avant de se décider à parler.

— Il ne faut vraiment pas que ça se sache, Roxane... Mais bon, puisque j'ai promis de tout te dire...

Il se frotta les ailes du nez, puis se massa l'abdomen comme pour se donner du courage.

— Il y a trois ans, un de nos joueurs a été contrôlé positif aux stéroïdes anabolisants. Les tennismans en prennent parfois pour encaisser de grosses charges d'entraînement. C'est complètement idiot parce que les contrôles antidopage les détectent à tous les coups. Mais certains se laissent tenter pendant l'hiver, lorsqu'ils s'entraînent au club en espérant ne pas être contrôlés. Il y a deux ans, donc, l'AFLD, l'agence française de lutte contre le dopage, a effectué une descente surprise, ce devait être en janvier, et elle a pincé un de nos gars... Il a été suspendu et sa carrière est finie, mais bon, le mal est fait... »

— Il n'y a pas eu d'autre cas ? Anastasia ou Julia par exemple ?

— Non, juste ce type. Les autres joueurs ont été contrôlés, eux aussi, mais ils étaient *clean*. Julia et Anastasia comprises.

— Je ne comprends pas, alors. Pourquoi Rossi ne m'en a-t-il pas parlé ? Et quel lien avec l'Autriche ?

— Rossi fait de son mieux pour préparer les joueurs. Sur le plan mental, bien sûr, mais également sur le plan physique. Il s'occupe de tout : programme d'entraînement foncier, diététique, relaxation et visualisation mentale. Pour te dire la vérité, il se prend un peu pour un gourou de la préparation sportive, mais il ne fait aucun mal. Il n'a jamais incité les joueuses à consommer de produits dopants, j'en suis certain. En revanche, que l'un d'eux n'ait pas suivi ses conseils et ait pris l'initiative de toucher aux stéroïdes, il a pu le considérer comme un échec personnel. Une faille dans la méthode d'entraînement dont il est si fier. De toi à moi, Rossi est un drôle de gugusse, mais il ne ferait pas de mal à une mouche.

Mistral était sincère, mais il n'avait pas répondu à la seconde question. Roxane la reposa.

— Il avait des raisons de penser que ce joueur s'était dopé en Autriche ?

— Non, pas en Autriche. En revanche, le gars a avoué que les produits venaient de là-bas. Mais c'est tout ce que je sais. Le volet sportif a été traité par le club puisque nous avons immédiatement viré le fautif. Mais en ce qui concerne le trafic de stupéfiants, c'est la police qui s'en est occupée. La brigade des stups, je crois. Tu devrais pouvoir mettre la main sur le dossier, si tu penses que ça a un lien.

Roxane n'en savait rien, à vrai dire. Elle tentait de démêler avec application la pelote encore confuse des affaires du Country Club, mais le dossier était complexe. Deux joueuses avaient disparu, l'une d'elle était morte droguée et enceinte en laissant son ex petit-ami-entraîneur dévasté, tandis que l'autre avait vraisemblablement eu une liaison avec le « sponsor en chef », avant de s'évaporer en Autriche, pays d'où venaient des produits dopants utilisés par un ancien joueur du club... Elle avait l'impression de jouer à bout-de-ficelle-selle-de-cheval-cheval-de-course, une comptine qui, si elle n'en trouvait pas la clé, la ramènerait inéluctablement au point de départ.

Elle se raccrocha à l'essentiel et au seul problème qui la préoccupait : la disparition de Julia. Si elle voulait retrouver la joueuse en vie, elle devait procéder avec méthode. Quel était le mobile de celui ou de ceux qui l'avaient fait disparaître ? Comment s'y étaient-ils pris ? Et en quoi leur alibi pour se disculper s'avèrerait-il inexact ?

Réfléchir avec méthode et écarter les fausses pistes. Si elle voulait retrouver Julia vivante, elle devait appliquer à la lettre le conseil mille fois entendu de la bouche de son père, durant son enfance.

22

Dans la splendide villa de M. et Mme Franzini, sur les hauteurs d'Aix-en-Provence, l'ambiance était à la désolation. Le père de Julia tentait désespérément de faire bonne figure en continuant à aller au travail. Il essayait de se persuader que la disparition de sa fille était volontaire et qu'elle finirait tôt ou tard par se manifester. Ce n'était plus une enfant et elle avait bien le droit de s'éclipser quelques jours, après tout. Voilà plus d'une semaine qu'elle avait pris ce satané avion pour Vienne, mais M. Franzini ne pouvait se résoudre à admettre que son absence dure encore longtemps. Il avait été mis au courant de la funeste découverte du corps d'Anastasia, mais là aussi, il tentait de se convaincre que les deux affaires n'étaient pas liées.

Il quittait la villa chaque matin dans l'espoir que sa journée au Country Club lui apporterait une nouvelle décisive, puis, une fois le service du soir terminé, il parcourait le trajet en sens inverse pour trouver son épouse invariablement affalée sur le sofa du salon.

Madame Franzini en était à 20 mg quotidiens d'antidépresseur auxquels le médecin de famille avait ajouté des anxiolytiques et un puissant somnifère pour lui permettre d'effectuer des nuits à peu près correctes. Malgré ce traitement de cheval, elle pleurait de longues heures durant la journée, faisant défiler sur son *IPad* des photos de Julia sur tous les courts de tennis d'Europe. Julia soulevant une coupe ; Julia effectuant un magnifique smash décisif ; Julia serrant la main de son adversaire à la fin d'un match gagné... chaque image de sa fille lui arrachait des sanglots déchirants. Elle ne savait pas comment soulager la douleur qui lui ravageait le cœur. Qui labourait chaque cellule de son ventre de maman jusqu'à la laisser terrassée et sans force pour deux ou trois heures.

M. Franzini avait décidé de rester auprès de sa femme pour la matinée, ce jour-là. Il monterait au club avant l'heure du déjeuner, mais il avait confié la préparation du service à son cuistot et à la serveuse recrutée pour la saison. Il tentait en vain de raisonner encore et encore son épouse, lorsque le « ding » caractéristique de sa tablette se fit entendre. Il signalait l'arrivée d'un email.

Soucieux de ne manquer aucune nouvelle qui pourrait lui apprendre ce qui était arrivé à sa fille, il se précipita sur l'objet connecté. Le message provenait d'une adresse inconnue constituée d'une succession de « z » de « y » et de « k » sans aucune signification. Il crut d'abord à un spam, puis il remarqua l'objet du mail : « *your daughter* », votre fille en anglais.

Son sang ne fit qu'un tour. Il cliqua sur l'icône en forme d'enveloppe.

Le corps du message ne contenait aucune indication. Aucun texte ni aucune signature. En revanche, un document *jpeg* était joint. Une photo. Il cliqua sans réfléchir et l'image s'afficha en grand sur la tablette.

Son cœur s'arrêta de battre. Si sa femme avait vu la photo en même temps que lui, nul doute que son cœur à elle aurait explosé en mille morceaux. Les boyaux violemment parcourus de mille coups de poignard, il s'affala sur la chaise de son bureau.

Sur l'image, il reconnut Julia allongée sur un lit au

cadre métallique. Les yeux fermés et les mains croisées sur la poitrine, elle avait toutes les apparences d'une personne décédée dont on prépare les funérailles. En outre, la pièce dans laquelle avait été pris le cliché ressemblait à une chambre d'hôpital. Au-dessus de la tête de sa fille, il distingua un tuyau transparent semblable à ceux qui relient un appareillage médical à la veine d'un patient. L'extrémité, débranchée, pendait mollement le long du lit. Le visage de Julia semblait paisible, mais il avait pris une teinte grise caractéristique d'un épiderme sous lequel ne circulait plus aucune goutte de sang.

Julia est morte ! considéra-t-il instantanément, laissant éclater de longs flots de larmes. Dans un réflexe insensé pour ne pas alerter sa femme, il se retint de hurler. Son épouse apprendrait d'une manière ou d'une autre le décès de leur fille, mais s'il existait une façon pour qu'elle ne subisse pas la même violence insoutenable que celle qu'il venait d'éprouver en voyant la photo, il fallait l'employer.

Sa seconde pensée fut que Julia était certainement morte dans un accident de la circulation. Elle avait été conduite dans un hôpital autrichien où elle avait succombé, juste après l'accident ou après plusieurs jours d'agonie, seule et abandonnée des siens. Cette pensée lui arracha un nouveau flot de larmes brûlantes.

Puis il prit conscience d'un détail singulier.

De toute sa vie, il n'avait jamais entendu dire qu'on annonçait à des parents la mort d'un enfant par un mail anonyme et par le biais d'une photo morbide dénuée de toute explication. Il aurait pu s'attendre à ce qu'un policier sonne un jour à leur porte et leur apprenne l'accident de Julia. Ou encore, à recevoir le coup de téléphone d'un service hospitalier quelconque pour les prévenir du drame... Mais un mail provenant d'une adresse anonyme et accompagné d'une photo, cela lui sembla inconcevable.

Il y avait quelque chose de bizarre derrière ce mode opératoire.

Cette réflexion lui redonna un peu de force. Pas de l'espoir, non, la photo était suffisamment explicite, mais la juste dose de lucidité pour se dire qu'il devait prévenir sans attendre l'enquêtrice qui travaillait sur la disparition de Julia.

Il ferma la porte de son bureau, s'isola du bruit de pièce voisine, et composa le numéro de Roxane Baxter.

— On a reçu un mail anonyme qui nous annonce la mort de Julia, dit-il sans préambule.

Roxane était en route pour Marseille, elle encaissa la nouvelle.

— Je suis désolé, monsieur Franzini. Quelles informations contient le message ?

— Une simple photo, répondit-il d'une voix qui se brisa. On y voit Julia sur un lit de mort. Elle n'a pas de blessures apparentes. Vous voulez que je vous fasse suivre le mail ?

Roxane acquiesça. Pendant que M. Franzini s'exécutait, elle rangea sa Clio sur la bande d'arrêt d'urgence et sortit un gyrophare magnétique. Elle alluma la lampe tournoyante, mais ne brancha pas la sirène. Une éventuelle patrouille de collègues ne chercherait pas à savoir ce qui arrivait à ce véhicule civil dangereusement arrêté sur le bas-côté.

Elle alluma l'écran de son portable, ouvrit sa boite mail et visionna la photo.

Julia était vêtue d'une sorte de blouse d'hôpital en effet, mais pas de celles que l'on porte lorsqu'on sort d'un bloc opératoire. Une simple tunique vert d'eau. Si elle avait été victime d'un accident, les médecins autrichiens n'avaient pas jugé utile de l'opérer pour tenter de la sauver. Ses blessures devaient être trop graves pour qu'elle ait une chance de s'en sortir, pensa-t-elle.

Puis elle arriva à la même conclusion que M. Franzini : jamais, dans aucun pays du monde, on annonçait le décès d'un proche par l'intermédiaire d'une photo de cadavre contenue dans un mail anonyme. Julia avait certainement gardé son portable et ses papiers d'identité avec elle en Autriche, les forces de l'ordre ou les secouristes qui l'avaient trouvée avaient mille et une possibilités de joindre quelqu'un par téléphone. Mais ils avaient choisi l'email et une photo sordide pour prévenir ses parents... Ses parents dont Roxane se demandait du reste comment l'informateur anonyme connaissait l'adresse mail...

Tout cela était trop incongru pour qu'elle se contente des apparences. Quelqu'un avait peut-être tué Julia, mais pourquoi avait-il jugé utile de prévenir sa famille avec ce moyen inhumain ? Elle devait examiner cet étrange mode opératoire avant de prendre pour argent comptant l'information. Son amie n'était peut-être pas morte, après tout.

Une fois de plus et comme chaque fois qu'une situation la sortait des manuels de procédure criminelle, elle se tourna vers son horloger de père.

C'est sirène hurlante et sur les chapeaux de roue que Roxane fit son entrée au vallon des Auffes, trente minutes plus tard.

23

L'arrivée tonitruante de Roxane dans la petite calanque troubla la tranquillité des lieux. Le soleil déjà haut engourdissait les énergies et seuls quelques touristes égarés déambulaient lentement en direction du bord de mer. Elle abandonna sa voiture à cheval sur le morceau de quai où, quelques jours plus tôt, Enzo et sa bande avaient laissé leur berline rutilante. Elle jeta son macaron de gendarme derrière le pare-brise, puis frappa trois coups sur la porte de son père. Pas de réponse.

Comme elle recommençait l'opération avec énergie, une femme courtement vêtue et coiffée en pétard passa la tête par une fenêtre voisine.

— Vous cherchez Morgan ? demanda-t-elle de sa voix chantante.

Puis, avisant la voiture surmontée du gyrophare : « Vous êtes de la police ? »

— Je suis sa fille, annonça Roxane en esquissant un sourire crispé. Et vous, vous êtes... ?

— Sa voisine ! Alicia, enchantée !

Elle proposa à Roxane une poigne ferme qui s'avéra chaleureuse. Posant son autre main sur le bras de la gendarme, elle la détailla avec curiosité.

— On peut dire que Morgan a une belle et grande fille !

— Je vous remercie, dit Roxane en accentuant son sourire. Vous ne sauriez pas où est mon père ?

— Il est chez lui, c'est sûr. Je ne l'ai pas vu sortir ce matin. À cette heure-ci, il travaille surement sur ses montres.

Alicia avait l'air bien au courant de l'emploi du temps de son père, remarqua-t-elle. En outre, sa tenue aguichante et son maquillage prononcé annonçaient qu'elle préparait une entreprise de séduction évidente. Derrière Alicia, Roxane perçut les voix de deux enfants qui se disputaient une manette de jeu vidéo. Par curiosité, elle aurait bien creusé le pedigree de cette voisine atomique, mais il y avait plus urgent. « S'il est dans son atelier, il n'entend rien, dit-elle. Je vais attirer son attention. »

Elle s'approcha du *T-Max*, comme toujours garé avec les clés sur le contact, et démarra le moteur. Elle laissa tourner trente secondes en souriant benoitement au guidon de l'engin. Elle connaissait les tocs de son père. Estimant qu'il était plus pratique de laisser les clés prêtes à l'emploi, et ayant par ailleurs équipé son scooter d'un coupe-circuit à distance et d'une caméra, il était certain qu'on ne pouvait pas le lui voler sans manifester sa présence et déclencher une riposte.

La porte de la maisonnette s'ouvrit. Morgan, torse nu, portait un short de sport et des espadrilles.

— Roxane, ma grande ! dit-il simplement en gratifiant au passage Alicia d'un salut de la tête. J'étais sur le point de sortir.

Alicia voulait manifestement témoigner de sa proximité avec Morgan. Elle commenta pour Roxane : « votre papa prend des cours de plongée tous les jours. Il est descendu à plus de cent mètres avant-hier ».

Roxane ne releva pas. Son père avait constamment de nouvelles lubies dans lesquelles il s'investissait à cent-vingt pour cent. Cette fois, c'était la plongée en grandes profondeurs, mais il pourrait tout aussi bien décider de s'intéresser aux courses camarguaises ou à la chute libre. Elle se contenta de le suivre à l'intérieur.

— J'aime bien quand tu viens me voir, ma grande. J'ai l'impression que ton vieux père sert encore à quelque chose.

— Tu fais plus que servir à quelque chose, papa. Si j'avais plus de temps, je te rendrais visite tous les jours. Mais tu sais, tu peux aussi venir à Aix de temps en temps.

Morgan éluda la remarque en balayant l'air de la main.

— Je ne me sens pas bien dans ta ville. Trop de monde, trop d'agitation stérile. Mais si c'est important pour toi, je ferai l'effort une prochaine fois.

Il tapota le coussin du canapé. « Assieds-toi. Explique-moi ce qui t'amène. »

— Y a du neuf dans la disparition de Julia, dit Roxane. Ses parents ont reçu une étrange annonce de sa mort supposée.

— Une revendication ?

— Je ne sais pas encore. Tu pourrais jeter un coup d'œil à cette photo ?

Elle extirpa son portable et ne put s'empêcher de remarquer :

— Si tu avais un portable ou une adresse email, j'aurais pu te l'envoyer plus tôt.

— Si j'avais un téléphone portable, je n'aurais pas la joie de te voir débarquer tous les quatre matins pour demander conseil à ton vieux papa, sourit-il. Avant que je ne regarde l'image, dis-moi ce que tu supputes et pourquoi tu veux que je me penche sur le sujet.

Roxane expliqua le contexte de la réception du mail anonyme. Ses doutes quant aux intentions de l'expéditeur, ainsi que la réaction de M. Franzini qui pensait comme elle qu'on n'annonçait pas la mort d'une personne par ce moyen. « Tu comprends, Julia avait certainement tout un tas de coordonnées avec elle. Le numéro de téléphone de ses proches, les adresses mail d'amis ou de membres de sa famille... pourquoi aurait-on utilisé le mail personnel de son père pour envoyer une simple photo d'elle sur son lit de mort ? »

— Tu ne crois pas qu'elle soit morte ?

— Je ne sais pas. Je dis juste que le procédé est bizarre. Je voudrais que tu me dises ce que tu penses de la photo.

— Avec plaisir, ma grande. En tout cas, c'est bien raisonné jusqu'ici. Des autorités officielles autrichiennes auraient appelé pour annoncer une nouvelle pareille. Et si jamais il s'agissait de ravisseurs qui demandaient une rançon, ils auraient envoyé une photo de ton amie vivante accompagnée d'une menace explicite de s'en prendre à elle. Allez, montre-moi cette photo.

Roxane alluma l'écran et cliqua sur une icône rangée sur la page d'accueil. La photo de Julia, pâle comme la mort, apparut en grand format.

À partir de ce moment, la mécanique d'observation mille fois constatée de Morgan se mit en branle. Il inspira longuement par le nez. Roxane savait qu'il coupait ainsi les sens qui ne lui serviraient pas. Seules la vue et sa connexion avec son cerveau resteraient opérationnelles dans les prochaines secondes. Il cligna trois fois des paupières, puis fixa l'image longuement. Aucune autre partie de son corps ne bougeait.

— Tu veux que j'agrandisse la résolution ? demanda Roxane.

Elle n'obtint pas de réponse. Morgan respirait lentement. Ses yeux balayaient l'écran comme s'il scannait chaque pixel de l'image et enregistrait sa couleur exacte. Les détails se formaient dans son cerveau sans qu'il soit possible de déterminer le tableau qui lui apparaîtrait lorsqu'il aurait terminé son observation. C'était presque inquiétant, mais Roxane savait que c'était juste une manière particulière de se servir de sa vue. Même s'il détestait être pris pour un animal de cirque et qu'on lui demande de le démontrer, Morgan était capable d'observer en trente secondes un Rubik's cube, puis d'en déduire les mouvements à effectuer pour reconstituer les six faces de couleurs. Si la coordination des gestes de ses mains avait été à la hauteur de la mécanique cérébrale qui lui permettait de percevoir l'équilibre des choses, nul doute qu'il aurait battu le record du monde de ce casse-tête des années 80. Mais il n'avait jamais éprouvé le besoin de s'entraîner.

Au bout d'un moment qui parut très long à Roxane, il expira lentement et ferma les yeux. Le diagnostic allait tomber.

— Tu as raison, ma grande, Julia n'est pas morte.

— Explique-moi !

— Bien sûr. D'abord l'image dans son ensemble. Le photographe avait clairement l'intention de présenter un sujet décédé. Mais c'est assez grossier. La première chose que l'on remarque c'est évidemment le visage sans vie de Julia. La couleur de sa peau, les traits lisses et détendus et les yeux fermés sans être crispés. Le décor général évoque également la mort. Un lit d'hôpital, une blouse sans aucun pli et enfin ce morceau d'appareillage médical à l'évidence débranché. Aucun doute : le photographe veut que l'on croie qu'elle est morte...

— Mais il y a un mais ? demanda Roxane qui connaissait déjà la réponse.

— Il y a un mais en effet. Un minuscule détail qui a échappé à ce metteur en scène de pacotille. Tu vois son visage ? Il est lisse et grisâtre. Comme la peau d'un cadavre mort depuis quelques heures. Aucune expression ni aucune ride qui pourrait laisser penser que ses muscles se contractent. Ce visage est sans vie, cela ne fait aucun doute. Mais ça peut très bien s'obtenir par un maquillage soigneux sur un sujet endormi. Le photographe aurait même pu augmenter l'effet en utilisant après coup un filtre numérique… Le problème, vois-tu, c'est que cette dissimulation n'a pas été appliquée partout.

Roxane adorait entendre son père décortiquer un raisonnement ou une observation. Tout était logique, tout s'enchaînait à merveille. Mais elle devait boucler son enquête et son temps était compté.

— Va droit au but papa, s'il te plait.

— Regarde ses mains, suggéra Morgan, poursuivant sa description au rythme qu'il avait décidé. Comme sur le visage, la peau est grisâtre et relativement lisse.

Roxane agrandit légèrement la photo au niveau des avant-bras de Julia croisés sur son abdomen. Elle écarta le pouce et l'index sur l'écran et les mains de la « morte » emplirent tout l'espace. Morgan ne regardait plus le téléphone. Il faisait appel à ce que lui-même avait enregistré dans son cerveau.

— Les mains sont posées l'une sur l'autre, pas crispées, et les avant-bras forment un angle d'environ soixante degrés entre eux. Tout laisse penser qu'il s'agit de la position naturelle que l'on fait adopter à un mort pour exposer le cadavre. Mais, tu vois, il y a une chose que l'on ne peut pas maquiller, c'est ça…

Il reprit le téléphone à Roxane et pointa un endroit au milieu du dos de la main droite. « La pratique intensive du tennis a causé une certaine perte d'élasticité des veines de Julia, malgré son jeune âge. Elles forment des renflements légèrement supérieurs à la normale. C'est ce que l'on peut constater ici. » Il entoura de l'index l'endroit considéré. Roxane ne voyait pas où il voulait en venir.

— Et donc, docteur Baxter ? demanda-t-elle.

— Et donc, si Julia était morte et que le sang avait arrêté de circuler dans ses veines, celles-ci auraient dû se rétracter et s'aplatir jusqu'à ce qu'on ne distingue pas ce renflement. La peau d'une personne décédée est uniformément lisse, quelle que soit la partie du corps. Pas juste sur le visage où il est très facile de procéder à un maquillage. Ton faussaire est un amateur, ma grande. Il aurait dû dissimuler les mains !

Roxane était admirative. Une minute d'observation méthodique des quelques milliers de pixels de la photo et son père avait trouvé un truc. Elle réfléchit à ce que cela signifiait. Les ravisseurs de Julia avaient voulu la faire passer pour morte. Ils l'avaient certainement droguée pour qu'elle dorme profondément, puis ils l'avaient maquillée et prise en photo. Mais ils avaient oublié un minuscule renflement provoqué par le sang qui continuait à battre dans les veines de sa main… et ce détail n'avait pas échappé à l'horloger. Un spasme d'émotion serra sa poitrine.

— Julia est vivante, mais ses kidnappeurs veulent que ses parents la croient morte, raisonna-t-elle à haute voix. Pourquoi d'après toi ?

Morgan avait délaissé la photo qui ne l'intéressait plus. Il avait rendu son verdict et pour lui, sa mission était accomplie. Il ne disposait plus que de quelques minutes avant d'être en retard pour son cours de plongée avec Kevin. Or, cette leçon était importante : c'était la dernière qu'il avait prévu de prendre avant de plonger seul inspecter le corps de Carl. Roxane ne devait pas pouvoir être soupçonnée de l'avoir tué. C'était sa mission suivante dans l'ordre de priorité qu'il s'était lui-même assigné.

Sa fille se leva et répéta sa question. « Tu crois que les ravisseurs veulent juste qu'on arrête d'enquêter en faisant passer Julia pour morte ? »

— Je crois qu'ils sont extrêmement naïfs de penser que tu vas stopper les recherches avec un simple mail anonyme. Leur initiative est brouillonne. Mais s'ils se montrent maladroits, c'est qu'ils paniquent. Et s'ils paniquent, c'est qu'ils pensent que tu t'approches de la vérité. Tu dois continuer à enquêter, ma grande. Tu es sur la voie.

Il enfila un t-shirt et s'empara d'un sac étanche contenant sa serviette de bain et une bouteille d'eau.

— Ton cours de plongée, c'est ça ? demanda Roxane en constatant qu'il avait déjà ouvert la porte d'entrée.

— Exactement. Je veux participer aux opérations de repêchage du corps de Carl. J'ai encore une ou deux choses à apprendre sur la plongée en grande profondeur.

Ce n'était pas l'exacte vérité, mais l'explication suffit à convaincre Roxane. Elle embrassa son père sur les joues et sortit devant lui. « On déjeune ensemble un de ces quatre, papa, annonça-t-elle d'un ton enjoué. Bonne plongée ! »

24

La météo était idéale pour effectuer une première plongée profonde en solitaire. Un vent du sud provoquait un léger clapotis qui dissimulerait le zodiac à la surface de la mer. Morgan avait préféré louer un bateau semi-rigide plutôt que d'utiliser sa barque de pêcheur dont il avait jugé le moteur trop faible. En outre, en partant du port de La Ciotat, il serait sur zone plus rapidement et pourrait limiter au minimum le temps passé loin du vallon des Auffes.

La dernière plongée d'instruction s'était remarquablement bien déroulée. S'il n'avait pas formellement obtenu le diplôme lui permettant de descendre aussi profond, Morgan estimait qu'il maîtrisait toutes les techniques nécessaires à sa mission. L'utilisation de l'*Hydreliox*, le strict respect des paliers de décompression à la remontée, tout était parfaitement clair pour lui. À cinq reprises au cours de la nuit précédente, il avait visualisé mentalement chaque étape. Il ne voyait aucune difficulté majeure. Pour autant, c'était lorsque les choses étaient faciles que l'attention et la concentration risquaient de se relâcher. Avant de se mettre à l'eau, il prit dix minutes pour respirer calmement.

La descente fut un jeu d'enfant. Parfaitement aligné sur

la bouée lestée qu'il avait emportée pour marquer la localisation précise, il palma calmement à la verticale. À cinquante mètres sous la surface, la luminosité était déjà nulle. Il alluma la torche et poursuivit sa progression, éclairé par le large faisceau blanc.

Morgan disposait des indications nécessaires pour localiser le corps. Au retour d'une de ses plongées d'entraînement, Kevin lui avait confirmé sans se méfier les coordonnées géographiques de sa découverte. L'horloger savait à la minute de degré près où se trouvait la scène de crime.

Il atteignit le fond à l'aplomb de la canalisation qui se déversait dans la fosse de Cassidaigne. Kevin avait décrit l'endroit comme dépourvu de roche et avait indiqué que le corps se trouvait à dix mètres à droite quand on était tourné vers la côte. Sans surprise, le cadavre apparut dans la lueur du projecteur. Morgan prit le temps de respirer calmement. Aucun signe d'ivresse des profondeurs. Il se sentait parfaitement lucide et s'approcha du corps.

Telle que décrite par Kevin, la décomposition avait déjà largement fait son œuvre. Il y avait peu d'organismes nécrophages à cette profondeur, mais la putréfaction avait déjà fait se détacher de nombreux morceaux de chair. Morgan observa la scène avec indifférence, comme on le ferait devant des pièces de barbaque découpées sur un étal de boucher. Il ne ressentait aucun dégoût ni aucune émotion parasite. Il était là pour une chose précise et la vue du cadavre en décomposition de l'ex-petit ami de sa fille ne lui causa aucun émoi.

La jambe toujours coincée dans le filet de pêche lesté, ce qui restait du corps flottait entre deux eaux, à peine agité par le léger courant de profondeur. Le renflouage par les plongeurs de la gendarmerie ne poserait aucun problème, jugea-t-il.

Il lui restait à s'assurer qu'aucun indice à proximité du corps ne permettrait de relier la mort de Carl à Roxane.

Son inquiétude provenait de la photo que lui avait fait voir cette dernière. Celle du jour de sa rupture avec cet homme. Prise depuis le bateau, elle montrait un Carl aux traits marqués par l'effort, accroché au bastingage et portant un haut de combinaison de natation. Elle l'avait conservée comme un ultime souvenir du moment où elle avait eu le courage de s'affranchir de son emprise. Morgan pensait que si Carl était retrouvé dans cette tenue, on daterait la mort au jour de la dernière rencontre, et que sa fille serait soupçonnée.

Il constata que le corps portait bien le maillot de bain et la combinaison de natation, et entreprit de débarrasser le cadavre du haut en néoprène. Il fit coulisser la fermeture éclair pour le retirer. Le caoutchouc aurait dû coller aux membres, mais la décomposition étant déjà bien avancée, les gaz de putréfaction s'étaient évacués et le cadavre flottait dans l'équipement de plongée. Il parvint sans trop de difficultés à débarrasser Carl de son habit.

La lampe posée sur le fond éclairait partiellement la scène. Morgan inspecta en détail le reste du cadavre. Aucune blessure dissimulée par la combinaison, Carl était apparemment mort noyé. Il constata tout de même que la cage thoracique était enfoncée. Les médecins légistes jugeraient sans doute que sous l'effet de la pression de l'eau — environ quinze bars à cette profondeur —, les côtes flottantes s'étaient affaissées, et que pour cette raison, le thorax formait un creux sinistre. À l'intérieur, tous les organes avaient dû exploser. Bon courage pour l'autopsie, pensa-t-il froidement.

Il continua son inspection méthodique. Ce qu'il effectuait là n'était qu'une mission parmi d'autres. Il était content en revanche, que Roxane n'ait pas à affronter cette vision macabre. Qui pouvait savoir quelles images se seraient alors durablement inscrites dans son inconscient ?

À tâtons, il inspecta le bras droit. Le biceps protégé par la combinaison était intact. Au niveau du poignet, là où

Morgan se serait attendu à trouver la montre de Carl, il sentit distinctement une fracture osseuse. Comme si quelqu'un avait tenté de détacher la main du reste du membre, l'articulation avait pris un angle incongru. Il réfléchit à ce que cela signifiait en tentant de convoquer une nouvelle fois ses souvenirs : sur la photo de Roxane, Carl portait-il son chronographe *Panerai* ? Celui qu'il s'était offert des années auparavant sur les conseils de Morgan. Une affaire dénichée dans une vente aux enchères, à l'époque où il ne considérait pas Carl comme un poison pour sa fille. « *Panerai* a dessiné ce modèle pour les nageurs de combat italiens, lui avait-il dit. Ça me semble tout indiqué pour le nageur en eaux vives que vous êtes. » Il avait cru être aimable, et depuis, Carl la portait à chacune de leur rencontre.

Une fois n'est pas coutume, sous l'effet de la profondeur, son esprit se brouilla. Carl devait forcément porter sa montre de luxe lorsqu'il nageait, mais il n'en était plus si sûr. Sans savoir pourquoi, l'alarme du doute s'alluma dans son cerveau.

Si le nageur la portait lors de ses entraînements, et comme il était presque impossible qu'elle se détache seule, même à cette profondeur, cela signifiait que quelqu'un avait subtilisé la montre, depuis. Et cette personne ne pouvait être que Kevin, le plongeur… Cette hypothèse était renforcée par le poignet de Carl manifestement fracturé. L'arrachement de la *Panerai* avait dû être grossièrement effectué.

Si en revanche Carl retirait sa montre avant de nager, alors il y avait un gros problème…

Le compte à rebours de son équipement émit un tintement aigu. Il était resté près de dix minutes à moins cent cinquante mètres, et s'il voulait effectuer les paliers de décompression en toute sécurité, il devait à présent remonter.

Il accrocha la combinaison de Carl à sa ceinture, se

saisit de la torche, et jeta un dernier coup d'œil à la scène. Quand on remonterait le corps et si on interrogeait Roxane sur la tenue du mort lorsqu'elle l'avait quitté sur le littoral, on comprendrait qu'elle ne pouvait pas être à l'origine de sa noyade.

L'enquête sur les causes exactes de la mort et les raisons de la présence du corps à plusieurs dizaines de kilomètres du lieu d'entraînement ne concernait pas Morgan.

Il entama la remontée avec le sentiment du devoir accompli, sans réaliser l'erreur qu'il venait de commettre dans sa précipitation à vouloir innocenter Roxane.

25

Au cours d'une enquête judiciaire, il se produit parfois des événements dont on sent qu'ils seront déterminants pour la manifestation de la vérité. Un retournement de situation aux allures de coup de tonnerre qui fait dire à l'enquêteur qu'il se rapproche du but. C'est ce qui se produisit pour Roxane, ce jour-là.

La veille, en quittant le vallon des Auffes, elle avait informé le colonel Roque de sa découverte : Julia était en vie, mais ses ravisseurs avaient voulu faire croire à une mort accidentelle. Elle avait demandé que soient menées des investigations techniques pour déterminer l'origine du mail, mais Roque avait refusé. Les réquisitions nécessaires auprès des opérateurs de courrier électronique situés à l'étranger prendraient des mois, avait-il objecté. En outre, il n'avait toujours pas informé officiellement le parquet et aucun juge d'instruction n'avait encore été nommé. Personne n'avait autorité pour ordonner de telles opérations. Roxane avait avalé la couleuvre sans rien dire, fermement décidée à se rendre elle-même en Autriche s'il le fallait.

Elle prit une nouvelle fois le chemin du Country Club,

résolue à se faire communiquer les coordonnées des organisateurs du tournoi de Vienne.

Son portable sonna tandis qu'elle arrivait sur le parking.

— Schwartz à l'appareil, annonça l'inspecteur alsacien. On a du neuf dans l'affaire Anastasia Melnik.

— Vous tombez bien, inspecteur, on a du nouveau, ici aussi.

— Qui commence ?

— Moi, si vous voulez, répliqua Roxane, qui pensait que se montrer aimable amadouerait le flic strasbourgeois. Sa procédure présentait des lacunes et il ne fallait pas lui cacher les informations cruciales.

— Je vous écoute.

— Julia Franzini a été enlevée. Ses ravisseurs essaient de nous faire croire qu'elle est morte, mais il s'agit d'une mise en scène.

Elle expliqua l'histoire de la photo de Julia sur son lit d'hôpital et la manière dont l'image montrait qu'elle était en réalité maquillée.

— Beau travail. Vous avez de bons experts en analyse de photo, à Marseille, apprécia Schwartz.

— Quelques-uns, en effet. Et vous, quoi de neuf de votre côté ?

— L'analyse génétique du fœtus... On a l'ADN du bébé, et par conséquent, l'identité présumée du père.

Roxane décrocha le téléphone jusqu'ici branché sur le haut-parleur de la Clio pour éviter que la conversation soit entendue depuis le parking du Country Club. Les systèmes mains-libres n'avaient pas été conçus pour être discrets depuis l'extérieur d'un véhicule.

— L'ADN a matché avec les fichiers ?

— Oui et non. Bien sûr, l'ADN du bébé est inconnu du FNAEG. En revanche, lorsqu'on effectue une recherche de filiation, on tombe sur quelque chose.

— Vous savez qui est le père ?

Le fait que la recherche de filiation donne quelque chose signifiait non seulement que la technique avait marché, mais surtout que l'ADN du père était inscrit dans le FNAEG, donc connu des services de police.

— De qui s'agit-il ? insista-t-elle.

— Un ressortissant autrichien du nom de Kurt Wagner... Il est connu de nos services pour une histoire de trafic de produits stupéfiants. De produits dopants, pour être exact.

Roxane s'enfonça dans le siège de la voiture. Elle accepta ce sentiment de sidération, celle de l'inspecteur qui apprend une nouvelle à laquelle il ne s'attendait pas, mais dont il sait qu'elle va être décisive pour la suite. Ainsi, Anastasia aurait quitté Niels et se serait enfuie avec un trafiquant autrichien de produits dopants, imagina-t-elle d'abord. Elle pensa à Julia. Le scénario se serait-il reproduit pour son amie ? Le dénommé Wagner aurait-il jeté son dévolu sur elle après avoir perdu Anastasia ? Après que celle-ci soit tombée dans la drogue ? Le scénario était un peu tiré par les cheveux, mais il se tenait, jugea-t-elle.

Puis elle se souvint de sa formation d'inspectrice. Les faits, rien que les faits. N'émettre aucune hypothèse, ne se perdre dans aucune conjecture avant d'avoir scrupuleusement établi les faits.

— Vous avez le dossier de Kurt Wagner ? demanda-t-elle.

— Oui, je viens de vous l'envoyer par email. J'espère que vous en ferez bon usage, soupira Schwartz.

— Bien sûr ! Je le regarde et je vous tiens au courant.

— Ce ne sera pas utile. On a été dessaisi de l'affaire Melnik, dit-il comme à regret. Pour le juge, elle est morte d'une overdose d'héroïne et rien de suspect n'a été constaté à l'autopsie. Il classe l'affaire et renvoie le corps à la famille en Ukraine... J'ai fait procéder à l'analyse du fœtus à votre demande, mais je me suis fait souffler dans les bronches.

Alors, s'il vous plait, faites-moi le plaisir de terminer le boulot, lieutenant Baxter.

Roxane connaissait bien ce goût de frustration. Celui qu'on éprouvait lorsqu'on s'investissait dans une enquête, mais que je juge décidait qu'il n'y avait pas matière à poursuivre. Le sentiment de ne pas être parvenu à élucider un mystère laissait longtemps un parfum d'amertume qui pouvait par la suite se transformer en nuits de cauchemars sans fin. Découvrir la vérité en matière criminelle était à la fois le plus noble et le plus frustrant des métiers.

— Je vous appellerai quand même à la fin de l'enquête, Schwartz. Votre boulot n'aura pas servi à rien, je vous le promets, dit-elle avec empathie.

Sans attendre de pouvoir imprimer le dossier, elle fit défiler les pièces sur le petit écran de son téléphone. L'habitacle de la Clio était une étuve, aussi ralluma-t-elle le moteur et enclencha-t-elle la climatisation.

Le dossier de Kurt Wagner comportait une centaine de pages. Il contenait des procès-verbaux d'interrogatoire, d'abord effectués en allemand, puis traduits en français. Il contenait également une biographie complète de l'intéressé.

Kurt avait vingt-cinq ans. Ancien joueur de tennis professionnel, il avait été interpellé par la douane à l'aéroport de Marseille-Provence en possession d'une valise pleine d'ampoules de stéroïdes anabolisants. Lors de son interrogatoire préliminaire, il s'était montré coopératif et avait avoué destiner ces produits à des joueurs du Country Club d'Aix-en-Provence. À un joueur en particulier, celui dont Jean-Vincent Mistral avait parlé à Roxane. Celle-ci se dit que l'arrestation de Wagner avait eu comme conséquence de déclencher le contrôle antidopage du type en question, puis elle réalisa que c'était l'inverse qui s'était produit. Elle tomba sur un PV d'audition du joueur qui avouait son dopage et qui donnait le nom de son fournisseur. L'Autrichien avait été dénoncé par son client et son arrestation par les douanes était devenue inéluctable.

Le pedigree de Kurt indiquait qu'il avait lui-même joué au tennis à très haut niveau. Vainqueur de tournois du Grand Chelem lorsqu'il était junior, il avait atteint la trentième place mondiale à vingt ans tout juste. Par la suite, un grave accident de moto sur les routes du Tyrol l'avait sévèrement blessé au genou. Malgré des soins et une rééducation intensive, il n'avait jamais retrouvé son niveau. Sa carrière avait été ruinée. Roxane se mit à sa place : que peut faire un tennisman de haut niveau lorsqu'il s'aperçoit qu'il ne pourra plus jamais vivre de son sport ? En ce qui la concernait, elle avait choisi de consacrer sa vie à la gendarmerie et aux enquêtes judiciaires, mais Kurt avait pris une autre voie… Celle du trafic de produits dopants.

Comme il avait fait preuve de bonne volonté en collaborant avec la police française, Kurt Wagner avait été remis en liberté et autorisé à regagner son pays. Le dossier faisait mention d'une adresse dans la banlieue de Vienne où le garçon déclarait vivre chez ses parents.

Roxane traça mentalement une chronologie de l'affaire.

En 2019, un joueur du Country Club tombe pour dopage. Son fournisseur de stéroïdes est arrêté par la police française, puis il est relâché et retourne chez lui en Autriche. Deux ans plus tard, en 2021, Anastasia Melnik, elle aussi joueuse au Country Club, disparaît sans laisser de traces alors qu'elle se rendait à Vienne. Personne ne la recherche vraiment, mais elle est retrouvée morte d'overdose et enceinte dudit Kurt Wagner, à la gare de Strasbourg, un an plus tard. Enfin, il y a moins de dix jours, Julia disparaît elle aussi en se rendant en Autriche… Manifestement contre sa volonté, puisque ses parents reçoivent une photo d'elle supposément morte, alors qu'elle ne l'est pas.

Loin de se dissiper, le mystère était en train de s'épaissir. Roxane se demanda comment elle pouvait continuer à examiner les faits sans se laisser aller à émettre des hypothèses. Et sans se déplacer elle-même en Autriche pour rencontrer Kurt Wagner.

Une nouvelle discussion avec son père était nécessaire, mais pas tout de suite. Dans l'immédiat, elle devait interroger d'autres personnes sur cette affaire de dopage.

Elle se dirigea vers le restaurant du Country Club.

26

Un conciliabule improvisé se tenait sur la terrasse. Les protagonistes du club semblaient s'être donné rendez-vous autour d'un apéritif constitué de pastis et de toasts de tapenade. Curieuse manière de faire le deuil d'Anastasia et de l'enfant qu'elle portait, pensa Roxane. Personne n'avait eu l'air de s'inquiéter pour la joueuse ukrainienne depuis un an, et maintenant qu'on savait ce qui lui était arrivé, voilà que tout le monde ripaillait comme si de rien n'était.

En réalité, les mines étaient plutôt sombres. Les conversations se tenaient à voix basse et Roxane eut l'impression d'une réunion mondaine où l'on dissimulait ses angoisses sous une tonne de banalités. Les visages se figèrent à son arrivée. Jean-Vincent Mistral vint à sa rencontre.

— Roxane, on est sous le choc, entama-t-il. C'est épouvantable cette histoire de bébé. On sait qui a fait le coup ?

N'ayant aucune idée de ce que le président voulait dire par « faire le coup », elle répondit prudemment.

— Elle est morte d'une overdose d'héroïne. C'est triste, mais il n'y a rien de suspect.

— Mais la grossesse, Roxane ! Quelqu'un l'a mise enceinte !

C'était donc ça le crime épouvantable dont parlait Mistral. Curieuse conception des joies de la maternité... Puis elle se souvint d'une anecdote relatée pendant son adolescence : avant la chute du mur de Berlin, les athlètes féminines du bloc de l'Est avaient la réputation d'être mises enceintes par leur entraîneur pour bénéficier du *shoot* hormonal qui accompagnait cet état. Elles avortaient au bout de trois mois, mais dans l'intervalle, leurs performances étaient sérieusement boostées. Se pouvait-il qu'Anastasia ait « subit » le même traitement ?

À la réflexion, cette théorie ne satisfaisait pas Roxane : Anastasia avait disparu un an auparavant et elle n'avait pas disputé le moindre match officiel depuis. Son éventuel surcroît d'hormones n'aurait servi à rien... Mais elle était là pour faire la lumière sur cette affaire de dopage. Personne ne connaissant encore l'identité du père de l'enfant, elle devait profiter de son avantage pour en apprendre plus sur Kurt Wagner et sur ses liens avec le Country Club.

— J'ai besoin de parler à Ivan Rossi.

JV Mistral ne protesta pas. Il fit signe au préparateur physique. Comme tous les membres du club, celui-ci observait Roxane avec un mélange de curiosité et de crainte.

Rossi présentait des traits émaciés. La peau du visage et des avant-bras burinée, il portait un polo boutonné jusqu'au col et un pantalon à pinces qui ne parvenait pas à dissimuler sa maigreur. À tous les coups, il devait s'imposer un régime alimentaire végan pour Dieu sait quelle raison philosophique. Contrairement aux autres membres du club qui avaient l'air angoissés, lui affichait un visage presque serein, semblable à celui d'un maître yogi qui ne s'inquiète jamais pour des choses qu'il ne peut pas maîtriser. Roxane désigna un coin à l'écart de l'assemblée où elle pourrait l'interroger tranquillement. Comme il restait debout devant le banc ombragé, elle se planta en face de lui et le toisa du haut de son mètre soixante-quinze.

— Je crois que vous ne m'avez pas tout dit la dernière fois, entama-t-elle.

— Tout ce que je sais, en tout cas.

Ivan Rossi restait calme. Il avait, semble-t-il, réussi à contrôler ses tics et regardait Roxane à travers ses lunettes de soleil.

— Vous ne m'avez rien dit de cette affaire de dopage qui a secoué le club, il y a trois ans.

— Parce qu'elle n'a aucun rapport avec la disparition de Julia, pardi ! On a eu un malheureux cas de joueur dopé en vingt ans, je ne vois pas pourquoi il faudrait en faire tout un plat.

Il était tout à coup sur la défensive. Roxane poursuivit.

— Vous ne m'avez pas non plus dit que le dealer de stéroïdes était autrichien. Je vous ai pourtant demandé s'il y avait selon vous un rapport avec ce pays…

— Écoutez, je fais correctement mon boulot dans ce club, s'agaça Rossi. Mon rôle est de détecter le potentiel physique et psychologique de très jeunes gens dans le but d'en faire des joueurs de premier plan. Je m'efforce autant que possible de les prévenir des dangers du dopage, qui ne conduit à rien de bon. Mais on ne peut pas avoir cent pour cent de réussite. Dans le cas que vous évoquez, ce garçon avait une faiblesse psychologique qui lui a fait penser qu'il aurait plus de chances de devenir professionnel en prenant ces produits. Il s'est lamentablement planté, voilà tout. Ce n'est pas du tout le cas de Julia.

— Vous avez déjà rencontré Kurt Wagner ?

— Une fois ou deux, concéda Ivan. C'était un champion qui a hélas été victime d'un accident qui a ruiné sa carrière. Il s'est reconverti dans le trafic de produits dopants, ce qui est la pire manière de rester dans le milieu du tennis professionnel.

— Vous êtes encore en contact ?

Rossi s'offusqua. Il secoua la tête de gauche à droite,

navré que l'on puisse le soupçonner de tremper dans une affaire de dopage.

— Non ! Bien sûr que non ! Mes méthodes sont scientifiques. Je m'inspire des plus grands préparateurs mentaux américains pour mettre au point des programmes d'augmentation de la confiance en soi. Je prétends également avoir quelques connaissances en diététique, ce qui me permet de faire éclore tout le potentiel d'une joueuse.

— Puisque vous semblez si calé en psychologie humaine, vous avez peut-être une idée des raisons qui ont conduit Anastasia Melnik à finir seule et enceinte sur le sol glacé d'une gare de province…

Un voile de tristesse passa sur le visage de Rossi.

— Quel gâchis, soupira-t-il. Elle avait l'avenir devant elle. Un talent incroyable, un potentiel physique hors du commun et un entourage aux petits soins… c'est tragique.

— Vous n'avez pas eu l'air de beaucoup vous inquiéter pour son « talent incroyable » pendant un an.

— Je vous l'ai dit : elle sortait avec Niels. Nous évoquions souvent sa disparition, mais il pensait qu'elle l'avait simplement quitté. Que c'était une banale histoire de cœur et qu'elle réapparaîtrait un jour ou l'autre.

Roxane était perplexe. Bien sûr, une liaison cachée avec Kurt Wagner pouvait expliquer que la jeune femme ait décidé de quitter Aix-en-Provence. Ça pouvait aussi expliquer sa grossesse… Mais il y avait l'héroïne. Pourquoi, si tout s'était déroulé selon ses souhaits, Anastasia aurait-elle sombré dans la drogue jusqu'à en mourir ? Et puis, il y avait ces curieuses similitudes avec Julia. Celle-ci ne pouvait pas être, elle aussi, tombée amoureuse du même Kurt Wagner.

L'encadrement du Country Club avait l'air de penser que les disparitions avaient un lien avec les affaires sentimentales des joueuses, il fallait orienter les recherches de ce côté-là.

— Monsieur Rossi, reprit-elle, j'ai des raisons de penser

que Julia a eu une relation… disons… intime, avec un sponsor du club. Jean Baron, ça vous parle ?

Cette fois, Ivan Rossi eut l'air soulagé. Il n'était plus question de dopage, de drogue, et de la possibilité de le mêler à tout ça. Il répondit spontanément.

— Oui, c'est de notoriété publique. Baron est un coureur et il a attrapé Julia dans ses filets il y a quelques années. Ça n'a pas duré longtemps parce que M. Franzini s'en est mêlé. Mais il y a peut-être quelque chose de ce côté, en effet.

— Vous lui avez posé la question directement ? Tout le monde se côtoie au Country Club, non ?

Rossi fixa Roxane.

— On ne le voit plus beaucoup depuis quelques jours. Peut-être a-t-il quelque chose à cacher, en effet… laissa-t-il planer.

— Comme faire passer Julia pour morte alors qu'elle est détenue quelque part en Autriche ?

Roxane voulait savoir si son analyse de la photo de Julia avait été communiquée à l'ensemble du Club. La réaction de Rossi le lui confirma. Son regard se perdit au loin et il répondit curieusement :

— Franzini nous a dit que vous pensiez à une mise en scène. C'est peut-être Baron, en effet.

Roxane avait encore quelques questions à poser aux membres du Country Club. À commencer par interroger le père de Julia au sujet de ses relations avec les hommes… Dans une enquête ordinaire, elle aurait procédé méthodiquement en questionnant systématiquement tous les protagonistes qu'elle avait sous la main. Mais dans le cas présent, chaque minute comptait. Julia était peut-être détenue par Baron ou par un de ses complices en Autriche, et plus l'enquête avançait, plus le risque qu'il panique et la supprime devenait important. Au fond, Roxane était certaine que la photo de Julia prétendument morte avait été envoyée pour dissuader ses parents de poursuivre leurs recherches. C'était une démarche naïve, mais la naïveté cachait souvent la panique, et la panique pouvait conduire les ravisseurs à s'en prendre à Julia, même si ce n'était pas leur intention première.

Elle se dirigea vers le centre-ville.

À quelques encablures de la place de la Rotonde, boulevard de la République, Jean Baron avait installé plusieurs show-rooms dédiés à l'automobile. Bien qu'il représentât plusieurs marques, dont certaines relativement populaires, l'entrepreneur avait visiblement un goût prononcé pour le luxe. Roxane tenta sa chance dans la concession Jaguar.

— Lieutenant Baxter, section de Recherches de Marseille, je voudrais voir Jean Baron, annonça-t-elle en tendant sa carte à une jeune hôtesse habillée aux couleurs de la marque.

Malgré la tenue civile de Roxane, la réceptionniste ne vérifia pas sa qualité de gendarme. Elle décrocha le téléphone et indiqua d'une voix douce qu'il y avait quelqu'un à l'accueil qui demandait à voir monsieur Baron. « Une personne de la gendarmerie », précisa-t-elle après quelques secondes.

Elle fit monter Roxane au premier étage où se tenait le bureau du PDG.

Jean Baron n'avait pas plus de cheveux que la dernière fois. La peau du visage tendue par un évident surpoids, Roxane lui donna une cinquantaine d'années. Un costume trois-pièces et des souliers parfaitement cirés lui conféraient une certaine assurance, mais il semblait nerveux. Elle attaqua bille en tête.

— Monsieur Baron, j'ai besoin de tout savoir sur vos relations passées et présentes avec Julia Franzini. J'aurais pu vous entendre à la gendarmerie, mais j'ai préféré une démarche plus discrète, disons. Vous voyez ce que je veux dire ?

Baron essaya de temporiser. « Je peux vous offrir quelque chose à boire ? » demanda-t-il en se dirigeant vers un minibar encastré dans un meuble en bois laqué.

— Je ne suis pas ici pour deviser poliment autour d'une tasse de thé, monsieur Baron. Julia Franzini a disparu depuis plus d'une semaine et l'horloge tourne… Il n'est peut-être pas trop tard pour la sauver, mais chaque minute compte. Alors, dites-moi ce que vous savez.

Jean Baron était l'incarnation même de la fourberie. Des yeux de fouine trop rapprochés du nez, des lèvres fines et rouge-carmin qui évoquaient le masque de carnaval d'un homme qui cherche à dissimuler ses pensées. Ou ses actes.

— Si vous ne parlez pas, je n'hésiterais pas à vous convoquer pour un interrogatoire officiel en compagnie de madame Baron, insista-t-elle.

La menace produisit l'effet escompté. Baron afficha un sourire pincé, comme pour s'excuser par avance de ce qu'il allait avouer.

— J'ai vécu une histoire avec Julia, il y a trois ans. Mais ça n'a duré que quelques semaines, s'empressa-t-il d'ajouter. Que voulez-vous, je suis un homme à femmes… Il n'y a rien de mal à ça, n'est-ce pas ?

— Rien de mal en effet, si vous n'insistez pas lorsque l'une d'elles vous dit non. C'est ce qui s'est passé ?

— Oui, Julia a fini par mettre fin à notre relation et je l'ai laissée poursuivre sa vie sans me montrer trop pressant. Je ne peux pas me permettre un scandale, vous comprenez. Mes affaires marchent bien, Dieu soit loué, je ne voudrais pas que ma réputation soit entachée par une histoire de…

Il ne termina pas sa phrase, conscient que son penchant pour les galipettes avec de très jeunes femmes pouvait choquer la lieutenante de gendarmerie. Et que cela pouvait se retourner contre lui.

— Vous avez pourtant continué à la poursuivre de vos assiduités ? tenta Roxane.

— Pas au-delà du convenable ! Je lui ai offert quelques cadeaux, bien sûr, mais sans me montrer insistant. Ça va peut-être vous paraître étrange, mais je suis sincèrement amoureux de Julia.

Rien ne paraissait étrange à Roxane en matière de relations amoureuses. Encore moins lorsqu'il s'agissait d'un cinquantenaire bedonnant attiré par une jeune femme à la peau lisse et aux muscles finement ciselés. Tout cela était malheureusement dans l'ordre des choses. Elle ne commenta pas.

— Où étiez-vous le week-end dernier, monsieur Baron ?

— Je vois... vous pensez que j'aurais pu enlever Julia et la détenir je ne sais où... Vous n'y êtes pas du tout, Roxane !

— Lieutenant.

— Vous n'y êtes pas du tout, lieutenant... Je vais vous dire la vérité : j'avais bien prévu de me rendre à Vienne pour suivre le tournoi de Julia. J'adore la voir jouer, et puis je suis le sponsor du club. Les résultats de nos joueurs sont importants pour moi !

L'attention de Roxane fut soudain à son maximum.

— J'avais prévu de prendre un avion lundi pour assister à son premier match, mais j'ai dû renoncer à ce projet. Des affaires urgentes m'ont retenu ici... Je vous jure que je ne sais rien de sa disparition !

Sa voix était partie dans les aigus. Baron semblait sincère, mais Roxane n'exclut pas l'hypothèse qu'il jouât parfaitement la comédie.

— Vous dites que vous n'êtes pas allé à Vienne ?

— Non ! jura-t-il en posant une main boudinée sur le cœur. Par la suite, j'ai appris que Julia n'avait donné aucune nouvelle et j'ai proposé mes services au président Mistral : avec mes relations bien placées, j'aurais pu vous aider à tirer cette affaire au clair.

— Que vous a-t-il dit ?

— Que la section de Recherches était sur le coup et qu'il fallait vous laisser travailler. C'est ce jour-là que je vous ai croisé dans son bureau.

Roxane eut la sensation que Baron disait la vérité, mais pas toute la vérité. Il pouvait très bien être l'homme qui avait averti les ravisseurs du début de l'enquête. Ou alors, être à l'origine de la disparition de Julia et conserver l'espoir que les recherches cessent faute d'éléments. Quoi qu'il en soit, elle devait une nouvelle fois se concentrer sur les faits sans échafauder d'hypothèses loufoques.

Elle allait se pencher sur l'emploi du temps de Jean Baron. À l'aide de la localisation de son téléphone portable et de ses éventuelles réservations de billets d'avion, elle saurait vite s'il s'était rendu en Autriche ou non. Elle allait même le faire mettre sur écoute, pour le cas où il serait en contact avec ceux qui détenaient Julia.

En attendant, elle n'avait aucune raison d'éveiller plus encore la méfiance de Baron. Elle n'évoqua ni l'affaire Anastasia ni la photo reçue par les parents de Julia. Elle se contenta de prendre congé poliment, laissant volontairement à Baron l'impression qu'elle exécutait sa mission sans zèle et sans soupçon apparent à son égard.

27

Vienne, l'Autriche... la solution se trouvait là-bas, pensa Roxane. Elle avait beau rejouer dans sa tête la séquence des disparitions d'Anastasia et de Julia, aucune autre hypothèse ne lui venait. Or, pour poursuivre ses investigations dans ce pays, elle devait absolument obtenir l'autorisation d'un juge d'instruction. Une commission rogatoire internationale était son seul sésame pour avoir une chance de retrouver Julia vivante.

En plus de la procédure un peu lourde, elle avait l'impression que le petit monde du Country Club se payait sa tête. Il y avait ce que les uns et les autres avouaient avec des accents de sincérité et des larmes dans les yeux, et puis ce qu'elle sentait inconsciemment au fond d'elle : même si la solution se trouvait en Autriche, les protagonistes du Club étaient mêlés à la disparition des deux femmes. Ne serait-ce que parce que les ravisseurs avaient été avertis de l'enquête de gendarmerie et, dans la panique, avaient envoyé cette photo grotesque à M. et Mme Franzini. C'est par là qu'elle devait commencer pour convaincre le colonel Roque de saisir le procureur. Elle devait insister sur la mise en scène macabre que représentait ce cliché.

Résolue et déterminée, elle demanda à voir son chef

dès les premières heures de la matinée. Elle se leva à six heures pour rejoindre Marseille avant les embouteillages et se présenter la première chez son chef. Roque arrivait tous les jours entre sept et huit. Elle allait le cueillir avant qu'il ne soit accaparé par les multiples sollicitations du quotidien.

En entrant dans son bureau, Roxane comprit que quelque chose n'allait pas. Le colonel Roque avait la mine des mauvais jours. Traits figés, lèvres pincées, il affichait une moue qui n'augurait rien de bon. Son rictus s'accentua lorsqu'il croisa le regard de la jeune femme.

— Baxter, vous commencez à me prendre le chou ! déclara-t-il avant même les salutations d'usage.

Prendre le chou... quelle drôle d'expression pensa Roxane. Elle n'avait pas dû l'entendre depuis sa plus tendre enfance. Même son père, pourtant très à cheval sur le langage, ne l'avait jamais utilisée. Pour manifester sa colère, Roque préférait un bon vieux « vous me faites chier », ou à la rigueur, le poétique « vous me les brisez ! ». Bref, Roxane avait agacé le colonel et elle n'allait pas tarder à comprendre pourquoi.

— Mes respects, colonel, tenta-t-elle. L'enquête sur Julia Franzini progresse...

— Baxter, lorsque je vous ai demandé ce que vous voulait le SRPJ, vous m'avez répondu qu'un de vos amis avait des ennuis avec la justice et qu'ils souhaitaient seulement vous poser des questions à son sujet. Or, j'apprends fortuitement ce matin, que votre ami... (Il consulta ses notes.) Carl Vanger... est en réalité décédé, et que son corps git par cent cinquante mètres de fond au large de ma circonscription. Ôtez-moi d'un doute, Baxter, vous vous foutez de moi, c'est ça ?

— Je... heu... je ne pouvais rien dire avant d'être sûre qu'il s'agissait bien de lui, balbutia Roxane.

— Foutaise ! Vous le saviez dès le début, puisqu'il a été formellement identifié grâce à son ADN.

Roxane était dans de beaux draps. Roque connaissait tous les détails, sans doute parce qu'Olivia Pozzi avait requis l'aide des plongeurs de la gendarmerie maritime pour repêcher le corps de Carl, et que l'affaire avait été évoquée au cours d'une réunion en haut lieu. Mais plus grave, elle avait dissimulé la raison des questions du SRPJ à son sujet, et de ce fait, elle avait menti à son chef. Il ne manquait plus qu'une enquête de l'IGGN soit diligentée pour qu'elle dise adieu à sa carrière.

— Je voulais vous en parler, colonel, affirma-t-elle. La capitaine Pozzi m'a déjà interrogé et j'ai proposé de collaborer pour démêler cette enquête. C'est simplement que je n'ai pas eu le temps, avec l'affaire Julia Franzini qui m'accapare.

— Vous n'ignorez pas que la rectitude et l'honnêteté sont les premières qualités que j'exige de mon personnel, aboya Roque. Elles viennent avant même la rigueur dans les enquêtes et les actes de procédure. Si je ne peux pas me fier à ce que vous me dites, je suis comme un aveugle devant un passage piéton, je ne peux pas avancer ! Vous avez commis une faute inexcusable, Baxter. Je vous suspends de vos fonctions en attendant que la lumière soit faite sur cette noyade.

Il ne pouvait pas faire une chose pareille, pensa Roxane. Pas sur la base d'un simple retard pour l'informer des détails de l'enquête sur la mort de Carl... qui du reste n'était pas de son ressort, puisqu'elle avait été confiée au SRPJ. Elle enrageait, mais elle ne pouvait pas non plus le défier frontalement. Qu'elle le veuille ou non, Roque dirigeait la section de Recherches et il détenait tout pouvoir pour prendre des mesures disciplinaires à l'encontre de son personnel.

— Laissez-moi au moins retrouver Julia Franzini, supplia-t-elle d'un ton dont elle eut immédiatement honte.

La colère de Roque baissa d'un cran.

— Baxter, j'ai été appelé par le juge d'instruction, tôt ce

matin. Il a été nommé par le parquet pour élucider la mort de Carl Vanger. Les moyens de la gendarmerie vont être engagés pour récupérer le corps. Ensuite, le juge voudra vous entendre, puisqu'il paraît que vous êtes intimement liée à la victime... Il esquissa un rictus de dégoût. Vous comprenez bien que je ne peux pas laisser une enquête pour disparition à un personnel impliqué dans une affaire d'homicide.

— Rien ne prouve qu'il s'agisse d'un homicide. Et puis, je serais entendue en tant que témoin, puisque je connaissais la victime, en effet.

Roxane protestait avec sincérité. Même si Roque pouvait défaire sa carrière d'un claquement de doigts, elle était fermement décidée à défendre sa peau jusqu'au bout. Elle n'avait pas parcouru tout ce chemin pour être virée comme une malpropre à vingt-six ans. Et puis elle avait la bonne foi pour elle. Elle était honnêtement navrée de la mort de Carl, mais elle n'avait rien à se reprocher. Comment pouvait-elle accepter que même après sa mort, même indirectement, il soit à l'origine de son renvoi de la gendarmerie ? Il lui avait déjà fait assez de mal comme ça, merde !

— Colonel, je dois aller au bout de l'enquête sur Julia. C'est une question d'honneur pour moi ! J'agirai sous votre supervision et selon vos instructions, mais je vous en supplie, laissez-moi la retrouver.

Sa supplique eut l'air de faire douter le colonel Roque. En parlant de suspendre immédiatement Roxane, il savait qu'il poussait le bouchon un peu loin. Il savait aussi qu'il prenait la jeune gendarme en grippe parce qu'elle était la fille de Morgan Baxter, un homme avec lequel il avait été en conflit et qui avait préféré démissionner de la gendarmerie, plutôt que de l'affronter. Après tout, n'avait-il pas déjà pris sa revanche sur la famille Baxter ?

— Ça dépendra de votre entrevue avec le juge, finit-il par déclarer. Nous serons fixés dans soixante-douze heures.

En attendant, je mets ma décision en suspens : vous pouvez continuer à enquêter... En revanche, Baxter, vous me tenez informé heure par heure. Je veux être au courant du moindre de vos battements de cils. Vous m'avez bien compris ?

— Parfaitement, colonel. Merci.

— On ne remercie pas et on ne s'excuse pas, Baxter. Vous êtes militaire, nom de Dieu ! Contentez-vous de faire avancer cette foutue enquête !

Roxane ressentit un bref soulagement. Elle avait encore une chance de retrouver Julia avant d'être interrogée par le juge. Elle verrait bien comment se passerait l'audition, après tout. Mais les affres du stress revinrent vite : elle avait sollicité un entretien avec son chef pour être autorisée à enquêter en Autriche. Or, vu le contexte, il n'y avait aucune chance qu'il accède à sa demande et qu'elle obtienne cette foutue commission rogatoire internationale. Elle devait tout de même tenter le coup. Tenter le coup en choisissant les mots les plus neutres et factuels possibles, pour ne pas risquer que Roque pensât qu'elle faisait état d'une intuition féminine à laquelle il croyait autant qu'au père Noël ou à la fée Clochette.

— Colonel, dit-elle calmement. J'ai établi que ceux qui détiennent Julia Franzini sont en Autriche. Que ce soit moi ou pas qui poursuive les investigations, je crois qu'il faut obtenir la nomination d'un juge d'instruction qui nous autorise à enquêter là-bas. Qu'en pensez-vous ?

Roque arqua un sourcil. Il posa ses mains à plat l'une sur l'autre et s'accorda quelques secondes de réflexion. « Quels sont les faits qui vous font affirmer ça ? » demanda-t-il enfin.

Roxane s'empara de son téléphone et le lui tendit.

— Ça, dit-elle en faisant apparaître la photo. Le mail que les ravisseurs ont envoyé à sa famille pour la faire passer pour morte. Sur le bas de la blouse, on distingue une inscription qui est malheureusement coupée... *Kranken-*

quelque-chose. Certainement *krankenhaus*, hôpital en allemand. Le nom de l'établissement n'est pas dans le cadre de la photo, mais je suis sûre que Julia est détenue en Autriche.

— Ça pourrait aussi bien être en Allemagne.

Roxane ne voulut pas contredire son chef. Elle avait l'intuition qu'il existait un lien entre la disparition de Julia et Kurt Wagner, le joueur autrichien reconverti en trafiquant de produits dopants, qui en outre, effectuait de fréquents séjours à l'hôpital à la suite de sa blessure à la jambe. Son instinct lui dictait que tout cela était lié. Mais elle ne disposait pour le moment d'aucun élément concret pour étayer sa thèse. Avec Roque, elle devait se limiter aux faits incontestables.

— Dans tous les cas, il nous faudra une commission rogatoire internationale, se contenta-t-elle d'ajouter.

— Je vais voir ce que je peux faire, dit-il après une nouvelle séance de lissage de bureau destinée à lui donner le temps de la réflexion. Je vous tiens au courant.

Puis, après avoir une nouvelle fois dévisagé Roxane d'un air sévère : « Pas un battement de cil sans m'avertir… vous avez bien compris, Baxter ? »

28

Roxane était passée à deux doigts de la correctionnelle. Elle jugea que le mieux était de faire profil bas et d'appeler Roque dix fois par jour, dès qu'un indice, aussi maigre soit-il, serait découvert.

Pourtant, la première chose qu'elle fit en sortant de la gendarmerie ne serait pas portée à la connaissance du colonel. Elle avait conscience qu'un différend ancien et profond opposait son chef à son père... Il y avait peu de chance que Morgan s'en ouvre spontanément, pourtant, elle devait lui dire que ce conflit avait failli la voir sanctionnée. Qu'il s'agisse de broutilles ou d'un désaccord plus grave, il devait savoir qu'il tenait d'une certaine manière la carrière de sa fille entre ses mains.

Elle passa un coup de téléphone à Karim.

— Mademoiselle Roxane, comment allez-vous ? demanda celui-ci.

— Ça va, Karim, merci. Vous pouvez transmettre un message à mon père ?

— Avec plaisir ! Vous ne passez pas nous voir ce matin ?

— Trop de travail. Pouvez-vous lui dire que sa fille l'invite au Rowing Club pour le déjeuner ? J'ai réservé une table pour midi et demi.

Roxane avait hésité à accourir comme les autres fois au vallon des Auffes. Mais pour une raison obscure, elle n'avait pas envie de croiser Alicia, qu'elle jugeait encombrante et pour tout dire, assez vulgaire. Elle pensait également qu'un déjeuner en terrasse avec vue sur le fort Saint-Jean constituerait un cadre plus chaleureux pour un repas en tête-à-tête avec son père. Ça le sortirait pour une fois de son atelier et de son cher vallon des Auffes.

Le *T-Max* émit un feulement caractéristique lorsque son moteur s'arrêta au pied du restaurant. Morgan plaça l'engin sur la béquille et pour une fois, il prit avec lui la clé de contact. Roxane le vit ôter son casque, lisser ses cheveux en bataille et gravir quatre à quatre les escaliers qui menaient au toit-terrasse. Il avait beaucoup d'allure. Avoir un père jeune qui l'avait eue à vingt ans présentait quelques particularités, notamment le fait que nombre de ses copines le trouvaient terriblement séduisant. Mais même si elle espérait qu'il refît sa vie un jour, Roxane eût été choquée qu'il choisisse une femme de l'âge de sa fille. Comme cette Alicia, par exemple.

— Décidément, on se voit tous les jours, déclara-t-il avec un sourire sincère. On dirait que ma grande fille ne peut plus se passer de moi !

Il embrassa Roxane et prit place en face d'elle. Elle lui avait déjà commandé un jus de tomate, son apéritif préféré pour le déjeuner.

— J'ai eu un entretien pénible avec Olivier Roque, ce matin, entama-t-elle. On dirait qu'il a une dent contre toi et que ça se retourne contre moi.

— Roque est un idiot doublé d'un malhonnête. Ce gars est incapable de reconnaître quand il se trompe. Dis-moi s'il te fait des misères, ma grande. Je possède quelques dossiers sur lui qui pourraient le faire revenir à plus d'humilité.

— Tu n'es plus dans la gendarmerie, papa. Pourquoi

n'as-tu pas révélé tes mystérieux dossiers avant ta démission ?

Elle entoura l'expression « mystérieux dossiers » de guillemets virtuels.

Morgan se figea, mais sans marquer d'émotion particulière. Il convoquait simplement ses souvenirs pour déterminer ce qu'il pouvait confesser à sa fille.

— Formellement, Roque n'est pour rien dans ma décision de démissionner, reprit-il. Il n'a été que le symbole que cette institution n'était plus faite pour moi. Je ne jette pas le bébé avec l'eau du bain, tu sais. J'ai seulement choisi de donner une autre direction à ma vie. Une direction où je n'aurais pas à me coltiner des gens qui ne partagent pas ma façon de voir les choses.

Roxane sourit. « Des gens comme moi, en somme, qui se mettent au service du bien contre le mal. »

— Ça, c'est très naïf, ma grande. La gendarmerie, comme la police, a pour vocation de garantir l'ordre public, pas de lutter contre le mal. Pour maintenir un semblant de cohésion dans la société, on doit paradoxalement parfois favoriser le mal. Tu le réaliseras un jour, et alors, peut-être choisiras-tu comme moi un autre chemin.

Roxane était habituée aux digressions pseudo philosophiques de son père. Il portait sur le monde un regard iconoclaste dont lui seul connaissait les clés. C'était étrange de constater combien ses codes lui avaient permis d'être un excellent gendarme, avant de décider du jour au lendemain d'emprunter une autre voie… et de réparer des montres. Elle n'avait pas l'intention de débattre avec lui de ses théories provocatrices. Du reste, il y avait plus urgent.

— Papa, je suis certaine que Julia se trouve en Autriche. Il faut que je puisse m'y rendre, mais Roque ne veut rien savoir pour le moment.

— Pourquoi ?

— Il me croit impliquée dans la mort de Carl. Il attend que le juge d'instruction me convoque…

Morgan se recula sur sa chaise. Il fixa l'entrée du Vieux-Port derrière Roxane. Des voiliers progressaient lentement au moteur, toutes voiles abattues, pour une virée vers les îles voisines ou les calanques de Cassis. Au bout d'un moment, il revint à la conversation.

— C'est bien ce que je te disais, Roque est stupide. Il pense que tu es impliquée parce que tu as quitté Carl ?

— Non, d'après ce que je sais, Carl a disparu peu après notre dernière entrevue, lorsqu'il s'entraînait à la natation. Mais Roque ne connaît pas les détails. C'est cette enquêtrice du SRPJ, Olivia Pozzi, qui a appelé plusieurs fois pour savoir quel genre de gendarme j'étais. Elle doit me croire coupable d'avoir noyé Carl.

— Bah, ça ne tient pas. S'il est vrai que tu as eu une occasion de passer à l'acte, et sans doute aucun alibi puisque tu as bien assisté à son dernier entraînement, quel aurait été ton mobile ? Il faut les trois pour un crime, ma grande. Crois-moi, ces soupçons vont se dégonfler comme une baudruche. Parle-moi plutôt de l'Autriche.

En avalant un carpaccio de thon aux agrumes, Roxane raconta ce qu'elle avait appris récemment. La grossesse d'Anastasia et l'identité du père. Le profil de Kurt Wagner, son passé de tennisman professionnel, ses liens avec le Country Club et le trafic de stéroïdes dont il avait fait profiter certains joueurs. Enfin, elle évoqua la liaison avouée de Julia avec Jean Baron, un concessionnaire automobile un peu vieux pour fricoter avec d'aussi jeunes femmes. Cette dernière révélation n'eut pas l'air de choquer Morgan.

— Il faudrait en effet aller en Autriche, commenta-t-il, les yeux dans le vague.

— Mais je ne peux pas ! Avant que le juge m'entende, puis qu'on obtienne la commission rogatoire, et enfin qu'on prenne contact avec la police autrichienne, il se sera écoulé trop de temps ! Il faut chercher Julia maintenant !

Morgan consulta sa montre, une vieille *Patek Philipe*,

comme si elle allait lui indiquer le temps dont ils disposaient pour retrouver la joueuse. Il émit un grognement décidé.

— Écoute, ma grande, je peux t'aider sur ce coup-là. Tu ne dois pas quitter Marseille tant que tu n'auras pas été innocentée par le SRPJ. Qu'à cela ne tienne… De mon côté, je ne suis pas très occupé ces jours-ci. Je peux aller me promener un peu du côté de Vienne. Qu'en dis-tu ?

— Je ne peux pas te demander ça, réagit Roxane. Ce serait complètement hors procédure !

— Ça, c'est mon problème. Comme je te le disais, les procédures criminelles vont parfois à l'encontre de la manifestation de la vérité. Combien de meurtriers ou d'escrocs internationaux sont encore dans la nature par la faute d'un procès-verbal auquel il manque une virgule ? C'est important pour toi de retrouver ton amie vivante et il se trouve que je peux t'aider. On peut agir à la sauce Baxter. On trouvera bien le moyen de recoller les morceaux plus tard, et de faire entrer les faits dans le cadre d'une procédure bien propre. Qu'en dis-tu ?

Roxane était décontenancée. C'était la première fois, depuis qu'elle était entrée à la section de Recherches, que son père proposait de s'impliquer concrètement dans l'une de ses enquêtes. Il lui avait bien prodigué tous les conseils imaginables lorsqu'elle avait préparé le concours de l'école des officiers, mais depuis, il s'était contenté de se terrer dans son vallon des Auffes, à bricoler ses toquantes ou à regarder la mer durant des heures. Son offre d'assistance était aussi inattendue que singulière. Un déclic avait dû se produire et il avait compris que cette fois, sa fille avait vraiment besoin de lui. Les émotions de Roxane étaient confuses.

— Je veux bien, papa, mais tu es sûr que ça ne va pas nous attirer d'ennuis ?

— À moi, certainement pas ! Quant à ceux que tu pourrais rencontrer, fais-moi confiance, je m'en occupe. Tiens, je prendrais bien une coupe de fraises melba pour fêter notre collaboration. Ce sont les dernières de la saison.

Ils passèrent la fin du déjeuner à récapituler les éléments matériels de l'enquête. Morgan nota sur un coin de nappe le nom des organisateurs du tournoi de Vienne, le numéro de vol emprunté par Julia, et enfin, l'adresse des parents de Kurt Wagner qui figurait dans le dossier. Au moment de régler l'addition, il avait une idée précise du séquencement des actions qu'il mènerait sur le terrain, dès le lendemain.

29

Roxane avait participé à de nombreuses reprises à une audition dans le bureau d'un juge d'instruction. Quelle que soit la personnalité du magistrat, c'était toujours un moment délicat pour un prévenu. Elle n'imaginait pas qu'elle serait un jour confrontée à cette épreuve en tant que mise en cause. Pas tout à fait mise en cause, en réalité, puisque le juge Edwige Lopez avait précisé qu'elle aimerait seulement l'entendre en qualité de témoin, au sujet de la mort de Carl Vanger. Elle ne disposait d'aucune charge contre Roxane, mais elle ne s'était pas non plus contentée des PV de la capitaine Pozzi.

C'est donc certaine qu'on ne pouvait rien lui reprocher, mais légèrement anxieuse, que Roxane se présenta au palais de Justice d'Aix-en-Provence. Comme un symbole et parce que cela rappellerait qu'elle était du même côté de la justice que la juge, elle avait revêtu son uniforme de lieutenant de gendarmerie.

Edwige Lopez était une femme d'une soixantaine d'années. Petite, la chevelure poivre et sel tirée en un chignon strict, les yeux cerclés de lunettes métalliques à fine monture, elle dégageait une impression d'autorité évidente. Roxane n'avait jamais eu affaire à elle dans le cadre de ses enquêtes, mais elle savait que la juge Lopez avait dirigé l'école nationale de la Magistrature, et qu'en matière d'expérience, elle était ce qui se faisait de mieux au sein de la communauté des juges d'instruction. Son accueil fut froid, mais poli.

— Merci de vous être déplacée, lieutenant Baxter. Je compte sur vous pour m'aider à résoudre cette affaire singulière.

Roxane prit place dans un fauteuil capitonné situé en face du bureau de la juge. Elle nota avec étonnement que son siège était sensiblement plus bas que celui d'Edwige Lopez. C'était fait exprès, pour rappeler aux prévenus qui défilaient dans ce bureau qu'ils se trouvaient en position d'infériorité.

— Vous êtes venue seule ? demanda la juge.

— Oui, je n'ai pas besoin d'avocat pour vous dire ce que je sais.

Edwige sembla apprécier et précisa qu'Olivia Pozzi du SRPJ de Marseille assisterait à l'entretien. Roxane salua la capitaine de police.

— Bien. Nous avons donc un cadavre au large de La Ciotat, que nous n'avons pas encore récupéré, mais qui a été identifié comme étant celui de Carl Vanger, votre compagnon, récapitula Edwige Lopez. Le SRPJ a procédé à des recherches préliminaires et j'ai été saisi d'une procédure pour déterminer les causes de la mort. À ce stade, rien ne permet de dire qu'il s'agit d'un assassinat, mais je requalifierais sans hésitation les faits s'il apparaissait que monsieur Vanger n'a pas pu se noyer seul à plusieurs dizaines de kilomètres des côtes. Qu'en pensez-vous ?

Roxane avait beaucoup réfléchi à la question. Elle ne croyait pas non plus à la thèse de l'accident, à cette distance du rivage. Carl ne nageait jamais seul loin des côtes et, en outre, ce qu'Olivia Pozzi lui avait décrit de la découverte, laissait clairement penser à une dissimulation de cadavre au fond de la mer. Il avait fallu pour les assassins qu'un plongeur tombe sur le corps, mais la découverte avait été fortuite. Si Kevin n'avait pas plongé à cet endroit tout à fait par hasard, il y a de grandes chances que Carl ait terminé de se décomposer, avant que l'on retrouve éventuellement des ossements, dans plusieurs années.

— Je précise que Carl Vanger n'était plus mon compagnon. Nous nous sommes séparés il y a deux mois. Cela étant dit, je vous confirme que Carl était un nageur de bon niveau, mais qu'il ne s'entraînait jamais aussi loin en mer.

Edwige Lopez consulta une feuille sur le haut de son dossier.

— J'ai là les fadettes de monsieur Vanger, dit-elle d'une voix neutre. Sa dernière localisation remonte au 15 avril, à proximité de la plage des Catalans. Votre portable personnel a également été localisé à cet endroit, ce jour-là. Pouvez-vous m'en dire plus ? »

Roxane sentit le regard d'Olivia Pozzi la scruter en coin. Elle lui avait déjà expliqué cette scène, mais manifestement, la juge voulait l'entendre de sa propre bouche. Elle devait se montrer claire et directe.

— C'est bien le 15 avril que j'ai annoncé à Carl que je le quittais. Je le lui ai dit au cours d'un de ses entraînements auxquels j'avais l'habitude de l'accompagner. Je le suivais dans un zodiac afin d'assurer sa sécurité. Ce jour-là, je peux affirmer que nous nous sommes séparés sur la plage, une fois sa séance terminée. Je peux affirmer que s'il s'est effectivement noyé, ce n'est pas le 15 avril. Il s'entraînait plusieurs fois par semaine. J'imagine qu'il a eu un problème lors d'une session ultérieure.

Edwige Lopez esquissa une moue dubitative. Elle n'avait pas l'air convaincue.

— Que pouvez-vous me dire de votre relation avec monsieur Vanger ? demanda-t-elle.

— Je l'ai déjà indiqué à la capitaine Pozzi, répliqua Roxane sans détour. Ma relation avec Carl était devenue toxique. C'était un homme narcissique qui ne supportait pas que l'on se comporte différemment de ce qu'il avait décidé. J'ai fait sa connaissance quand j'étais sur le point de devenir joueuse de tennis professionnelle, ce qui semblait lui convenir. Puis, lorsque j'ai abandonné la compétition pour passer le concours de la gendarmerie, il s'est montré de plus en plus oppressant. Rien de ce que je faisais ne trouvait grâce à ses yeux. Il a commencé à multiplier les vexations et les humiliations jusqu'à me faire douter de mes qualités.

— Vous êtes pourtant restée avec lui plusieurs années, coupa la juge.

Roxane soupira. Partagée entre la nostalgie et le souvenir de son mal-être durant toutes ses années, elle devait bien reconnaître qu'elle aurait dû quitter Carl beaucoup plus tôt.

— C'est difficile à expliquer, reprit-elle après un moment. J'avais régulièrement la sensation d'être importante pour lui. Lorsque tout allait bien, il me couvrait d'attentions et de compliments qui me rendaient heureuse. J'étais comme attachée à lui, sans pouvoir admettre que j'aurais été moins malheureuse sans lui.

— Vous étiez dépendante affective, en quelque sorte.

— Surement quelque chose comme ça. Carl était très fort pour me faire admettre ses qualités. Le paradoxe, c'est que maintenant que je connais ce genre d'affaires en tant que gendarme, je donne des conférences sur la maltraitance psychologique auprès de jeunes lycéennes. Je les sensibilise aux relations toxiques...

Edwige Lopez hocha lentement la tête. Elle semblait approuver le discours de Roxane, mais elle ne parvenait pas à comprendre comment une jeune femme avisée et connaisseuse du comportement pervers de certains hommes pouvait s'être laissée enfermer dans une telle relation.

— Je dois être directe avec vous, reprit-elle en fixant Roxane dans les yeux. Le besoin de fuir l'emprise d'un homme dont on est dépendante constitue parfois un mobile pour l'assassiner.

— Ce n'est pourtant pas ce qui s'est passé dans mon cas, répliqua Roxane du tac au tac. J'avais quitté Carl de façon définitive, et du reste, il n'avait pas mal réagi à cette annonce. Je pense qu'il faut chercher un éventuel meurtrier dans d'autres compartiments de sa vie. Je sais par exemple qu'il ne disait pas la vérité sur son activité professionnelle.

Elle chercha du regard l'assentiment d'Olivia Pozzi. Celle-ci ne disait rien, se contentant de griffonner quelques notes sur un calepin à la couverture de cuir. Edwige Lopez ajusta ses lunettes de presbyte et parcourut un autre document.

— Carl Vanger n'était en effet pas l'ingénieur dans le BTP qu'il prétendait être, dit-elle après quelques secondes. L'examen de ses comptes bancaires indique qu'il recevait régulièrement de petits dépôts d'argent liquide, mais globalement sa situation financière n'était pas florissante. » Puis, sans transition : « il y a aussi son statut marital... Vous saviez qu'il avait été condamné à la demande de son ancienne femme ? »

— Non ! Bien sûr que non, réagit Roxane. Il restait évasif sur son passé. Je ne connaissais pas l'existence de sa femme jusqu'à ce que la capitaine Pozzi m'en parle. Carl était donc également un dissimulateur !

Edwige Lopez approuva une nouvelle fois. Sa victime était un homme qui avait manifestement dissimulé quelques secrets, et qui en outre, s'était comporté comme un pervers narcissique tout au long de sa vie. Pour autant, il était mort à présent, vraisemblablement assassiné, et son rôle était de déterminer pourquoi. Elle ne pouvait pas se laisser attendrir par Roxane.

— Bien, dit-elle, nous devons d'abord déterminer la date et les causes de la mort de monsieur Vanger. À l'issue, nous chercherons qui dans son entourage pouvait disposer d'un mobile pour passer à l'acte. Ce qui m'ennuie en revanche, lieutenant Baxter, c'est que pour le moment, vous êtes la dernière personne identifiée à l'avoir vu vivant. J'admets que cela ne suffit pas à faire de vous une suspecte, mais en attendant que nous repêchions le corps, je vous demanderais de ne pas quitter les Bouches-du-Rhône. Vous pouvez me le promettre ?

Roxane soupira. Elle n'avait aucune raison de redouter la récupération du corps de Carl et l'autopsie qui suivrait. En revanche, la pression de son chef était à son maximum et cette interdiction de quitter le département n'allait pas lui faciliter la tâche pour retrouver Julia. Si conformément à ses menaces, Roque lui retirait l'affaire, ses jours au sein de la section de Recherches, et même au sein de la gendarmerie, seraient comptés.

— Quand est prévue la récupération du corps ? interrogea-t-elle. J'ai besoin de le savoir pour organiser mon travail.

Cette fois, Olivia Pozzi prit la parole :

— Les opérations ont déjà commencé. Les plongeurs effectuent une première reconnaissance aujourd'hui pour déterminer le mode opératoire, puis le repêchage en lui-même devrait avoir lieu d'ici demain soir.

Roxane quitta le palais de justice avec des sentiments partagés. D'un côté, la juge et la capitaine Pozzi avaient eu l'air de la croire. Sans se montrer tout à fait solidaires de ce qu'elle avait enduré avec Carl, elles avaient visiblement compris qu'elle ne leur dissimulait rien et qu'elle continuerait à collaborer à leur enquête. Mais dans le même temps, elles lui demandaient de se tenir à leur disposition et de ne pas quitter la région. Tous ses espoirs que le volet autrichien de la disparition de Julia lui apprenne quelque chose reposaient à présent sur la mission clandestine de son père.

Elle se sentit comme un joueur de poker qui fait « *all in* » avec une paire de cinq. Les cartes suivantes avaient intérêt à être sacrément bonnes, pensa-t-elle avec angoisse.

30

Morgan Baxter détestait l'avion. Il l'avait pris de nombreuses fois au cours de sa carrière, bien sûr, mais lorsque c'était possible, il choisissait un autre moyen de transport. Dans le cas présent, il voulait que personne ne puisse retracer son périple. Il en allait de sa sécurité et de l'efficacité de sa mission.

Il quitta Marseille dans un véhicule emprunté à ses nouveaux amis de La Cayolle, et comme toujours sans téléphone mobile. Il avait troqué une autre Rolex contrefaite contre les clés d'une Audi RS3 aux vitres teintées et à la peinture mate. Un bon *deal*, avait estimé Enzo, en se demandant tout de même comment l'ancien flic allait utiliser cette voiture plutôt destinée à servir d'éclaireur dans un « *go fast* ».

Le trajet dura quinze heures et fit parcourir à Morgan mille quatre cents kilomètres. Il eut le temps d'écouter en podcast l'intégrale des cours d'algèbre donnés au collège de France par un mathématicien de renom.

À Gênes, il franchit la frontière sans contrôle — les beautés de l'espace Schengen —, puis traversa le nord de l'Italie jusqu'à passer au large de Venise. En milieu d'après-midi, il franchit les Alpes et pénétra en Autriche sur une autoroute sinueuse et parfaitement lisse, comme seuls les peuples germaniques savent en construire. Le paysage était majestueux, les sommets encore enneigés lui rappelèrent l'apaisement qu'il ressentait lorsqu'il contemplait la mer Méditerranée. Une bouffée de calme dans ce monde brutal qu'il avait toujours du mal à comprendre.

Le soleil disparut derrière lui lorsqu'il entra dans les faubourgs de Vienne. Il avait réservé une chambre dans un petit hôtel semblable à un motel américain, et c'est le corps engourdi par les longues heures de conduite qu'il s'endormit en moins de trois minutes.

Le lendemain matin, il déjeuna d'un solide bol de céréales accompagné de charcuterie et d'un café allongé. Il effectua des exercices d'assouplissement à même la moquette de sa chambre, puis il prit une douche tiède avant de s'habiller.

Il était prêt pour rencontrer Kurt Wagner.

L'adresse figurant dans le dossier de police correspondait à une rue sinueuse de la banlieue résidentielle ouest de Vienne. Après avoir dépassé le château de Schönbrunn et son célèbre zoo, Morgan pénétra dans le quartier d'Hadersdorf. Organisé en ruelles étroites au nom imprononçable et composé de maisons individuelles bardées de bois, l'endroit témoignait d'une grande rigueur dans l'entretien des jardins et le stationnement des monospaces familiaux. Pas de détritus au sol, des haies soigneusement taillées, pour un peu, on se serait cru dans le quartier témoin d'un promoteur immobilier proposant une vie à l'autrichienne : calme, respectueuse de l'environnement et de ses voisins. On était loin de l'agitation de Marseille et du Vallon des Auffes.

Il stationna devant une maison du début du vingtième siècle, étrangement peinte en vert clair. Une caractéristique du coin, constata-t-il : lorsqu'elles n'étaient pas lambrissées, les bâtisses possédaient des couleurs que Morgan aurait plutôt vues sur la couverture d'albums de Walt Disney.

Jaune pâle, vert d'eau, et même un rose poudré du plus bel effet se disputaient les façades. La demeure des parents de Kurt Wagner était à ranger dans la catégorie des maisons bicolores. Blanche sur la moitié de sa hauteur, elle était recouverte, au-delà, de lames de bois brut marron foncé.

Morgan observa l'environnement puis sortit de l'Audi. Il mémorisa les rues et la manière de les emprunter pour une fuite rapide. Il n'en aurait certainement pas besoin, mais c'était plus fort que lui : comprendre la logique de circulation urbaine permettait de faire face à toute éventualité.

Un homme portant une chemise aux manches boutonnées jusqu'aux poignets lui jeta un regard réprobateur. Sans doute l'Audi était-elle trop voyante pour le quartier. Morgan le salua d'un mouvement de tête, puis sonna chez les Wagner.

— Je cherche Kurt Wagner, annonça-t-il en allemand. On m'a dit qu'il habitait ici.

— C'est exact, mais il n'est pas là pour le moment. Je suis sa mère.

Une soixantaine d'années, des cheveux gris attachés en chignon, Mme Wagner n'avait pas l'air d'être sur ses gardes. Elle fut surprise en revanche qu'un homme sortant d'une voiture immatriculée en France s'exprimât dans un allemand aussi académique. « Vous êtes étranger ? » demanda-t-elle.

— Français, oui. J'ai étudié votre langue en Suisse.

En réalité, Morgan avait appris l'allemand au lycée. Comme l'anglais, l'espagnol et un brin de russe, les langues étrangères avaient constitué un apprentissage facile pour lui. Une simple question de logique syntaxique et grammaticale qu'il fallait intégrer pour habituer son cerveau à penser dans une autre langue.

Il reprit :

— J'enquête sur deux disparitions qui concernent votre fils. Vous savez où je peux le trouver ?

— Sainte Marie, mère de Dieu, qu'a-t-il encore fait ? s'exclama-t-elle en prenant un air sincèrement affligé. Ce garçon va finir par me rendre folle ! Je vous en prie, expliquez-moi.

Morgan lui exposa en quelques mots la situation. Jusque-là, il se demandait si la famille de Kurt cautionnait les agissements de leur fils, il avait la réponse : Mme Wagner considérait son rejeton comme un délinquant qu'elle devait remettre dans le droit chemin, si seulement elle avait su comment s'y prendre... Elle était au courant de ses ennuis judiciaires à propos des produits dopants, des poursuites dont il avait fait l'objet en France, ainsi que la peine de prison qui planait sur sa tête s'il était à nouveau pris à trafiquer des stéroïdes.

Morgan jugea qu'elle était sincère. Il lui exposa brièvement la disparition de Julia, quinze jours auparavant. Il ne lui expliqua pas, en revanche, qu'on soupçonnait aussi Kurt à cause de la mort d'Anastasia et du bébé dont il était le père.

— Je dois vraiment parler à votre fils, Mme Wagner. S'il est lié de près ou de loin à cette joueuse de tennis, je dois le savoir.

Elle fit entrer Morgan dans le hall d'entrée et referma la porte. Des voisins devaient déjà écarter leurs rideaux pour connaître les motifs de cette visite, et elle ne voulait pas qu'ils comprennent de quoi il retournait.

— Kurt a commis beaucoup de bêtises, mais je ne pense pas qu'il soit lié à votre affaire. Il s'est éloigné du monde du tennis depuis sa blessure, vous savez. Il aurait pu devenir un très grand joueur, mais il y a eu ce fichu accident de la route...

— Il faut que je lui parle, coupa Morgan. Où est-il ?

— Il est à l'hôpital... toujours à cause de sa blessure.

Un voile de désolation passa sur le visage de la femme.

— Il a été opéré il y a trois semaines et il se remet difficilement. C'est à cause des vis qu'on lui a placées dans les os de la jambe. Ça n'a pas été bien fait et il souffre de douleurs insupportables. Les médecins ont dit qu'ils allaient tenter quelque chose. Ils l'ont réopéré pour la cinquième fois.

L'information était importante, pensa Morgan. Si sa mère disait vrai, Kurt Wagner était hospitalisé depuis plusieurs semaines avec des broches dans la jambe. Il y avait peu de chance qu'il soit capable d'enlever Julia dans cet état.

— Nous pourrons donc l'innocenter facilement, répliqua-t-il. Donnez-moi l'adresse de l'hôpital.

En réalité, Morgan n'était pas convaincu de l'innocence de Kurt. D'abord, il pouvait très bien avoir agi avec des complices, ou même constituer l'appât qui aurait attiré la jeune femme à son chevet pour Dieu sait quelle raison... Et puis, il y avait le fait que Julia ait elle aussi été « hospitalisée ». Apparemment, la photo envoyée à ses parents avait été prise dans un établissement de langue allemande et avec un peu de chance, c'était le même que celui où se trouvait Kurt.

Trente minutes plus tard, Morgan Baxter se présentait à l'accueil d'une clinique de chirurgie orthopédique. L'établissement à l'allure singulière était situé dans un bâtiment ancien du centre de Vienne. Ne fut-ce le ronronnement incessant des machines médicales, on se serait cru dans un immeuble de bureau tout à fait ordinaire. Il fit à nouveau étalage de sa maîtrise de l'allemand et se fit conduire dans la chambre du patient Kurt Wagner au motif d'une banale visite de courtoisie.

L'ex-joueur de tennis eut l'air surpris et interrompit sa partie de jeu vidéo. Il semblait en bonne forme malgré la protection entourant les cicatrices de sa jambe gauche.

— Je suis envoyé par la police française, annonça Morgan une fois que l'infirmière les eut laissés seuls. J'ai quelques questions à propos d'une joueuse de tennis qui a disparu.

Le garçon fut sur ses gardes. « Je ne suis courant de rien », affirma-t-il en se renfrognant.

Premier mensonge, pensa Morgan. S'il n'avait été au courant de rien, il aurait commencé par demander de qui il s'agissait. Simple question de logique. Or, le fait qu'il essaie de se dédouaner d'entrée indiquait qu'il savait quelque chose. L'horloger augmenta la pression.

— Je sais que Julia Franzini a été enlevée à son arrivée à Vienne. Je sais qu'elle est détenue dans un établissement hospitalier comme celui-ci. Et je sais que ceux qui l'ont enlevée voudraient la faire passer pour morte. Alors, soit tu me dis ce que tu sais, soit je vais être obligé d'utiliser des méthodes désagréables pour te faire parler, mon garçon.

Kurt afficha un air paniqué, cette fois. Le regard de Morgan n'exprimait aucune émotion, mais il était clair qu'il n'hésiterait pas à mettre ses menaces à exécution. Ce n'étaient pas les conséquences judiciaires de la disparition de Julia qui effrayaient le jeune Autrichien, c'était la détermination glaciale qu'il décelait dans la posture de son visiteur. Soit ce type était un excellent comédien, soit il était complètement fou. Dans les deux cas, il devait se débrouiller pour qu'il quitte sa chambre immédiatement.

— Je connais Julia, concéda-t-il. Mais je vous jure que je ne suis pour rien dans sa disparition ! Comment voulez-vous que j'aie pu faire quoi que ce soit ?

Il pointa du regard sa jambe enserrée dans une attelle impressionnante.

— Comment la connais-tu ?

— Je l'ai rencontré il y a trois ans, à Aix-en-Provence. Si vous êtes policier, vous devez savoir que j'ai eu des ennuis là-bas, au sujet d'une affaire de stéroïdes anabolisants. Je n'en suis pas fier.

Morgan jugea utile de lever une ambiguïté.

— Je ne suis pas de la police, dit-il. Je suis missionné

pour retrouver cette jeune femme, quels que soient les moyens à utiliser pour ça. Tu me suis ?

— Oui, mais je vous jure que je ne sais rien. Je ne l'ai pas revue depuis trois ans !

Morgan contourna lentement le lit et vint se poster à quelques centimètres du visage de Kurt.

— Qui était au courant de tes activités au Country Club ? demanda-t-il en posant une main sur le tuyau de perfusion qui disparaissait sous les draps.

— Tout le monde ! C'est d'ailleurs quelqu'un du club qui m'a dénoncé. Mais c'est tout ! Julia n'a jamais touché aux produits. Elle ne se dopait pas. Il faut me croire !

— Et Anastasia Melnik ?

Le nom fit pâlir Kurt Wagner. Son teint prit la couleur de la cendre et Morgan crut qu'il allait s'évanouir.

— Je sais qu'elle a disparu elle aussi, mais je vous promets que je n'y suis pour rien !

— Elle n'a pas seulement disparu. Elle est morte… Et vois-tu, jeune homme, elle portait un bébé dont tu es le père… Tu prétends toujours que tu n'es pas lié à cette affaire ?

Kurt tenta de se ressaisir. Il allait nier, bien sûr. Morgan savait que les coupables commencent toujours par nier. Quels que soient les éléments matériels qui les accusent, ils cherchent immanquablement à justifier, en dépit de toute logique, qu'ils n'y sont pour rien. L'ADN de Kurt avait été transmis au bébé d'Anastasia, mais celui-ci allait forcément trouver une explication saugrenue. Laquelle ? se demanda Morgan en observant le garçon. Il a un frère jumeau qui possède le même ADN ? On lui a volé son sperme pour féconder Anastasia à son insu ? Quelle que soit l'explication qu'il allait fournir, Morgan savait que ce serait un mensonge. Mais pour le faire avouer, il faudrait qu'il soit confronté à ses actes devant un juge… ou qu'il trouve moins dangereux d'avouer que de subir les actions de coercition de Morgan.

Sans surprise, Kurt tenta une ultime pirouette.

— Je suis hospitalisé sans discontinuer depuis douze mois. On a failli m'amputer de la jambe l'an dernier. Depuis, c'est opération sur opération. Même si j'avais voulu, je n'aurais jamais pu rencontrer Anastasia… et encore moins Julia !

Le mensonge offrait au moins l'avantage d'être facilement vérifiable, pensa Morgan. Il n'aurait qu'à recouper les périodes d'hospitalisation de Kurt avec la disparition d'Anastasia, et éventuellement la date de sa grossesse. Il pourrait en faire de même avec la date de l'arrivée de Julia en Autriche. Quoi qu'il en soit, s'il y avait un semblant de vérité là-dessous, ça signifiait qu'il existait à Vienne d'autres personnes impliquées. Peut-être que Kurt les connaissait… ou peut-être pas. Morgan pouvait tenter une dernière question :

— Vous connaissez un homme du nom de Jean Baron ?

La question sembla rassurer Kurt Wagner.

— Oui, vaguement. C'est un sponsor du Country Club qui a la réputation de tourner autour des jeunes joueuses, dit-il en parvenant à attraper la sonnette d'appel de l'infirmière.

31

Même à vingt kilomètres de la côte, la mer était calme. Malgré la chaleur, Olivia Pozzi était vêtue d'un ciré bleu marine prêté par la gendarmerie. Elle portait aussi un gilet de sauvetage orange et des chaussures en plastique étanches. Autour d'elle, les plongeurs avaient revêtu une combinaison complète incluant une cagoule en néoprène qu'ils n'avaient pas encore ajustée. Quatre plongeurs en plus de Kevin, Constance Duteil, la médecin légiste qui officierait pour les premières constatations et en cas de défaillance de l'un des hommes, plus deux techniciens préposés aux bouteilles et le pilote de la vedette formaient l'équipage chargé de la récupération du corps de Carl.

La plongée de reconnaissance s'était parfaitement déroulée. Les hommes avaient pu constater que la remontée du cadavre ne poserait pas de problème. Ils l'emballeraient dans un sac de plastique à glissière, puis sectionneraient le filin qui le retenait au fond. À l'aide de ballons progressivement gonflés d'air, ils contrôleraient la remontée au même rythme qu'eux, c'est-à-dire à une vitesse permettant d'effectuer les paliers de décompression.

Olivia n'était pas strictement indispensable à l'opération, mais elle avait tenu à y participer pour s'assurer que les règles de procédure seraient respectées. La plongée dura quarante-cinq minutes au cours desquelles, la capitaine du SRPJ devisa avec les techniciens au sujet des particularités d'une opération à cette profondeur. « L'Hydreliox, le mélange gazeux utilisé, est spécialement élaboré pour les plongées techniques. Il permet d'éviter la narcose des profondeurs. De plus, le risque de formation de bulles de gaz dans l'organisme est sensiblement réduit. La plongée est plus sûre », lui indiqua le grand blond costaud qui coordonnait l'opération. Elle comprit les explications, mais pour rien au monde elle n'aurait plongé avec ces hommes. Les fonds sous-marins n'étaient pas son élément.

Les ballons élévateurs émergèrent quelques secondes avant le paquet mortuaire emballé dans une housse noire, puis les plongeurs apparurent un par un. Kevin fut le dernier à franchir la surface. D'un geste du pouce et de l'index, il signala que tout allait bien. Le corps fut approché du bateau et Constance Duteil put se pencher sur le bastingage pour procéder aux premières constatations. Elle ouvrit la fermeture éclair sur quelques centimètres et observa que le contenu du sac était bien ce qu'on lui avait promis : le corps d'un homme d'environ un mètre quatre-vingt, ou plutôt ce qu'il en restait. Elle nota quelques éléments sur un carnet à spirale et referma la glissière.

Le reste des opérations se déroulerait sur la paillasse de l'institut médico-légal, une fois évacuée l'eau de mer qui entourait le corps.

Olivia accompagna le triste convoi du port de Marseille jusqu'au laboratoire du docteur Duteil. Elle assista au transbordement du cadavre de la vedette au fourgon frigorifique, puis de la camionnette à la salle d'examen. Le corps fut chargé sur un chariot surmonté d'une grande bassine remplie d'eau de mer.

— Vous voulez participer à l'autopsie ? demanda Constance Duteil.

— Je n'y tiens pas, si ce n'est pas indispensable à la procédure.

— Ça ne l'est pas. En tant que médecin légiste officiellement désignée, mes constatations feront foi.

La porte battante du laboratoire se referma et Olivia se laissa tomber sur une chaise en plastique. Elle ne pensait pas qu'assister passivement à ces opérations l'aurait secouée à ce point, aussi se plongea-t-elle dans la lecture d'un livre électronique pour tenter de se changer les idées.

L'autopsie dura cinq heures.

À l'issue, le docteur Duteil délivra son compte-rendu à Olivia.

— Vous n'êtes pas au bout de votre enquête, annonça-t-elle, un masque en coton encore accroché sous le menton.

— Que voulez-vous dire ?

— Votre type n'est pas mort noyé, je suis formelle.

Olivia fronça les sourcils.

— Il n'est pas mort d'asphyxie ?

— D'asphyxie, si, mais pas noyé. La quantité d'eau dans les poumons ne correspond pas. » Puis, devançant la question suivante : « le corps est trop endommagé pour distinguer d'éventuelles marques d'étranglement. Ce que je peux vous dire en revanche c'est que cet homme est décédé d'un arrêt cardiaque dû à un manque d'oxygène. Les causes peuvent être multiples : un sac en plastique sur la tête, une compression des carotides, ou une hémorragie massive par exemple. Il y a aussi la cage thoracique : elle est enfoncée, ce qui peut être dû à la pression de l'eau. Mais certaines côtes présentent des traces de fracture. Cela peut signifier que votre homme a été écrasé par une masse importante… »

— Mais il s'agit bien d'un assassinat ?

— Probablement, oui. D'autant que le filet qui entravait la jambe était solidement attaché. Ça ne peut pas être un accident. On a volontairement lesté le corps de cet homme pour le faire couler.

Olivia regretta de ne pas avoir demandé à remonter l'enclume qui avait entraîné Carl Vanger par le fond. Les gendarmes avaient expliqué que l'opération requérait un équipement spécifique qui aurait alourdi le coût de la procédure et elle avait estimé que l'on pouvait se passer de cet élément matériel. Quoi qu'il en soit, il fallait faire sans, à présent.

— Il y a d'autres blessures ?

— Encore une fois, le corps est très abimé. Je ne peux rien dire.

— Et la combinaison, elle présente des marques de blessure ? Coup de couteau ou arme à feu ?

Constance Duteil tiqua.

— Quelle combinaison ? Votre macchabée ne portait qu'un maillot de bain.

Voilà une deuxième surprise, pensa Olivia. Kevin avait déclaré que le cadavre portait un haut de combinaison en néoprène. Que signifiait le fait qu'il ne l'ait plus au moment du repêchage ? Kevin s'était-il trompé, ou bien les gendarmes l'avaient-ils retirée pour dégager le corps ? Elle se nota d'interroger le plongeur professionnel à ce sujet.

— Très bien. Autre chose, docteur ?

— Oui. Le jour de la mort. Vous m'avez parlé du 15 avril comme date estimée de sa disparition... » Le docteur Duteil sembla hésiter. « Selon moi, la décomposition du corps correspond à peu près à un séjour de deux mois et demi dans de l'eau de mer. Je n'ai pas beaucoup d'expérience de cadavres qui restent plusieurs semaines à cette profondeur, mais je pense tout de même que ça peut coller... »

Olivia perçut l'hésitation du médecin.

— Mais il aurait pu être noyé plusieurs jours après le 15 avril ? insista-t-elle.

— Je ne suis pas certaine, mais d'après moi, il peut exister un décalage entre la date de sa mort et celle de son immersion au fond de la mer...

— Ça, ce sont des hypothèses d'enquêteur, coupa

Olivia. Sur le plan médical, y a-t-il autre chose pour accréditer ça ?

— Si j'étais vous, je reconstituerais les derniers repas de la victime, inspecteur... Son bol alimentaire était quasiment vide... Ça signifie qu'il est mort au moins quarante-huit heures après son dernier repas. La dernière chose qu'il a ingérée est un plat de pâtes sans doute accompagné de fromage râpé. Mais je suis catégorique : le repas est intervenu entre deux et quatre jours avant sa mort. En aucun cas le jour même.

« Bordel de merde », s'exclama Olivia intérieurement. Les bizarreries s'accumulaient autour de la mort de Carl Vanger, et elle n'avait pas la moindre idée de la manière de reconstituer les événements qui s'étaient produits vers le 15 avril. Il fallait qu'elle interroge Kevin au sujet de la combinaison. Juste après, elle aurait une nouvelle conversation avec Roxane Baxter.

Le lendemain, Olivia Pozzi se rendit sur le port de plaisance de La Ciotat, à l'extrémité ouest de la baie qui s'étendait de Saint-Cyr-sur-Mer aux premières calanques de Cassis. Au nord, une succession de plages populaires accueillait la population bigarrée des quartiers sensibles de Marseille, tandis qu'à la pointe sud, les anciens chantiers navals avaient laissé place à des ateliers modernes d'entretien de yachts luxueux. L'un d'eux, appartenant sans doute à un prince dubaïote ou à un milliardaire américain, attendait sous un ensemble de bâches blanches que l'on veuille bien terminer la peinture de son héliport.

Olivia embrassa la baie du regard, puis se dirigea vers un modeste ponton flottant au bout duquel Kevin nettoyait son bateau. Avec sa combinaison de plongée roulée sur les hanches et son torse nu, le jeune homme provoqua une envolée de papillons dans le ventre de l'enquêtrice. Il était terriblement séduisant et elle regretta de devoir l'interroger officiellement. Dans un autre contexte, elle lui aurait proposé de la retrouver à la nuit tombée dans une chambre d'hôtel du port.

— Salut Kevin, annonça-t-elle lorsqu'elle ne fut plus qu'à quelques mètres. Merci pour ton aide, hier. L'opération s'est bien déroulée, les gendarmes m'ont dit que tu les avais parfaitement guidés.

— J'ai fait mon boulot, rien de plus. Vous avez trouvé les causes de la mort ?

— Pas encore, mentit Olivia. Mais je ne suis pas là pour ça. J'ai besoin de connaître un détail.

Le plongeur coupa le jet d'eau qui arrosait le pont. Il sauta sur le ponton et embrassa Olivia sur les joues. Ce garçon était désarmant de naturel. Il ne semblait pas réaliser qu'il était partie prenante d'une enquête criminelle et que la capitaine de police n'était pas seulement une ancienne amie de lycée.

— Si je peux t'aider... déclara-t-il, en s'adossant à la borne d'arrivée d'eau.

— Quand tu as signalé le corps de cet homme, la première fois, tu m'as dit qu'il portait une combinaison et que selon toi, il s'agissait d'un nageur ?

Une expression de doute passa sur le visage de Kevin. « Oui, c'est bien ça. »

— Lorsqu'il est arrivé à l'institut médico-légal, le cadavre ne portait qu'un maillot de bain. Est-ce que vous avez retiré la combinaison lors des opérations de repêchage ?

Kevin se frotta le menton. Il eut l'air de réfléchir. Lors du repêchage, il avait bien remarqué que le haut de combinaison avait disparu. Mais il avait eu peur de mentionner ce détail à Olivia et d'attirer l'attention sur la *Panerai*. Il s'était abstenu de le signaler.

Il se montra évasif :

— Je ne suis pas très sûr de moi. Tu sais, il fait nuit noire à cette profondeur. J'ai cru distinguer une combinaison la première fois, mais peut-être que je me suis trompé. On n'a pas toujours toute sa lucidité, là en bas.

— En tout cas, vous ne lui avez retiré aucun vêtement ?

Kevin secoua la tête.

— Tu penses que quelqu'un aurait pu récupérer cette combinaison depuis le jour de la découverte ? reprit Olivia.

Kevin jugea cela impossible. Puis, il se souvint des cours de plongée en grande profondeur qu'il avait donnés les jours précédents à cet homme étrange et ultra-entraîné. Morgan Baxter lui avait dit être un ancien gendarme et chercher à apprendre de nouvelles techniques. Après tout, il pouvait être lié à cette affaire et avoir voulu descendre sur la « scène de crime » avant ses collègues plongeurs. Si c'était le cas, il y avait un risque que cela débouche sur la question de la montre.

Kevin jugea préférable d'en rester à la nouvelle version.

— À la réflexion, je crois qu'il est impossible de retirer un vêtement à un cadavre rigide à cette profondeur. Peu de gens sont capables de descendre aussi bas... Je pense que je me suis trompé la première fois : ton type ne devait pas porter de combinaison, voilà tout.

Olivia n'était qu'à moitié convaincue. Kevin avait l'air honnête, mais un léger doute se lisait sur son visage. Elle était assez bonne policière pour ne pas se laisser aveugler par le charme qu'il dégageait et noter ce détail.

— Toi, tu n'es pas redescendu sur les lieux ? demanda-t-elle d'un ton neutre.

— Ah non ! Ça je peux te l'assurer. La scène était assez traumatisante la première fois.

Olivia décida de ne pas poursuivre ses investigations dans cette direction. Elle devait découvrir d'autres informations avant de soupçonner Kevin d'avoir modifié la scène.

Elle prit congé en lançant une œillade équivoque au plongeur. Elle suggéra qu'ils dînent ensemble un de ces soirs, une fois que son enquête serait bouclée. Kevin s'empressa d'accepter.

. . .

Olivia retrouva Roxane Baxter dans un petit bar du quartier du Panier. En surplomb du Vieux-Port, à quelques encablures de l'Évêché, sa collègue gendarme l'attendait en touillant nerveusement un café très serré. Elle avait l'air plus secouée qu'elle ne voulait bien l'admettre par l'interrogatoire d'Edwige Lopez.

— On dirait que vous vous inquiétez pour quelque chose, nota Olivia sans préambule.

Roxane ne nia pas.

— Mon enquête patine et mon chef attend que je sois définitivement mise hors de cause dans la mort de Carl avant de m'autoriser à poursuivre. C'est compliqué en effet.

— Je vais être directe, Roxane. Je ne pense pas que vous soyez impliquée dans la mort de Carl Vanger. En revanche, je crois que vous ne me dites pas tout.

— Je vous ai indiqué ce que je savais ! Si vous voulez autre chose, posez-moi la question. Croyez-moi, il est de mon intérêt de collaborer à cent pour cent !

— Le jour de la disparition de Vanger, lorsque vous l'avez accompagné puis quitté pour sa sortie en mer, avez-vous déjeuné avec lui, juste avant ?

— Oui… dans un restaurant du Vieux-Port, vers treize heures. Il a commencé sa séance de natation à quinze heures.

— Vous vous souvenez de ce qu'il a consommé ce jour-là ?

— Un plat de *linguines* au beurre et de l'eau. C'était une habitude chez Carl : avant ses entraînements, il avalait un maximum de sucres lents. Il faisait attention à son régime alimentaire et à sa condition physique, d'une manière générale.

— Vous dites qu'il a déjeuné à treize heures, qu'il a commencé à nager à quinze, puis que vous l'avez quitté sur la plage des Catalans à l'issue de son entraînement. Quelle heure était-il ?

— Je dirais entre seize heures trente et dix-sept heures. Il n'a pas nagé plus de deux heures, ce jour-là.

Olivia se gratta le front. Le plat de pâtes correspondait à ce qui avait été constaté à l'autopsie. En revanche, l'analyse indiquait que les restes de digestions dataient d'au moins quarante-huit heures. Selon toute logique, Carl Vanger était mort deux jours après que Roxane l'ait quitté, soit le 17 avril au plus tôt. C'était très étrange.

— Pouvez-vous me dire comment Carl Vanger était habillé lorsque vous l'avez laissé ?

— Bien sûr. Il portait un maillot de bain noir et un haut de combinaison de la marque O'Neill. D'ailleurs, je peux vous montrer la dernière photo que j'ai prise de lui ce jour-là.

Elle alluma son téléphone et fit apparaître le cliché de Carl accroché au bord du bateau. Il portait bien la tenue indiquée par Roxane. Une idée traversa l'esprit d'Olivia.

— Pensez-vous que Carl Vanger ait pu se suicider ? demanda-t-elle d'une voix neutre. Qu'à la suite de votre séparation, il soit reparti en mer, et désespéré, qu'il ait nagé jusqu'à l'épuisement pour finalement se noyer à plusieurs kilomètres ?

Roxane passa mentalement cette hypothèse en revue. Que Carl ait mal vécu leur séparation ne faisait aucun doute. Il l'avait à plusieurs reprises menacée lorsqu'elle avait évoqué cette éventualité au cours des mois précédents. Mais elle ne le pensait pas capable de mettre fin à ses jours… Trop orgueilleux. De surcroit, se donner la mort par noyade, surtout lorsqu'on est un nageur aguerri, lui sembla presque impossible. Elle le fit remarquer à Olivia.

— Vous avez raison, approuva cette dernière. Du reste, j'avais oublié un instant qu'il n'est pas mort noyé…

— Vous connaissez les causes de la mort ?!

— Oui, mais je ne peux rien vous dire pour l'instant.

Tant que vous êtes considérée comme un témoin capital dans cette affaire, je n'ai pas le droit de vous faire part de nos constatations. Je suis désolée.

Roxane comprenait bien sûr. L'enquête sur la mort de Carl avait progressé avec le repêchage du corps, et Olivia devait disposer d'indices qu'elle cherchait à expliquer.

De son côté, le retard que prenait cette affaire ne l'arrangeait pas : tant que le juge d'instruction la considérait comme potentiellement mêlée à tout ça, il n'enverrait pas le signal dont elle avait besoin au colonel Roque. Qu'elle le veuille ou non, Roxane était toujours suspectée, et elle n'était pas libre d'enquêter sur la disparition de Julia.

Même si elle aurait préféré qu'il en soit autrement, son père était son seul espoir de retrouver son amie vivante.

32

Pas plus que lorsqu'il se trouvait dans son atelier, ou sur le bord de mer au vallon des Auffes, Morgan Baxter ne pouvait être joint par téléphone. L'invention du GSM était passée dans la vie de Morgan comme une avancée de seconde zone. Le fait d'être possiblement dérangé à toute heure du jour ou de la nuit par un correspondant impatient, et maintenant par la notification agressive d'un résultat sportif ou d'une nouvelle politique, constituait à ses yeux une véritable aliénation. Une agression insupportable. À la rigueur, il aurait apprécié un système qui lui permette, à son initiative seulement, de se connecter au Web dans l'optique d'effectuer une recherche. Mais dans l'autre sens, c'était plus que pénible. Si l'on voulait le joindre, il fallait se conformer à ses codes. À sa manière de répondre aux sollicitations si et quand bon lui semblait. Morgan Baxter avait donc maintenu en état de fonctionner un *pager* du siècle dernier. Sur ce boitier électronique qui permettait de recevoir des messages radio de quelques caractères, il pouvait être averti qu'un correspondant lui demandait de le rappeler… lorsqu'il l'aurait décidé.

Une poignée de personnes seulement était au courant du moment où le *pager* de Morgan était en fonctionnement, et de la manière d'envoyer une séquence de dix caractères sur le minuscule écran. Sa fille Roxane était de celles-ci. Ils étaient convenus que Morgan emporte le *pager* en Autriche et qu'elle ne l'utiliserait qu'épisodiquement pour faire le point sur l'enquête.

Lorsque le petit appareil vibra dans sa poche, Morgan était en train d'avaler un hot-dog à la moutarde. Il posa le sandwich de pain brioché fourré d'une énorme saucisse de Frankfort aux éclats d'oignons frits, et extirpa le *pager*. Le numéro de téléphone de Roxane clignotait doucement.

Il l'a rappellerait, bien sûr, mais pas avant d'avoir terminé son déjeuner. Il quitta le banc qui faisait face au château de Schönbrunn et se dirigea lentement vers la sortie du parc. Son hôtel du jour était situé à cinq cents mètres. Il termina les dernières bouchées du sandwich en marchant, puis, sept minutes plus tard, pénétra dans sa chambre. Il composa le numéro de sa fille sur le vieux téléphone et attendit patiemment qu'elle décroche.

— Comment vas-tu, ma grande ? dit-il, sincèrement intéressé par la réponse.

— Ça va, mais la pression est maximale, ici.

Elle expliqua en mots concis les développements de l'enquête sur la mort de Carl. Elle parla de la récupération du corps et des questions de la capitaine Pozzi au sujet de la tenue de Carl lors de leur dernière entrevue.

Morgan ne commenta pas, même si son cerveau se mit à carburer à toute allure. La police savait maintenant que le cadavre avait été manipulé entre le moment de sa découverte et celui de son renflouage. C'était prévisible, mais ce n'était pas grave. L'objectif de la subtilisation de la combinaison était simple : prouver en temps voulu que Carl n'était pas mort dans la même tenue que lorsque Roxane l'avait quitté, et de ce fait, innocenter celle-ci. Morgan savait également que les questions posées par Olivia Pozzi sur le dernier repas de Carl avaient à voir avec la datation de sa mort. Maintenant que le corps avait été autopsié, le médecin légiste devait être capable de préciser l'heure du décès. Si ses calculs étaient exacts et s'ils faisaient correctement leur boulot, ils tomberaient plus ou moins sur la date du 17 avril. Or, à cette date, il le savait, Roxane avait un alibi imparable : elle assistait au second mariage de sa mère Béatrice avec l'inénarrable Édouard, chirurgien esthétique de son état.

Morgan orienta doucement sa fille dans cette direction.

— Même si elle ne te dit rien, il est vraisemblable qu'Olivia Pozzi connaisse à présent les causes de la mort de Carl, mais surtout la date. Il te suffira de donner ton alibi pour ce jour-là et tu seras définitivement innocenté, ma grande.

— Mais que sais-tu de la date de la mort de Carl, papa ? S'il est mort dans la soirée du jour de notre dernière rencontre, je n'ai aucun alibi ! J'ai passé la nuit seule à essayer d'oublier ce moment pénible.

— Il y a peu de chance que Carl soit mort ce jour-là. Je te rappelle qu'il t'a abandonnée comme une vieille chaussette sur la plage et qu'il est reparti en voiture. Il n'est pas retourné à l'eau dans la foulée de votre rupture. Je ne vois pas ce garçon décider d'une seconde séance d'entraînement le même jour alors qu'il avait déjà nagé près de cinq kilomètres. Fais-moi confiance, ils connaissent la date exacte de la mort. Une fois qu'ils t'auront interrogée à ce sujet, tu ne seras plus soupçonnée.

Roxane n'était qu'à moitié convaincue, mais ce n'était pas la raison de son appel. Elle voulait savoir où en était Morgan de l'enquête sur la disparition de Julia.

— Tu as rencontré Kurt Wagner ? demanda-t-elle.

— Ce garçon est franc comme un arracheur de dents. Il sait quelque chose au sujet d'Anastasia et de Julia, mais il ne dit rien. Il prétend qu'il est hospitalisé depuis un an et qu'il n'a pas rencontré les deux femmes depuis son séjour à Aix, il y a trois ans.

— Et tu le crois ?

— J'ai vérifié. En effet, il séjourne de clinique en maisons de repos depuis un an. En revanche, il est tout à fait possible qu'Anastasia lui ait rendu visite à un moment ou à un autre. Personne ne se donne la peine d'interdire l'accès à sa chambre. Moi-même, je n'ai eu aucun mal à me faire passer pour un ami venu lui rendre visite.

— Donc l'hypothèse d'une relation entre Anastasia et Kurt pourrait se confirmer ? Elle serait tombée enceinte lors d'une de ces visites ?

— C'est possible en effet, confirma Morgan. Ce qui m'ennuie en revanche, c'est que rien dans l'emploi du temps de Kurt ne permet de penser qu'il est lié à la disparition de Julia. Il vient de subir une lourde opération de la jambe et il était déjà immobilisé dans sa clinique le jour où elle est arrivée à Vienne.

— Tu as une autre explication ?

— Kurt m'a semblé exagérément troublé lorsque j'ai évoqué le nom de Jean Baron. Il m'a donné l'impression d'être au courant, mais il a prétendu le contraire. Selon moi, il y a quelque chose à creuser du côté de ce loustic.

— Baron dit qu'il a annulé son voyage en Autriche. Si ça se trouve, il a tout de même effectué l'aller-retour, raisonna Roxane. Tu as un moyen de savoir s'il était à Vienne il y a quinze jours ?

— Ça, c'est à toi de le découvrir, ma grande. De mon côté, je dois me concentrer sur les premières heures de la présence de Julia en Autriche. J'ai un moyen d'enquêter de ce côté-là. Occupe-toi de Baron pendant que je suis une autre piste, si tu veux bien. Je te rappelle demain à la même heure.

33

Vienne

Que Jean Baron soit ou non responsable de la disparition de Julia était secondaire. Puisque le mobile de l'enlèvement n'était pas clair et que Roxane s'occupait de vérifier l'emploi du temps des suspects, Morgan allait se concentrer sur le troisième élément du triptyque du crime : l'opportunité d'agir.

Pour passer à l'acte, un criminel doit bien sûr avoir une raison d'agir, mais surtout et avant tout une occasion de le faire. C'était le b.a.-ba de l'enquêteur. Lorsque la police découvrait un cadavre, elle n'avait généralement aucun mal à dresser la liste des suspects qui avaient une bonne raison de s'en prendre à la victime. La convoitise, la jalousie, la rancœur… étaient autant de sentiments qui animaient le genre humain. Ils provoquaient chez certains une puissante volonté de supprimer son prochain. Heureusement, les passages à l'acte étaient plus rares, puisque les codes sociaux, et parfois la loi, empêchaient que l'on raye quelqu'un de la surface de la Terre, comme s'il s'était agi d'une vulgaire mouche. Les crimes existaient pourtant, et Morgan savait que c'était presque toujours autour de « l'opportunité d'agir » qu'il fallait rechercher le coupable. Celle-ci pouvait être purement fortuite, comme dans le cas d'un crime passionnel, lorsque l'assassin s'en prenait à sa victime sur un coup de sang, ou plus méthodiquement planifiée, comme dans un meurtre avec préméditation.

En ce qui concernait Julia et Anastasia, Morgan était persuadé qu'il s'agissait du second cas de figure.

Puisque les deux joueuses avaient disparu à leur arrivée en Autriche, il décida de poursuivre son enquête à l'aéroport de Vienne, là où tout avait commencé. Il laissa l'Audi un peu trop voyante dans le parking de l'hôtel et se rendit à *Vienne-Schwechat* en transport en commun.

Bien que le métro autrichien soit moderne et propre, le train était également une source de stress pour Morgan : pas d'autre solution que de circuler dans une direction préétablie, posé sur des rails d'acier... Tout le contraire de la liberté d'aller et venir dont il avait besoin.

Le trajet dura vingt-cinq minutes avant que le train express *schnellbahn* ne le dépose dans une gare souterraine propre comme un bloc opératoire. Des voyageurs chargés de valises se pressaient autour de lui, et ce n'est qu'au bout de dix minutes à l'air libre qu'il recouvra un semblant de calme.

Décidément, les foules agitées l'incommodaient toujours autant.

Il observa le terminal depuis l'extérieur. Une rampe d'accès pour les départs, une autre, un étage plus bas, au niveau des arrivées, où patientait une longue file de taxis, l'infrastructure n'était rien d'autre que très classique. Les parois vitrées reflétaient l'environnement, et au pied de la tour de contrôle, elle aussi assez banale, des avions moyens courriers venus de toute l'Europe attendaient leurs passagers. Morgan pénétra dans le terminal et se dirigea vers le *desk* d'informations.

Une jolie Autrichienne aux cheveux blonds et à la peau rosée lui demanda en quoi elle pouvait lui être utile.

— Le bureau de la sécurité, s'il vous plait, annonça-t-il en allemand.

Elle tendit un plan de l'aérogare sur lequel elle entoura l'endroit en question d'un trait de Bic bleu. Morgan la remercia et se dirigea vers l'étage d'un pas lent. Il enregistrait consciencieusement la topographie du bâtiment.

Son statut actuel ne lui permettait pas de se prévaloir d'une quelconque accréditation policière. En outre, même s'il avait possédé une carte de la gendarmerie française, ses interlocuteurs n'étaient pas tenus de collaborer avec autre chose que les forces de l'ordre de leur propre pays. Morgan jugea préférable de se faire passer pour un détective privé. Après tout, c'était exactement ce qu'il était. Et puis, ses réflexes d'ancien gendarme étaient largement suffisants pour faire illusion.

Un planton l'accueillit poliment à l'entrée du local. Il n'avait aucune raison de se méfier de cet homme bien habillé qui parlait un allemand tout à fait académique.

— Je voudrais voir votre superviseur, déclara Morgan.

— Vous avez une autorisation, monsieur ?

— Je suis détective privé français. Une compatriote a disparu dans votre aéroport il y a quinze jours. Avant d'alerter officiellement les autorités, je voudrais savoir si vos caméras ont pu capter quelque chose.

Il indiqua du menton une sphère opaque semblable à des dizaines d'autres disséminées à travers l'aérogare. Il les avait toutes repérées.

— Je vais voir ce que je peux faire. Attendez-moi là.

Morgan patienta une minute jusqu'à ce qu'un second agent, plus âgé et portant une veste à galons de la société de sécurité privée, lui fasse signe de le suivre.

— On ne donne pas d'information à un citoyen ordinaire, je suis désolé, déclara l'homme en invitant tout de même Morgan à s'assoir en face de lui.

— Je comprends. J'ai juste besoin de connaître vos procédures d'archivage avant de me tourner vers votre police. La personne disparue est une célèbre joueuse de tennis, en France. L'affaire va faire beaucoup de bruit lorsque les médias s'en empareront. Alors, avant de rédiger mon rapport, je veux être certain que les services de sécurité de votre aéroport ne seront pas mis en cause…

La menace d'un scandale fit réagir le responsable. Il se frotta les joues avec énergie en tentant de déterminer la conduite à tenir. Cet homme avait l'air honnête et après tout, s'il lui donnait ce qu'il voulait, peut-être s'abstiendrait-il de mettre en cause sa société de surveillance.

— Nous gardons les enregistrements pendant soixante jours. Puis, si la police ne nous a rien demandé, nous les effaçons pour faire de la place aux nouveaux. À quand remontent les faits qui vous intéressent ?

— Vendredi 17 juin. En fin d'après-midi, à l'arrivée du vol de Marseille.

L'homme pianota des instructions sur son clavier. Il possédait la dextérité d'un vigile qu'on avait un jour obligé à se poster derrière un ordinateur. Ses deux index tapaient maladroitement sur les touches, mais au bout de plusieurs minutes de travail laborieux, il afficha un air satisfait.

— Nous avons encore les vidéos, déclara-t-il. Laquelle vous intéresse ?

— La salle de livraison des bagages. Commençons par là.

L'homme produisit une série de clics à l'aide de la souris, puis tourna l'écran vers Morgan. L'horodatage numérique indiquait *17 juin — 16 h 30*. Il augmenta la vitesse de défilement jusqu'à dix fois.

— Pouvez-vous fermer la porte ? demanda Morgan.

Il avait besoin de se concentrer pour avoir une chance de remarquer quelque chose à cette vitesse ; or, le brouhaha extérieur perturbait son fonctionnement cérébral. En « mode expert », il ne parvenait à faire qu'une chose à la fois.

Sur l'écran, les passagers apparaissaient dans la salle

des bagages à la vitesse de fourmis rendues ivres par l'absorption d'un nectar fermenté. Certains quittaient les lieux sans passer par les tapis roulants. D'autres patientaient quelques instants puis s'emparaient de leur valise et se dirigeaient vers les portes vitrées. Il était presque impossible de reconnaître quelqu'un avec cette résolution. Pourtant, Morgan décela le profil recherché parmi les fourmis. À16 h 42.

— Là ! pointa-t-il. Passez à la vitesse normale !

L'employé de la société de sécurité s'exécuta et Morgan distingua la tenue caractéristique d'une sportive de haut niveau. Baskets blanches, survêtement de marque et deux raquettes de tennis sous le bras. Ce pouvait être n'importe quelle joueuse se rendant au tournoi de Vienne, pourtant Morgan fut certain qu'il s'agissait de Julia. L'heure correspondait, et en outre, il avait mémorisé la silhouette de la jeune femme à partir de photos montrées par Roxane. Il ne pouvait pas se tromper.

— C'est la femme que nous recherchons, dit-il à l'Autrichien, en levant une main pour ne pas qu'il intervienne.

Il observa la scène avec la même concentration que lorsqu'il étudiait un mécanisme horloger. Julia resta plantée quelques instants au bord du tapis à bagage, puis l'employée d'une compagnie aérienne sembla s'adresser à elle. Les deux femmes échangèrent pendant une minute, puis Julia récupéra son sac de sport et suivit l'hôtesse de l'air. Elles se dirigèrent vers un escalier roulant conduisant au premier étage.

— Qu'y a-t-il, là-haut ? demanda Morgan.

— L'infirmerie. Mais nous n'avons pas de caméras, annonça le vigile, partagé entre la satisfaction que Morgan ait trouvé ce qu'il cherchait, et la déception de ne pas pouvoir encore l'aider.

— Il y a une autre sortie ?

— Non, pour quitter l'infirmerie, on est obligé de repasser par la salle des bagages.

— Vous pouvez réaccélérer.

L'homme obtempéra, avant que Morgan n'interrompe une nouvelle fois le défilement. « Stop ! »

Sur l'écran, on distinguait l'hôtesse de l'air emprunter l'escalator dans l'autre sens. Quelques mètres derrière elle, Julia, accompagnée d'un homme en costume, descendait elle aussi vers la sortie. Elle n'était pas restée plus d'une minute à l'infirmerie et quittait l'aéroport suivie par un type manifestement venu la chercher.

Morgan demanda à l'employé de zoomer sur la photo. Même fortement pixélisée, l'image montrait qu'il ne s'agissait pas de Kurt Wagner. Sur ce point au moins, le jeune Autrichien n'avait pas menti.

— Vous pouvez imprimer ça ?

— Bien sûr.

L'homme cliqua sur une commande, puis se retourna pour extirper la feuille de l'imprimante. Satisfait, à la limite de la fierté, il la tendit à Morgan.

— J'ai une dernière question : êtes-vous certain qu'il n'y a aucun moyen de visionner les images prises il y a un an, à la même date ?

— Malheureusement non... je vous confirme : on efface les bandes tous les soixante jours.

— En tout cas, conservez bien celle-ci. Vous n'allez pas tarder à recevoir une demande officielle de la gendarmerie française, affirma Morgan avant de prendre congé.

❄

« Papa, ce serait quand même mieux si tu acceptais de te servir d'un téléphone portable. Tu sais, ces choses-là font d'excellentes photos de nos jours. »

La voix de Roxane était calme et un rien attendrie. Son père s'était débrouillé comme un chef pour dénicher un indice capital, mais il était incapable de lui transmettre l'image par un moyen de communication moderne. Il n'allait tout de même pas lui demander de se rapprocher d'un fax, s'amusa-t-elle *in petto*.

— Je n'ai pas besoin de téléphone portable, ma grande. Attends un peu...

Il quitta la cabine téléphonique depuis laquelle il avait appelé Roxane, laissa le combiné décroché et s'approcha d'une vieille dame qui devait avoir vingt-cinq ans de plus que lui. Elle venait de ranger dans son sac un de ces appareils modernes qu'il refusait d'utiliser.

— Pardon madame, demanda-t-il, toujours en allemand. Auriez-vous l'amabilité de photographier ce document avec votre portable et de l'envoyer à un numéro de téléphone que je vais vous indiquer ?

La femme marqua une hésitation, puis, devant le sourire de cet homme poli, elle s'exécuta. Morgan la remercia d'un signe de tête et vint reprendre le combiné de la cabine.

— Tu devrais avoir reçu la photo, maintenant, indiqua-t-il à Roxane. Tu reconnais l'homme ?

Quelques secondes s'écoulèrent.

— C'est bien Julia en tout cas, dit-elle, excitée comme une puce. En revanche, l'homme ne me dit rien. Ce n'est pas un membre du Country Club.

— Il ressemble à Jean Baron ?

— Non, pas du tout. Baron est beaucoup plus petit, et plus enveloppé aussi. Papa, est-ce que tu penses que tu peux identifier cet homme ?

Morgan émit un grognement ininterprétable. Il savait comment il allait procéder, mais il ne voulait pas donner de faux espoirs à sa fille avant d'être certain de réussir sa mission.

34

La maison de M. et Mme Franzini était toujours aussi splendide. Au bout d'un chemin sinueux et escarpé, sur les contreforts de la montagne Sainte-Victoire, elle offrait un environnement paisible à quelques kilomètres à peine du centre-ville d'Aix-en-Provence. L'absence de Julia n'avait pas dissuadé Mme Franzini de continuer à entretenir les plantes grasses et les massifs de bougainvilliers. Sur la façade principale, un magnifique pied de jasmin étoilé étendait ses ramures sur la moitié du mur.

Roxane gara sa Clio le long d'un terrain de pétanque soigneusement ratissé. Elle pensa que c'était dans une maison comme celle-ci qu'elle aimerait élever des enfants plus tard, lorsque son métier lui laisserait la possibilité de fonder une famille. Et lorsqu'elle aurait rencontré l'homme qui deviendrait le père de sa marmaille.

Elle chassa ses pensées et contourna le corps de bâtiment. Mme Franzini était à genoux au pied d'un plant de Cotyledon. Elle agençait les billes d'argile du massif et n'avait pas entendu la voiture arriver. Le crissement des pas de Roxane sur le gravier la fit se retourner.

— Bonjour, salua-t-elle d'une voix morne. Je m'occupe comme je peux, tu vois. Tu as de bonnes nouvelles ?

— Je ne sais pas si elles sont bonnes, mais nous progressons. Votre mari est ici ?

Roxane avait appelé le Country Club pour parler à M. Franzini. Christine lui avait répondu qu'il n'était pas là et qu'il avait finalement pris quelques jours de repos. Il avait, semble-t-il, présumé de ses forces en conservant le restaurant ouvert coute que coute, en dépit de l'absence de Julia.

— Il est dans son bureau, répondit Mme Franzini. J'ai peur qu'il soit en train de sombrer petit à petit. Il ne sort plus et passe ses journées à regarder de vieilles vidéos de Julia. Je crois qu'il a commencé à boire, aussi.

Elle émit un petit rire triste.

Roxane lui indiqua de la suivre. En route vers le salon, elle se demanda comment des parents pouvaient supporter la disparition de leur fille unique. Comment pouvait-on accepter de voir s'écouler les heures et les jours sans rien faire d'autre qu'attendre ? C'était à devenir fou. Elle comprenait la détresse de M. et Mme Franzini et cela boosta encore d'un cran sa motivation à retrouver Julia.

— Du nouveau ? interrogea M. Franzini sans se lever de son fauteuil.

Il avait les traits tirés par l'angoisse. Sa peau d'ordinaire bronzée avait fini par prendre une couleur brun pâle, presque jaune. Cet homme est en train de se dissoudre de l'intérieur, pensa Roxane.

— On a une piste, annonça-t-elle, presque enjouée. Nous avons mis la main sur les images de vidéosurveillance de l'aéroport de Vienne. On y voit Julia quitter le hall des arrivées en compagnie d'un homme. On cherche à l'identifier, à présent.

— On peut voir ces images ? demanda Mme Franzini.

— Je ne les ai pas encore, mais j'ai une photo de l'homme en question.

— Je ne comprends pas, interrogea M. Franzini. Vous

dites que vous avez vu les vidéos, mais vous n'avez qu'une image ?

Roxane était gênée. Elle ne pouvait pas avouer que l'enquête sur le terrain reposait sur son père, au mépris de toute procédure judiciaire. Que celui-ci lui avait transmis seulement une photo, et que la mise à disposition de la vidéo par les Autrichiens prendrait encore des semaines d'échanges administratifs. En outre, Morgan continuait à enquêter sur le terrain et, ça aussi, c'était inaudible pour M. et Mme Franzini. Elle s'en sortit par une pirouette.

— La vidéo est trop lourde à charger sur mon portable. Je vous ai apporté la photo. Vous pouvez peut-être identifier cet homme ?

Elle montra l'écran. L'image de Julia en bonne santé arracha des larmes à M. et Mme Franzini. Ils étaient encore choqués par la mise en scène macabre de Julia sur son lit de mort et ils craignaient de revivre quelque chose de semblable.

— Vous voyez, elle quitte l'aéroport de son plein gré, semble-t-il. Vous avez déjà croisé l'homme qui l'accompagne ?

Mme Franzini plissa les yeux. Elle détailla les traits légèrement flous du prétendu chauffeur de l'organisation. Il ne lui disait absolument rien. Elle secoua la tête en soupirant.

— Jamais vu. Je ne connais pas cet homme. Et toi, Pierre ?

M. Franzini mit plus de temps à répondre. Quelque chose lui revenait manifestement en mémoire. Il posa le doigt sur l'écran du téléphone comme pour caresser la joue de sa fille, puis il s'exprima :

— On dirait un chauffeur de l'organisation du tournoi. Il porte le même genre de costume. Mais moi non plus, je n'ai jamais vu cet homme. J'en suis certain.

— Quelque chose vous fait tiquer, pourtant, nota Roxane. De quoi s'agit-il ?

Il prit plusieurs secondes avant de répondre.

— C'est Julia... Elle n'a pas l'air dans son état normal... je ne sais pas... son teint pâle, peut-être. Ou alors ses yeux...

On ne distinguait ni l'iris ni encore moins les pupilles de Julia, sur la photo de mauvaise qualité, pourtant, M. Franzini connaissait sa fille par cœur. Il a remarqué quelque chose, se persuada Roxane.

— Que voyez-vous d'anormal dans ses yeux, monsieur Franzini ?

— Je ne sais pas... Elle a le regard halluciné, comme si elle ouvrait les yeux en grand pour garder l'équilibre. On dirait qu'elle a bu...

— Ou qu'elle a été droguée ! intervint sa femme. Oui, je suis d'accord, elle n'est pas dans son état normal !

Roxane prit quelques instants pour intégrer l'hypothèse.

Quelqu'un aurait drogué Julia durant son trajet en avion afin qu'elle suive docilement un complice venu la cueillir à l'arrivée. C'était tout à fait possible, en effet. Elle se souvint des affaires qu'elle avait traitées lors de son entrée à la section de Recherches. Une série de viols perpétrés à la suite de l'introduction de GHB dans la boisson des victimes. Un véritable fléau dans les boites de nuit de la région, ces dernières années. Chaque fois, les filles ne se souvenaient de rien et se réveillaient des heures plus tard sans savoir ce qu'elles avaient fait, ni même où elles avaient été depuis le veille au soir. Si le procédé avait été utilisé pour Julia, c'était sans nul doute pour abuser d'elle. Mais le fait qu'elle n'ait pas réapparu depuis quinze jours signifiait aussi que le dessein des ravisseurs allait plus loin qu'un simple viol, si l'on pouvait s'exprimer ainsi.

— Je dois vous poser une autre question, déclara Roxane. Est-ce que le nom de Kurt Wagner vous dit quelque chose ?

— C'est ce joueur qui a été impliqué dans une affaire de dopage, répondit tout de suite M. Franzini. Il se murmure au club que la disparition d'Anastasia Melnik pourrait être liée à ce garçon. Mais je ne vois pas le rapport avec Julia.

— Se pourrait-il que Julia ait pris des produits dopants à un moment de sa carrière ?

Cette fois, M. Franzini s'offusqua. Il avança le buste et pointa un doigt sévère vers Roxane.

— Impossible ! Julia n'est pas ce genre de joueuse. J'en ai beaucoup parlé avec elle. Elle s'est toujours tenue éloignée de cette saloperie. Et puis, pour votre information, Ivan Rossi, son préparateur physique, la soumettait régulièrement à des contrôles inopinés. La confiance n'exclut pas le contrôle, affirmait-il. Julia s'y est toujours pliée de bonne grâce. Je suis certain que sa disparition n'a aucun lien avec ce Kurt Wagner. Il faut chercher ailleurs.

— Je peux vous poser une dernière question ? Pardonnez-moi d'avance d'être directe... Votre fille a-t-elle eu une liaison avec Jean Baron, le sponsor du Country Club ?

Le visage de M. Franzini se ferma. Il jeta un regard en biais à sa femme qui avait l'air surprise par la question.

— Oui, répondit-il à regret. J'ai appris ça...

— Mais Pierre ! s'écrira Mme Franzini. C'est impossible ! Comment le sais-tu ?

— Ça jase beaucoup au restaurant, dit ce dernier en baissant les yeux.

Il n'avait, semble-t-il, jamais informé son épouse de cette histoire, mais à présent, il devait parler pour avoir une chance de retrouver Julia.

— Baron est un coureur, tout le monde le sait. Il a tenté de séduire notre fille et elle s'est laissée embobiner. C'est regrettable, mais ça n'a pas duré longtemps. Lorsque je l'ai appris, je l'ai menacé de tout dire à sa femme. Curieusement, ça lui a fait faire machine arrière. Baron est un dragueur, mais il veut à tout prix éviter le scandale. Il a fichu la paix à Julia, d'après ce que je sais.

Mme Franzini accusait le coup. Sa fille avec un homme qui aurait pu être son père, ça la révulsait profondément.

D'autant qu'elle connaissait très bien madame Baron avec qui elle partageait parfois une randonnée en colline ou une tasse de thé sur le cours Mirabeau.

— Je vais parler à sa femme, décida-t-elle rageusement. Il est temps que les masques tombent.

— Ne faites pas ça, intervint Roxane. Si Baron a quelque chose à voir avec la disparition de Julia, il ne faut pas l'alerter. Faites-moi confiance et laissez-moi faire.

Madame Baron ne fut pas difficile à localiser.

Roxane envisagea d'abord de se rendre au domicile de la famille Baron, mais elle renonça : elle voulait rencontrer madame Baron loin des oreilles de son mari. Une rapide recherche sur Internet lui apprit qu'Élisabeth Baron tenait une galerie d'art rue de la Glacière, un étroit passage débouchant sur la place du Palais de Justice. Elle s'y rendit directement.

Madame Baron était l'archétype de la bourgeoise de province : tirée à quatre épingles, passant plusieurs heures par jour dans sa salle de bain pour parfaire son brushing et appliquer sur ses rides un maquillage hors de prix, elle arborait en outre une impressionnante collection de bagues et de colliers de joailliers de renom. Rien que pour sa tenue du jour, il devait y en avoir pour près de trente mille euros, estima Roxane en détaillant la galeriste à travers la vitrine.

Elle-même vêtue d'un jean et d'un t-shirt lâche s'échappant de son pantalon, elle ne ferait pas illusion longtemps. Autant annoncer la couleur d'entrée, estima-t-elle en pénétrant dans la boutique.

— Lieutenant Baxter, section de Recherches de Marseille, déclara-t-elle en brandissant sa carte de gendarme. Madame Baron, j'imagine ? J'ai des questions à vous poser au sujet de votre mari.

Élisabeth Baron jeta autour d'elle une série de regards

affolés. Avant même de savoir ce qui était arrivé à son époux, elle semblait effrayée par la perspective d'un scandale en public. Heureusement, le client précédent venait de quitter la galerie. Elle donna un tour de clé à la porte et retourna le panneau : *« je reviens dans quelques minutes »*.

Elle indiqua à Roxane l'arrière-boutique et attendit d'être à l'abri des regards de la rue pour reprendre un semblant de contenance.

— Qu'est-il arrivé à Jean ? demanda-t-elle pour la forme.

Roxane avait décidé d'être directe.

— J'enquête sur la disparition suspecte d'une joueuse du Country Club. J'ai déjà rencontré votre mari qui a prétendu ne rien avoir à me dire, mais je n'en suis pas certaine. Que savez-vous de ses relations avec de très jeunes femmes ?

Élisabeth Baron rosit au niveau de la poitrine. Sa peau légèrement distendue se colora entre le haut des seins et la base du cou. Elle n'était pas habituée à commencer une conversation de manière aussi abrupte. Dans son monde, on badinait avec légèreté plusieurs minutes avant, éventuellement, d'aborder les sujets profonds. Elle comprit toutefois que plus elle répondrait directement à cette gendarme, plus celle-ci déguerpirait sans faire de scandale.

— Jean est en déplacement en ce moment. Je ne sais rien de son emploi du temps... Ni de ses relations professionnelles, ajouta-t-elle.

— Il ne s'agit pas de relations professionnelles, comme vous dites. Votre mari a eu une relation intime avec la victime. Vous êtes au courant ?

— De qui s'agit-il ? balbutia Mme Baron.

Elle n'avait visiblement pas connaissance de l'identité des conquêtes de son époux, pensa Roxane. En revanche, l'idée de Jean Baron batifolant à droite et à gauche ne sembla pas la surprendre outre mesure.

— Julia Franzini, une joueuse de tennis de vingt-cinq ans. Ça ne vous dit rien ?

— Je connais sa mère, mais pour le reste, je mets rarement les pieds au Country Club. Mon mari sponsorise le club, mais de mon côté, je ne goûte guère à ce sport salissant.

Roxane imagina un instant cette épaisse femme transpirant sur un court de tennis. Nul doute que l'épaisse couche de fard à joues aurait dégouliné sur le reste du corps. La scène aurait été cocasse.

Elle refréna un sourire ironique.

— Votre mari avait prévu d'aller voir jouer Julia Franzini en Autriche le week-end dernier. Vous savez s'il a concrétisé ce projet ?

— Comme je vous le dis, je ne surveille pas son emploi du temps. Il voyage souvent pour ses affaires. Vous le savez sans doute, il représente des constructeurs automobiles de renom et les manifestations de relations publiques sont nombreuses. Quand dites-vous qu'aurait eu lieu ce voyage ?

— Le 17 juin, mais il se serait déplacé à partir du 18 ou du 19. Ça vous dit quelque chose ?

Élisabeth Baron fit mine de réfléchir.

— 18 ou 19… c'était le week-end il y a quinze jours, n'est-ce pas ? Écoutez, non, je ne crois pas. Nous étions invités chez des amis dans le Luberon, le samedi soir. Jean est venu avec moi, et si je me souviens bien, il n'a pas quitté Aix dans la semaine qui a suivi. »

— Et cette semaine ? Votre mari s'est-il absenté ?

Un voile de suspicion passa sur le visage de la galeriste.

— Il est parti avant-hier. Pour quatre ou cinq jours, m'a-t-il dit. Je crois qu'il devait se rendre en Angleterre au siège de Jaguar.

— Vous savez qu'on peut le localiser grâce à la téléphonie, laissa planer Roxane. Si vous ne me dites pas la vérité, nous le saurons…

— Je vous dis tout ce que je sais. Mon mari vit sa vie de

son côté et je n'ai rien à lui reprocher. Tant qu'il ne cherche pas à divorcer… Je vous répète ce qu'il m'a dit, voilà tout.

Elle paraissait offusquée que l'on puisse douter de sa parole. Son mari était à l'évidence volage et comme toute femme attachée à son époux, elle aurait dû être choquée de son comportement de coureur invétéré. Pourtant, c'est l'idée que l'on pense qu'elle ne disait pas la vérité qui la perturbait. Décidément, ces gens-là étaient bien plus soucieux des apparences que du caractère mesquin de leur comportement. Triste et pathétique, pensa Roxane.

— Bien. Nous allons lancer des recherches sur votre mari. S'il s'avère qu'il n'est pas en Grande-Bretagne comme vous le prétendez, je vous prédis de sérieux ennuis. Il s'agit de la disparition d'une jeune femme, je vous rappelle. Dans l'intervalle, je vous demanderais de bien vouloir me prévenir s'il se manifeste.

Roxane tendit une carte de visite.

— Bien sûr, gloussa Élisabeth Baron. Mais vous faites fausse route, mademoiselle. Jean ne ferait pas de mal à une mouche.

À voir… C'était une constante dans ce milieu petit-bourgeois que de refuser d'admettre qu'un des leurs pouvait se livrer à des actes criminels. Ce déni de malfaisance en avait fait tomber de haut plus d'un, dans de retentissantes affaires de harcèlement sexuel ou de viol sur mineur.

La perversité humaine franchissait allègrement les frontières des classes sociales bien-comme-il-faut. Roxane en avait déjà fait l'expérience.

35

« Barondisparu » indiqua le *pager* de Morgan.

Roxane avait utilisé le seul moyen de prévenir son père en respectant le nombre de caractères maximum de son mode de communication antédiluvien. S'il voulait en savoir plus, il pouvait toujours l'appeler depuis une des rares cabines téléphoniques encore en fonction en Autriche. Ce n'est pas ce qu'il fit immédiatement.

Depuis qu'il avait vu la vidéo de l'aéroport de Vienne, une chose chiffonnait Morgan. Une chose indéfinissable qui occupait une zone profonde de son cerveau sans qu'il parvienne à la verbaliser. La démarche de Julia Franzini lui rappelait quelque chose, mais il n'arrivait pas à trouver quoi. Lorsqu'il était habité par ce genre de pensées vaporeuses, il devait accepter de laisser de côté le sujet, le temps que ses synapses se connectent correctement et fassent jaillir une conclusion pertinente. Mais pour le moment cette information était perdue dans les limbes de son encéphale. Bien que ça le désole, Morgan ne savait pas encore maîtriser ses milliards de connexions neuronales. Aucun humain ne le pouvait, du reste. De mauvaise grâce, il se résolut à se pencher sur une question à sa portée : l'identification de l'homme qui accompagnait Julia sur la photo.

Son séjour en Autriche durait depuis plusieurs jours maintenant, mais il n'avait pas encore abattu toutes ses cartes. Il lui restait quelques atouts issus de son ancienne vie, celle où il collaborait avec les forces de l'ordre d'autres pays européens pour résoudre des affaires transfrontalières. Lors de l'une d'elles, il avait fait la connaissance de Gerhard Bauer, un commissaire de la *Bundespolizei*, la police fédérale autrichienne. Comme lui, le commissaire Bauer appréciait les enquêtes rigoureuses et attachait une grande importance aux méthodes traditionnelles. S'il existait à Vienne un homme capable d'aider Morgan, c'était bien Gerhard Bauer.

Il parvint à joindre son secrétariat depuis sa chambre d'hôtel. Il se présenta, laissa un message, puis patienta en écoutant de la musique classique jusqu'à ce qu'on veuille bien le rappeler.

Ce fut fait en fin de journée. Le commissaire Bauer lui proposa de dîner d'une gargantuesque *Wiener Schnitzel,* chez *Salm Bräu*, une brasserie traditionnelle du centre de Vienne. Morgan arriva en avance et attendit son hôte en pratiquant des exercices de relaxation. Devoir entretenir une conversation pendant toute la durée d'un dîner l'angoissait profondément. Même si une partie de la discussion portait sur les moyens d'identifier l'inconnu de l'aéroport, il allait falloir aborder d'autres sujets plus légers et Morgan ne savait pas comment s'y prendre pour entretenir des relations sociales.

Bauer se montra compréhensif. Il avait cerné Morgan, aussi se contenta-t-il d'évoquer l'enquête qu'ils avaient réalisée ensemble pour démanteler un réseau international de passeurs clandestins. Morgan se sentit à l'aise, et au moment du dessert, il aborda l'objet de sa requête : il sortit une photo pliée en quatre de la poche de sa veste et la montra à Bauer.

— Connaissez-vous un moyen d'identifier cet homme ?

Il est impliqué dans la disparition de la jeune femme dont je vous ai parlé.

Gerhard Bauer se pencha sur la feuille. Il chaussa une paire de lunettes corrigeant sa presbytie naissante et scruta longuement le cliché.

— Vous êtes certain qu'il est autrichien ? demanda-t-il finalement.

— Ce serait logique. Julia Franzini est arrivée à Vienne pour un tournoi de tennis. Généralement, les joueuses sont accueillies à l'aéroport par l'organisation qui les prend en charge jusqu'à leur hôtel. C'est généralement une société de transport privé qui s'en charge. Théoriquement, cet homme devrait être l'un des chauffeurs de cette entreprise. En revanche, il n'a rien à faire dans cette partie de l'aéroport. Il aurait dû attendre Julia Franzini de l'autre côté du hall, avec un panneau officiel de l'organisation.

— D'après vous, s'il est entré jusqu'ici, c'est qu'il voulait l'enlever ?

— Ça n'a rien à voir, affirma curieusement Morgan d'un ton sec. Ce n'est pas parce que cet homme est allé la chercher jusque devant l'infirmerie qu'il l'a enlevée. C'est parce qu'elle a disparu depuis quinze jours que je pense que c'est cet individu qui l'a enlevée. Il faut raisonner dans le bon sens.

Bauer ne se formalisa pas. C'est bien ce qu'il pensait lui aussi, il avait simplement utilisé des mots trop approximatifs pour exprimer sa pensée. Or, pour Morgan Baxter, chaque mot devait être utilisé pour sa signification exacte. Il détestait l'approximation dans le langage. Le flic autrichien prit en photo la feuille de papier avec son téléphone portable.

— Je ne connais pas cet homme, dit-il en rendant le document à Morgan. En revanche, je peux facilement croiser l'image avec nos différentes bases de données. S'il existe une correspondance, je la trouverais, et je vous le ferais savoir.

Morgan régla l'addition et regagna son hôtel avec le cerveau au ralenti. Le brouhaha incessant de la salle de restaurant l'avait épuisé. Il avait eu toutes les peines du monde à se concentrer sur la fin de la conversation, aussi avait-il à présent besoin de se reposer.

Une fois dans sa chambre, il alluma le robinet de la baignoire, mais ne ferma pas la bonde. Il n'avait aucune intention de prendre un bain. L'écoulement de l'eau produisit un son régulier qui l'isola des bruits extérieurs. Il s'allongea sur le dos, les mains le long du corps, et retrouva petit à petit son calme.

Un détail continuait de le chiffonner. D'après Roxane qu'il avait eue en début de soirée, il était probable que Julia ait été droguée durant le trajet en avion. Elle n'aurait pas été en possession de tous ses moyens lors de son arrivée à Vienne et aurait suivi sans se méfier un homme prétendant être là pour la transporter à son hôtel. Le type l'avait enlevée et conduite dans un endroit qui, d'après la mise en scène de sa mort, devait ressembler à un hôpital.

Morgan envisagea d'enquêter du côté des autres passagers du vol entre Marseille et Vienne. Celui qui avait glissé la drogue dans les aliments de Julia devait certainement s'y trouver. Il fallait en dresser la liste.

Mais une autre pensée le dissuada de s'engager dans cette direction.

Un déclic se produisit. Une image se forma dans son esprit. Il revit Julia à l'aéroport de Marseille lors de son départ. Le hasard avait voulu qu'il se trouvât lui aussi à Marignane ce jour-là. C'est d'ailleurs à la suite de cette information que Roxane lui avait parlé de l'affaire. Il lui avait confié qu'il se souvenait bien d'avoir vu Julia devant les comptoirs d'enregistrement. Sa démarche, sa tenue, les affaires qu'elle portait, tout lui était revenu en mémoire comme s'il avait pris une photo de la scène. Maintenant qu'elle avait disparu, il se demandait si un détail ne lui avait pas échappé, et c'était ça qui le perturbait : si l'on excluait les passagers et l'équipage de l'avion, Morgan avait été la dernière personne à voir Julia Franzini en vie et libre de ses mouvements. Mais même au prix d'un effort de concentration intense, il ne se souvenait d'aucun minuscule élément qui aurait pu laisser penser qu'elle allait être enlevée. Rien de surprenant en réalité, puisque qu'avant de disparaître, eh bien la jeune femme était précisément libre. Mais suffisamment perturbant pour un esprit comme celui de Morgan Baxter qui voyait des signaux faibles dans presque chaque situation de la vie.

Il décida encore une fois de mettre cette pensée de côté jusqu'au moment où il serait de retour chez lui et où il pourrait utiliser ses routines de concentration et de visualisation.

Il pourrait alors revivre la scène de l'aéroport de Marignane et trouver ce qui le titillait depuis des heures.

Le lendemain matin, l'appel de Gerhard Bauer interrompit sa séance d'exercices. Il effectuait une série de pompes lentes lorsque la sonnerie du téléphone de sa chambre retentit.

— J'ai identifié votre homme, annonça Bauer fièrement. Nous avons eu de la chance, la photo a matché avec un annuaire en ligne.

Morgan se fichait de la manière dont Bauer s'y était pris. Qu'il ait utilisé un logiciel de reconnaissance faciale ou une armée de stagiaires alignés dans une cave lui importait peu, pourvu qu'il se dépêche de lui donner un nom et une adresse. Mais le flic avait visiblement l'intention de lui expliquer ses méthodes par le menu.

— Vous savez, nous autres, Autrichiens, nous sommes particulièrement sensibles aux affaires d'enlèvement suivies de séquestration. Nous avons eu à traiter deux cas très douloureux. Vous avez entendu parler de l'histoire de Natacha Kampush ? Et de celle d'Élisabeth Fritzl ?

Morgan se souvenait de ces affaires. Celle de Natacha Kampush avait donné lieu à kyrielle de films et de livres qui racontaient le calvaire de cette fillette séquestrée pendant huit ans dans la cave d'un malade du nom de Wolfgang Přiklopil, au début des années 2000. Quant à Élisabeth Fritzl, elle avait tout simplement été retenue dans un abri antiatomique pendant vingt-quatre ans… par son père, qui lui avait fait sept enfants. La perversion poussée à ce niveau d'horreur avait ému le monde entier, et Morgan se souvenait s'être demandé à l'époque ce qui pouvait expliquer que de telles affaires se concentrassent dans un petit pays d'à peine neuf millions d'habitants. La réponse à cette question n'existait pas, mais il imaginait sans peine que la police de ce pays avait conçu tout un tas de méthodes pour que pareils drames ne se reproduisent jamais. C'était peut-être sa chance dans la disparition de Julia.

— Depuis ces affaires, la police et les services sociaux collaborent étroitement à chaque disparition inquiétante. Nous avons notamment acquis un excellent savoir-faire dans la comparaison de photos, même de piètre qualité, avec tout ce que nous pouvons trouver sur Internet.

— Et vous avez donc identifié notre homme ? risqua Morgan pour tenter d'écourter ce monologue à la gloire de la police autrichienne.

— Exactement ! Le profil a matché avec l'annuaire de la Société de médecine contre les addictions, un syndicat professionnel qui regroupe des psychiatres spécialisés en addictologie.

— Intéressant. Et de qui s'agit-il ?

— Thomas Pichler, un psychiatre qui exerce dans une clinique privée des environs de Salzbourg. Voulez-vous qu'on aille l'interroger ?

Morgan posa momentanément le combiné sur son épaule. Il avait besoin de réfléchir et la voix excitée de Bauer le perturbait. Si l'information était juste, Julia avait été accueillie à l'aéroport de Vienne par un psychiatre spécialisé dans les addictions, et donc vraisemblablement conduite dans sa clinique à l'autre bout du pays. Morgan établit le lien avec Anastasia Melnik, morte par overdose. Il y avait un rapport entre la disparition de ces femmes et la drogue… ou le dopage. Pourtant, rien dans leur histoire ne permettait de penser qu'elles aient pu se droguer ou se doper *avant* leur disparition. Il y avait un truc qui clochait, mais il ne parvenait pas à déterminer lequel.

Puis il pensa à Kurt Wagner, petit trafiquant possiblement lié à cette histoire puisqu'il était le père de l'enfant d'Anastasia, mais immobilisé depuis des mois dans un hôpital viennois. Quel était le rapport ?

Morgan revint à la conversation.

— Vous pourriez faire surveiller la clinique pour savoir si Julia Franzini y est détenue ? suggéra-t-il à Bauer. Et par la même occasion, regarder du côté du registre des admissions si Anastasia Melnik n'aurait pas été admise dans ce même établissement, il y a un an.

Ravi de collaborer à une affaire de disparition internationale avec celui qu'il pensait être un homologue français, Gerhard Bauer assura que la surveillance serait discrète et qu'il préviendrait Morgan dès qu'il aurait du neuf. « Comment puis-je vous joindre ? » demanda-t-il finalement.

Morgan donna le numéro de téléphone du café de Karim.

Il mit à profit le trajet de retour vers Marseille pour réfléchir encore et toujours au détail qui lui échappait. Les disparitions de Julia et d'Anastasia trouvaient leur explication en Autriche, mais leur cause en France, sans aucun doute. L'entourage direct des joueuses ainsi que les membres du Country Club Aixois pouvaient tous être placés sur la liste des suspects et il devait identifier celui ou ceux qui avaient préparé l'arrivée en Autriche des deux femmes. Pour Anastasia, il n'avait pas le début d'un commencement de fait, mais s'agissant de Julia, il avait, à son insu, assisté à son départ pour Vienne.

Sur l'autoroute rectiligne du nord de l'Italie, Morgan entrouvrit d'un centimètre la vitre de l'Audi. L'air s'engouffra bruyamment dans l'habitacle, produisant ainsi un son régulier qui lui permit de se concentrer. Le régulateur de vitesse et la circulation fluide rendirent le pilotage presque automatique. Il pouvait se focaliser sur ses pensées.

Il visualisa les dernières secondes de Julia devant le comptoir d'enregistrement, puis, très lentement, comme une cassette VHS que l'on rembobinerait au ralenti, il tenta de revivre en pensées les minutes précédentes.

Ce qu'il faisait et à quoi il pensait…

L'arrivée de Julia dans la file d'attente : il marchait quelques mètres derrière elle et cherchait du regard le panneau d'information annonçant son vol pour Genève.

Avant ça, la traversée du hall des départs depuis l'escalator extérieur : il venait de reconnaître l'ancienne amie de sa fille et avait déduit à son sac de raquettes qu'elle allait disputer un tournoi professionnel. Il avait pensé à Roxane et regretté qu'elle ait dû mettre un terme à ses ambitions tennistiques. À cause de Carl, avait-il déploré, à cet instant.

Encore avant : l'arrivée aux abords du terminal depuis le parking voisin où il avait garé son *T-Max* et verrouillé le casque sous la selle. Il avait aperçu une voiture blanche stationnée en double file et pensé que le terme de déposeminute aurait pu s'appeler « dépose-quart d'heure », tant les occupants n'étaient pas pressés de dégager la voie. Deux hommes et une femme qui discutaient calmement autour du coffre ouvert duquel fut extrait un sac… Un sac de raquettes. La dépose de Julia par ses accompagnateurs qui s'avèreraient être Niels Goringer et Ivan Rossi.

Morgan ralentit encore le fil de ses pensées. Il ferma les yeux quelques instants, laissant au dispositif de « *lane assist* » le soin de maintenir l'Audi en ligne droite. Au moment où il était passé devant la voiture blanche, il avait remarqué un troisième homme à proximité. Plus âgé et dévisageant manifestement la joueuse. Il se souvint que son esprit avait alors été accaparé une fraction de seconde par la jeune femme. Il l'avait reconnue et n'avait eu besoin que de quelques instants pour mettre un nom sur son visage : Julia Franzini, une ancienne amie de sa fille.

Il rouvrit les yeux et un autre élément lui revint alors en mémoire. Pas une image, cette fois... Un son. Ou plutôt une parole prononcée par Niels : « Pense à t'hydrater pendant le vol », avait-il conseillé à la joueuse. Morgan se reprocha de ne se souvenir que de ce détail insignifiant, plutôt que du visage du troisième homme. Se pouvait-il que ce troisième homme soit Jean Baron, l'ancien amant de Julia qui l'aurait lui aussi suivie jusqu'à l'aéroport ? Il avait beau faire appel à ses plus profonds souvenirs, il ne parvenait pas à se remémorer ses traits.

Il tapa du poing sur le volant, sans se douter à cet instant qu'il avait mis le doigt sur un détail capital.

36

Son interlocutrice ne lui fut pas d'un grand secours. Roxane parlait un anglais tout à fait correct, pourtant, à l'autre bout du fil, une secrétaire revêche à l'accent prononcé du nord de l'Angleterre refusait de coopérer. Ces gens sont pénibles, pensa Roxane. Depuis le Brexit et leur sortie de l'Union européenne, les Britanniques semblaient considérer tout contact avec les habitants du continent comme hautement irritants.

— Je vous dis que nous ne pouvons pas donner ce genre de renseignement par téléphone, articula la femme, comme si Roxane était une enfant de six ans. Les concessionnaires passent chez nous pour quelques heures et nous ne tenons pas leur carnet de rendez-vous.

— Il s'agit d'une affaire urgente, madame. Monsieur Baron doit être prévenu sans tarder.

— Pourquoi ne l'appelez-vous pas sur son téléphone portable dans ce cas ?

« Parce que je veux savoir s'il est bien au siège de Jaguar, vieille pie, jura Roxane intérieurement. Je n'ai pas l'intention de le prévenir que je cherche à le localiser, figure-toi ! »

Cette approche ne donnerait rien. Elle tentait de vérifier que Jean Baron assistait bien à une réunion chez le constructeur, comme sa femme l'avait affirmé, mais la secrétaire anglaise protégeait la vie privée de ses concessionnaires comme s'il s'agissait de la famille royale. Roxane n'avait pas d'autre choix que de passer par la voie officielle… ce qui prendrait un temps infini.

Elle raccrocha et appela le service technique de la gendarmerie. « Luis, tu peux demander à Orange les fadettes de ce numéro ? ordonna-t-elle à l'agent en lien avec les opérateurs téléphoniques. On n'a pas de commission rogatoire, mais c'est urgent. »

Le technicien marmonna dans sa barbe. Il n'aimait pas agir en dehors de la procédure, mais pour Roxane il était prêt à faire une exception. La jeune lieutenante obtenait ce qu'elle voulait avec son sourire à faire se damner un saint, et ses jambes qui n'en finissaient pas. « Ça risque de prendre un peu de temps », précisa-t-il prudemment.

Roxane bascula son siège et croisa les mains derrière la tête. Elle n'avait pas grand-chose à faire de plus dans l'immédiat. Localiser Jean Baron était sa priorité. Pour le reste, elle n'avait pas d'autre choix que d'attendre que son père veuille bien se manifester depuis l'Autriche. Elle râla une nouvelle fois contre sa lubie anti-GSM.

L'appel qui suivit aurait pu venir d'un téléphone fixe autrichien et lui apporter de bonnes nouvelles. Il émanait pourtant d'un portable français.

— Roxane ? interrogea une voix à l'accent du Sud. C'est Alicia, l'amie de ton père !

Alicia… la bimbo du vallon des Auffes qui semblait anormalement attachée à Morgan et que Roxane n'avait rencontrée qu'une seule fois. Le tutoiement l'agaça d'entrée.

— Bonjour, Alicia, que puis-je pour vous ? demanda-t-elle tout de même, d'une voix professionnelle.

— Pas au téléphone. J'aimerais mieux vous voir en personne. On peut se rencontrer ?

Allons bon, pensa Roxane. Voilà qu'elle faisait des manières pour lui parler. Qu'est-ce que cela signifiait ?

Comme elle tenait à être au plus près de la caverne de son père lorsqu'il réapparaîtrait, Roxane accepta de se transporter jusqu'au vallon des Auffes.

Trente minutes plus tard, elle frappait à la porte d'Alicia. Celle-ci l'accueillit en peignoir de soie. Elle n'avait manifestement pas eu le temps de se préparer, pourtant ses ongles étaient peints d'orange vif et son maquillage ne manquait d'aucune de ses nombreuses couches habituelles.

— Vous vouliez me voir ?

— On peut se tutoyer, non ? On a pratiquement le même âge, suggéra Alicia avec un sourire crispé.

— Ça dépend, vous voulez me voir en ma qualité de gendarme ou comme une vague connaissance ?

— Je veux te parler de ton père, Roxane. Il a disparu depuis quatre jours et je ne sais plus quoi faire.

Elle semblait grandement désemparée, triturant nerveusement les bords de son peignoir.

— D'accord, tutoyons-nous, alors. Mais tu sais, il n'y a rien d'inquiétant. Puisque tu le connais bien, tu dois savoir qu'il lui arrive souvent de disparaître plusieurs jours. Mon père est un solitaire.

— Je sais ! Mais là, j'ai besoin de lui. C'est à propos de ce qu'il a fait pour moi...

Roxane se demandait ce qu'avait bien pu faire son père pour cette dévergondée qui aurait pu être sa fille. Elle ne le croyait pas capable, par exemple, de coucher avec elle, non pas parce qu'elle était trop jeune — après tout, il avait bien le droit de prendre du bon temps, dans sa situation —, mais parce qu'Alicia était sa voisine et que l'importance qu'accordait Morgan à sa tranquillité domestique était absolue.

— Qu'a-t-il fait pour toi, Alicia ?

— Il nous a sortis d'une belle panade, moi et les enfants, confia la jeune Marseillaise sans hésitation.

Elle expliqua avec force détails comment Morgan avait évité qu'Enzo et sa bande ne s'en prennent à elle. Elle avoua sans vergogne que son ex-petit ami était actuellement incarcéré aux Baumettes pour trafic de montres de luxe, et qu'il avait causé un préjudice à ses « associés ». Ceux-ci avaient voulu récupérer les contrefaçons pour continuer le business, et Morgan leur avait fourni quelques exemplaires pour les faire patienter. Le fait que Roxane soit enquêtrice à la section de Recherches ne sembla pas la dissuader le moins du monde de se confier.

— Attends ! Mon père a revendu de fausses Rolex ? demanda Roxane, abasourdie.

— Oui, mais juste une fois ! C'était pour les calmer dans l'urgence. Il leur a proposé de les initier à l'horlogerie pour qu'ils puissent en faire leur métier. Mais légalement, cette fois !

La précision ne rassura pas Roxane. À sa connaissance, son père n'avait jamais bafoué la loi. Durant ses années à la gendarmerie, il était réputé pour être l'un des officiers supérieurs les plus rigides et les plus scrupuleux de la procédure et du Code pénal. Dans une ou deux affaires, son respect du formalisme et son refus de transgresser les règles avaient même conduit à relâcher de dangereux criminels. Il en avait nourri une profonde frustration, mais l'avait accepté comme une conséquence d'un système judiciaire écrit par des hommes, par définition faillibles. Elle se demandait à présent ce qui avait poussé son père à frayer avec ces délinquants de cités. Par ailleurs, sa connaissance de la nature humaine conduisit Roxane à supputer les raisons de l'appel paniqué d'Alicia.

— Le problème, c'est que cet Enzo et sa bande ont pris goût à l'argent facile et veulent maintenant toujours plus de fausses Rolex, n'est-ce pas Alicia ?

La bimbo baissa piteusement les yeux.

— C'est ça. Je ne sais pas ce que ton père trafique avec eux, mais il leur a emprunté une voiture pour quelques jours. Enzo en a profité pour débarquer ici et menacer les enfants. Il me fait vraiment peur, Roxane.

Celle-ci eut un rictus nerveux. À vouloir jouer aux justiciers pour Alicia, Morgan s'était mis dans de beaux draps. Enzo allait l'obliger à lui fournir toujours plus de contrefaçons et son père allait devoir s'exécuter s'il ne voulait pas que ces types s'en prennent à lui, à Alicia et aux enfants. En sa qualité de lieutenant de gendarmerie, Roxane pouvait se saisir de l'affaire et mettre fin à ce trafic. Mais cela ne manquerait pas d'avoir des conséquences sur la réputation de son père. Or, elle avait besoin de lui pour résoudre l'énigme de la disparition de Julia. En agissant comme un idiot, il risquait de l'embarquer avec lui dans ses ennuis.

— Tu crois qu'on peut lui parler ? Je suis sûre que Morgan a une solution, soupira Alicia de plus en plus accablée.

— Mon père ne va pas tarder à revenir. Demain au plus tard. Je lui parlerai de ce problème. En attendant, tu ne dois absolument pas évoquer notre conversation avec Enzo. Si tu veux que je demande à mon père d'agir, ma hiérarchie ne doit pas être au courant. C'est clair, Alicia ?

— Oui, je comprends. Tu sais, ce n'est pas moi qui ai demandé de l'aide à ton père. Il est spontanément intervenu lorsqu'Enzo m'a menacée. Je sais que c'est un ancien flic. S'il avait dénoncé Enzo, ça ne m'aurait pas dérangée. Tu crois qu'il va prévenir la police, cette fois ?

Roxane n'en savait rien. Elle avait toujours fait confiance à son père pour agir au mieux du respect de l'ordre public et de la loi, mais force était de constater qu'il prenait certaines libertés maintenant qu'il était dans le civil. Elle redoutait leur future confrontation à ce sujet.

— On ne sait jamais comme il va réagir, confia-t-elle. Mon père est très particulier en ce qui concerne ses motivations. Ce n'est pas qu'il ne ressent pas d'émotions, c'est juste qu'elles sont indétectables chez lui. On dirait qu'il raisonne chacune de ses réactions.

— Il est un peu autiste, en quelque sorte, lâcha Alicia naïvement.

Roxane n'avait jamais imaginé les choses sous cet angle. Pour elle, son père était un étrange bonhomme qui interagissait avec ses semblables d'une drôle de manière. Mais il ne souffrait d'aucune maladie mentale. Il avait toujours été attentionné avec elle, et même avec sa mère. S'il avait de nombreux tocs, il parvenait le plus souvent à les maîtriser pour mener une vie normale… Pas tout à fait normale, en réalité, réalisa-t-elle.

— Écoute Alicia, je vais joindre papa et avoir une discussion avec lui. En attendant, donne-moi le numéro de portable d'Enzo. Je peux toujours le faire surveiller pour éviter qu'il ne revienne ici avant le retour de mon père.

Alicia ne se fit pas prier. Elle raccompagna Roxane, puis verrouilla la porte à double tour.

37

La porte de l'atelier de Morgan était équipée d'une serrure à six points actionnée par un dispositif électrique. Le clavier à touches pour l'ouvrir était situé sur la droite, en dessous d'un interphone vidéo comme on en trouvait devant le sas d'une agence bancaire. Roxane était déjà entrée dans cette pièce, mais seulement en présence de son père et chaque fois pour de très courts séjours. Pour le reste, elle avait accès à l'ensemble de la maison de pêcheur depuis que Morgan lui avait indiqué où se trouvait cachée la clé de la porte extérieure. Il tenait à ce qu'elle dispose d'un endroit où se réfugier vingt-quatre heures sur vingt-quatre et sept jours sur sept en cas de besoin. À une ou deux reprises, elle avait failli l'utiliser pour fuir Carl, lorsque celui-ci s'était montré humiliant. Elle avait chaque fois réussi à faire baisser la tension, mais elle savait gré à son père de mettre à disposition cet abri.

Elle patienta en déambulant dans cet intérieur si typiquement masculin, mais également habité de souvenirs de leur vie de famille. Une photo d'elle en compagnie de ses deux parents trônait au-dessus du bar. Prise lors d'une réunion de famille du côté de sa mère, on la voyait adolescente, les membres encore maigres, mais le visage déjà joliment dessiné, entre Morgan et Béatrice habillés comme pour un mariage. Sa mère arborait un sourire peu naturel, tandis que son père possédait ce regard impénétrable qui pouvait vous glacer le sang. À l'époque, il portait une montre Lip, spécialement produite en série limitée pour le GIGN. Elle passa négligemment le doigt sur d'autres clichés accrochés au mur : Morgan lors de la remise de la Légion d'honneur, dans la cour du camp de Satory ; le même Morgan en compagnie du vieil horloger suisse qui l'avait pris sous son aile ; Roxane lors du tournoi de Roland-Garros junior auquel elle avait participé. Ces images constituaient des souvenirs heureux pour son père. Elle se demanda s'il avait réellement besoin de les accrocher au mur ou s'il possédait, gravée dans son cerveau, la mémoire parfaite de ces instants de bonheur.

Elle n'eut pas le temps de s'interroger plus avant. Un bruit de clé dans la serrure extérieure, la porte s'ouvrit et la silhouette de Morgan se découpa dans l'encadrement.

— Bonjour, ma grande, je me doutais que tu serais là, prononça-t-il d'une voix basse.

Il la serra chaleureusement dans ses bras.

— Tu as fait bonne route ? interrogea Roxane, ne sachant pas si elle devait entrer directement dans le vif du sujet ou lui laisser le temps de poser son sac.

— C'était long, mais pas désagréable. Et j'arrive avec de bonnes nouvelles.

— Papa, je dois te parler d'une chose, d'abord. Avant que tu arrives, j'ai discuté avec Alicia...

Morgan ne manifesta aucune surprise ni ne formula aucune question.

— Elle vaut le détour, n'est-ce pas ? se contenta-t-il de dire.

— Ce n'est pas la question, papa. Elle m'a expliqué ce que tu avais fait pour la tirer d'affaire... les montres que tu as données à ces voyous.

— Elle n'aurait pas dû te mêler à ça, déplora-t-il en commençant à ranger son sac.

Il posa son bagage sur un fauteuil et entreprit calmement d'en sortir le linge sale qu'il mit directement dans le tambour de la machine à laver. Que sa fille soit maintenant au courant de ses combines semblait lui être tout à fait équilatéral. Une fois sa tâche ménagère terminée, il alluma la machine à café et introduisit une dosette.

— Expresso serré, mais pas trop ? demanda-t-il en remplissant le réservoir d'eau.

— Papa, c'est sérieux ! Pourquoi as-tu fait ça ? Je pensais que tu respectais la loi ! Toujours !

— Je respecte la loi, ma grande. Disons qu'à présent, je l'adapte un peu à ce qui me paraît juste.

Roxane était hors d'elle.

— Parce que voler un fabricant de montres, ça te paraît juste ?! réagit-elle.

— C'est le prix à payer pour obtenir un résultat équilibré et harmonieux. Je ne fais que remettre les pendules à l'heure.

— En te comportant comme un faussaire !

— Non, Roxane. En permettant qu'une jeune femme comme Alicia puisse élever ses enfants sans être rattrapée par les bêtises de son ancien compagnon. Et au passage, je donne à cet Enzo l'occasion de rentrer dans le droit chemin. Je suis sûr qu'il peut devenir un excellent horloger, tout à fait légalement.

Roxane était désarçonnée. Elle regarda son père comme une bête curieuse. Comment un homme aussi intelligent que lui, et qui avait consacré toute sa vie au maintien de l'ordre, pouvait-il se comporter comme ça ? Avait-il abandonné toutes ses valeurs ? « *Dura lex, sed lex* », disait-il souvent lorsqu'elle était enfant. Même si l'on trouvait que la loi était mal faite, on n'avait pas d'autre choix que de la respecter si l'on voulait vivre harmonieusement en société.

Un principe que Roxane s'était approprié en entrant dans la gendarmerie. Devinant ses pensées, Morgan poursuivit :

— Je ne demande à personne de faire comme moi. Mais de mon côté, j'estime que si pour arriver à une situation juste, je dois légèrement transgresser la loi, eh bien je le fais.

— Tu te prends pour un justicier solitaire, en quelque sorte.

— Pas un justicier, non. La justice se rend dans les tribunaux, ma grande. Je ne fais que rétablir un équilibre que j'estime en danger. Vouloir que les choses rentrent dans l'ordre est un but tout à fait louable dans l'existence. Et comme j'estime que j'ai quelques talents dans ce domaine, j'agis ainsi. Tu comprends ?

Remettre les pendules à l'heure. Roxane réalisa que la passion de son père pour les mécanismes horlogers n'était pas seulement un passe-temps dans lequel il excellait, du reste. Il s'agissait d'une activité métaphorique qui s'exprimait dans d'autres compartiments de sa vie. Cet homme... son père... n'avait pas fini de la surprendre, décidément.

Morgan jugea que la discussion sur le sujet avait assez duré. Il tendit à Roxane la tasse remplie du breuvage mousseux et se servit lui-même un café.

— Veux-tu que je te débriefe de ce que j'ai découvert en Autriche ? » demanda-t-il sans que la question ne puisse accepter de réponse négative. « L'homme qui a enlevé Julia est un psychiatre du nom de Thomas Pichler. Je pense qu'il la détient dans une clinique de désintoxication des environs de Salzbourg. En ce moment même, un ancien collègue de la police autrichienne est en train de le vérifier.

Roxane eut du mal à passer sans transition de ses réflexions sur la personnalité de son père aux péripéties d'une enquête qui pourtant la préoccupait au plus haut point. Elle avala la moitié de sa tasse avant de réagir.

— Il faut qu'on intervienne ! décida-t-elle finalement. Je

vais demander à Roque d'informer un juge d'instruction. Comment dis-tu que s'appelle ce médecin ?

— Si je peux me permettre un conseil, tu devrais attendre avant de prévenir ce bon colonel Roque. Il est encore remonté contre toi, et avant qu'il se décide à saisir le parquet, ces bandits auront eu le temps de déplacer Julia quinze fois.

— Que me conseilles-tu de faire, alors ?

— D'abord attendre que mon contact nous confirme que Julia est bien là-bas. Ensuite, trouver qui, ici en France, est lié à cette bande de gourous autrichiens. Enfin, je pense qu'il est important que tu sois définitivement mise hors de cause dans la mort de Carl. À ce sujet, où en est-on, d'ailleurs ? Ils t'ont interrogée sur ton emploi du temps après le 15 avril ?

— Oui, mais j'ai l'impression qu'ils pataugent sur la date exacte de sa mort. En tout cas comme tu me l'avais dit, ça ne semble pas être le 15… ils m'auraient déjà placée en garde à vue, sinon.

— Exact. Il est temps de donner un coup de main à cette Olivia Pozzi… J'ai ma petite idée.

Roxane écarquilla les yeux. Quelle combine son père allait-il bien pouvoir inventer pour « donner un coup de main à cette Olivia Pozzi », comme il disait. Elle posa la question.

— Ne t'occupe pas de ça, ma grande. Je me débrouille. Contente-toi de traquer les loustics du Country Club. Tu as une piste sérieuse ?

— Il y a Jean Baron qui pourrait avoir voulu enlever Julia, d'après moi. Il est aux abonnés absents depuis plusieurs jours, figure-toi.

Morgan établit instantanément le lien avec les représentations mentales qu'il avait effectuées sur la route. Le troisième homme, celui qui était à proximité de Julia lors de son départ de l'aéroport de Marseille et qu'il n'avait pas réussi à identifier, pouvait-il être Jean Baron ? Possible…

Possible, mais secondaire.

Il récapitula mentalement le plan d'action qui lui semblait le plus pertinent, et décida de se concentrer dessus : petit un, attendre la confirmation de Gerhard Bauer. Petit deux, laisser Roxane s'occuper de Jean Baron et des autres complices français. Et petit trois, donner à Olivia Pozzi l'information qui lui manquait pour prouver que Carl était mort plusieurs jours après le 15 avril. Grâce à une répartition des rôles équilibrée, le petit trois devenait le petit un, pour lui.

À l'issue d'une courte sieste, indispensable après son long périple, Morgan s'attaquerait à ce point.

38

Roxane débarqua sans rendez-vous dans le bureau de son chef. Le colonel Roque était toujours aussi renfermé, comme habité par des préoccupations très éloignées des affaires de la section de Recherches. Elle ne put s'empêcher de penser à la vie de cet homme qui ne devait pas être facile tous les jours. Partagé entre son désir de résoudre des affaires et la nécessité de diriger un service d'une centaine d'agents, il n'avait pas d'autre choix que de déléguer les opérations sur le terrain à ses gendarmes. Pour quelqu'un qui avait besoin de l'adrénaline de l'action, cela pouvait être frustrant. Elle se demanda d'ailleurs si ce n'était pas précisément les jeux politiques et les luttes d'influences au sein de la gendarmerie qui avaient poussé son père à démissionner, quelques années plus tôt.

Dans l'immédiat, elle devait se montrer prudente au sujet des informations qu'elle s'apprêtait à donner au colonel Roque. Elle ne pouvait pas se permettre qu'il apprenne que Morgan enquêtait clandestinement.

Elle attendit que Roque ait terminé la lecture d'une note de service, puis elle manifesta sa présence en toussotant.

— Ça va, chef ? demanda-t-elle, tandis qu'il la regardait, l'air absent.

L'apostrophe était moins protocolaire que d'habitude. Roxane tentait de créer un début de complicité avec le rigide colonel.

— Ça va, Baxter. Et, vous ? Quoi de neuf ? Le SRPJ vous laisse tranquille ?

En dire le moins possible, mais se montrer franche et honnête. Quitte à anticiper un peu sur la réalité.

— Ils connaissent la date précise de la mort de Carl... je veux dire, de la victime... J'ai un alibi incontestable qu'ils doivent être en train de vérifier. Je vous le répète, colonel, je n'ai pas tué Carl Vanger, je n'avais aucune raison de le faire. Il s'agit d'une malheureuse coïncidence.

— Quelle coïncidence ? interrogea Roque, l'air soupçonneux.

— Eh bien, je veux dire... qu'il soit mort après que je l'ai quitté et qu'il se soit noyé alors que notre dernière rencontre s'est déroulée sur l'eau. Et puis que son corps soit retrouvé au moment où j'enquête sur la disparition de Julia Franzini. Il n'y a aucun lien, vous pouvez me croire !

Il pinça les lèvres, septique, mais il n'avait pas le temps, et encore moins la volonté, de se mêler d'une affaire confiée au SRPJ. Il espérait au fond que son enquêtrice retrouve les mains libres et dénoue rapidement cette affaire de disparition. L'histoire commençait à faire du bruit dans la région et l'on n'allait pas tarder à lui demander de s'exprimer publiquement. Du reste, il avait été obligé d'informer le Parquet lorsqu'un journaliste plus zélé que les autres l'avait interrogé sur la possibilité d'une relation entre la mort d'Anastasia Melnik et l'affaire de dopage impliquant un ancien joueur autrichien, toutes deux liées au Country Club Aixois. Il n'avait pas encore prévenu Roxane de la nomination du juge d'instruction, car il hésitait toujours à la dessaisir de l'enquête.

— Baxter, vous ne m'interrompez pas dans mon travail juste pour plaider votre cause, si ?

— Non, colonel. Il y a du nouveau concernant Julia Franzini, je voulais vous en avertir… On pense l'avoir localisée.

Roque effectua un petit moulinet de l'index. Il lui ordonnait de poursuivre.

— On pense qu'elle est détenue dans une clinique psychiatrique près de Salzbourg, en Autriche…

— Je sais où est Salzbourg. Dites-moi plutôt ce qui vous fait affirmer ça ?

Aïe, elle était allée un peu vite. Son père lui avait conseillé de ne pas avertir le colonel avant que Bauer, le flic autrichien, ne soit en mesure de confirmer la présence de Julia là-bas. Sans doute savait-il que le patron de la section de Recherches lui demanderait aussitôt des comptes sur ses méthodes d'enquête… et comme elle ne pouvait pas dire que Morgan agissait en sous-marin, au mépris de toutes les règles de procédure… Elle se sentit coincée. Cela n'échappa pas au colonel.

— Ne me dites pas que vous êtes allée vous-même en Autriche avant qu'un juge ne l'autorise !

— Non, bien sûr que non ! J'ai simplement réussi à me procurer la bande des caméras de surveillance de l'aéroport de Vienne. On y voit Julia Franzini accompagnée d'un psychiatre réputé qu'un ami dans ce pays m'a aidé à identifier. Les Autrichiens sont en train de vérifier.

— Je n'aime pas ça, Baxter. Vous êtes censée vous limiter à enquêter sur l'entourage de cette fille. Pas à jouer les miss Marple internationales ! C'est bien ce que je vous avais dit, non ?

Roxane ravala une protestation. Le colonel avait l'air plus soucieux de faire respecter ses ordres que de retrouver Julia. C'était agaçant. Une nouvelle fois, elle réalisa combien son père avait dû se sentir à l'étroit dans une institution qui existait depuis des centaines d'années sans presque ne jamais s'être remise en cause. Pour s'en sortir sans encombre, elle décida de passer en revue les éléments de l'enquête et d'établir un lien, peut-être un peu prématuré, entre les proches de Julia à Aix et le docteur Thomas Pichler.

Elle évoqua l'entourage sportif de la joueuse et leur préoccupation qu'elle se trouve dans les meilleures dispositions mentales avant de disputer un tournoi important : son entraîneur, qui ne s'était pas rendu avec elle en Autriche, aurait très bien pu vouloir confier à un psy autrichien le soin de la suivre lors de son séjour à Vienne. Cela n'expliquait pas l'internement dans une clinique de désintox, mais Roxane laissa entendre qu'il pourrait y avoir un rapport avec Anastasia Melnik, qui elle aussi avait disparu en Autriche, et qui avait sombré dans la toxicomanie. Roque ne commenta pas cette hypothèse qui lui parut pourtant un peu farfelue.

— Vous avez d'autres pistes ? demanda-t-il en coupant court aux développements de Roxane.

— Il y a aussi le sponsor du club, Jean Baron. Il a eu une brève liaison avec Julia et je me demande si, comme il l'a prétendu, il a bien renoncé à son attirance pour elle. En outre, il a disparu depuis plusieurs jours et je ne suis pas encore parvenue à le localiser. Je me demande s'il ne se serait pas rendu dans cette clinique, à Salzbourg...

— Qu'est-ce que vous attendez, Baxter ?

Roxane était sur le point de dire qu'elle s'y était précisément employée en demandant la surveillance du portable de Jean Baron, et que les résultats ne tarderaient pas à tomber, lorsque le téléphone du colonel sonna.

Il décrocha.

Tandis que son interlocuteur l'informait de l'objet de l'appel, il jeta un regard circonspect à Roxane. « Passez-le-moi », dit-il au bout de cinq secondes. Puis, masquant le combiné de la main : « Restez, Baxter. Ça vous concerne, c'est le juge d'instruction. Il a été nommé hier soir à ma demande. Je n'ai pas encore eu le temps de vous en avertir. »

Roxane ne sut pas quoi en penser. Elle demandait depuis plusieurs jours à son chef de saisir le parquet pour que son enquête puisse se dérouler dans un cadre légal indiscutable. Mais dans le même temps, cet appel signifiait que le procureur avait lui-même décidé de nommer un juge d'instruction et qu'à partir de maintenant, tous les actes de procédure seraient décidés par le magistrat sans qu'elle puisse entamer d'actions de sa propre initiative. Roxane entrait dans une phase plus difficile où elle n'aurait plus les mains libres. Elle s'assit en face de son chef.

À sa voix, le juge d'instruction lui donna l'impression d'être relativement jeune, sans doute nouvellement nommé dans la région. Il posa quelques questions sur le contexte de la disparition de Julia, puis sur les actes d'investigation qui avaient déjà été effectués. Il ne formula pas de reproches à Olivier Roque concernant le fait que l'enquête durait depuis plus d'une semaine avant qu'il ait été saisi. Il ne connaissait pas encore le patron de la section de Recherches ni ses équipes, mais l'assura qu'il était enchanté de collaborer avec une unité aussi prestigieuse. L'heure était aux ronds de jambe, pensa Roxane. Les relations d'un juge d'instruction avec les unités de la police et de la gendarmerie dépendaient grandement des premiers jours de collaboration et des résultats que la SR obtiendrait rapidement. Dans ce domaine, le colonel Olivier Roque excellait.

Il se limita à préciser que son équipe était à présent certaine que la jeune Julia Franzini n'avait pas disparu de son plein gré, et que la saisine du juge permettait maintenant d'engager des actions conjointes avec la police autrichienne. Il termina son exposé par la demande de deux commissions rogatoires. L'une pour mettre sur écoute le portable de Jean Baron, et l'autre pour requérir la transmission des bandes vidéo de l'aéroport.

— Vous aurez ça dans l'heure, affirma le juge. J'aimerais aussi vous voir avec votre équipe d'enquêteurs. Pouvez-vous venir à mon cabinet lundi prochain à seize heures ?

Et voilà, pensa Roxane. La machine à ralentir les enquêtes était en route. Le bureau du juge était sans doute encombré de dizaines de dossiers dont l'ordre de priorité dépendait de critères obscurs. Un premier rendez-vous dans son cabinet presque une semaine plus tard, c'était tout à fait incompatible avec les besoins de l'enquête. Elle jeta un regard implorant au colonel Roque qui comprit sa préoccupation.

— Entendu, monsieur le juge, lundi prochain à seize heures, dit-il, civilement. Dans l'intervalle, je me permettrais de vous appeler s'il y a du nouveau. J'ai bien peur que cette affaire prenne rapidement un tournant médiatique...

Il ponctua son propos d'un clin d'œil à Roxane. À sa manière, il venait de mettre le juge sous pression. Si les médias s'emparaient de l'affaire, nul doute que celui-ci bousculerait son agenda et ferait remonter le dossier de la disparition de Julia Franzini sur le haut de la pile.

39

Morgan dormit deux heures avant d'être réveillé par des coups répétés assénés contre la porte d'entrée.

— Morgan, c'est moi ! annonça la voix d'Alicia. Je peux vous voir une minute ?

Il pesta intérieurement. Son choix d'habiter seul dans cette maison de pêcheur et son refus d'utiliser les moyens de communication modernes étaient en partie motivés par sa volonté de décider lui-même des moments où il acceptait d'interagir avec ses semblables. En outre, il pensait avoir été suffisamment clair avec ses voisins en leur signifiant qu'il ne voulait pas être dérangé chez lui. Karim, le cafetier du vallon des Auffes le comprenait très bien, pourquoi Alicia avait-elle plus de mal ?

Il se leva, enfila un bermuda kaki et un t-shirt blanc impeccablement repassés et ouvrit le verrou.

— Bonjour Alicia. Je rentre de voyage, je me reposais. Si vous voulez que nos relations restent amicales, vous ne devez pas frapper comme une damnée à toute heure du jour et de la nuit.

— Excusez-moi, Morgan. Mais là, il y a urgence ! C'est Enzo ! Il insiste pour avoir d'autres montres. Il dit que si vous ne lui en donnez pas d'autres, je le cite, « il s'en bat les couilles de votre avertissement de ne pas descendre au vallon. » Il menace de venir s'occuper à sa manière de mes minots ! Il est incontrôlable. Il me fait peur.

Morgan se passa une main sur le front. Il détestait avoir plusieurs problèmes urgents à régler en même temps. Sur sa liste de priorités, faire redescendre Enzo en pression ne figurait pas. Il voyait bien une demi-douzaine de moyens différents d'expliquer la vie à cet idiot et à sa bande, mais aucun n'avait été intégré à son planning des prochaines heures. Il fixa Alicia.

La jeune femme avait l'air sincèrement paniquée. Les complices de son compagnon lui fichaient une frousse bleue et elle ne voyait pas comment protéger ses enfants sans l'intervention de Morgan. Si ce dernier voulait agir dans l'ordre qu'il avait décidé, il devait gagner du temps.

Mais il ne pourrait pas non plus laisser les menaces d'Enzo sans réaction. Comme tous les imbéciles qui testent en permanence les limites de leurs adversaires, il devait se voir signifier un hors-jeu. Voire prendre un carton jaune, pensa Morgan.

— Je vais m'en occuper, Alicia. Mais j'ai d'autres priorités avant ça. Je dois régler une affaire urgente. Dites à Enzo de venir me voir demain soir sur la route des crêtes. Vous connaissez l'endroit ?

Alicia le connaissait, évidemment. La route, qui surplombait la mer entre Cassis et La Ciotat, était un haut lieu du tourisme autour de Marseille. Un panorama époustouflant, des virages dangereux qui servaient épisodiquement de terrain de jeu aux amateurs de gymkhana en moto, mais surtout, un isolement tout à fait propice à la délivrance d'un message à Enzo, fut-il accompagné de ses acolytes en survêtement.

— Vous irez seul ? C'est dangereux, Morgan ! Il sera certainement armé.

— Ne vous inquiétez pas. Dites-lui seulement que je lui apporterai ce qu'il demande.

Morgan avait décidé dans l'instant *ce* qu'il apporterait à Enzo, le lendemain. Sans conteste ce dont il avait besoin… et ce ne serait pas des montres de contrefaçon.

Il avait déjà perdu assez de temps, aussi suggéra-t-il à Alicia de retourner chez elle et de profiter de ses enfants. Il referma la porte derrière elle.

Morgan s'habilla plus chaudement puis enfourcha son *T-Max*. Comme il se rendait dans la même direction que la route des Crêtes, il envisagea un instant de faire un détour pour repérer les lieux. Il renonça, finalement : une connaissance précise de la topographie serait superflue, et puis il avait encore en mémoire les détails nécessaires à parer à toute éventualité lors de son entrevue avec Enzo.

Il roula en direction de Ceyreste, à l'adresse censée abriter le siège de la société de plongée de Kevin Carrodano.

Le garçon habitait dans un petit ensemble édifié à proximité de la voie ferrée. En face d'une zone commerciale où des magasins alimentaires occupaient des bâtiments sans âme, un promoteur dénué de talent avait construit des immeubles de trois étages, rose et blanc. Faute de caves, les résidents entassaient un bric-à-brac hétéroclite sur leurs balconnets.

Morgan repéra le nom du plongeur sur la boite aux lettres, puis passa un moment à observer l'immeuble depuis la rue. Le salon de Kevin ne comportait pas de rideaux, et bien que les murs extérieurs fussent flanqués de gros blocs de climatisation, le plongeur avait laissé la baie vitrée ouverte. Morgan identifia le son de la télévision, puis, au bout de quelques minutes, il aperçut Kevin reposer sur le bar la boite cartonnée qui avait contenu son dîner. Il était seul et c'était exactement ce dont Morgan avait besoin.

Il attendit l'entrée d'un voisin dans l'immeuble pour se glisser à sa suite dans le hall. Affichant l'air assuré de celui qui sait exactement où il va, il emprunta l'escalier jusqu'au deuxième étage, puis se posta devant la porte de Kevin.

Nouvelle écoute attentive. Juste le son de la télé qui diffusait une émission de variétés. Morgan pouvait entrer en action.

En fait d'action, il voulait juste avoir avec le plongeur une conversation suffisamment assertive pour obtenir ce dont il avait besoin : le moyen de disculper définitivement Roxane de l'assassinat de Carl. Il frappa à la porte.

— Oh ! Monsieur Baxter… Morgan… que faites-vous ici ?

Kevin ne s'attendait pas à cette visite. Encore moins en fin de soirée, tandis qu'il s'apprêtait à se coucher.

— J'ai besoin d'avoir une discussion franche avec toi, mon garçon. Je me suis dit que le meilleur moyen était encore de te rendre une visite de courtoisie.

Morgan n'était pas menaçant. En outre, le plongeur ne craignait pas grand monde dans l'hypothèse d'un affrontement physique. Toutefois, il nota sur le visage de son ancien élève un regard sombre et dur comme de l'acier.

— On aurait pu se retrouver sur le port, comme les autres fois, remarqua Kevin.

— Ça ne pouvait pas attendre. Je peux entrer ?

Kevin ouvrit complètement la porte et indiqua un canapé de type clic-clac. De son côté, il resta debout sur le seuil, entre le petit salon et l'entrée. Le deux-pièces était propre, mais encombré de matériels que l'on aurait plutôt entreposés dans une cave ou un garage. Morgan photographia mentalement les lieux. Il avisa un ensemble de bouteilles de plongée, une caisse contenant des masques et des palmes, ainsi qu'un portant où achevaient de sécher des combinaisons en néoprène. La plongée sous-marine était toute la vie de Kevin et cela se voyait jusque dans son modeste appartement.

— Voulez-vous quelque chose à boire ?

— Non merci, je ne vais pas rester longtemps. Je viens te voir au sujet de la découverte que tu as faite.

Kevin n'était pas certain de comprendre. Morgan laissa passer dix secondes et précisa :

— Le cadavre que tu as découvert sous l'eau, et que la police a repêché il y a quelques jours... J'ai besoin d'avoir des précisions.

— J'ai déjà tout dit à la police... l'inspecteur Pozzi... vous devez la connaître ?

Kevin estimait qu'il n'avait rien à se reprocher dans cette histoire. Il avait collaboré loyalement en signalant le corps, puis une nouvelle fois en encadrant les plongeurs de la gendarmerie pour le récupérer. Cela lui avait donné l'occasion de faire la connaissance d'Olivia Pozzi, avec laquelle il envisageait d'ailleurs d'approfondir les liens dès que possible. Pourtant, l'attitude de Morgan Baxter indiquait qu'il cherchait quelque chose. Le fait qu'il débarque chez lui à l'improviste et qu'il soit un ancien flic fit penser à Kevin qu'il s'agissait d'une sorte de détective privé menant une enquête parallèle.

Il jugea préférable de faire preuve de bonne volonté pour s'en débarrasser le plus vite possible.

— Vous voulez parler de l'histoire du haut de combinaison ? C'est vrai que quand on a repêché le corps, il avait disparu. J'étais pourtant sûr que ce type en portait un. Mais je me suis peut-être trompé...

— Il ne s'agit pas de ça, mon garçon. Tu es certain de n'avoir rien oublié en effectuant ta déposition à la capitaine Pozzi ?

Morgan cherchait visiblement la petite bête. Kevin lui avait appris à plonger en grandes profondeurs, et il se demanda à cet instant si l'objectif de ce gars n'était pas dès le début de se rendre à l'endroit où se trouvait le corps. Que pouvait-il bien chercher ?

Puis Kevin repensa à la montre. Le vol de la *Panerai* lui était momentanément sorti de l'esprit pour une raison simple : une fois remontée à la surface, elle s'était révélée hors d'usage. Kevin avait bien pensé la porter chez un réparateur agréé, mais il n'avait pas encore pris le temps de se rendre à Aix-en-Provence, dans la boutique spécialisée pour cette marque. Il devrait aussi avouer qu'il avait découvert la montre au fond de la mer et que c'est ça qui justifiait que les joints aient cédé et qu'elle soit à présent remplie d'eau. Il avait remisé l'objet de luxe dans le tiroir de sa table de nuit en attendant de trouver une explication plausible. Que savait Morgan Baxter à ce sujet ? se demanda-t-il en sentant monter une gêne de plus en plus palpable.

Il tenta de biaiser.

— Écoutez, Morgan, j'ignore quel rôle vous jouez dans cette histoire, mais de mon côté, j'ai été honnête : j'ai immédiatement signalé ma découverte à la police. Par la suite, je les ai aidés à remonter le corps, et je vous ai raconté tout ce que je savais. Si vous me disiez plutôt ce que vous voulez ? Pourquoi avez-vous insisté pour être formé aux plongées en grande profondeur ?

— Ça fait deux questions, mon garçon. Et la réponse à la seconde ne te regarde pas.

Morgan extirpa une feuille à peine froissée de la poche de son pantalon cargo. Lorsqu'il la déplia, Kevin avisa l'image d'un homme en tenue de nageur bizarrement debout devant une armoire métallique. Son visage était fermé et Kevin jura qu'il avait peur. Olivia Pozzi avait fini par lui montrer des photos de la victime et il reconnut Carl Vanger.

— D'où vient cette photo ? demanda Kevin.

— Ça ne te regarde pas non plus. Dis-moi plutôt ce que tu remarques, interrogea Morgan ?

— Le haut de combinaison que j'aurais pu voir sur le cadavre ? tenta Kevin.

— Quoi d'autre ?

Cette fois, il en fut certain, Morgan Baxter faisait allusion à la montre. La *Panerai Luminor* scintillait au poignet du nageur. La lunette parfaitement propre brillait sous l'effet de la lumière d'un plafonnier, tandis que le bracelet en caoutchouc kaki était passé sur le manche de la combinaison. Kevin imagina que ce type nageait avec sa montre de luxe, et du reste, c'était exactement celle que Kevin avait subtilisée au cadavre. Pour une raison ou pour une autre, Morgan savait que Carl portait cette montre quand il s'était noyé. Et il savait aussi que Kevin l'avait en sa possession à présent.

— Je peux vous expliquer pour la montre, soupira-t-il d'une voix honteuse, décidant qu'il était inutile de continuer à nier.

Il s'apprêtait à confesser son larcin lorsque Morgan le coupa. Sa réaction ne fut pas du tout celle à laquelle Kevin se serait attendu.

— Écoute, mon garçon, dit-il en se départissant pour la première fois de son air sévère. Je sais ce qu'un objet comme celui-là représente pour toi. À ta place, j'aurais agi exactement de la même manière. Après tout, une montre de luxe n'est plus d'une grande utilité pour un noyé, n'est-ce pas ? Toujours est-il que j'ai besoin de la voir avant de te dire ce que tu dois en faire. Dans tous les cas, je peux t'assurer que tu n'auras pas d'ennuis. Tu peux me croire.

Kevin marqua son hésitation. Cet homme était venu chez lui pour une raison très précise, et maintenant qu'il était sur le point d'obtenir satisfaction, voilà qu'il se montrait compréhensif. Il se demanda s'il n'était pas en train de se faire manipuler par un as de la dissimulation. Cela n'échappa pas à Morgan qui précisa : « si j'étais simplement venu pour te la voler, ne penses-tu pas que je m'y serais pris différemment ? Je serais par exemple entré chez toi par cette fenêtre qui ferme mal. » Il désigna du regard la baie vitrée du balcon.

Kevin se sentit rasséréné. Il estimait possible de faire confiance à l'ancien gendarme reconverti en horloger clandestin. Il se décida à aller chercher la montre.

Un bref aller-retour dans sa chambre plus tard, il tendit à Morgan la *Panerai Luminor* soigneusement conservée dans un sachet de plastique transparent. « De toute façon, elle ne marche plus », dit-il, comme pour se justifier.

Morgan se saisit de l'objet avec précaution et le disposa à plat sur la table basse. Il s'agenouilla à même le sol en lino et ouvrit le sac. D'une autre poche de son pantalon, il sortit une petite trousse d'horloger et ôta soigneusement les minuscules vis de la montre qu'il aligna sur le meuble. À l'aide d'un outil bizarre, il fit sauter le fond du boitier, laissant ainsi apparaître le mécanisme.

Il observa le système pendant de longues secondes. Kevin remarqua le chemin visuel très précis qu'il effectua plusieurs fois. Il n'utilisa aucune loupe ni aucune lentille grossissante, mais se contenta de plisser les yeux et d'observer encore et encore l'assemblage de roues crantées et de ressorts. Au bout de deux minutes, Morgan rendit son verdict : « La force exercée par l'eau a déchiré les joints et elle s'est infiltrée partout. Ces montres sont conçues pour descendre à cinquante mètres, mais à cent cinquante, la pression est dix fois plus importante et l'isolant aura lâché. L'eau de mer a oxydé les pièces, mais ce n'est pas ça qui l'a fait s'arrêter... »

Kevin ne dit rien. Impressionné par les connaissances de l'ex-flic, il se demanda à quoi rimait ce cours magistral d'horlogerie.

— En pénétrant dans le boitier, poursuivit Morgan, l'eau de mer a provoqué une résistance inattendue, notamment pour cette roue de centre qu'on voit là. Elle est sortie de son pignon et a en quelque sorte déraillé... C'est ça qui a arrêté la montre. Je suis catégorique.

— Très bien, osa Kevin, mais à quoi ça sert ? Vous allez la réparer ?

Morgan se redressa. Il regarda le moniteur de plongée avec bienveillance.

— Tu vas faire exactement ce que je te dis, et je te promets que je te donnerai une montre aussi belle que celle-là, mais en parfait état de marche.

— Si vous voulez...

— Je vais remonter la montre et te la confier. Demain

matin à la première heure, tu te présenteras à la capitaine Pozzi et tu la lui remettras. Tu lui diras que tu l'as prise sur le cadavre de Carl Vanger, mais que tu le regrettes. Tu préfères être honnête et lui transmettre tout ce que tu as prélevé sur la scène de crime.

— Elle peut m'arrêter pour ça ! Je veux dire, pour l'avoir dissimulée pendant tout ce temps.

— Elle n'en fera rien. Je m'assurerai qu'elle soit trop heureuse de cet indice matériel inattendu... qui lui permettra de tirer les mêmes conclusions que moi.

— À savoir ?

— À savoir que la montre s'est arrêtée le jour de la mort de Carl Vanger, lorsqu'elle s'est trouvée immergée par cent cinquante mètres de fond.

— Vous voulez dire que ça permet de dater la mort de ce pauvre type ?

— Tout juste, mon garçon. Pozzi pense à tort que cet homme a été assassiné par ma fille lors de leur dernière rencontre, le 15 avril... Or, comme tu peux le constater, l'affichage de la date indique le 17. C'est ce jour-là que la montre s'est arrêtée.

40

Chaque fois qu'Olivia Pozzi rencontrait Roxane Baxter, celle-ci produisait la même impression. Celle d'une jeune gendarme brillante, mais qui manquait assurément de la roublardise propre aux grands enquêteurs. Elle lui semblait trop honnête pour dissimuler efficacement à un suspect les éléments matériels qui pesaient contre lui. L'expérience viendrait avec le temps, et deux ou trois claques qu'elle prendrait dans la figure de la part de truands chevronnés qui la mèneraient en bateau. Mais pour l'heure, Roxane lui paraissait trop naïve pour se méfier de la manière dont les mis en cause pouvaient la rouler dans la farine. « Les faits, tous les faits, rien que les faits » semblait être sa devise. Bref, Roxane n'était pas encore suffisamment aguerrie et Olivia n'avait pas besoin de prendre de précautions pour l'entendre en qualité de témoin.

Elle lui demanda de la rejoindre à son bureau de l'Évêché.

— Comment avance ton enquête ? interrogea Olivia après les salutations d'usage. Tu as une piste pour retrouver ta joueuse de tennis ?

— Je crois qu'on tient le bon bout. Mon chef s'est

décidé à saisir le parquet. Un juge d'instruction a été désigné. On pense savoir où se trouve Julia Franzini.

Olivia ne poussa pas plus loin son interrogatoire sur le sujet. Elle était satisfaite que sa jeune collègue parvienne à se dépêtrer de cette affaire. Elle savait combien les succès étaient importants en début de carrière et elle se réjouit sincèrement de cette perspective heureuse. Mais elle n'avait pas convoqué Roxane pour discuter entre filles de leurs carrières respectives. Elle devait aussi faire aboutir son dossier.

— Un nouvel élément est apparu… il permet de dater la mort de Carl Vanger, enchaîna Olivia.

— Alors ? Il est mort après le 15 avril ?

— Le 17 exactement, si mes informations sont correctes. Tu as un alibi pour ce jour-là ?

Roxane acquiesça. Elle se souvenait très bien du 17 avril, le dimanche de Pâques.

— Figure-toi que ma mère a eu la bonne idée de se marier pile à cette date ! Son deuxième mariage en réalité, mais je ne sais pas pourquoi une sorte de croyance ésotérique lui a fait choisir le jour de la résurrection du Christ pour donner vie à son second amour… La résurrection de l'amour ! C'est ridicule, tu ne trouves pas ?

Olivia ne releva pas. En matière de croyances idiotes qui poussaient les gens à agir bizarrement, elle en avait vu d'autres.

— On peut vérifier facilement, j'imagine. Mais je ne t'ai pas fait venir pour ça. La datation de la mort de ton ex a été obtenue grâce à un indice, disons… particulier.

— Le bol alimentaire ? Tu m'en as déjà parlé.

— Non. Un témoin nous a remis la montre de Carl. Elle s'est arrêtée le 17 avril. Le mécanisme a éclaté sous la pression quand elle a coulé à cent cinquante mètres de profondeur. Ça évoque quelque chose pour toi ?

Roxane fut immédiatement en alerte. Elle connaissait l'amour de Carl pour cette montre, mais elle savait également qu'il ne nageait jamais avec. Lorsqu'il sortait en mer, il la remisait dans une boite métallique fermée à clé et fixée dans le coffre de sa voiture, sous la roue de secours. Du reste, elle savait qu'il ne portait pas la *Panerai* lors de leur dernière rencontre. La photo de lui, prise sur le bastingage du zodiac, en attestait. Il avait dû la récupérer avant de se noyer... Ou bien la lui avait-on remise au poignet au moment de le couler ? Elle se demanda si elle devait s'ouvrir de cette bizarrerie à Olivia.

— Qui a retrouvé la montre ?

— Kevin, le plongeur qui a découvert le corps. Il l'a récupérée le jour où il est tombé sur le cadavre, mais il l'avait visiblement escamotée. On dirait que ce garçon a eu des remords... Il me l'a rapportée ce matin.

— C'est étrange, en tout cas. Carl ne nageait jamais avec sa montre. Il y tenait comme à la prunelle de ses yeux. Il disait qu'elle avait été conçue pour des nageurs de combat et qu'elle était sans doute adaptée à ses sorties en mer, mais qu'elle avait trop de valeur pour risquer de la perdre. D'ailleurs, si tu te souviens bien, il ne la portait pas sur la photo que je t'ai montrée. Celle du 15 avril.

— Oui, et c'est ce qui me chiffonne. On dirait que ton Carl s'est noyé pendant son entraînement du 15 ; or, ce n'est pas le cas. Le légiste affirme qu'il est mort deux jours plus tard... Et maintenant, sa montre, qu'il n'était pas censé porter lorsqu'il nageait, réapparaît comme par miracle et indique la même date : le 17. Tu ne trouves pas ça bizarre ?

— Il est possible qu'il se soit aussi entraîné deux jours plus tard, et qu'il ait exceptionnellement porté sa *Panerai*, nota Roxane. Carl était du genre à ne pas mollir sur sa condition physique.

— Peut-être, mais dans ce cas, qu'a-t-il fait pendant ces deux jours ? Les écoutes téléphoniques n'ont rien donné. Et il n'a rien mangé depuis votre déjeuner de pâtes du 15... Y a un truc qui cloche.

Roxane en convint. Elle avait beau réfléchir, elle ne

voyait rien qui puisse expliquer la mort de Carl quarante-huit heures après leur rupture. Sans compter qu'il n'avait pas donné le moindre signe de vie dans l'intervalle. À vrai dire, elle répugnait à penser à ça. Elle avait commencé le deuil de leur histoire dès le 15 avril, et ne pas revenir sur les moments pénibles était le meilleur moyen de tourner la page. La décision de quitter Carl avait été suffisamment difficile à prendre, et, si elle avait été surprise qu'il ne la harcèle pas juste après, elle s'était efforcée de couper tout lien avec lui. Pour l'oublier et se donner une chance de passer à autre chose. Qu'il soit mort maintenant ne rendait que plus réel le fait qu'il soit sorti de sa vie… Pour toujours.

— Et du côté de ses activités professionnelles, vous avez trouvé quelque chose ?

— Oui, mais rien de probant. L'examen de ses comptes bancaires montre qu'il vivait sur un héritage qu'il a reçu il y a quelques années et de petites sommes d'argent qu'il touchait régulièrement. Il ne percevait pas de salaire, ni de sa boite de BTP ni d'ailleurs. On n'a rien trouvé en tout cas qui nous permette de penser que des associés ou des partenaires en affaires auraient voulu l'assassiner.

— Il reste la thèse de l'accident… ou du suicide, nota Roxane.

Olivia ajusta une mèche de sa frange. Elle était de moins en moins convaincue d'arriver à résoudre cette affaire. Carl Vanger était mort asphyxié, mais pas noyé. Son corps avait coulé, entraîné par un filet de pêche lesté d'une enclume. Tout laissait penser à un homicide, pourtant, rien de ce qu'elle avait trouvé dans son passé ne permettait d'expliquer ce meurtre. Elle avait pris soin d'interroger à plusieurs reprises son ex-femme, mais là non plus, elle n'avait rien appris. S'il n'avait tenu qu'à elle, et compte tenu des autres dossiers qui s'accumulaient sur son bureau, elle aurait laissé tomber et suggéré au juge d'instruction de classer l'affaire.

— Je ne sais pas quoi faire, confia-t-elle. Comment a-t-il pu couler aussi loin des côtes ?

Roxane n'en savait rien et elle n'avait pas envie de savoir. Elle était satisfaite d'avoir réussi à prouver, avec l'aide de son père, qu'elle n'était pour rien dans la mort de Carl. Pour autant, savoir ce qui lui était arrivé ne faisait plus partie de ses préoccupations. À partir du moment où elle avait décidé de le faire sortir de sa vie, elle devait accepter que son destin ne la regarde plus. On ne pouvait pas connaître la vérité sur chaque mort, elle avait appris à l'admettre. Accepter de ne pas savoir, n'était-ce pas le début de la sagesse ?

Elle hocha la tête, circonspecte, et ne dit rien de plus à Olivia. La capitaine clôturerait son enquête comme bon lui semblerait. De son côté, elle avait une affaire à boucler et elle entendait consacrer son énergie à retrouver Julia en Autriche, quels que soient ceux qui l'avaient enlevée.

— Je ne peux pas laisser une mort inexpliquée, remarqua Olivia comme pour elle-même. Tu comprends, on a déjà engagé de coûteux moyens pour récupérer le corps et procéder à l'autopsie. Si je dis maintenant qu'il n'y a rien de suspect, on risque de me tomber dessus. Le problème, c'est que je n'ai pas la moindre idée de la direction dans laquelle chercher…

Roxane se demanda si connaître la vérité sur la mort de Carl était susceptible de l'aider à terminer son deuil. Au fond, elle pensait que ce n'était pas nécessaire, mais son instinct lui disait qu'il fallait aller au bout des investigations. On ne laissait jamais une enquête en suspens lorsqu'on était une flic digne de ce nom, car on risquait tôt ou tard d'être rattrapé par des cauchemars sans fin… a fortiori si la victime était un homme qu'on avait profondément aimé.

« Je peux toujours demander à mon père s'il a une théorie sur la mort de Carl », proposa-t-elle, plus pour mettre fin à l'entretien que parce qu'elle était convaincue que Morgan aiderait Olivia. Son obsession des derniers jours avait été d'innocenter Roxane. Pas de déterminer ce qui avait pu arriver à cet homme qu'il détestait par-dessus tout.

Morgan Baxter n'était pas sur le radar d'Olivia. Elle connaissait la réputation de *l'horloger* et son lien avec Roxane, mais elle n'avait pas de raison de l'interroger dans cette affaire. Elle accepta toutefois la proposition de recueillir son avis. « Je serais intéressée de rencontrer ton père. Fais-moi signe lorsque tu auras le temps. J'espère qu'il pourra m'aider à clôturer cette enquête. », dit Olivia à Roxane en la raccompagnant à la porte de *l'Évêché*.

41

Roxane se sentit libérée d'un poids. La mort de Carl demeurait inexpliquée, mais au moins, elle n'était plus suspectée d'en être à l'origine. Elle pouvait reprendre un quotidien normal. Elle en informa Olivier Roque qui accueillit froidement la nouvelle.

— Maintenant que vous avez les mains libres, Baxter, il va falloir me démerder cette affaire Franzini. Quel est votre plan ?

Roxane attendait deux confirmations cruciales : l'assurance que Julia se trouvait dans la clinique des environs de Salzbourg, d'une part, et la localisation du portable de Jean Baron, d'autre part. Avant toute chose, elle allait relancer ces deux pistes.

Elle s'imagina arriver en Autriche au milieu d'une meute de voitures de police, sirènes hurlantes et gyrophare allumé, pour perquisitionner la clinique. Ramener Julia constituerait un fait d'armes qui la remplirait de fierté. Si par la même occasion, elle pouvait mettre la main sur Jean Baron et prouver qu'il avait délibérément fait interner la jeune femme pour la garder sous sa coupe… elle n'en ressentirait que plus de satisfaction. Quelque chose, au fond, lui indiquait que la convoitise d'un homme pouvait constituer un sérieux motif d'enlèvement. Surtout si, comme elle le pensait, Baron était viscéralement amoureux de Julia. Elle se demanda si le concessionnaire appartenait à cette catégorie de prédateurs que rien n'arrêtait, tant leurs pulsions étaient fortes.

Elle réalisa que le colonel Roque attendait toujours sa réponse à l'autre bout du fil.

— Je vais requérir l'intervention de la police autrichienne à Salzbourg, assura-t-elle. Je vous tiens au courant.

Elle raccrocha et se regarda dans le rétroviseur de la Clio, son second bureau. Comme elle n'avait plus rien à faire en attendant l'appel de l'agent chargé de localiser le portable de Baron, elle décida une nouvelle fois de passer voir son père.

Collaborer avec lui, même de façon informelle, était une expérience nouvelle. Le lien qui les unissait était très fort, du moins du côté de Roxane, mais elle regrettait qu'il ne trouvât pas plus souvent l'occasion de se manifester. Elle savait qu'il aurait donné sa vie pour elle, mais il était simplement incapable de l'exprimer. Il ne possédait pas les codes pour ça. D'un autre côté, elle non plus ne prenait pas souvent la peine de lui dire combien elle l'aimait. Malgré son mode de vie particulier et en dépit de son incapacité à communiquer ses sentiments.

Elle arriva au vallon des Auffes en fin de matinée et trouva son père occupé à lire un journal sur l'horlogerie de luxe sur la margelle de la piscine naturelle.

— Salut, papa, tu ne répares pas de montres, aujourd'hui ?

— Roxane ! Je suis content de te voir !

Tiens, un début d'enthousiasme, nota-t-elle. L'aurait-elle surpris en flagrant délit de manifestation de ses émotions ?

— Je suis passé t'embrasser. On dirait que la vie est belle, ici, jugea-t-elle en couvrant le panorama du regard.

— Le temps s'écoule lentement, mais je ne me plains pas.

— J'ai été innocenté officiellement pour la mort de Carl. Je voulais te le dire.

Morgan afficha un sourire énigmatique.

— Je t'avais dit que ça finirait pas arriver. Tu n'as plus qu'à obtenir la libération de Julia et tu pourras être satisfaite du devoir accompli, ma grande.

— En effet… C'est un peu grâce à toi.

Il évacua l'idée d'un geste de la main.

— Peu importe. Le principal, c'est que ton enquête puisse rentrer dans les clous. La fin va maintenant se dérouler sans que j'aie besoin d'intervenir.

Au même moment, le visage de Karim apparut dans l'encadrement de sa fenêtre-comptoir.

— Morgan, un appel pour vous ! Un homme avec un accent étranger !

Morgan se leva et regarda sa fille avec tendresse. « Mon petit doigt me dit que c'est le coup de téléphone qu'on attend. » Il s'éloigna, prit l'appel sur le combiné fixe du café de Karim, et échangea deux minutes avec son interlocuteur. Lorsqu'il revint, Roxane sut qu'il avait de bonnes nouvelles. Elle n'eut pas besoin de le questionner.

— C'était Gerhard Bauer, annonça-t-il. Ils ont retrouvé ton amie… Dans cette clinique, comme nous le pressentions.

— Ils l'ont récupérée ? Elle peut rentrer en France ? demanda Roxane, impatiente.

— Non. Il dit qu'elle a été officiellement admise pour soigner une addiction sévère aux médicaments.

— Ça ne tient pas ! Julia ne prenait aucun médicament ! Elle est détenue là-bas contre sa volonté, c'est sûr !

— Je sais ma grande, mais pour le moment, Bauer affirme que son hospitalisation ne comporte aucune irrégularité. C'est bien le docteur Pichler qui dirige le service dans lequel elle se trouve. Les flics autrichiens ne lui ont pas encore parlé, ils attendent tes instructions. Pour le moment, ils ont juste interrogé les services administratifs.

— On doit au moins pouvoir lui rendre visite, coupa Roxane. On saura si elle est retenue contre sa volonté !

— Attends, ce n'est pas tout. Bauer a aussi trouvé la trace de l'hospitalisation d'Anastasia Melnik, il y a un an. Elle a été admise en juin de l'année dernière et elle est restée là-bas pendant huit mois. Elle se serait enfuie en février, sans bon de sortie.

Roxane calcula mentalement. Février... Si Anastasia était enceinte de six mois lorsqu'elle a été retrouvée morte, c'est qu'elle l'était déjà lors de sa fuite ! Elle est donc tombée enceinte à la clinique. Elle devait vérifier une nouvelle fois le planning des hospitalisations de Kurt Wagner. À tous les coups, ils s'étaient retrouvés près de Salzbourg au cours d'un séjour commun... Mais alors, pourquoi Anastasia aurait-elle été hospitalisée dès le mois de juin ? Non, c'était trop tiré par les cheveux, se reprit-elle.

Anastasia et Julia avaient toutes les deux été admises dans une clinique de désintoxication par le docteur Thomas Pichler. Pourtant ni l'une ni l'autre ne présentaient de signes de dépendance avant çà. Il y avait forcément une explication et Roxane devait trouver laquelle.

— Papa, je suis sûre que Pichler est lié avec quelqu'un du Country Club. À l'évidence, il agit sur ordre d'une personne, ici !

Bien que son regard portât au loin, vers le large, Morgan était parfaitement concentré sur la conversation.

— Tu penses que c'est Jean Baron, n'est-ce pas ?

— Qui d'autre peut avoir intérêt à détenir ces filles ? Pour leur faire je ne sais quoi, à chacun de ses voyages en Autriche...

— C'est une possibilité, admit Morgan. Tu peux en effet attendre de localiser Baron, ou bien prouver qu'il s'est rendu plusieurs fois près de Salzbourg ces derniers mois...

Roxane attendit le « mais ». Il arriva au bout de quelques secondes.

— Mais tu peux aussi procéder d'une autre manière…

— Laquelle, papa ? Tu ne crois pas qu'on devrait se rendre immédiatement dans cette clinique, toi et moi, même sans commission rogatoire, et interroger Julia. Elle connaît la vérité !

— Ça rendrait ta procédure irrégulière et tu risquerais de ne plus pouvoir inculper les coupables… De plus, sans éléments matériels supplémentaires, tu ne pourras rien prouver. Ton Baron, ou qui que ce soit d'autre, pourra toujours nier, et il te filera entre les doigts.

— Et si tu y vas toi ? Clandestinement, comme la première fois ?

— Impossible, ma grande. J'ai une affaire urgente à traiter ici. Je ne peux pas retourner en Autriche pour le moment.

Roxane était déçue. La meilleure personne pour révéler la vérité était Julia elle-même. Rien n'interdisait de lui parler directement, maintenant qu'on savait où elle était. Et puis, si la manœuvre avait comme conséquence d'alerter le coupable, elle trouverait bien un moyen de le confondre ultérieurement, sur la base du témoignage de Julia.

— Qu'y a-t-il de plus urgent que d'aider ta fille à résoudre cette enquête ? demanda-t-elle, amère. Un aller-retour en Autriche, et le tour est joué !

— Je ne dis pas que je ne veux pas t'aider, ma grande. Je dis qu'il n'y a pas de raison d'aller en Autriche pour ça. Il ne s'agit plus d'une enquête classique, mais d'une partie d'échecs avec des gens qui ont tout planifié pour priver Julia et Anastasia de liberté. Il faut se montrer plus malin qu'eux. On doit leur tendre un piège qui permettra à la fois de les confondre et de rendre sa liberté à Julia.

Roxane fut décontenancée. Elle ne voyait pas où son père voulait en venir, mais elle sentait l'assurance du joueur d'échecs qui a parfaitement préparé son attaque. Elle désirait de toutes ses forces lui faire confiance.

— Que proposes-tu, alors ? demanda-t-elle.

Morgan exposa son idée.

C'était ingénieux, à la limite du machiavélisme. Terriblement simple, aussi. Elle pouvait agir dès maintenant et n'avait pas besoin d'attendre le résultat du traçage du portable de Jean Baron. Mon père est génial, pensa-t-elle en sentant sa gorge se nouer.

C'était largement exagéré. Morgan n'avait fait que réfléchir à la situation et imaginer un piège fatal aux ravisseurs de Julia.

Roxane embrassa son père sur les joues et prit la direction du Country Club d'Aix. Elle devait parler à Jean-Vincent Mistral.

42

La situation tactique était simple : une route à lacets qui offrait deux possibilités de fuite. À part ça : d'un côté, une garrigue rocailleuse parsemée de massifs denses, de quelques plants de lavande sauvage, de thym et de romarin, et de l'autre, la falaise vertigineuse du Cap Canaille qui ne constituerait de solution de repli pour personne.

L'horloger était arrivé deux heures en avance. Il avait pris position au milieu des buissons de chardon et de genêts. Un homme moins entraîné aurait choisi l'éperon rocheux situé en surplomb de la zone de parking, mais si cet emplacement permettait de voir arriver ses invités de loin, elle constituait aussi une planque vulnérable : il suffisait de se placer en contrebas et de canarder le vigile pour le faire descendre. Et comme Morgan n'avait pas prévu de prendre la fuite en parapente…

La lune se lèverait à l'est ce soir-là, Morgan l'avait vérifié. Elle éclairerait donc la route de façon rasante et formerait un léger contre-jour sur la garrigue. Pour l'heure, l'obscurité était quasi-complète, à peine rompue par les lueurs scintillantes et lointaines de Cassis. Morgan patientait sans crainte d'être découvert. Il en profita pour passer en revue son objectif.

Il aurait infiniment préféré qu'Enzo et ses acolytes comprennent que leur intérêt était de saisir l'offre de Morgan : les former au business de l'horlogerie. Mais cela n'avait pas été le cas. Ils avaient poursuivi leur arnaque aux fausses Rolex avec les exemplaires qu'il leur avait fournis et maintenant, ils en réclamaient d'autres.

Il fallait mettre un terme à cette demande illégitime.

Rétablir l'ordre des choses en utilisant des méthodes non conventionnelles, mais radicales. Dans la logique de Morgan, chaque chose devait être à sa place et devait interagir avec les autres dans un mouvement harmonieux et si possible sans dommages. Dans quelques cas extrêmes, il fallait se résoudre à supprimer un « élément » qui n'acceptait pas cet ordre des choses. Mais ce ne serait pas nécessaire avec Enzo. Ce garçon devait simplement être éclairé sur ce qu'il devait faire pour servir au mieux ses intérêts… et sur les sanctions qui s'abattraient sur lui s'il persistait à évoluer dans l'erreur. Rien à voir avec une justice parallèle, pensait Morgan depuis toujours.

Il s'agissait simplement de rétablir l'ordre des choses. De remettre les pendules à l'heure… Rien de plus.

Enzo arriva en avance. Il était accompagné d'une demi-douzaine de comparses regroupés dans deux berlines certainement très puissantes, mais également très bruyantes. Morgan les entendit cinq minutes avant qu'elles ne se garassent sur l'esplanade de terre qui servait de point de vue aux touristes durant la journée. Les véhicules se placèrent tête-bêche, croyant sans doute pouvoir repérer l'arrivée de Morgan, quel que soit le chemin employé.

Première erreur.

Il restait trente minutes avant l'heure du rendez-vous. Enzo avait dû estimer que ça serait suffisant pour être le premier sur les lieux. Il ignorait l'aptitude de Morgan à rester parfaitement immobile pendant des heures si la situation l'exigeait.

Seconde erreur.

Morgan constata que les jeunes caïds avaient éteint les phares, mais qu'ils continuaient à utiliser leurs portables dont l'écran bleuté éclairait leur visage comme en plein jour. Il dénombra neuf garçons, tous armés de matraques et de couteaux, mais à l'évidence peu formés à la guerre en campagne. Aucun ne sortit des voitures.

À l'heure prévue, Morgan appuya sur le bouton d'un boitier en plastique de sa fabrication. Une petite explosion se produisit à dix mètres sur sa gauche. Aussitôt, les écrans des portables s'éteignirent. Il compta jusqu'à dix, le temps qu'il accorda aux jeunes gens pour résoudre leur dilemme : aller voir ce qui se passait ou rester à l'abri relatif de leurs véhicules.

Enzo aboya un ordre et quelques instants plus tard, deux garçons s'extirpèrent de la voiture de gauche et avancèrent prudemment vers l'endroit où la charge avait explosé. Ils s'éclairaient avec la torche de leur téléphone, mais pour le moment, les autres n'avaient pas rallumé les phares.

Les deux garçons progressaient lentement, partagés entre la volonté de comprendre la situation et la trouille qu'il s'agisse d'un guet-apens. Le premier dépassa la planque de Morgan et parcourut cinq mètres supplémentaires. Il tenait un couteau.

— Tu vois quelque chose ? demanda le second, d'une voie craintive.

Tapi contre le sol, Morgan attendit que ce dernier arrive à sa hauteur.

La première séquence chronométrée put commencer.

Passer à la station accroupie : une demi-seconde.

Effectuer une balayette du bras droit : une autre demi-seconde.

Poser le genou sur le dos du type et ramener ses bras paralysés par la peur : une seconde et demie.

Tirer sur le serflex jusqu'à ce qu'il entame la chair des poignets du malheureux : une seconde.

« Si tu cries, tu es mort », indiqua-t-il avant de se tourner vers le premier caïd.

Ne pas lui laisser le temps de se remettre de la phase de sidération.

Alerté par le bruit de chute de son complice, il s'était retourné. Il distingua Morgan, mais la surprise l'empêcha de prendre ses jambes à son cou. Erreur.

Quatre secondes plus tard, il était lui aussi cloué au sol, entravé par un serflex, après avoir été neutralisé d'un coup de pied derrière les genoux. Moins de dix secondes et deux hommes hors d'état de nuire. Il restait sept apprentis caïds.

Morgan bâillonna les deux garçons et leur chuchota l'avertissement d'usage : « si vous vous tenez tranquilles, il ne vous arrivera rien. Je reviens tout à l'heure. »

Dès lors, il avait deux solutions : attendre qu'Enzo comprenne que ses éclaireurs avaient été neutralisés ou agir tout de suite pour profiter de son avantage. Il décida de patienter.

Au bout d'une minute, ne voyant personne revenir, Enzo entrouvrit la fenêtre de la voiture de droite. « Oh ! Frère, y a un problème ? »

Aucune réponse des *« frères »* en question, naturellement.

— *Boulle*, *La Flèche*, allez voir ce que c'est que ce bordel, entendit Morgan distinctement. Faites gaffe, ce type est complètement dingue.

Deux nouveaux garçons apeurés sortirent des voitures. Ils quittèrent prudemment le parking, cherchant à éclairer la garrigue de leurs torches dérisoires. L'une d'elles finit par accrocher la masse inerte de leurs copains étendus sur le sol.

— Là ! s'écria le petit gros. Ce connard les a butés !

Aussitôt, les deux chauffeurs repositionnèrent leurs berlines et allumèrent les phares. Sept paires d'yeux s'orientèrent dans la même direction et tentèrent de comprendre le problème. Personne ne se rapprocha, pourtant. Exactement ce qu'attendait Morgan.

Il s'était déplacé sur la droite, en dehors du faisceau des phares. Depuis sa position, protégé par l'obscurité, il rampa en silence jusqu'aux deux nouveaux éclaireurs. Trop occupés à avancer centimètre par centimètre comme s'ils avaient craint la présence d'une mine, ils ne virent pas l'horloger les rejoindre par-derrière.

Deux morceaux de bois simulant le canon d'une arme appliqués dans leur dos. « Si vous bougez, je tire. Les mains derrière le dos ! » Deux nouveaux serflex autour de poignets. « Couchez-vous. Maintenant ! »... et le tour était joué.

Dans cette partie d'échecs en pleine nature, Enzo avait perdu quatre pions et il ne semblait toujours pas comprendre les données du problème.

Cette fois pourtant, il aperçut le mouvement d'une silhouette inconnue en bordure du halo des phares.

— Putain ! l'horloger, tu veux quoi ? gueula-t-il, toujours incapable de prendre une décision utile.

Morgan contourna sans bruit les buissons qui le séparaient du parking et se plaça derrière les voitures. Il compta trois types dans l'une, et un seul complice avec Enzo, dans l'autre.

— Allez, montre-toi, bordel ! Ou je te jure qu'on va te faire la peau.

Morgan sourit. Comment ces types, pétrifiés dans leur berline de luxe et incapables d'agir avec méthode, pensaient-ils avoir une chance de lui faire la peau ? Lui qui avait tout prévu dans les moindres détails.

Les fenêtres de la seconde voiture étaient fermées, mais les occupants entendaient parfaitement leur chef beugler.

Recroquevillés sur leur siège, ils fixaient l'Audi d'Enzo située cinq mètres devant eux.

Il était temps de mettre à profit leur trouille pour les neutraliser à leur tour, jugea Morgan. Il extirpa de son sac à dos un dispositif de sa création : une ventouse de salle de bain surmontée de six rouleaux vides de papier hygiénique entourés de ficelle. Le tout, peint en noir et parfaitement inoffensif, présentait les apparences d'une mine artisanale. Il posa l'engin sur le pare-brise en plaçant l'index devant sa bouche. Puis il articula deux mots : « les clés »...

Devant la menace explicite d'exploser dans son véhicule, le chauffeur entrouvrit la portière et jeta les clés par terre. Morgan le remercia d'un hochement de tête, puis, une boite d'allumettes maquillée en détonateur à la main, il effectua plusieurs fois le tour de la voiture en déroulant derrière lui un gros rouleau de *gaffer*. Incapables de mettre le contact pour ouvrir les fenêtres, et à présent saucissonnés dans leur bagnole fermée comme un carton de déménagement, les trois garçons ne quittèrent pas des yeux le pouce de Morgan posé sur la boite d'allumettes-détonateur de carnaval. Ils étaient à leur tour hors d'état d'agir.

L'horloger s'approcha de la première voiture et se présenta, détendu, du côté de la vitre passager. Il cogna poliment au carreau.

— Bonjour, Enzo, je t'avais pourtant prévenu que je viendrais seul.

Le jeune caïd surmonta sa surprise et gueula une nouvelle fois :

— Butez-moi ce connard !

Mais personne ne lui répondit.

Le chauffeur imagina un instant sortir du véhicule pour se ruer sur Morgan. Mais il renonça : l'horloger tenait un couteau de chasse à la lame impressionnante. Il ne s'en était jamais servi de sa vie, mais le déguisement produisit son effet.

Il utilisa l'arme blanche pour crever méthodiquement les deux pneus droits du véhicule.

— On va pouvoir parler maintenant, Enzo, annonça Morgan en l'invitant à sortir.

Le jeune trafiquant avait perdu de sa superbe. Il jetait de rapides coups d'œil inquiets autour de lui pour réaliser qu'aucun de ses acolytes n'était en mesure de lui venir en aide. Il finit par obtempérer et quitta à regret l'abri de l'Audi.

— T'es complètement barge ! Qu'est-ce que t'as fait de mes hommes ?

— Tes hommes ? Tu veux parler de la bande de pieds nickelés que tu as envoyée au casse-pipe ? C'est pas très courageux, ça, Enzo. Si tu veux être un bon chef de bande, il faut que tu acceptes de monter en première ligne, mon vieux. Là, tu vois, j'ai neutralisé un par un tes complices, et ils attendent maintenant que tu te comportes en homme de telle manière que je les délivre... Note bien que j'aurais pu les blesser pour te donner une leçon... voire plus... Mais je ne suis pas ce genre d'homme. Je veux juste que tu comprennes où se situe ton intérêt, et comment tu dois te comporter pour vivre longtemps. Tu me suis ?

Enzo ne comprenait pas grand-chose, en réalité. Depuis l'extérieur, il avait maintenant une vision plus précise de la situation : deux hommes ligotés à trente mètres, dans la lueur des phares. Deux autres qui gigotaient, entravés eux aussi, au pied d'un buisson épineux. Et les trois suivants emballés dans une voiture aux allures de paquet cadeau. Quant au dernier, son chauffeur, il semblait vouloir disparaître sous son siège, peu désireux de se frotter à cet horloger qui avait l'air aussi fou que dangereux. Comme Enzo ne disait rien, Morgan poursuivit sa leçon.

— Je t'avais prévenu : je peux t'aider à devenir un commerçant honnête en te formant au beau métier d'horloger. Pourtant, on dirait que tu as choisi la solution de facilité... tu as menacé Alicia et les enfants pour obtenir de nouvelles contrefaçons. Ce n'est pas très malin, ça, Enzo. Ne t'avais-je pas dit que les montres dont je t'ai fait cadeau étaient les dernières de ce type ? Et que je souhaitais que tu ne remettes plus les pieds au vallon des Auffes ?

Une défaite aussi rapide et humiliante produisait chez n'importe quel homme un sentiment de honte qui conduisait à faire profil bas. Seuls les guerriers les plus endurcis, ou les militaires qui possèdent un grand courage, étaient capables de surmonter une telle série de coups durs et de reprendre l'avantage. Ce n'était pas le cas d'Enzo. Il se demandait maintenant à quelle sauce il allait être mangé.

— Tu vas me démolir ? Comme t'as fait avec notre pote qui a essayé de te piquer le *T-Max* ?

— Non, je ne vais pas te démolir comme tu dis, Enzo. Cela ne constituerait pas une réponse proportionnée à notre problème… Nous sommes en affaires, vois-tu, et je ne considère pas que tuer quelqu'un vaille la peine lorsque le différend porte simplement sur la manière de commercer ensemble.

Enzo dodelinait de la tête. Il ne comprenait toujours rien au phrasé alambiqué de ce type ni à l'objectif qu'il poursuivait en s'adressant à lui de cette manière. Il comprenait simplement que le mieux était de la boucler et d'attendre que l'horloger lui explique ce qu'il voulait.

— Je veux que tu réfléchisses pour une fois, reprit Morgan. Tu as menacé de t'en prendre aux enfants d'Alicia si tu n'obtenais pas de nouvelles Rolex… C'est idiot, Enzo. Est-ce qu'au fond de toi, tu crois vraiment que ça vaut la peine de tuer quelqu'un pour une histoire de business ? Tu préjuges du fait que j'ai une liaison avec Alicia, que j'ai peur de tes menaces, et que je vais continuer à te fournir en montres de qualité.

Morgan hocha tristement la tête, avant de reprendre :

— C'est encore une erreur d'appréciation. Je te l'ai dit : les intimidations et la violence n'ont rien à faire dans notre commerce. Mais plus décevant de ta part : Alicia ne peut rien pour toi dans le cadre de ton business. Tu dois l'oublier... Si tu as besoin de quelque chose, adresse-toi directement à moi. Mais réfléchis deux fois avant de me déranger... Les règles que j'impose ne sont pas négociables. Soit tu les respectes et tu peux devenir un horloger honorable, soit tu choisis une autre voie et tu en assumes les conséquences. Est-ce que tu comprends ?

— Je crois que je comprends... vous voulez me donner un travail honnête et vous ne voulez pas de violence, résuma Enzo.

Il était repassé au vouvoiement.

— Exactement. Comme tout le monde, tu as le droit à un avenir heureux et je peux t'aider. Mais pour ça, tu dois respecter les règles. L'ordre des choses pour un monde harmonieux, en quelque sorte. Tu dois oublier les règles de l'endroit où tu as grandi. Je pense que c'est à ta portée.

Enzo ne fut pas certain de comprendre cette philosophie bizarre, mais il acquiesça. Après tout, c'était la première fois qu'un adulte de ce calibre lui tendait la main. C'était peut-être une coïncidence, mais il pensa qu'il n'avait pas le droit de passer à côté de cette chance.

— Merci, l'horloger, dit-il d'une voix rauque.

C'était aussi la première fois de sa vie qu'il remerciait quelqu'un.

43

« Qu'est-ce que c'est que cette histoire, Roxane ? Qui est ce docteur Thomas Pichler ? Je te jure que je n'en ai jamais entendu parler. Il faut demander à Niels et Ivan s'ils le connaissent. Qu'en penses-tu ? On leur demande de venir ? »

Le président Mistral était dans tous ses états. Il gesticulait autour de son bureau. Il avait déjà renversé deux fois la coupe posée sur une étagère et conservée en souvenir de l'époque où il jouait lui-même au tennis. (Il en était incapable à présent : un bon quintal à la pesée et des artères recouvertes d'athérome lui auraient fait risquer l'infarctus dès les premiers échanges.) Toujours est-il que ce sport demeurait toute sa vie. Une passion qui ne tarissait pas et à laquelle il vouait son âme. Que la disparition d'une de ses joueuses soit sur le point de trouver une issue heureuse le remplissait de soulagement. Il prenait comme un baume sur sa réputation entachée, le fait que le principal suspect de l'enlèvement soit un médecin autrichien qu'il ne connaissait pas.

— On ne convoque personne pour le moment, ordonna Roxane. Ce que je viens de vous dire doit rester entre nous.

Julia est encore en danger. N'oubliez pas que les ravisseurs la détiennent toujours.

— Tu veux dire que personne au club ne sait qu'elle est vivante ?

— Si, bien sûr, ses parents. Ils sont en route vers Salzbourg pour la faire sortir de la clinique. Ce devrait être l'affaire d'un ou deux jours. En attendant, je veux que personne ne connaisse les détails. On a encore une chance de faire tomber le coupable.

Jean-Vincent Mistral était perdu. Il soufflait comme un bœuf, essuyant sur son polo Lacoste ses mains boudinées et trempées de sueur.

— Mais s'il s'agit d'un internement abusif, personne d'autre que ce docteur Pichler n'est impliqué, n'est-ce pas ? Il suffit de le faire arrêter par tes collègues autrichiens.

Roxane tentait de garder son calme. JV Mistral était dans le déni. Il croyait impossible que des membres de son club puissent être impliqués… C'était pourtant bel et bien le cas. Pichler n'avait pas croisé par hasard Julia à l'aéroport de Vienne. Cela dit, elle ne tenait pas à ce que le président sache qui elle soupçonnait précisément.

— Jean-Vincent, reprit-elle, on va organiser une fête pour le retour de Julia. C'est un bon moyen de l'accueillir dignement après ce qu'elle a traversé, non ? Qui sait ce qu'elle a subi dans cette clinique autrichienne…

Mistral sembla outré à l'idée que sa joueuse ait pu être violentée. Il mima un « o » d'indignation de ses grosses lèvres, puis s'essuya le front avec un mouchoir à ses initiales.

— Oui, tu as raison. Quoi de mieux qu'une soirée grillades autour de la plancha pour réunir tout le monde ? Je vais me charger de commander la viande !

Roxane n'émit aucun commentaire. Elle ne fit pas remarquer que la chaleur extérieure eût plutôt plaidé pour des salades fraiches et du rosé en quantité. Pas pour une montagne de bidoche grillée. Mais comme la viande était, comme le tennis, une seconde religion pour JV, elle le laissa à sa logistique bouchère et descendit d'un étage.

— Christine, sortez-moi la liste des membres du club, s'il vous plait ? demanda-t-elle à la secrétaire. On va envoyer un mail à chacun à l'occasion du retour de Julia.

— C'est donc vrai ! s'exclama celle qui avait, à l'instar de son président, vécu la disparition de la joueuse comme un drame personnel. Vous avez retrouvé Julia ! Oh ! c'est merveilleux Roxane !

— M. et Mme Franzini sont en chemin pour la ramener. Elle sera parmi nous vendredi. Que diriez-vous de dimanche soir, pour la fête ? Julia aura besoin d'être examinée par des médecins et de se reposer avant d'apparaître en public.

En réalité, Roxane savait déjà minute par minute comment allait se dérouler le retour de Julia. Le plan élaboré avec son père se passerait selon un timing rigoureux pour que le coupable tombe dans le panneau. Pour ça, il fallait que tous les membres du club, même les plus proches de la joueuse, apprennent la nouvelle au même moment, par l'intermédiaire du mail que Christine allait envoyer dans quelques minutes.

Roxane avait passé de longues minutes au téléphone avec Gerhard Bauer pour mettre au point l'exfiltration de la clinique de Salzbourg. Le flic autrichien avait expliqué qu'il existait une disposition de la loi autrichienne qui autorisait tout parent à parler à son enfant, même majeur, dans le cas où un médecin prétendrait que son état de santé ne le permettrait pas. Les flics n'avaient pas encore interpellé le docteur Pichler. Ils attendaient que M. et Mme Franzini soient arrivés en Autriche pour ne pas lui laisser le temps de réagir. Si tout se passait comme prévu, les parents de Julia débarqueraient dans le bureau de Pichler accompagnés d'une douzaine de policiers autrichiens et exigeraient de voir la jeune femme sur le champ.

Pour ce qui concernait la procédure française, Roxane

avait décidé de n'avertir le colonel Roque que lorsque Julia aurait été retrouvée saine et sauve et que le coupable de son enlèvement aurait été identifié et mis hors d'état de nuire. Si elle avait sollicité l'autorisation du juge d'instruction, celui-ci serait encore en train de se demander s'il valait mieux rédiger la réquisition à Bauer en allemand ou en patois du Tyrol.

— On peut écrire le mail d'invitation ensemble ? reprit Roxane.

— Ce n'est pas de refus ! hoqueta Christine. Oh là là, avec tout ce que je vais devoir préparer pour la fête, j'ai peur d'oublier mille choses !

Roxane suggéra les détails à fournir. Le contenu du mail d'invitation serait clair : Julia avait été retrouvée, et après le choc qu'elle avait subi, le président Mistral comptait sur les membres du Country Club pour l'entourer à l'occasion de son retour.

Il n'était pas question de s'étendre sur les circonstances de sa détention, mais simplement de préciser que Julia avait traversé une épreuve pour laquelle elle aurait besoin de repos et de l'affection des siens avant de pouvoir reprendre sa carrière de joueuse professionnelle. Le texte du mail indiquait, enfin, que Jean-Vincent Mistral se rendrait lui-même à l'aéroport pour accueillir la joueuse et ses parents.

Roxane s'assura que la liste des destinataires était exhaustive, puis elle fit signe à Christine d'appuyer sur « envoi ».

Le piège était lancé. Dans quelques minutes, l'ensemble des membres du Country Club, sponsors et partenaires compris, allait apprendre que Julia avait été localisée et qu'elle serait de retour le lendemain dans la journée.

Dans quelques minutes également, et à deux mille kilomètres de là, la police autrichienne allait débarquer et faire usage de la force dans la petite clinique fleurie et isolée des montagnes du Tyrol. Le docteur Pichler comprendrait qu'il était cuit et il tenterait sans doute de prévenir son commanditaire.

Jean Baron, l'homme que Roxane soupçonnait depuis longtemps réaliserait alors qu'il était sur le point d'être démasqué. Roxane se demanda si Pichler et lui se connaissaient bien. Ce salaud était-il parvenu à mettre en place l'enlèvement de Julia en restant dans l'ombre, ou bien les deux hommes avaient-ils dû se rencontrer pour décider de l'internement pour motifs « médicaux » d'une jeune femme par ailleurs saine d'esprit ? Cela n'avait au fond pas beaucoup d'importance : Julia devait maintenant connaître l'identité de son ravisseur, et Baron ne pouvait à l'évidence pas se permettre d'apparaître à la fête donnée en son honneur.

Roxane mit au point l'arrestation du chef d'entreprise avec la brigade d'Intervention d'Aix-en-Provence. Elle attendrait que Julia soit arrivée sur le sol français, puis elle déclencherait l'opération.

Au préalable, elle accompagnerait Jean-Vincent Mistral à l'aéroport pour accueillir son ancienne amie, et être en mesure d'intervenir au cas où Baron trainerait dans les parages.

Elle ne savait pas que sur ce dernier point, les choses n'allaient pas exactement se passer comme ça.

44

Le soleil était encore presque à la verticale, en fin d'après-midi sur l'étang de Berre. Le pilote, un Français engagé par la compagnie low cost qui basait plusieurs appareils à l'aéroport de Marseille, ne put s'empêcher de commenter l'approche finale sur Marignane.

« Nous venons de survoler la ville d'Avignon, nous sommes à présent au-dessus du parc national des Alpilles. Sur la gauche de l'appareil, vous apercevez la ville de Salon-de-Provence, tandis qu'à droite, vous pouvez admirer la plaine de Camargue. Nous allons nous poser face au sud-est, avec un vent presque nul et une température à destination de vingt-neuf degrés. J'espère que vous avez passé un agréable vol et que j'aurai le plaisir de vous accueillir à nouveau sur nos lignes. Bonne fin de journée. »

La tête posée sur l'épaule de sa mère, Julia Franzini était incapable d'éprouver la moindre joie à la perspective d'être de retour chez elle. L'esprit dans le brouillard, elle tentait de garder les yeux ouverts. L'état de demi-sommeil permanent ne la quittait pas depuis qu'elle était arrivée dans la clinique. Elle ne ressentait aucune douleur physique ni aucun traumatisme psychologique à l'issue des quinze jours qui venaient de s'écouler. Elle avait eu l'impression de somnoler vingt-quatre heures sur vingt-quatre. Pendant les rares moments où les sédatifs produisaient moins d'effet, elle avait essayé de comprendre les raisons de son hospitalisation forcée. Elle avait observé l'environnement, tenté d'écouter les paroles échangées en allemand autour d'elle, mais elle s'était heurtée à un mur. Tout s'était déroulé comme si elle était soignée pour des maux qu'elle ignorait elle-même. C'était incompréhensible, mais abrutie par les médicaments injectés en permanence par le cathéter accroché à son bras, elle avait été incapable de tenter quoi que ce soit pour quitter son lit. Une fois ou deux, elle avait eu conscience que des personnes entraient dans sa chambre. Elle n'avait pas eu l'impression qu'ils lui aient fait subir quoi que ce soit, mais elle n'était pas parvenue à reconnaître leur visage. Les somnifères étaient trop puissants.

Puis, le matin même, elle avait eu la surprise de voir débarquer ses parents accompagnés d'une escouade de policiers autrichiens et de l'homme qui était venu la chercher à l'aéroport. Ce dernier avait eu un comportement normal de médecin. Il avait échangé quelques mots en allemand avec les policiers, puis, comme si elle était à présent guérie, il avait rendu à Julia et à ses parents les affaires avec lesquelles elle était arrivée. Son sac de vêtements, ses raquettes de tennis et même son sac à dos contenant son téléphone et son ordinateur portable.

Sa mère l'avait serrée si fort dans ses bras, que Julia avait cru qu'elle allait lui casser une côte. « Ma chérie, que t'ont-ils fait ? » avait-elle sangloté en prenant son visage à deux mains. Julia n'avait su que répondre, car elle ne se souvenait de rien. Elle avait passé ces longues journées dans un état de semi-conscience dont elle ne comprenait pas la cause. Le médecin autrichien devait connaître les raisons de son internement. Mais pas elle.

Ses parents l'avaient fait monter à bord d'un taxi et, escortée par des véhicules de police, elle avait regagné l'aéroport de Salzbourg. Après une escale à Vienne et une centaine de questions de sa mère auxquelles elle n'avait pas su répondre, elle était sur le point d'atterrir à Marseille.

— Le médecin nous a dit que les sédatifs commenceraient à se résorber cette nuit, indiqua son père en la soutenant par les épaules pour descendre de l'avion. Tu vas vite te sentir mieux. J'espère que tu pourras nous dire ce qui t'est arrivé.

Elle hocha la tête, puis se contenta de suivre ses parents jusqu'à la sortie du terminal.

Devant l'aérogare, Julia avisa un comité d'accueil qu'elle connaissait bien. Jean-Vincent Mistral, le président du Country Club, était accompagné d'une jeune femme qu'elle reconnut immédiatement : Roxane Baxter, son ancienne partenaire qui était maintenant gendarme à la section de Recherches de Marseille. Depuis le matin, elle comprenait que son séjour autrichien et son retour en France n'étaient pas tout à fait normaux. Elle réalisa que sa libération était le fait d'une collaboration entre les polices françaises et autrichiennes. Elle éprouva un vertige qu'elle tenta de chasser lorsque JV l'embrassa sur les joues.

— Julia ! Nous sommes si heureux que tu sois de retour, assura-t-il en la scrutant comme s'il s'était agi d'une blessée de guerre.

— Je... Je ne sais pas ce qui m'est arrivé... Je crois que... enfin, je pense que ça me reviendra une fois que je serai reposée.

Mistral se détourna et prit ses parents à part. Pendant ce temps, Roxane Baxter s'approcha de Julia.

Du haut de la tour de contrôle, un homme balayait l'espace à l'aide de jumelles. Pourtant, Morgan Baxter ne regardait pas le ballet des avions guidés par les contrôleurs aériens. Il pointait ses lunettes à longue portée vers la zone de dépose-minute… Vers l'endroit où était stationnée la berline de Jean-Vincent Mistral. Il avait obtenu l'autorisation de monter dans la tour grâce à un ancien contact à la DGAC, et depuis plusieurs minutes, il détaillait la scène avec la précision d'un horloger devant un mécanisme rétif.

Morgan observa les traits de Mistral lorsqu'il embrassa Julia. Une émotion sincère de la retrouver, aucun signe de tension qui eût pu indiquer qu'il dissimulait quelque chose où qu'il cherchât l'occasion de menacer la joueuse.

Il détourna les jumelles vers le parking avoisinant.

Roxane lui avait décrit la Jaguar de Jean Baron. Selon elle, l'ancien amant de Julia était celui qui avait manigancé toute l'affaire. D'après la surveillance téléphonique, le sponsor avait rallumé son portable la veille, à peu près au moment où le mail de Mistral avait prévenu tout le monde que Julia allait regagner la France. L'appareil avait borné au domicile de Baron et Roxane s'était dit qu'il y avait des chances qu'il cherche à constater de ses propres yeux que Julia ne pouvait pas le confondre. Elle avait même craint qu'il s'en prenne à elle à la première occasion. Pour cette raison, elle avait insisté pour effectuer le trajet vers Aix-en-Provence dans la même voiture que Julia.

Morgan vit sa fille monter à bord du véhicule de la famille Franzini, tandis que JV Mistral reprenait le volant du sien. Ils allaient quitter l'aéroport sans que Baron se soit manifesté.

Comme prévu par l'horloger.

En réalité, ce n'est pas Jean Baron que Morgan surveillait. Il le savait innocent.

Il reprit son observation jusqu'au moment où il trouva l'homme qu'il cherchait.

. . .

À travers le pare-brise d'une voiture ordinaire blanche et mal lavée, Morgan distingua ses traits. Les deux mains posées sur le volant, l'homme semblait accablé par la scène. À une trentaine de mètres du convoi qui s'ébranlait, il paraissait en prise avec un doute existentiel. Sa proie était à présent en sécurité dans la voiture de ses parents, et il ne savait pas comment agir. Il enrageait de n'avoir pas eu le temps de changer Julia de clinique. Lorsqu'il avait appris que la police l'avait localisée, il avait tenté de joindre Thomas Pichler, mais c'était trop tard. Son complice n'avait pas voulu déplacer Julia. Il avait estimé que c'était trop risqué, et que, même si ça signifiait que leur projet avait échoué, il valait mieux faire comme si de rien n'était et accepter de rendre la joueuse à sa famille. L'homme avait maugréé, mais avait fini par se ranger à cette opinion. Après tout, son rôle à lui n'était pas connu et une autre occasion se présenterait immanquablement. Il fallait juste être patient. Tant que son projet demeurait secret, il n'avait pas à craindre qu'on lui tombe dessus.

Sur ce point, il se trompait.

Morgan descendit calmement les escaliers de la tour de contrôle. Il marcha sans hâte jusqu'au parking et s'approcha de la voiture de l'homme. Ce dernier avait remis le contact et engageait une manœuvre pour s'extraire de sa place de stationnement. Il aurait encore besoin de quarante secondes pour regagner la barrière du parking, estima Morgan. Même en marchant, il y serait avant lui.

Au moment où l'homme ouvrit la fenêtre pour présenter son ticket, Morgan arriva à sa hauteur. Il plaqua sa hanche contre l'habitacle et bloqua le bras qui tendait à présent une carte bancaire. Les yeux du type s'écarquillèrent de surprise et il lui fallut deux secondes pour réaliser que l'horloger lui demandait de déverrouiller les portières. Il s'exécuta de son bras libre et Morgan se glissa sur la banquette arrière.

— Qu'est-ce que vous voulez ? Je n'ai pas d'argent, tenta-t-il.

— Et votre voiture ne m'intéresse pas... compléta Morgan. Avancez. Je vous indiquerai le chemin.

Pendant le trajet, l'homme chercha un moyen de se débarrasser de Morgan. Il réalisa que celui-ci n'en voulait ni à sa carte bancaire ni à sa bagnole hors d'âge. Cela devait signifier que son irruption avait quelque chose à voir avec Julia... Ou Anastasia.

— Si vous me dites ce que vous voulez, je peux peut-être vous donner satisfaction, essaya-t-il, tandis qu'ils prenaient la direction d'Aix-en-Provence.

— Vous le saurez bien assez tôt. Contentez-vous de conduire jusqu'à ce que je vous dise de vous arrêter.

Décidément, ce gars était bizarre, pensa l'homme. Il n'avait pas l'air violent ni véritablement dangereux, pourtant, quelque chose dans son regard indiquait qu'il aurait été suicidaire de lui résister. Une sorte de violence contrôlée qui donna à l'homme des sueurs froides.

— J'ai fait quelque chose pour vous offenser ? demanda-t-il tandis qu'ils s'engageaient sur un chemin escarpé des abords d'Aix.

— Vous avez imaginé un projet dont j'ai besoin de connaître les détails.

— Quel projet ? Je suis venu à l'aéroport pour accueillir une amie...

— Une amie que vous avez laissée repartir avec ses parents au lieu de venir l'embrasser... Pourquoi ne pas vous être montré à Julia Franzini ?

Cette fois, l'homme sentit le danger. Son agresseur connaissait manifestement plus de détails qu'il ne l'aurait espéré. Il savait que sa présence à l'aéroport était liée à Julia, ce qui était la dernière chose à laquelle il se serait attendu. Comment ce dingue pouvait-il connaître son rôle ? Son rôle et peut-être son identité...

Morgan lui intima l'ordre de s'arrêter sous un pin parasol, puis, sans prononcer un mot, il l'extirpa du véhicule et lui attacha les mains derrière le dos. Il le conduisit de force dans ce qui ressemblait à une cabane de jardinier. L'homme ne vit aucun moyen de s'opposer à son agresseur.

— Asseyez-vous là et répondez à mes questions, ordonna Morgan. Vous n'avez droit à aucune mauvaise réponse.

L'inquiétude de l'homme augmenta. Son projet pour Julia Franzini était certes illégal, et du reste il avait échoué, mais il ne causait de dommage à personne d'autre qu'elle et éventuellement sa famille. La police avait peut-être cherché à savoir qui était à l'origine de sa disparition et interrogé Thomas Pichler à ce sujet. Mais le psychiatre autrichien ne l'avait jamais rencontré, et du reste, il ne le connaissait pas sous sa véritable identité. En outre, si ce type était un flic, il l'aurait arrêté et interrogé officiellement. Or voici qu'il se trouvait ligoté dans une cabane en pleine nature, sans réel moyen de se défendre face à ce fou. Il était obligé de coopérer pour comprendre ce qu'on lui voulait.

— Vous allez commencer par me dire ce que vous vouliez faire à Julia Franzini, dit Morgan. Droit au but, je suis pressé.

— Je connais Julia dans le cadre de ses activités de joueuse de tennis. Nous nous connaissons du Country Club...

Morgan le coupa.

— Inutile de tourner autour du pot. Je sais qui vous êtes et comment vous connaissez Julia. Ce que je veux que vous me disiez, c'est pourquoi vous l'avez fait disparaître en Autriche ? Et avant elle, Anastasia Melnik.

L'homme accusa le coup. Ce type connaissait son lien avec les deux jeunes femmes et il avait l'air déterminé à faire la lumière sur son projet ambitieux. Il chercha des yeux un moyen de lui fausser compagnie, mais ne trouva rien d'intelligent à faire. Il n'avait pas le choix : il devait coopérer en espérant que sa vigilance se relâcherait à un moment ou à un autre.

Il devait lui en dire le moins possible, tout en ne s'éloignant pas trop de la vérité…

— Vous savez que j'étais leur entraîneur, alors… concéda-t-il en baissant les yeux.

Morgan le coupa une nouvelle fois.

— Pas leur entraîneur… leur préparateur mental, Ivan Rossi.

45

Morgan observa longuement Ivan Rossi. Il devait avoir une quarantaine d'années. Les cheveux noirs et mi-longs coiffés en arrière lui donnaient un air mystique, quasi christique. Il portait un polo de tennis boutonné jusqu'au col et un pantalon de toile beige dans lequel flottaient ses jambes maigres. À présent assis sur une chaise en bois, les mains attachées dans le dos, il détaillait Morgan avec le regard de celui qui se demande ce que pouvait bien vouloir cet homme étrange qui l'avait agressé sur le parking de l'aéroport.

À ses mimiques, l'horloger jugea que Rossi n'avait pas encore peur.

Il saisit le dossier d'une chaise semblable à celle sur laquelle son prisonnier était attaché. La partie d'échecs allait peut-être durer des heures, mais Morgan avait tout son temps. Il n'avait aucun doute sur la culpabilité d'Ivan Rossi.

Cette certitude lui était apparue à la suite d'un énième visionnage mental de la scène de l'aéroport. Celle, quinze jours plus tôt, durant laquelle Rossi et Niels Goringer avaient déposé Julia pour son départ en Autriche. Morgan s'était trop longtemps focalisé sur la présence du troisième homme, Jean Baron, avant de comprendre que quelque chose autour de la voiture lui avait échappé. Ce détail qu'il porterait à la connaissance de Roxane en temps voulu lui avait apporté la certitude que Julia avait été délibérément piégée avant de monter dans l'avion, ce qui avait permis son enlèvement par le psychiatre autrichien dès son atterrissage à Vienne. Il restait maintenant à comprendre pourquoi Rossi avait fomenté ce piège.

Qu'il le veuille ou non, Rossi allait lui apporter la réponse.

Les deux hommes s'observèrent pendant de longues minutes, chacun laissant à l'autre le soin de parler le premier. Morgan décida d'abattre la première carte.

— Ivan Rossi, je sais qui vous êtes, et je sais que vous avez organisé l'enlèvement de Julia. Ce que je veux que vous me disiez maintenant, c'est pourquoi vous avez fait ça ?

Le préparateur mental sembla sortir d'une profonde méditation. Il fixa Morgan de ses yeux noirs et tenta de le déstabiliser.

— Je ne sais pas qui vous êtes ni ce que vous voulez, mais je suis certain que vous n'êtes pas flic. Ce que vous faites avec moi en ce moment est parfaitement illégal... Vous n'avez aucune preuve contre moi. Vous allez être obligé de me relâcher rapidement.

— Vous vous trompez, j'ai tout mon temps.

Il désigna un paquetage abandonné dans un coin du cabanon, au pied d'un lit de camp et d'une armoire cabossée. Il comportait un sac de couchage, un jerrican d'eau et quelques boites de conserve. Rossi comprit qu'il avait la possibilité de le retenir ici plusieurs jours. À part la porte blindée et une minuscule fenêtre à barreaux au-dessus de l'armoire, il n'y avait aucun moyen de s'enfuir.

— Vous aviez un projet particulier pour Julia. J'aimerais que vous me l'expliquiez, demanda Morgan pour la troisième fois. Je ne suis pas là pour vous juger, juste pour comprendre, et qui sait, peut-être pour vous aider.

C'était faux naturellement. Quel que fût le plan d'Ivan Rossi, Morgan savait qu'il était tordu et en tout état de cause, qu'il ne justifiait pas l'enlèvement de la jeune femme. Mais il savait aussi que pour un esprit vicieux comme le sien, il fallait commencer par s'intéresser à son ego et aux raisons qui le poussaient à considérer son projet comme génial.

— Vous n'avez aucune habilitation pour enquêter officiellement, n'est-ce pas ? nota Rossi. Vous franchissez allègrement les limites de la loi !

— Tout juste. Je suis comme vous, Rossi. Lorsque je pense qu'une règle n'est pas bien faite, je n'hésite pas à la remplacer par la mienne. En l'occurrence, je crois que les méthodes policières ont permis de retrouver Julia, mais pas de comprendre vos motivations.

Il s'approcha de la chaise et trancha les liens qui entravaient ses bras. Puis il revint s'assoir en face de son otage.

Ce dernier effectua des moulinets de poignets pour faire circuler le sang dans ses membres engourdis. Il était à présent libre de ses mouvements et il se demanda une nouvelle fois s'il pouvait tenter de s'échapper du cabanon et fausser compagnie à ce dingue. Puis il se ravisa en constatant la tache de sang séché, sur le sol, aux pieds de l'horloger. Il ne l'avait pas remarquée jusque-là.

— Pourquoi voulez-vous connaître mes motivations ? questionna Rossi. Qu'allez-vous faire de cette information ?

— Je vous l'ai dit, si je pense que votre plan est légitime, je peux vous aider à aller au bout.

Rossi était perplexe. D'un côté, il avait été contraint de discuter avec ce type. Ses motivations n'étaient pas claires, mais il sentait chez cet homme une façon iconoclaste de penser, et plus largement d'aborder les situations de la vie. Qu'avait-il à perdre à coopérer ? De toute façon, son geôlier ne pourrait pas utiliser ses confidences pour le faire arrêter. Il agissait en marge de la loi.

— Qu'est-ce qui me garantit que vous me laisserez partir une fois que je vous aurai tout raconté ?

— Encore une fois : un homme comme vous ne prend pas tous ces risques s'il ne nourrit pas un projet précis. Expliquez-moi ce que vous avez en tête et si je pense que c'est légitime et louable, je vous aiderai.

— Et si ce n'est pas le cas ?

Un voile sombre passa dans le regard de l'horloger.

— Je vous tuerai, naturellement.

Morgan avait annoncé ça comme une évidence. Un détail sans importance que l'on mentionne tels une information météo ou un résultat sportif. La carotte et le bâton étaient couramment utilisés par les négociateurs du GIGN à l'époque où il appartenait à cette unité. Mais en réalité, Morgan ne faisait pas usage d'une vieille méthode de négociation avec un forcené. Il était incapable de bluffer. Il exposait simplement ce qui allait se passer selon le choix qu'effectuerait Rossi.

Ce dernier réalisa l'impasse dans laquelle il se trouvait. Il était tout sauf un déséquilibré. En outre, son long passé de médecin l'éclaira à cet instant sur qui était ce type : un homme à l'intelligence apparemment hors-norme... mais qui portait sur le monde un regard d'enfant. Un enfant qui s'était construit un ensemble de règles et de codes qu'il n'hésiterait pas à mettre en œuvre pour rétablir un équilibre qui lui était propre.

Un frisson glacé parcourut le dos d'Ivan Rossi.

— Je crois que vous pouvez comprendre mon projet, finit-il par soupirer, après un long moment de réflexion.

Morgan n'avait pas bougé d'un millimètre. Les mains à plat sur les cuisses, il fixait son interlocuteur de ses yeux immobiles et inexpressifs. Il l'encouragea à poursuivre d'un haussement de sourcil.

« Le tennis est un sport qui requiert des aptitudes particulières, entama Rossi. Certains joueurs possèdent des prédispositions physiques qui leur permettent de supporter de grosses charges d'entraînements. D'autres possèdent au contraire un œil et une vision de l'espace qui leur font percevoir les mouvements de la balle, de telle sorte qu'ils anticipent chaque point et qu'ils ont presque toujours un coup d'avance sur leur adversaire. D'autres encore, sont capables de reproduire presque à l'identique le geste qui leur permet de réaliser un coup gagnant. Coup droit long de ligne, *passing-shot*, smash gagnant... les meilleurs joueurs peuvent faire de ces coups forts des armes pour se hisser au plus haut niveau mondial. »

Morgan comprit à cet instant où Rossi voulait en venir. Il ne dit rien, préférant le laisser exposer sa vision.

« Il existe des joueurs qui possèdent plusieurs de ces atouts pour devenir des champions. Malheureusement, la nature n'a encore donné à personne la totalité de ces aptitudes. Si un jour, un joueur ou une joueuse les possédait toutes, il deviendrait sans nul doute le champion ultime. Julia est une joueuse hors du commun. Elle possède bon nombre de ces qualités qui font la super-championne. Mais évidemment pas toutes, sinon elle serait numéro un mondial... »

L'exaltation avait pris possession du visage de Rossi. Il parlait comme s'il exposait ses travaux au jury du prix Nobel. Ses mains s'agitaient et ses yeux ne quittaient pas le regard toujours neutre de Morgan. Cet homme est un illuminé, pensa l'horloger. Un illuminé dont le projet était à présent sinistrement limpide.

— Mais avant Julia, vous avez rencontré d'autres joueurs au potentiel tout aussi extraordinaire, n'est-ce pas ? Julia n'était qu'un second choix...

— Vous avez tout compris ! Avant elle, il y a eu Anastasia Melnik.

Rossi n'avait plus aucune retenue. Il était persuadé d'avoir trouvé en Morgan Baxter un homme capable de partager ses rêves. Cette douce sensation lui fit perdre toute prudence. Il continua à se confier :

— Anastasia était une joueuse hors du commun. Des réflexes inouïs, un temps de communication entre son cerveau et son bras incroyablement court, bref des connexions neuronales qui auraient pu faire d'elle une championne d'exception, si seulement elle avait été capable de développer encore ses capacités physiques.

— Capacités physiques que possédait un autre de vos protégés… Kurt Wagner, n'est-ce pas ? C'est de là qu'est né votre projet de leur faire faire un enfant. Vous avez pensé que si vous croisiez deux champions complémentaires, il y avait toutes les chances qu'ils donnent naissance au joueur de tennis ultime dont vous rêvez depuis si longtemps.

Rossi baissa les yeux. Morgan voyait juste, mais il lui rappelait aussi qu'Anastasia s'était échappée de la clinique autrichienne dans laquelle il l'avait détenue… Et comble de la frustration, elle était morte avant de donner naissance au petit champion qu'elle portait. Rossi ravala un hoquet de rage.

— Vous savez comment on appelle ça, Ivan Rossi ? L'eugénisme… une pseudo méthode scientifique censée améliorer les populations humaines en encourageant la reproduction entre individus porteurs de caractères jugés favorables.

Morgan n'exprimait aucune émotion. Il poursuivit : « Vous savez que c'était le grand rêve des nazis ? Et accessoirement, que c'est ce que réalisent les biologistes avec les animaux d'élevage ? »

— Il n'y a aucun mal dans mon projet, objecta Rossi d'une voix presque suppliante. Il n'est pas rare que deux joueurs se mettent en couple et donnent naissance à un enfant qui possède les caractéristiques génétiques de ses deux parents.

— Sauf que pour Anastasia et Julia, se reproduire avec Kurt Wagner, si vous me passez l'expression, ne faisait pas partie de leurs projets. Vous avez fait violer ces filles par Kurt pendant qu'elles étaient détenues en Autriche ?

Rossi eut l'air sincèrement choqué.

— Oh ! non ! Je n'aurais jamais fait une chose pareille ! Kurt est d'accord avec mon projet, mais il ne veut pas coucher avec des joueuses contre leur volonté. C'est un chic garçon, vous savez. Il s'est contenté de donner son sperme que nous devions ensuite inséminer artificiellement aux joueuses.

— Devions ?

— Disons que ça s'est presque bien passé avec Anastasia. Sa grossesse se déroulait normalement jusqu'au jour où elle s'est enfuie de la clinique. Elle a échappé à la vigilance du docteur Pichler. Vous connaissez la suite : on l'a retrouvée morte à Strasbourg.

— Morte d'overdose, en effet. Dites-moi une chose, Ivan. Vous droguiez ces filles durant leur séjour chez le « bon » docteur Pichler ?

L'entraîneur eut un mouvement de recul. Il pinça les lèvres comme pour exprimer son dépit.

— Certainement pas à l'héroïne. Trop dangereux pour le bébé. Mais au début, il a fallu les sédater, oui, pour qu'elles se fassent à l'idée, concéda Rossi.

Morgan mesura la portée de ce qu'était en train d'avouer Ivan Rossi. Depuis la nuit des temps, homo sapiens se reproduisait naturellement selon la loi du plus fort. Pour perpétuer l'espèce... Chez tous les mammifères, les femelles étaient inconsciemment attirées par le mâle dominant, gage de protection pour sa future descendance. Alors, qu'un esprit un peu plus pervers que les autres ait tenté d'appliquer cette inclination naturelle aux joueurs de tennis... C'était à tout le moins tordu, mais pas surprenant. Restait que si cette « reproduction » avait été initiée avec l'assentiment des jeunes femmes, il n'y aurait rien eu à dire. Mais ce n'était pas le cas... Anastasia et Julia avaient été enlevées et séquestrées pour être inséminées de force...

Cela faisait de Rossi et de ses complices des criminels. Aucun doute dans l'esprit de Morgan.

— Dites-moi une chose, Ivan. Dans le cas de Julia, vous avez eu le temps de procéder à votre... comment dire... fécondation ?

Le regard de Rossi s'illumina. Il sembla revenir de sa déception passagère.

— Pas encore ! Mais rien n'est perdu ! Si vous acceptez de m'aider, nous pouvons la convaincre que pour son bien, elle peut donner naissance au futur numéro un mondial de tennis !

Irrécupérable, jugea Morgan. Ce type était complètement fou. Encouragé par l'attitude neutre, presque bienveillante, de l'horloger, Rossi s'était abandonné à des confidences sincères. Mais il naviguait à présent dans des eaux saumâtres. Des eaux iconoclastes qui, même si elles ressemblaient un peu aux règles que Morgan fixait pour sa propre vie, n'en constituaient pas moins un univers dangereux où le consentement de ces jeunes femmes n'avait jamais été une préoccupation. Il fallait y mettre fin.

— Vous allez m'aider ? demanda Rossi plein d'espoir, en constatant que Morgan le dévisageait fixement.

Au lieu de répondre, celui-ci se leva, contourna la chaise et en un éclair, bloqua les bras de Rossi derrière son dos. Il attrapa chacun des poignets et les fixa solidement aux barreaux à l'aide de deux nouveaux serflex. Indifférent aux protestations de sa victime, il attacha ensuite les chevilles entre elles puis regarda une dernière fois celui qu'il considérait comme un Darwin de pacotille.

— On va venir vous arrêter, Rossi... Ce ne sera plus long, maintenant, conclut-il en verrouillant derrière lui la porte du cabanon.

46

Les cris d'Ivan Rossi étaient encore perceptibles alors que Morgan s'était déjà éloigné de cent mètres. « Vous allez me tuer ? » hurlait-il, en proie à une terreur aussi soudaine que violente.

L'horloger ne se retourna pas. Il ôta la bâche qui dissimulait le T-Max et regagna le Vallon des Auffes.

Il n'allait pas le tuer, non. Cela n'était pas tout à fait justifié. Dans le cas de cette affaire, remettre les pendules à l'heure n'impliquait pas qu'il donne la mort à cet homme qui, bien qu'aveuglé par un projet criminel, ne représentait plus de danger pour personne. Il pensa brièvement à Anastasia Melnik et se demanda un instant s'il ne pouvait pas tenir Rossi pour responsable de sa mort. Puis il décida que ce n'était malheureusement pas tout à fait le cas. Que si sa destinée avait été profondément affectée par le projet de son entraîneur, c'est elle qui avait choisi de s'enfuir, puis sans doute de prendre de la drogue pour oublier ce qui lui était arrivé. Bien sûr, sa vie s'était achevée de façon dramatique, mais à y regarder de près, Rossi n'était pas le seul responsable. Dans le Code pénal selon Morgan Baxter, il n'était pas suffisamment responsable en tout cas, pour mériter de mourir. Dans les règles de l'horloger, les choses devaient retrouver leur équilibre exact. Ni plus ni moins. La mort de Rossi dans cette affaire aurait constitué un léger trouble à l'ordre des choses qu'il n'aurait pas supporté. Il y avait plus intelligent à faire.

De retour chez lui, il rédigea une lettre puis la glissa dans une enveloppe vierge avant de repartir vers Aix. Roxane ne serait pas dupe de la façon dont il s'y était pris pour résoudre cette affaire, mais elle pourrait agir sans enfreindre les règles de procédure pénale. Morgan imagina en souriant la tête qu'elle ferait en apprenant que le coupable qu'elle s'apprêtait à arrêter n'était pas le bon.

Il avait terminé sa mission, et il éprouvait maintenant le besoin de prendre de la distance. Sa manière de faire pouvait lui valoir des ennuis et s'il voulait les éviter, il devait se faire oublier le temps que l'émotion retombe.

Ce serait l'affaire de quelques semaines.

Roxane trouva la missive sous la porte de son appartement. Abasourdie, elle la parcourut plusieurs fois, puis, conformément aux instructions qu'elle contenait, elle la déchira en mille morceaux.

Leur plan avait marché et elle éprouva des sentiments mêlés de soulagement et de fierté. Fierté que ce lien si particulier qui l'unissait à son père ait pour la première fois trouvé à s'exprimer dans une affaire criminelle. Elle était aussi rassurée que Morgan lui ait donné toutes les informations nécessaires pour organiser l'arrestation d'Ivan Rossi dans la cadre de l'enquête officielle. Plus d'une fois, elle avait craint que son père tienne à régler le problème à sa manière, au risque de faire invalider la procédure. Mais elle savait maintenant que ce ne serait pas le cas : Morgan lui indiquait dans sa lettre le dernier élément matériel qui manquait pour confondre Ivan. C'était une affaire d'heure.

Elle comprit également pourquoi Jean Baron était une fausse piste, et comment le mode opératoire de son père avait permis de s'en apercevoir. Cela lui provoqua un léger pincement qu'elle tenta de tenir à l'écart : même si elle désirait plus que tout résoudre des enquêtes sans l'aide de Morgan, elle devait accepter que pour le moment, il ait encore des choses à lui apprendre.

Elle appela le colonel Roque depuis sa voiture.

— On connaît le mode opératoire du cerveau de la bande, annonça-t-elle sans préambule. C'est le préparateur mental de Julia Franzini qui a tout manigancé. Il a fait en sorte de la droguer avant son départ pour Vienne. Avec du GHB, selon toute vraisemblance.

— Qu'est-ce qui vous fait affirmer ça ?

— Ordonnez la perquisition du domicile d'Ivan Rossi. Je suis certaine qu'on y trouvera la drogue.

— Que fait-on de Baron ?

— C'était une fausse piste. Foutons-lui la paix.

— Comment en êtes-vous arrivée à cette conclusion, Baxter ?

Elle se retint de donner plus de détails.

Morgan lui expliquait tout dans sa lettre : au prix d'un ultime effort pour se rappeler de la scène de l'aéroport, il s'était souvenu de la bouteille d'eau tendue à Julia avant de s'enregistrer. À cet instant, Ivan et Niels lui avaient conseillé de « bien s'hydrater pendant le vol ». Or, Morgan avait réalisé que la bouteille n'avait aucune chance de passer les contrôles de police de l'aéroport. Ivan Rossi le savait aussi et il avait compté sur le fait que la joueuse boirait la totalité du récipient avant de s'enregistrer. C'est ce qui s'était passé. Morgan avait distinctement revécu la scène où elle jetait la bouteille juste avant de franchir les contrôles de police. Le GHB avait produit son effet maximal durant le vol, si bien que Julia n'était plus en possession de toutes ses facultés au moment de l'intervention de Thomas Pichler. Même si Niels avait participé à la scène, Morgan était certain qu'il n'était pas au courant des manigances d'Ivan Rossi.

Roxane se contenta de préciser à Roque que Julia s'était trouvée mal juste après avoir bu l'eau proposée par Rossi. Elle avait décrit les symptômes d'une intoxication au GHB.

— Entendu. On se retrouve là-bas, ordonna le colonel. Vous savez où se trouve Rossi ?

— J'ai une petite idée… À tout à l'heure.

Roxane raccrocha et se dirigea vers le lieu désigné par son père.

La cabane était bizarrement plantée au milieu d'une pinède épaisse. Accessible depuis une petite piste tout juste carrossable, elle se situait à l'écart des habituels chemins de randonnée qui conduisaient à la montagne Sainte-Victoire. Roxane se demanda à quoi une baraque pareille pouvait servir en pleine nature, mais surtout, comment son père avait pu la trouver, lui qui ne quittait presque jamais le vallon des Auffes. Elle rangea la Clio sur un tapis d'aiguilles sèches et s'approcha lentement de l'abri. Aucun bruit ne provenait de l'intérieur.

En lisant la lettre de Morgan, elle avait compris l'indice qui lui avait permis de conclure qu'Ivan Rossi était le coupable. Persuadée que la seule personne à pouvoir enlever Julia était Jean Baron, son ancien amant, elle avait négligé la piste du préparateur mental. Du temps de son passage au Country Club, elle n'avait jamais considéré Ivan comme un homme dangereux. Peut-être un peu illuminé avec ses méthodes d'autosuggestion destinées à vous faire croire que vous pouviez devenir numéro un mondial. Elle sourit à l'évocation de ce souvenir. Dans le sport de haut niveau, il existe bon nombre de zigotos qui se piquent de connaître une méthode infaillible pour devenir une championne. Ivan était de ceux-ci, bien qu'elle n'eût jamais imaginé qu'il kidnappât une joueuse pour la « croiser » avec un autre joueur. Décidément, la perversité humaine n'avait pas de limites.

— Ivan, tu es là ? demanda-t-elle en posant la main sur la poignée.

Un faible gémissement lui répondit. Elle tourna la clé laissée dans la serrure extérieure, dégagea la sangle de son holster et ouvrit le battant.

Ivan Rossi était saucissonné sur une chaise. Le menton posé contre le sternum, il paraissait souffrir le martyre. En réalité, Roxane constata qu'il ne présentait aucune blessure et qu'il n'avait reçu aucun coup. Il était simplement accablé et sans doute un peu déshydraté. Elle posa son révolver sur une étagère métallique et entreprit de remplacer par des menottes les serflex qui enserraient ses membres.

Au moment où elle terminait de détacher les chevilles d'Ivan, celui-ci tenta de se lever d'un bond avec l'intention manifeste de lui fausser compagnie. Prête à cette éventualité, Roxane effectua une balayette et le préparateur s'étala de tout son long sur la terre battue de la cabane.

— Ce n'est pas parce que je suis seule que tu peux penser que tu n'es pas en état d'arrestation, dit-elle calmement. Les autres vont arriver d'un instant à l'autre.

En réalité, elle bluffait. Son père avait été formel : « tu vas chercher Ivan à l'endroit que je t'indique, puis tu le conduis chez lui pour la perquisition. Personne ne doit connaître cette planque », avait-il écrit dans la dernière partie de sa lettre.

Ivan se résolut à s'assoir sur le sol, les mains menottées posées sur ses cuisses. Il regarda Roxane avec un mélange de résignation et de haine. « Vous êtes vraiment une famille de fêlés », cracha-t-il. Il venait de comprendre qui était l'homme qui l'avait enlevé : Morgan Baxter, le père de Roxane, qu'il se souvenait maintenant avoir croisé plusieurs années auparavant au Country Club.

— Je ne sais pas qui est le plus fêlé de nous deux, Ivan. Je connais toute l'histoire. Ton plan a échoué et tu es en état d'arrestation pour l'enlèvement et la séquestration de Julia

Franzini et d'Anastasia Melnik. Tu es officiellement placé en garde à vue à partir de maintenant.

Elle nota l'heure exacte sur son carnet d'interrogatoire.

— Qu'est-ce que tu veux que ça me fasse… De toute façon, mes recherches continueront. Il n'y a rien de mal à vouloir donner naissance à un champion de tennis par croisement génétique. Les gens finiront par reconnaître mon génie.

Il délirait. Enfermé dans une réalité parallèle où l'objectif justifiait les moyens, il ne se rendait pas compte que la vie en société nécessitait des règles qui contraignaient les desseins délirants de gens comme lui. Des règles pour le bien collectif que Roxane était chargée de faire respecter.

Elle le laissa élucubrer. De toute façon, il répèterait bientôt tout ça devant le juge d'instruction.

« Tu vois, Roxane, quand tu jouais au Country Club, j'ai remarqué que tu n'avais pas le talent nécessaire pour devenir une championne. Tu te posais trop de questions sur ton jeu. Trop cérébrale… Tu ne savais pas te faire assez mal à l'entraînement ni mettre ton cerveau sur "off" en match pour te comporter comme une tueuse. »

Le soliloque d'Ivan n'atteignit pas Roxane. Elle avait elle-même constaté qu'elle n'était pas faite pour le tennis de haut niveau, et si ce pauvre type pensait la blesser en lui rappelant ses faiblesses, il faisait fausse route. Elle se contenta de lui faire signe de se lever et de la précéder jusqu'à la voiture.

« Et puis, il y avait ton mec… comment s'appelait-il, déjà ? Ah oui, Carl Vanger. Un bel athlète, celui-là. Mais malheureusement pas dans le tennis. À un moment, je me suis demandé ce que donnerait un enfant né d'une joueuse de tennis correcte et d'un nageur de bon niveau. Peut-être un joueur de water-polo ? »

Il partit dans un rire non contrôlé. Les croisements théoriques de l'espèce humaine étaient visiblement sa passion. « Mais vous n'avez pas eu d'enfant, n'est-ce pas ?

D'ailleurs, vous n'êtes plus ensemble, si mes informations sont exactes. Ça fait un moment que je n'ai pas vu Carl. Il va bien ? »

Roxane se demanda s'il la provoquait ou s'il n'était pas au courant de sa mort. Une pensée fugace traversa son esprit. Se pouvait-il qu'Ivan ait quelque chose à voir avec sa noyade ? Que les deux hommes aient été en conflit pour une raison ou pour une autre, et qu'Ivan Rossi ait décidé de s'en débarrasser ? Elle s'interrogea sur ce qu'aurait pensé Carl du projet eugénique d'Ivan. Y aurait-il vu un intérêt pour sa propre descendance par exemple ?

Puis elle pensa encore une fois au genre d'homme qu'était Carl. Un homme obsédé par sa propre personne, pour lequel les autres, elle y compris, n'étaient que des faire-valoir qu'il aimait contrôler. Des objets au service de sa grandeur présumée… Il n'hésitait pas à les maltraiter pour les dresser, pour leur enlever toute idée de lui échapper. Un pervers narcissique comme il en existait malheureusement à chaque coin de rue. Elle se demanda comment elle avait pu être dépendante d'un homme tel que lui… Cette question ne possédait pas de réponse pour le moment.

À l'aide d'une seconde paire de menottes, elle attacha le poignet d'Ivan à la portière de la Clio, puis contourna le véhicule pour prendre le volant.

— Si j'étais toi, je garderais ma salive pour la discussion avec le juge. Tes minables projets de croisements génétiques vont beaucoup l'intéresser, conseilla-t-elle en mettant le contact.

Ivan Rossi fut déféré devant le juge d'instruction, l'après-midi même. Lors de la perquisition de son domicile, les gendarmes de la section de Recherches trouvèrent plusieurs doses de GHB, mais aussi des ouvrages sur l'eugénisme et plus généralement sur la sélection des espèces. Il travaillait manifestement à son projet depuis des années et il était en relation avec d'autres illuminés qui, comme lui, trouvaient légitime d'améliorer l'espèce humaine en croisant des individus au patrimoine génétique vigoureux. Le problème apparaissait lorsque l'objectif de renforcer l'espèce humaine se transformait en volonté de purifier telle ou telle race... Roxanne se nota d'enquêter un jour sur les groupuscules extrémistes qui prônaient ce genre de théorie.

Sans nul doute, ces gens-là contrevenaient à la loi et à l'ordre des choses.

Le dossier se corsa lorsque Rossi, bien aidé par un avocat pugnace, affirma qu'il n'avait enlevé personne. Il prétendit avoir détecté chez Anastasia et chez Julia quelques faiblesses psychologiques qui avaient nécessité une hospitalisation auprès de son confrère autrichien, Thomas Pichler. Il reconnut avoir fait usage une fois ou l'autre du GHB, mais c'était pour expérimenter le lâcher-prise chez les sportives de haut niveau, avança-t-il. Comme aucune plainte pour viol n'avait été déposée à son encontre, et que l'état de Julia pendant le vol vers Vienne ne pouvait plus être prouvé, cet élément fut sorti de la procédure.

Il en fut de même à propos de son projet d'eugénisme. Il prétendit s'être depuis longtemps interrogé sur ces théories, mais sans jamais rien entreprendre de répréhensible. Il jura ne rien avoir tenté sans le consentement des personnes concernées. Julia n'était pas enceinte et Anastasia était morte, si bien que rien ne put être retenu contre lui sur ce plan. Lors d'un interrogatoire effectué en présence de Roxane et de son chef, Ivan Rossi expliqua qu'il n'avait jamais avoué ce type de projet. Il n'avait rien reconnu lors de son arrestation par Roxane en tout cas... et il ne s'expliquait pas comment celle-ci avait pu lui prêter d'aussi viles intentions. Bizarrement, il ne fit aucune mention de sa détention musclée par Morgan Baxter.

Roxane s'était préparée à cette éventualité — celle où Rossi aurait affirmé qu'il avait été brutalisé par Morgan —, mais elle n'eut même pas à se justifier. Elle consigna dans la procédure qu'elle avait reçu un coup de fil anonyme indiquant qu'Ivan se trouvait ligoté dans un coin isolé du massif de la Sainte-Victoire, et celui-ci ne le contesta pas. Lorsque le colonel Roque demanda à Ivan si c'était un membre de la famille de Julia qui l'avait attaqué pour le livrer à la police, il répondit qu'il ne s'en souvenait pas. Tout le monde vit qu'il mentait, mais Roxane décela en plus dans ses yeux, les signes manifestes de la peur.

Son père avait dû trouver les mots pour dissuader Rossi de raconter cette partie de son arrestation et cela provoqua, sans qu'elle sache l'expliquer, des sueurs froides à Roxane.

Ivan Rossi fut mis en examen pour enlèvement et laissé libre en attendant la suite de l'enquête. Une injonction d'éloignement fut prononcée à son encontre : il n'avait pas le droit de s'approcher de Julia ni de mettre les pieds au Country Club. Il n'avait pas non plus le droit d'exercer la médecine en France. Cela sonna provisoirement comme une demi-défaite pour Roxane, qui reçut par ailleurs les félicitations de son chef pour avoir permis le retour de Julia. La jeune femme était saine et sauve et c'était tout ce qui comptait à court terme pour le colonel Roque et les médias locaux.

Déçue qu'Ivan ne soit pas passé aux aveux et en attendant la suite de la procédure, Roxane se rendit à la fête donnée au Country Club en l'honneur de Julia. D'une manière ou d'une autre, elle continuerait à se battre pour que Rossi, son complice Pichler et Kurt Wagner soient placés derrière les barreaux.

Elle en parlerait à son père.

47

Country Club Aixois

Le colonel Olivier Roque avait tenu à accompagner Roxane. Vêtu de son uniforme d'apparat, plusieurs décorations épinglées au poitrail, il s'entretenait avec M. et Mme Franzini. « La photo que vous avez reçue nous a mis sur la bonne piste, affirma-t-il. Puisqu'il s'agissait manifestement d'un montage, nous en avons déduit que quelqu'un voulait nous dissuader de chercher votre fille. Nous pensons que tôt ou tard, elle serait réapparue, sans doute enceinte de Kurt Wagner. »

— Merci, colonel, nous vous devons une fière chandelle. Julia est de retour, c'est tout ce qui compte. Nous espérons qu'elle va pouvoir reprendre sa carrière !

Étrangement, le projet de Rossi ne revêtait pas le caractère odieux qu'il aurait dû aux yeux des parents de Julia.

Cette dernière semblait en bonne forme. Elle passait d'un groupe d'invités à l'autre en racontant pour la centième fois ce dont elle se souvenait. Elle n'avait pas été violentée si l'on faisait abstraction de l'état semi-comateux dans lequel les médicaments administrés par Pichler l'avaient plongée. « C'est une épreuve, mais je m'en remettrai », affirmait-elle invariablement. Roxane admira le caractère battant de son amie.

À un moment, les deux jeunes femmes se retrouvèrent isolées sur les tribunes du court central. La terre battue cuisait littéralement sous les assauts du soleil brûlant et Roxane transpirait à grosses gouttes, sanglée dans son uniforme.

— Si on m'avait dit que ce serait toi qui me retrouverais… soupira Julia. Tu as parcouru un sacré chemin depuis que tu as arrêté le tennis.

— Je n'ai fait que mon métier, Julia. Je suis si heureuse que tu sois de retour parmi nous.

— Qu'est-ce qui t'a mis sur la piste d'Ivan ?

Roxane garda le silence pendant plusieurs secondes. Elle ne voulait pas dévoiler le rôle de son père, mais dans le même temps, un profond besoin d'honnêteté l'obligeait à reconnaître que sans son aide, elle ne se serait pas sortie seule de cette enquête.

— Une coïncidence, dit-elle. En vérité, mon père a assisté par hasard à ton départ pour Vienne. Il était à l'aéroport et il s'est souvenu que Niels et Ivan t'accompagnaient ce jour-là. On a rapidement mis Niels hors de cause, alors il ne restait qu'Ivan. On était persuadés que tu avais été droguée pendant le vol.

Julia devint songeuse.

— Ç'aurait aussi pu être Jean Baron, dit-elle finalement. Je crois qu'il m'aime beaucoup… Il n'a jamais digéré que je mette fin à notre histoire.

— Baron n'est pas un criminel, affirma Roxane. Pour tout dire, il me fait de la peine. On dirait un vieil homme amoureux d'une jeune femme, et qui sait que cet amour est impossible.

Elle passa sous silence le fait que jusqu'au dernier moment, c'est bien Jean Baron qui avait fait figure de suspect numéro un. Une fois reçue la lettre de son père, elle avait tenu à refermer cette piste. Elle avait interrogé Baron sur les raisons de son silence radio de plusieurs jours. Accablé par la situation, celui-ci avait reconnu être mort d'inquiétude pour Julia et avoir eu besoin de s'isoler. Fou amoureux, mais ne pouvant ni vivre au grand jour ni avouer à sa femme cette passion, il avait passé quelques jours seul, à errer d'hôtel en hôtel, téléphone portable coupé.

Maintenant que la vérité était connue, le vieux concessionnaire automobile trainait sa tristesse sans réel ressentiment d'avoir été suspecté. Il avait tenu à assister à la réception, mais, au bras de sa femme qui le surveillait comme un jeune chien fou, il se contentait de jeter fréquemment des regards amourachés à Julia.

— Tu vas poursuivre ta carrière ? demanda Roxane pour changer de sujet.

— Bien sûr, j'ai repris l'entraînement ce matin avec Niels. C'est un chouette entraîneur, tu sais. Il m'a raconté pour Anastasia... Je crois qu'il va lui falloir du temps pour s'en remettre, mais en attendant, il se plonge sans réfléchir dans ma carrière. Il pense que je peux me qualifier pour l'US Open.

Roxane jeta un regard vers celui qui avait également été son entraîneur. Un verre de rosé à la main, il tentait de faire bonne figure en écoutant d'une oreille distraite les péroraisons du président Mistral.

— En tout cas, si tu cherches une partenaire d'entraînement et si tu me laisses le temps de retrouver un niveau acceptable, je suis volontaire, proposa Roxane en souriant.

Elle désirait depuis longtemps reprendre le tennis amateur. Maintenant qu'elle avait trouvé sa voie et qu'elle s'était affranchie de sa dépendance à Carl, elle pensait que le moment était venu. Comme si elle lisait dans ses pensées, Julia accepta.

— Tu étais une excellente joueuse, Roxane. Tu étais juste mal entourée par Carl qui te disait que tu étais nulle chaque fois que tu perdais un match. Je suis sûre que tu pourrais encore réaliser une carrière honorable.

— Sur le circuit senior, peut-être ! J'ai vingt-six ans, tu sais... et puis j'adore mon métier.

Roxane laissa Julia rejoindre les invités avant de repérer au loin son amie Anna. La jeune joaillière resplendissait dans une robe bleu marine à poids blancs. Son décolleté pigeonnant ne laissait pas indifférents les pères de famille qui l'entouraient. Elle riait à gorge déployée et plaisantait avec chacun comme elle le faisait toujours. Roxane s'approcha d'elle.

— Ah Roxy ! s'exclama Anna. C'est toi qui devrais être la reine de la fête ! Ce monsieur me disait encore à l'instant combien il était rassurant de savoir que la section de Recherches veillait sur nous ! Que vous n'êtes pas monopolisés par le trafic de drogue dans les cités.

Roxane rougit légèrement. Elle ne se sentait pas vraiment la reine du bal dans son uniforme strict au tissu épais. Elle aurait bien aimé, comme Anna, porter une robe légère, des boucles d'oreilles colorées et des chaussures à talon qui donnaient à son amie un air diablement séduisant. Mais ce n'était pas compatible avec son rôle du jour. Anna l'entraîna à l'écart.

— Il y a du nouveau dans l'enquête sur la mort de Carl ? demanda-t-elle avec innocence.

Les yeux de Roxane se perdirent dans le vague. La pression liée à la disparition de Julia retombait. Elle avait à présent tout le temps de penser à ce que signifiait la mort de Carl. Cet homme auquel elle avait été profondément attachée, mais qui avait été si dur avec elle. Plus que dur, en réalité, violent parfois, comme si son propre équilibre dépendait de l'asservissement de Roxane. Elle connaissait bien ce genre de comportements... en théorie. Mais dans sa vie personnelle, elle avait longtemps été incapable de se défaire de sa dépendance physique et psychique à l'égard de Carl. C'était incompréhensible.

Elle réfléchit à ce qu'elle avait ressenti à l'annonce de sa mort. Sa première pensée avait été qu'elle ne se sentirait plus jamais belle femme dans ses bras. Puis, aussitôt, une forme de culpabilité s'était emparée d'elle : elle avait délibérément choisi de mettre fin à leur relation toxique et elle devait s'interdire de regretter les jours heureux. C'est en acceptant que les choses ne soient plus que l'on parvient à faire son deuil, pensa-t-elle. Son cerveau formé aux enquêtes policières la ramena à nouveau aux éléments criminels.

Elle avait été soupçonnée par Olivia Pozzi d'être à l'origine de la mort de Carl. Elle savait que ce n'était pas vrai, bien sûr, mais elle était reconnaissante à son père d'avoir fait en sorte de la disculper définitivement. Si elle avait dû aller plus loin dans les arguments pour se défendre, elle aurait été obligée de raconter le détail des mauvais traitements que Carl lui avait infligés. Qui sait alors ce que la juge aurait conclu ?

— Le SRPJ a pu dater précisément la mort, répondit-elle à Anna d'une voix morne. Carl est décédé le 17 avril, le jour du mariage de ma mère avec Édouard. J'avais un alibi incontestable.

Anna lui jeta un regard étonné.

— Le 17 ? Comment sont-ils arrivés à cette conclusion ?

— Grâce au plongeur qui a retrouvé le corps. Il avait en fait récupéré sa montre. Elle s'est arrêtée le 17... détruite par la pression lorsque le corps a coulé.

Anna porta la main à sa gorge. Un détail provoquait manifestement un émoi considérable.

— Roxy, la montre de Carl, c'était une *Panerai Luminor*, n'est-ce pas ?

— Oui, il y tenait beaucoup. Pourquoi ?

— Ce plongeur, Kevin, il est venu à la bijouterie, il y a quelques jours. Il m'a présenté la montre et m'a demandé si je pensais qu'elle était réparable. Je lui ai dit que nous ne pouvions pas la renvoyer chez le fabricant puisque nous n'avions pas le certificat d'authenticité...

— Ce n'est pas étonnant, coupa Roxane. D'après ce que je sais, Kevin l'a volée le jour de la découverte du corps. Par la suite, il a été pris de remords et l'a rapportée à la police. Il aura sans doute voulu vérifier qu'elle n'avait plus aucune valeur avant de faire preuve de bonne conscience.

Anna sembla réfléchir. Elle réalisait tout juste qu'elle avait eu la *Panerai* de Carl entre les mains. La montre d'un homme assassiné, retrouvée par le plongeur qui avait découvert le corps. C'était affreux, mais il y avait plus troublant...

— Tu penses à quelque chose ? demanda Roxane, en constatant l'ébahissement de son amie.

— Réfléchis deux minutes ! Carl a été assassiné et sa montre retrouvée à son poignet... Qui peut tuer quelqu'un en laissant sur lui un bijou de près de vingt mille euros ? Ça ne te semble pas étrange ?

Roxane ravala sa salive. Comment ce détail avait-il pu lui échapper ? Carl ne nageait jamais avec sa montre de luxe, en effet. Il n'avait donc pas été tué au cours d'un de ses entraînements. En outre, les hommes qui l'avaient assassiné, puis qui avaient coulé son corps, n'en avaient pas profité pour voler la montre... Pourquoi ?

Sa première conclusion fut que le mobile de l'assassinat de Carl n'était pas l'argent.

Puis, une étrange connexion se fit dans son cerveau...

Il y avait un lien entre son père et la *Panerai* de Carl, elle en fut certaine.

Plus tard, dans sa voiture, l'esprit passablement embrumé par les vapeurs de la fête, elle repensa à sa conversation avec Anna. Morgan devait certainement dormir à cette heure. À moins de débarquer au vallon des Auffes en pleine nuit, elle devrait attendre le lendemain pour recueillir les explications de son père.

Puis elle pensa à un autre moyen d'en apprendre plus sur la montre de Carl. Elle n'eut aucun mal à trouver le numéro dont elle avait besoin.

La voix endormie de Kevin lui répondit au bout de quatre sonneries.

— Kevin, c'est Roxane Baxter à l'appareil. Je suis désolée de vous déranger en pleine nuit.

— Roxane ? Vous êtes la fille de Morgan Baxter ?

— Oui. C'est à son sujet que je vous appelle.

Kevin attendit qu'elle lui dise de quoi il retournait. Il n'aimait pas être tiré du sommeil en pleine nuit, mais il considérait Morgan comme un ami, à présent. Et par conséquent, sa fille aussi.

Roxane tenta un coup de bluff.

— Vous avez rencontré mon père au sujet de la montre que vous avez récupérée sur le cadavre de Carl Vanger, n'est-ce pas ?

— En effet. Je vais être honnête avec vous, Roxane. C'est votre père qui m'a convaincu de la rendre à la police. Je ne regrette pas de l'avoir fait. Je ne sais pas ce qui m'a pris, le jour de la plongée.

— Votre idée, c'était de la lui faire réparer dans son atelier ? Vous savez s'il a manipulé la montre avant de vous la rendre ?

Kevin s'amusa de la question.

— Il l'a eue entre les mains en effet, mais il n'a touché à rien. Il s'est contenté de l'ouvrir, de diagnostiquer les causes de la panne, puis il l'a refermée. Tout ça n'a duré qu'une minute. Avant de la rapporter à la police, je me suis assuré qu'elle ne pouvait pas être réparée. J'ai consulté un bijoutier du cours Mirabeau...

— Je suis au courant, coupa Roxane. La joaillière, Anna, est mon amie. Mais avant de la consulter, vous avez vu mon père dans son atelier, n'est-ce pas ?

— Ce n'était pas dans son atelier, Roxane, c'était chez moi ! C'est lui qui est venu me trouver. Je ne comprends pas comment il a fait, mais il savait que j'avais volé la montre. Il m'a convaincu de la rendre et c'est ce que j'ai fait.

« Il savait que j'avais volé la montre... » Cette phrase fit s'effondrer le ciel sur la tête de Roxane.

Elle comprit en un instant le déroulement des événements... et ce que lui avait caché son père.

Bien sûr, il n'avait pas manipulé la montre à l'insu de Kevin. Il lui aurait fallu plus de temps pour faire passer l'indicateur de date du 15 au 17. Et plus d'outils sans doute. Non, dans son obsession à prouver qu'elle était innocente, son père n'avait pas eu besoin de changer la date indiquée sur la *Panerai*.

Il n'en avait pas eu besoin, car il *savait* que la montre indiquerait le 17. Il avait simplement besoin de convaincre Kevin de la rapporter.

Incapable de prononcer la moindre parole supplémentaire, elle raccrocha précipitamment.

Les minutes qui suivirent furent horribles. Roxane pleura à chaudes larmes en déroulant au ralenti le fil de son raisonnement.

Morgan était allé trouver Kevin, car il *savait* que le plongeur avait subtilisé la montre de Carl. S'il le savait, c'est qu'il avait lui-même constaté que la montre avait disparu... Roxane se souvint alors des cours de plongée en grandes profondeurs qu'il avait suivis quelques jours auparavant. Soi-disant pour participer aux opérations de repêchage... Or, Morgan n'avait pas plongé en même temps que les gendarmes... Il était en Autriche.

Il avait donc plongé *avant*... et constaté que l'objet de luxe avait disparu du poignet de Carl. Comme le seul à avoir pu le subtiliser était Kevin, l'homme qui avait découvert le corps, Morgan s'était rendu chez lui.

Mais le plus effroyable n'était pas là : si Morgan avait plongé pour innocenter Roxane, et qu'il avait trouvé incongru de ne pas voir la montre, c'est qu'il *savait* que Carl avait coulé avec...

La certitude se fit absolue dans l'esprit de Roxane.

Son père savait que Carl avait coulé avec sa montre, car c'est lui qui l'avait tué !

À la réflexion, aucune autre explication n'était possible. Rien dans le passé de Carl ne pouvait expliquer qu'on ait voulu l'assassiner...

Rien, à part le désir de vengeance d'un père qui était convaincu que cet homme allait faire du mal à sa fille.

Roxane ouvrit la portière de la Clio arrêtée sur le bas-côté et vomit de longs flots de bile.

48

Morgan n'eut pas tout de suite connaissance des messages laissés par sa fille. Karim, le cafetier du vallon des Auffes, répondit chaque fois la même chose à Roxane : « Je ne sais pas où est votre père. Il est parti hier sans prévenir personne. Ça lui arrive parfois, vous savez. Il finit toujours par revenir. »

Roxane se demanda s'il reviendrait cette fois.

Elle avait besoin d'entendre ses explications sur la mort de Carl. Les heures nocturnes passées à ruminer les faits n'avaient pas fait diminuer sa conviction : son père avait tué Carl pour l'empêcher de s'en prendre à elle, après qu'elle eût rompu avec lui.

Morgan devait se douter qu'elle finirait par arriver à cette conclusion et il avait préféré disparaître plutôt que de répondre à ses questions, pensa-t-elle. Ce constat provoqua une intense colère. Folle de rage, l'esprit en ébullition, elle pensa à téléphoner à Olivia Pozzi. L'inspectrice du SRPJ attendait son appel pour rencontrer Morgan, Roxane le lui avait proposé lors de leur dernière entrevue. Mais à ce moment-là, elle était à mille lieues d'imaginer que son père était en réalité le meurtrier de Carl.

Puis elle pensa aux conséquences de cette dénonciation

sur sa propre vie. Même si elle le croyait coupable de l'exécution froide et radicale de Carl, parviendrait-elle à vivre avec un père en prison à cause d'elle ? Le dilemme était immense.

Des pensées contradictoires s'entrechoquèrent dans son cerveau. Crier sa rage et appeler Olivia Pozzi, ou donner une chance à Morgan de s'expliquer ? Le choix était cornélien et elle se résolut à ne pas le trancher immédiatement.

Elle repensa à l'homme qu'était son père. Au fond, elle aurait aimé croire qu'il avait jugé Carl dangereux pour elle, et qu'avec sa manière de penser si différente, il s'était mis en tête de le raisonner afin qu'il ne l'importune plus jamais. Comme il l'avait fait avec ces voyous des cités qu'il entendait reconduire dans le droit chemin... Ou encore avec Kevin en l'incitant à rapporter la *Panerai* à la police...

Mais un doute subsistait. Morgan avait-il préféré faire disparaître Carl ?

Il n'y avait qu'un moyen de le savoir : l'interroger à ce sujet. Attendre qu'il réapparaisse et le questionner jusqu'à ce qu'il avoue. Roxane redoutait ce moment où il faudrait menacer son père de le dénoncer s'il ne lui disait pas toute la vérité sur la mort de Carl. À la réflexion, elle jugea que cette voie étroite entre la trahison et la loyauté était la seule possible : elle attendrait ses explications avant de décider de le livrer ou non à la justice.

Elle lui devait juste ça.

Des explications, Morgan Baxter n'avait aucune intention d'en donner.

Il avait agi avec la conviction chevillée au corps que Carl Vanger était dangereux pour sa fille. Qu'un homme dévoré par son ego était incapable d'accepter la décision de Roxane de le quitter sans passer à l'acte. Les pervers narcissiques ne pouvaient jamais s'accommoder de la perte de leur proie. C'était aussi simple que ça. Il fallait l'empêcher de nuire avant qu'il ne dégoupille, et c'est ce qu'il avait fait. Froidement. Méthodiquement.

Mais pour autant, il n'avait pas tué Carl.

C'est à cela qu'il pensait en regardant les enfants d'Alicia sortir de l'océan. Tom avait toujours rêvé de surfer. Il portait maladroitement une planche de *bodyboard* plus grande que lui. Lou, sa petite sœur, le suivait à pas menus en tentant de chasser l'eau salée de ses beaux yeux bruns. Leur maman les couvait du regard, visiblement heureuse que grâce à Morgan, ils puissent découvrir l'océan, eux qui ne s'étaient jamais baignés autre part qu'à Marseille.

Elle se tourna vers lui.

— C'est vraiment adorable de nous faire découvrir l'Atlantique ! Regardez comme les enfants sont heureux.

Morgan sourit.

Amener Alicia et les enfants sur la côte ouest avait été une nécessité après les événements de ces dernières semaines. Il ne ressentait aucune espèce de culpabilité vis-à-vis de la mort de Carl. Et il était satisfait d'avoir permis à sa fille de retrouver Julia Franzini.

Mais il était conscient que la manière dont il avait rétabli l'ordre des choses était susceptible de soulever des questions.

Car il avait commis une erreur.

Deux, en réalité.

La première avait été de plonger pour débarrasser le corps de Carl de sa combinaison. Obnubilé par le fait de disculper Roxane, il s'était précipité sur ce plan : établir que Carl n'était pas mort dans la même tenue que lorsque Roxane l'avait quitté, le 15 avril. Troublé bien plus qu'il ne l'aurait cru par la découverte fortuite du corps qu'il pensait immergé à jamais, il avait fait preuve de négligence. Or, en matière de dissimulation, la première solution qui vous vient à l'esprit n'est jamais la bonne. À cause de cette erreur, Kevin était susceptible de parler un jour. Le jeune homme avait prétendu s'être trompé lors de sa première observation. Mais c'était pour dissimuler le vol de la montre. Maintenant que celui-ci était absout, il pouvait très bien revenir sur ses déclarations et dire que quelqu'un avait plongé avant la récupération du corps de Carl… et que ce quelqu'un était Morgan Baxter.

La seconde erreur était plus ancienne et remontait au jour de la mort de Carl. La police savait à présent que la victime n'avait rien ingurgité entre son dernier déjeuner avec Roxane et sa mort deux jours plus tard. Or, s'il n'avait rien mangé, c'est qu'on l'en avait empêché… Qu'il avait été enlevé et séquestré par quelqu'un que la police finirait bien par rechercher.

Son plan aurait dû se dérouler sans anicroche. Roxane n'aurait jamais dû se douter que la disparition de Carl était due à l'intervention de son père. Pourtant, la situation avait échappé au contrôle de Morgan. Non seulement Carl ne s'était pas évaporé dans la nature… il était mort… Accidentellement… Mais en plus, son cadavre qui aurait dû se décomposer lentement par cent cinquante mètres de fond avait été retrouvé par Kevin, deux mois après sa disparition.

Une coïncidence navrante et dangereuse pour Morgan.

Comment répondre aux questions que sa fille ne manquerait pas lui poser ? se demanda-t-il. Sans doute en lui disant la vérité. Il n'y avait pas d'autre issue, maintenant. Même si cela ferait peser sur les épaules de Roxane, le dilemme majuscule de décider de son sort.

Morgan chassa les grains de sable coincés entre ses orteils. Il s'allongea sur la serviette en éponge et regarda le ciel.

Il se rassura en pensant à la mission qu'il avait malgré tout accomplie. Il avait remis les pendules à l'heure. Une par une, résolument, il avait mené des actions comme on ajuste les pièces d'une horloge pour que le mécanisme fonctionne parfaitement.

Le temps de la confrontation avec Roxane arriverait bien assez tôt.

Elle l'accuserait d'avoir assassiné Carl, et il lui avouerait la vérité : il était bien à l'origine de sa mort, mais il ne l'avait pas tué.

Un homme comme Carl devait être « traité » comme un terroriste. Il ne suffisait pas de lui faire entendre raison, il fallait lui faire admettre qu'il n'était pas le plus fort. Que s'il n'obéissait pas aux injonctions de Morgan, s'il ne fichait pas définitivement la paix à Roxane, il mettait sa vie en danger. Du temps de son passage au GIGN, Morgan avait regretté plus d'une fois que l'on ne puisse pas employer la coercition pour faire plier un preneur d'otage. L'usage de la force était encadré dans la gendarmerie. Pas pour l'horloger...

Morgan avait enlevé Carl juste après sa rupture avec Roxane, avec l'intention de lui faire vivre une expérience suffisamment traumatisante pour qu'il ne s'approche plus jamais de sa fille.

Il l'avait enfermé dans la cabane de la montagne Sainte-Victoire, l'avait privé de nourriture, et lui avait expliqué ce qui lui arriverait s'il se comportait comme un idiot. Malheureusement, le syndrome de toute-puissance est tenace chez des individus comme Carl.

Le second jour, tandis que Morgan s'était absenté quelques minutes, le garçon avait tenté d'atteindre la fenêtre en hauteur en grimpant sur l'armoire métallique. Affaibli par trente-six heures de jeûne et rendu maladroit par les liens qui entravaient ses poignets, il avait renversé le meuble qui avait écrasé sa cage thoracique. Morgan l'avait retrouvé mort asphyxié, non pas sous l'effet de la pression de l'eau, mais de celle d'une vulgaire armoire métallique de quelque cent kilos. Une mort stupide.

Stupide et accidentelle.

Une fois n'est pas coutume, Morgan avait fait preuve de négligence. Il avait pensé qu'immerger le corps au large, en le lestant avec une enclume, suffirait à le faire disparaître à jamais. Fort de cette conviction, il avait coulé Carl dans la tenue avec laquelle il l'avait enlevé deux jours plus tôt : sa combinaison de natation et la montre qu'il avait tout juste extraite du rangement blindé de sa voiture. Au large de La Ciotat, à l'endroit où passaient de gros paquebots et où personne ne plongeait jamais, il s'était débarrassé du corps... sans vérifier qu'à cent cinquante mètres de fond, se trouvait une canalisation qui donnait lieu à des inspections régulières... Le diable se cache dans les détails, se morigéna-t-il.

Morgan devrait maintenant expliquer tout ça à Roxane. Il espérait qu'elle comprendrait.

Il évacua sa contrariété. À chaque jour suffisait sa peine.

À vrai dire, ce qui comptait le plus, c'était que les pièces du grand puzzle de l'univers gravitassent à nouveau de manière harmonieuse. Que les pendules fussent parfaitement à l'heure.

Carl avait été une pièce défectueuse et nocive pour le grand Tout. Il avait fallu le neutraliser. C'était la logique de Morgan. Une logique incompréhensible pour l'essentiel de ses semblables, mais une logique implacable.

Roxane était constituée du même bois que lui.

Elle finirait par comprendre.

REMERCIEMENTS

Lorsque je me suis lancé dans l'écriture de l'Horloger, j'avais en tête l'idée d'un couple d'enquêteurs iconoclastes, un homme et une femme, dont le lien influerait sur leur manière d'œuvrer au service de la justice.

Roxane et Morgan Baxter sont nés un soir d'été 2021, tandis que je m'interrogeais sur les conséquences d'être père et fille, lorsque l'on consacre sa vie aux missions de police.

Dans la vraie vie, cet univers n'est pas le nôtre. Je veux pourtant remercier mes trois filles, Ségolène, Clémence et Charlotte, de m'aider à comprendre chaque jour ce qu'implique le fait d'être père. Merci mes trésors, vous êtes ma colonne vertébrale. Je suis si fier de vous.

Un remerciement spécial à Nicolas, l'exacte antithèse de Carl dans mon roman, qui couvre de son affection et de sa bienveillance mon ainée… et ma carrière d'auteur. Merci Nico.

La création de nouveaux personnages et d'un nouveau roman est un processus fragile. Le doute s'empare souvent de moi au sujet d'une caractéristique psychologique ou d'une scène que je trouve imparfaite.

Rien de ce travail de maïeutique ne serait possible sans la présence à mes côté de Christelle, ma fée de tous les jours, dont l'amour me galvanise. Ton implication inconditionnelle à chaque étape de mon processus créatif est une source de bonheur intarissable. Merci du fond de mon cœur d'homme imparfait.

J'ai pénétré l'univers de la gendarmerie grâce à mes échanges avec le capitaine Stéphane Langlet, lors de l'écriture du *Prix à Payer.* Merci de m'avoir à nouveau consacré du temps à l'occasion de mes recherches sur *l'Horloger*. Votre connaissance des affaires policières est immense et toute invraisemblance qui resterait dans mon texte serait évidemment de ma seule faute.

L'horlogerie est un univers que je ne connaissais pas et qui me fascine depuis tout petit. Il est bien possible que Morgan Baxter, l'horloger, se trouve à l'avenir embarqué dans de nouvelles enquêtes. C'est grâce à vous, Vanessa et Fabien Chicha, deux authentiques passionnés qui n'avez pas hésité à prendre sur votre temps de vacances tropicales pour m'initier à votre art. Merci les amis.

Merci à Jean-Michel Argaud, Marseillais de souche et de cœur, pour notre discussion sur ta ville riche et fascinante.

Merci à Brian Merrant pour ton aide créatrice dans une période où tu ne manques pas de préoccupations.

Merci Lisbeth et Jean-Pierre pour votre amour inconditionnel de parents qui me permet de donner corps à ce rêve si bizarre de devenir écrivain.

Je terminerais enfin par une tonne de remerciements à l'adresse de vous, très chères lectrices, très chers lecteurs. Vous êtes des milliers à lire chacun de mes romans, ce qui constitue une reconnaissance inattendue pour l'auteur indépendant que je suis.

Merci du fond du cœur.

Pierre Schreiber

Eygalières – Juillet 2022

VOUS AVEZ AIMÉ CE ROMAN ?

Recevez une nouvelle inédite gratuite et restez informés des autres parutions de Pierre Schreiber en vous inscrivant sur : www.pierreschreiber.com

Vous pouvez vous procurez dès maintenant ses autres romans.

Dans la série l'HORLOGER, un ancien flic d'élite aide sa fille, enquêtrice à la section de Recherches de Marseille, à résoudre des mystères complexes.

HORS-CIRCUIT

Une joueuse de tennis professionnelle qui disparaît, un corps immergé par cent-cinquante mètres de fond, au large de Marseille... ces deux crimes auraient-ils un lien ? Roxane Baxter, enquêtrice à la Section de Recherches, va se pencher sur la question. Elle devra faire face à des conséquences inattendues sur sa vie privée. Son père, *l'horloger,* un ancien gendarme d'élite qui répare des montres de luxe depuis sa maison de pécheur, a été témoin des derniers instants de la championne avant sa disparition. Il s'obstine à se mêler de l'enquête, mais ses méthodes semblent contestables... Sa passion pour la mécanique de précision dissimulerait-elle une obsession à remettre *toutes* les pendules à l'heure ? C'est pourtant en accordant sa confiance à cet homme si particulier que Roxane parviendra à lever le voile sur une machination sordide.

Acheter HORS-CIRCUIT sur AMAZON

COULISSES MORTELLES

Un célèbre chanteur de variétés assassiné à la sortie d'un concert, une influenceuse aux milliers de followers retrouvée en état de choc à ses côtés... Roxane Baxter, enquêtrice à la section de Recherches de Marseille, va une nouvelle fois devoir s'employer à résoudre cette énigme. Un indice sur la scène de crime oblige Roxane à faire appel à son père, l'horloger, un ancien gendarme d'élite qui répare des montres dans une maison de pécheur. Un homme qui aime plus que tout remettre les pendules à l'heure et qui va aider sa fille à creuser au-delà des apparences.

Acheter COULISSES MORTELLES sur AMAZON

❄

Dans la série DEEP IMPACT, un homme d'affaires que rien ne destinait à devenir espion, va petit à petit quitter les voyages en business-class pour servir les intérêts de son pays.

SINON TU PEUX CHOISIR DE VIVRE (DEEP IMPACT I)

Arno de Wilder dirige DEEP IMPACT, une agence d'espionnage économique. Il est l'homme à qui les multinationales font appel lorsqu'elles veulent déstabiliser leurs concurrents. Quand un client l'envoie en Thaïlande pour enquêter sur une start-up du tourisme, ce qui n'aurait dû être qu'une mission de renseignement économique va se transformer en folle course-poursuite. Arno croise la route d'Alice, une jeune française qui s'est expatriée pour fuir ceux qui la persécutent, et qui disparait après avoir commencé à travailler pour DEEP IMPACT.

Acheter DEEP IMPACT 1 sur AMAZON

DEVIENS CE QUE TU ES (DEEP IMPACT II)

Arno de Wilder, espion du monde des affaires et créateur de l'agence de renseignement économique DEEP IMPACT, est sollicité pour enquêter sur la disparition d'un jet d'affaires survenue entre Kuala Lumpur et l'île Maurice. Que s'est-il passé au-dessus de l'océan Indien cette nuit-là ? Et qui est le mystérieux Adrian Lambart qui a perdu sa femme dans cet accident ? Quels sont les desseins de ce milliardaire qui considère les îles de l'océan Indien comme son territoire ? Des Seychelles à l'île Maurice en passant par la Thaïlande où vit toujours Alice, le second opus de DEEP IMPACT permettra à Arno de faire ses premiers pas dans le monde de l'espionnage. Un monde où les destins se nouent en fonction du degré de mégalomanie des puissants.

Acheter DEEP IMPACT 2 sur AMAZON

HÉRITAGES (DEEP IMPACT III)

Tandis qu'Alice préside aux destinées de la fondation de la Seconde Chance en Thaïlande, Arno apprend la mort d'un homme lors du Grand-Prix de Formule 1 de Singapour. S'agit-il vraiment d'un suicide ? Cet accident a-t-il un lien avec les affaires du fondateur de DEEP IMPACT ? Entre Bangkok et l'île Maurice, où il a été appelé pour déjouer un complot, Arno va devoir prendre tous les risques pour préserver ses intérêts et son lien avec Alice.

Acheter DEEP IMPACT 3 sur AMAZON

DÉTOURNEMENT (DEEP IMPACT IV)

Un avion de ligne peut-il disparaître sans laisser de trace ? Arno, qui aspire à une existence tranquille sur une île isolée de la mer d'Andaman, va pourtant devoir reprendre du service pour aider les services secrets à comprendre ce mystère. Qui connait la vérité sur la disparition de ce vol vers Bangkok ? Qui a intérêt à cacher cette vérité ? Et jusqu'où les Américains, les Chinois et les Français sont-ils prêts à aller pour dissimuler leurs secrets ?

Acheter DEEP IMPACT 4 sur AMAZON

❄

Dans la collection thrillers psychologiques :

QUELQU'UN SAIT

Pensez-vous qu'un homme puisse se cacher à jamais ? Axel Clark parcourt la planète aux commandes d'un avion de ligne. Dans un bar perdu de la jungle thaïlandaise, il croise un homme qu'il croit reconnaître. Un homme que toutes les polices du monde recherchent... pour de vrai. Parce que cette énigme fascine la France depuis de longues années, parce qu'elle fait douloureusement écho à sa propre histoire, à la disparition tragique de la femme de sa vie, Axel Clark va mettre sur pieds une incroyable chasse à l'homme. *Quelqu'un sait* est un thriller policier. Il suggère une idée simple pour venir à bout d'un mystère fascinant : la poursuite à travers le monde d'un suspect célèbre et introuvable. Des confins de l'Asie du Sud-Est aux USA, en passant par Dubaï et Paris, *Quelqu'un sait* vous emportera sur les traces de l'homme le plus recherché de France.

Acheter QUELQU'UN SAIT sur AMAZON

LE PRIX À PAYER

Des quartiers huppés de la capitale aux paysages de Provence, une histoire de complot et de reconstruction, un personnage cabossé et formidablement attachant. Découvrez ce suspense psychologique dès aujourd'hui. Nicolas Müller possède tous les attributs de la réussite : avocat pénaliste de renom, un immense appartement dans le XVIe arrondissement de Paris, une belle-famille qui côtoie les puissants, pourtant, SDF et abruti de médicaments, il échoue une nuit d'été devant la maison d'Emma, une jeune femme qui pourrait bien être impliquée dans une étrange affaire. Comment en est-il arrivé là ? Comment continuer à vivre lorsqu'après avoir tout perdu, on s'aperçoit que pour les siens, sa déchéance n'est pas encore suffisante ? Que ses ennemis continuent à lui maintenir la tête sous l'eau ? Contre toute attente, c'est en conduisant lui-même l'enquête sur l'affaire qui menace Emma qu'il découvrira la vérité.

Acheter LE PRIX À PAYER sur AMAZON

Mail : contact@pierreschreiber.com
Site : www.pierreschreiber.com

facebook.com/pierre.schreiber.auteur

instagram.com/pierre_schreiber_auteur

Printed in France by Amazon
Brétigny-sur-Orge, FR

17149424R00210